國家社會科學基金重大項目（18ZDA248）
「十四五」國家重點圖書出版規劃項目
國家出版基金資助項目

編委會

查清華 主編

東亞唐詩選本叢刊

第一輯 六

国家出版基金项目
NATIONAL PUBLICATION FOUNDATION

中原出版傳媒集團
中原傳媒股份公司
大象出版社
·鄭州·

圖書在版編目(CIP)數據

東亞唐詩選本叢刊. 第一輯. 六 / 查清華主編. —
鄭州 : 大象出版社, 2023. 8
ISBN 978-7-5711-1811-2

Ⅰ. ①東… Ⅱ. ①查… Ⅲ. ①唐詩-詩歌研究-叢刊
Ⅳ. ①I207. 227. 42-55

中國國家版本館 CIP 數據核字(2023)第 085567 號

東亞唐詩選本叢刊 第一輯 六

出版人	汪林中
項目策劃	張前進 郭一凡
項目統籌	李建平 王軍敏
責任編輯	石更新 管 昕
責任校對	安德華 任瑾璐 萬冬輝 牛志遠
裝幀設計	王莉娟
出版發行	大象出版社
	鄭州市鄭東新區祥盛街27號 郵編450016
印 刷	北京匯林印務有限公司
版 次	2023年8月第1版第1次印刷
開 本	720mm×1020mm 1/16 39印張
字 數	421千字
定 價	156.00元

前言

《東亞唐詩選本叢刊》(第一輯)十册，選入日本江户、明治時代學者注解評釋的唐詩選本十二種：《三體詩備考大成》《唐詩集注》《唐詩解頤》《唐詩選夷考》《唐詩兒訓》《唐詩絶句解》《唐詩通解》《通俗唐詩解》《唐詩句解》《唐詩選講釋》《三體詩評釋》《唐詩正聲箋注》。

這些選本具有一定的代表性。南宋周弼選編的《三體唐詩》不僅流行於元明時期，成書不久亦即傳入日本，因便於讀者學習漢詩創作法則而深受歡迎，遂産生多種新的注解評釋本。熊谷立閑（？—1695）《三體詩備考大成》、野口寧齋（1867—1905）《三體詩評釋》均在此基礎上集注增評。明初，高棅編《唐詩正聲》，在明代影響深遠，《明史·文苑傳》稱：「其所選《唐詩品彙》《唐詩正聲》，終明之世，館閣宗之。」東夢亭（1796—1849）撰《唐詩正聲箋注》，菅晉帥《序》曰：「夫詩規於唐，而此則其正統宗派，足以救時體之冗雜。」明後期，李攀龍編《古今詩删》，並作《唐詩選序》，自豪地宣稱「唐詩盡于此」。該書一度成爲明代格調詩派的範型選本，傳入日本後，受到古文辭學派推崇，服元喬於享保九年（1724）校訂《唐詩選》，即係從該書截取而單行的唐詩部分，此舉居功至偉，以至「海内户誦家傳，以爲模範準繩」。宇士新（1698—1745）、竺顯常（1719—1801）《唐詩集注》，竺顯常《唐詩解頤》，千葉玄之（1727—1792）《唐詩選講釋》，新井白蛾（1725—1792）《唐詩兒訓》《唐詩絶句解》，入江南溟（1682—1769）《唐詩句解》，莫不以服元喬所訂《唐詩選》爲宗，對其進行注解講釋。至明末清初，著名文學批評家金聖歎作

《貫華堂選批唐才子詩》《唱經堂杜詩解》，葛西因是（1764—1823）《通俗唐詩解》所選詩目即多與此二書相重合，其解説也多襲用金氏評語。各選本之間淵源有自，顯示了清晰的理論脉絡和學術統緒，便於我們把握古代日本詩學觀念與學術思潮的變遷。尤其像熊谷立閑《三體詩備考大成》這樣集大成式的選注本，簡册浩瀚，材料富贍，引用了不少國内已佚或罕見之古籍，具有較高的文獻價值。

上述諸書編撰者均爲日本精研漢學的著名儒學家和詩人，編撰《唐詩通解》的皆川淇園（1734—1807）、編撰《唐詩選夷考》的平賀晋民（1721—1792）亦然。他們不僅學殖深厚、創作經驗豐富，還持有異域文化視野，使得這些選本具有獨特的詩學批評和文學理論價值，從而拓展了唐詩的美學藴涵和文化意義。諸人廣參中國自唐至清各代學者對唐詩的選編、注解和評釋，立足於自己的價值取向、美學宗趣，博觀約取，集注彙評，考辨糾謬，發明新意。附著於選本的序跋、凡例、小引及評解，集中體現出接受者對詩作的審美體驗與理性解讀，注重發掘每首詩潛藏的生命意趣、文化信息、風格特徵及典型法則。

這些選本不僅具有較高的學術價值和文化意義，還因其具有蒙學、普及等性質，大都在日本傳播廣泛，影響深遠，極大促進了唐詩在日本的傳播，推進了東亞文明的建設。諸編撰者爲擴大讀者群體，在詩歌選擇、編排體例、語言形式等方面做了大量努力。首先，詩歌選擇名篇佳作。其次，編排格式上，正文、夾注、眉批、尾注、分隔符、字號等的使用錯落有致，標示分明。再次，或在漢文旁添加和訓，方便不諳漢語的日本讀者誦習；或如《唐詩兒訓》《唐詩絶句解》《通俗唐詩解》《唐詩選講釋》《三體詩評釋》等五種選本，除原詩爲漢文外，注解、評釋多用江户時期和文；或如《三體詩評釋》，適時引用日本古代俳句、短歌來與所點評的唐詩相互印證；或如《唐詩選講釋》，在講解官職、計量單位、風俗、名物等語詞時，常以日本相近物事類比。諸如此類的努力直接促成了唐詩的普及，也推進了社會文明的建設，恰如《唐詩兒訓序》所稱：「今爲此訓之易解，户讀家誦，天下從此言詩者益多，更添昭代文明之和氣焉。」

叢刊在整理時，主要做了斷句標點、校勘、和文漢譯的工作，體例上儘量沿用原書格式，保留舊貌，並在每種選本前撰有《整理説明》一篇，簡要介紹編撰者生平著述、時代背景、書名、卷數、編排體例、基本内容、主要特點、學術價值及版本情況等。

本項目的整理研究對象，固爲東亞各國友好交流的歷史文化資源。歷史川流不息，東亞各國人民之間的友誼亦綿延不絶。本輯的編撰，得到日本學界諸多學者的大力支持，也得到日本國立國會圖書館、公文書館、御茶水女子大學、京都大學圖書館、早稻田大學圖書館等機構的無私幫助，讓我們真正領悟到「山川異域，風月同天」的文化意味，在此謹致謝忱。

《東亞唐詩選本叢刊》（第一輯）是國家社科基金重大項目「東亞唐詩學文獻整理與研究」之子項目階段性成果，又幸獲「十四五」國家重點圖書出版規劃項目、國家出版基金資助項目支持，感謝諸位專家的信任和鼓勵，感謝大象出版社各位編輯的艱辛付出。

本團隊各位同人不辭辛勞，通力合作，除書中所列編委及整理者，尚有郁婷婷、徐梅、張波協助校對。克服資料獲取的不便及古日文解讀的困難，歷數年終得第一輯付梓，斷不敢以「校書如掃塵」自寬，但因筆者水平所限，疏誤自然難免，祈請讀者諸君不吝賜教，以便日後修訂再版。

查清華

二〇二三年五月於上海師範大學唐詩學研究中心

目録

唐詩絶句解　［日］新井白蛾　編撰　〇〇一
唐詩通解　［日］皆川淇園　編撰　一五三
通俗唐詩解　［日］葛西因是　編撰　五〇五

[日] 新井白蛾 編撰

唐詩絶句解

郭勇 譯
潘偉利 閔定慶 整理

整理説明

《唐詩絶句解》是新井白蛾繼《唐詩兒訓》之後，於明和四年（1767）完成的另一部唐絶句選集。該書共收詩一百四十八首，亦分「五言絶」和「七言絶」兩部分，前者共收詩人二十六家，詩五十九首；「七言絶上」收詩人七家，詩四十七首，「七言絶下」收詩人十一家，詩四十二首。所收詩人以初盛唐爲主，詩篇亦多膾炙人口的名篇。該書與《唐詩兒訓》互爲補充，凡《兒訓》所收、所注，除少數幾首外，該書不再重複，可視爲《兒訓》的續編本。對《兒訓》中已出現的名物，一般不再重複注釋，並注「詳見《兒訓》」。是書前有門人中川常達所撰序一篇，新井白蛾所寫凡例八則。體例與《兒訓》不同，不僅以人繫詩，還增益了部分作者小傳。每首由「詩題」「題解」「詩歌正文」「事」「解」五部分構成。「事」部注出處，廣泛徵引中國經、史、子、集四部典籍，其中集部以漢魏六朝詩文爲多。「解」部以日語注詩意，在注解過程中，提出許多不同於通行説法的見解，有助於了解江户時代日本唐詩學狀況，且對我們今天的唐詩研究亦有啓發。

本次整理《唐詩絶句解》以明和五年戊子（1768）浪華書肆、定榮堂、星文堂合梓本爲底本，校之以《全唐詩》《文苑英華》和《唐詩選》等。編排一仍原書格式。郭勇譯，潘偉利、閔定慶整理。

目録

序 …… 〇一一
凡例 …… 〇一三
五言絶 …… 〇一五
〇李義府 …… 〇一五
詠烏 …… 〇一五
〇王績 …… 〇一七
過酒家 …… 〇一七
〇王勃 …… 〇一八
寒夜思 …… 〇一八
其二 …… 〇一九
別人 …… 〇二〇
思歸 …… 〇二〇
江亭月夜送別 …… 〇二一
其二 …… 〇二二
〇盧照鄰 …… 〇二三
曲江花 …… 〇二三
〇駱賓王 …… 〇二四
在軍登城樓 …… 〇二四
送別 …… 〇二五
洛堤曉行 …… 〇二五
〇韋承慶 …… 〇二六
南行別弟 …… 〇二六
其二 …… 〇二七
〇宋之問 …… 〇二八
途中寒食 …… 〇二八
送杜審言 …… 〇二九
早發韶州 …… 〇三〇

○張九齡 …… ○三一
自君之出矣 …… ○三一
○王適 …… ○三三
江上梅 …… ○三三
○東方虯 …… ○三四
王昭君 …… ○三四
○盧僎 …… ○三五
途中口號 …… ○三五
○武平一 …… ○三六
奉和元日賜群臣柏葉 …… ○三六
○鄭愔 …… ○三七
咏黄鶯兒 …… ○三七
○王維 …… ○三八
鳥鳴澗 …… ○三八
孟城坳 …… ○三九
辛夷塢 …… ○四○
漆園 …… ○四○
欹湖 …… ○四一
送別 …… ○四二
留別崔興宗 …… ○四三
○李白 …… ○四四
玉階怨 …… ○四四
秋浦歌 …… ○四五
清溪半夜聞笛 …… ○四六
銅官山醉後絶句 …… ○四六
送陸判官往琵琶峽 …… ○四七
憶東山 …… ○四八
○杜甫 …… ○四九
八陣圖 …… ○四九
武侯廟 …… ○五○
絶句 …… ○五一

○孟浩然 …… ○五二
送友人之京 …… ○五二
宿建德江 …… ○五三
○崔國輔 …… ○五三
銅雀臺 …… ○五三
采蓮曲 …… ○五四
怨辭 …… ○五五
渭西別李崙 …… ○五六
○王昌齡 …… ○五七
送張四 …… ○五七
送胡大 …… ○五八
題僧房 …… ○五九
○高適 …… ○六〇
閑居 …… ○六〇
○岑參 …… ○六一
題三會寺倉頡造字臺 …… ○六一
○王之渙 …… ○六二
送別 …… ○六二
○儲光羲 …… ○六三
江南曲 …… ○六三
○崔顥 …… ○六三
長干曲 …… ○六三
又 …… ○六四
○無名氏 …… ○六五
長門怨 …… ○六五
金谷園 …… ○六六
七言絶　上 …… ○六八
○杜審言 …… ○六九
發湘江 …… ○六九
○宋之問 …… ○七一

苑中遇雪應制……〇七一
○**賀知章**……〇七二
回鄉偶書二首……〇七二
其二……〇七三
○**張説**……〇七三
泛洞庭……〇七三
○**王翰**……〇七五
春日思歸……〇七五
涼州詞……〇七六
○**李白**……〇七七
結襪子……〇七七
春漲……〇七九
長門怨二首……〇八〇
其二……〇八一
橫江詞……〇八二
二……〇八三
山中問答……〇八四
少年行……〇八五
山中與幽人對酌……〇八六
望廬山瀑布……〇八六
望五老峰……〇八七
東魯門泛舟……〇八八
陪族叔刑部侍郎曄及中書賈舍人至遊洞庭……〇八九
又……〇九一
宣城見杜鵑花……〇九一
口號吳王美人半醉……〇九二
陌上贈美人……〇九三
○**王昌齡**……〇九四
別李浦之京……〇九四
芙蓉樓送辛漸……〇九五
其二……〇九六
寄穆侍御出幽州……〇九七

題朱鍊師山房 …… 〇九八
長信秋詞 …… 〇九九
其二 …… 一〇〇
其三 …… 一〇一
其四 …… 一〇二
其五 …… 一〇二
春怨 …… 一〇三
從軍行 …… 一〇四
其二 …… 一〇四
其三 …… 一〇五
其四 …… 一〇六
其五 …… 一〇六
其六 …… 一〇七
出塞二首 …… 一〇八
其二 …… 一〇八
青樓曲二首 …… 一〇九
二 …… 一〇九
青樓怨 …… 一一〇
李倉曹宅夜飲 …… 一一一

七言絶　下 …… 一一三

〇王維 …… 一一三
送元二使安西 …… 一一三
少年行三首 …… 一一四
其二 …… 一一五
其三 …… 一一六
寄段十六 …… 一一七
秋夜曲 …… 一一八
贈裴旻將軍 …… 一一九
寒食汜上作 …… 一二〇
涼州詞 …… 一二一
菩提寺禁，裴迪來相看說。逆賊等凝碧池

上作音樂，供奉人等舉聲便一時淚下，
私成口號誦示裴迪……一二二
○**王之涣**……一二三
涼州詞……一二三
○**杜甫**……一二四
江畔獨步尋花……一二四
其二……一二五
其三……一二六
絶句……一二七
戲作寄上漢中王二首……一二九
其二……一二九
解悶三首……一三一
其二……一三二
其三……一三三
戲爲絶句……一三四
承聞河北諸將入朝口號……一三五
江南逢李龜年……一三六
○**孟浩然**……一三七
濟江問舟子……一三七
○**常建**……一三八
吴故宫……一三八
題法院……一三九
○**高適**……一四〇
營州歌……一四〇
聽張立本女吟……一四一
九曲詞……一四二
○**岑參**……一四二
秋夜聞笛……一四二
山房春事二首……一四三
其二……一四四
春夢……一四四
原頭送范侍御得山字……一四五

○儲光羲 …… 一四六
題茅山華陽洞 …… 一四六
同武平一員外遊湖 …… 一四七
○賈至 …… 一四八
巴陵夜別王八員外 …… 一四八
送王道士還京 …… 一四九
○李頎 …… 一五〇
遇劉五 …… 一五〇
○元結 …… 一五一
欸乃曲 …… 一五一

序

蓋以風之所被，罔不披靡，湛然之域，至道之精，塊然而不動。展矣王維、昌齡、高適、岑參、杜甫、李白之倫，皆是表表焉。跨于唐三百年間，清商之妙曲淩霄漢，貌而出天地之外矣。滄溟興，蔽唐三百年間，拔昆岡之玉；恢唐三百年間，而如衡如石焉，調聲謹嚴，包羅于《詩選》矣。雖然，以己之心所以鑿略者，人將可無遺憾乎？如今新井白蛾先生芚然揀妙竅，又盡唐代之全，而有《唐詩絶句解》作。顧唐詩之選，斷千百年眼之粹；絶句之集，磨千百年間之玉，腮口不拂，而最鳴之善者也，然則傑然者，亦不可不讀焉。然而若以芽兒目瞳見，不解則佶焉倦，不領則引嘆噴氣，故加以國譯，進之于易，作以國字，贊之于難，是以章法次序，文字國譯之圓活，泛海納紛亦簡也。於乎！上天之載，無聲無臭。夫道也者，淵乎而沖，坦如大路，不佞恒委先生館下，尋以道焉。所謂道者名教，而非岐黄之道，所以其謂者，以醫生若是已矣！先生曰：「道，行之而成；物，謂之而然。惡乎藹然知其所歸，況利害之端乎？余恒糅於此亟疐跋，自標而知我間間，遂砝砝以欲窮年，而于兹有年矣。」嗟乎！先生之業，可謂勤矣。頃日，書賈攜《唐詩絶句解》來，謂予曰：「自知如觫矢之搜然而中。」予曰：「此何謂也？」書賈云：「如斯書天下知之，則借令若獲淮夷之憬憬而至，天下歸焉。」我視之如江漢之浮萍，雖然，猶里巷歌謡之自有瑞顯也，其弗信矣乎？信而思，思則循循如無所不至矣，抑亦是書嚴毅，豈可忽哉！予閱之不倦，因爲序之簡端，以識不朽云。

明龢五戊子冬十月　門人中川常達拜題

凡例

世自有《唐詩選》，天下之言詩者歸焉。蔣、唐以降，諸注家皆以就其集，出入損益，職而據此。蓋于鱗之撰，勤采聲調壯麗者，故雖三河七采，不取者多矣。他又於有其章法次序者，亦爲省脱也。初學猥貸先哲之舌，以畫自己之目，不知它有蕙蘭、白雪之三嘆也，豈唐三百年間之妙絶，盡于此乎？余講經之暇，撰月花可愛，苦調可則者，以授童子，然幼學茫不知所以解，猶聞有太牢之美，而未嘗味乎口也，且將頗爲華嚴席上之客。是故又以國字注之，間亦書看詩之法，及詩家之文字，同訓異義，類關其要者，太氏予先著如《唐詩兒訓》之例。

古人有言曰：詩可解不可解，或意解或默識。此是鏡花水月之謂也，亦唐三百年之詩賦，厥風骨裁制不一也，豈悉鏡花水月乎？而狼生狡兒，耳常習之，口能和之，有作解者，以爲仇視，其所自得者不過靴癢自足，倘尋驅所其足，則顔腴心瘠，不亦左乎！不亦左乎！或曰：詩貴興象，秖謂攖心，胡用喋喋解之爲？若夫誦《三百篇》、讀《騷》、讀《選》，旁及歷代諸家，人人知之。吁！顧傲然先生，猶尚如斯者蓋鮮，豈是初學之謂邪？似是而非。

讀書學文之術，家筌蹄，門範圍，各有捷法善誘人。蓋余謂不論何事，先不解即倦，不領即退，解則自喜，喜則自進。此俾發蒙而就文第一關通也，然後或西或東，宜隨其分而造就之也。余之所以唐詩及《尺牘兒訓》，又《易筌》諸書，著述之也，勿妬生妄張口伺鼠。

凡欲讀書者，蓋先須切知道于附與國譯，實解之、實識之之要，必在于此矣。實不能了解於其義其理者，言而不切，筆而不達，亦先著於《滄溟尺牘兒訓》而詳記，是故今不贅。

是編與李《選》所兩存之詩，註見《兒訓》者，今不釋也。李《選》以國字註上木，公於世者，余之《兒訓》以爲先聲。

是編自初唐起，至盛唐諸公，以爲初編，乃今入梓是也。二編、三編嗣成近刻，尾至晚唐，取唐代全。

是編自五言始，故事實同者，註詳五絶。

古今藻客，終身文字，豈悉金玉乎？所以不可無選詩也。然其撰也，根一人之好，成一人之手。蓋雖可以盡美，不可以盡善，且又世代流風，人情好嫌不同，所以歷代撰集，以就衰廢也。雖撰書就廢，唐詩必不可以就廢也矣。余如是編，弗爲倖之撰者，惟取李《選》之餘，有使結髪衆稚易解、易進而已。

明和丁亥年秋九月　新井白蛾謙吉識

五言絶

李翰曰：「李陵初詩始變其體，作五言格也。其始亦本於《詩》『仳仳彼有屋，蔌蔌方有穀』之類。」而庵云：「五言絶句爲詩之關紐，不可以其字少而易之，尤須先學精乎此，則諸體無難事矣。古人詩，自《三百篇》來，皆以四句爲一解，後古風長篇，總是四句積累而成，合之則成篇，分之則各自成解。吾譬詩龍焉：龍有頭，有角，有尾，有爪，有鱗甲如意珠，獲其珠者爲上乘，隱括全龍者爲中乘，得其一體爲下乘矣。能於龍之一體，而見其珠，千變萬化，皆從此出，則五言絶，烏可以其字少而易之哉！」

○李義府

唐太宗召見，授監察御史，至右相。

咏烏

《小爾雅》曰：「純黑而反哺者謂之烏；小而腹下白，不反哺者謂之鴉烏；白項而群飛者謂之燕烏。」

今按稱純黑者爲孝烏、慈烏，不反哺者乃「大嘴烏鴉」。然詩家使用時，並不區分其種類，只是烏鴉而已。關於詩家之文字等事宜，會在次卷七絶及相應處論及。

日裏颺朝彩，琴中伴夜啼。上林多少一作「如許」**樹，不借一枝棲。**

【事】《春秋元命苞》：「三足烏者，陽精也。」〇謝莊賦：「揚彩軒宮。」〇《樂録》：「《烏夜啼》者，清商曲也。」按清商者，隋文帝時新改定成，於太常置清商署，謂之「清樂」。隋亡，唐太宗復用之。唐時，其品有三：《子夜歌》《西曲》《江南曲》等。〇《莊子》：「鷦鷯巢林，不過一枝。」

【解】此義府被太宗初次召見時奉命所作之詩。此烏本靈鳥，棲居日輪中，身被朝霞，光耀天下。又或時爲琴曲所歌咏，名曰「夜烏啼」，發清商之音，與其名一道爲人所賞玩。才德兼備之鳥，却不遇如此。上林苑中有無數樹木，可我却無棲身之處，因不肯借我一枝而成野鳥。既在禁園上林中不得棲身之處，世人也不以我爲然也。第一句以太陽喻天子，我爲得官在朝廷輔佐天子之人。第二句言樂本感人心也，爲天下和平之器具。爲實現萬邦和化，我之德行足用也。第三句比喻除朝廷百官之外，郡國州縣官衙之多。第四句所謂「一枝」，言儘管官小位卑，還是渴望能服侍在天子左右。詩成，獻太宗御覽。太宗覽後笑稱：「朕與卿全樹，何借一枝歟？」遂舉用。終官至右相。

予按，《唐書・姦臣傳》曰：李義府貌柔恭，與人言，嬉怡微笑，而陰賊褊忌著於心，凡忤意者，皆中傷之，時號義府「笑中刀」。又以柔而害物，號曰「人猫」云云。其人如此奸賊，其詩如此巧緻，何也？蓋詩之爲教，固發於性情之真，而以關於世教爲本，所以聖人置之「六經」也矣。義府咏烏，熟視静察，則句句巧佞巧媚，使人迷而感，即便「笑中刀」之爲人也可知！今取之置編首，弗取其巧好矣。爲醫幼兒學詩强摸浮靡、欲售才於世者之差也。而庵云：「吾見此詩，如揭其肺肝然，專意迎合，可謂李狐，烏詩甚工，又可稱李烏。太宗英主亦遂不覺入其彀中。主司取士，不可不慎者，不觀其所自樹，而徒悦其浮華則失之遠矣。」

○王績

字無功，龍門人，「文中子」通之弟也。隋大業中，爲六合丞，世亂解官。唐武德初，以前朝官待詔門下省。貞觀間，以疾罷歸。

過酒家

此日長昏飲，非關養性靈。眼看人盡醉，何忍獨爲醒。

【事】庾信《趙國公集序》：「含吐性靈。」○《史記》：范雎謂須賈曰：「公其何忍乎？」○《楚辭》屈原曰：「衆人皆醉我獨醒。」此詩翻案。

【解】近每日長飲，醉至兩眼昏花，神志模糊。喝大酒本會損傷五臟六腑，不利於頤養性靈。明知酒之害處而飲之，何也？如今，放眼望世人，入目盡是沉醉之人，不見有清醒者也。若我獨自不醉，此情何堪！故爲不讓自己清醒，每過酒家之門必暢飲也。此詩乃仿屈原「我獨醒」之語翻案而作。詩言隋朝衰亂之日，逃於酒以保全自身之意，不與俗人同流合污。按，績性簡傲，好飲酒，能盡五斗，自著《五斗先生傳》。此詩自顯其人氣象。

〇王勃

寒夜思

本集「思」下有「友」字。

久別侵懷抱，他鄉變容色。月夜調鳴琴，相思此何極。

【事】《蘭亭序》：「或取諸懷抱。」按，「懷抱」字見諸書。今謂所含蘊於心中之思。〇《史記·淮陰侯傳》：「貴賤在于骨法，憂喜在于容色。」〇《漢·揚雄傳》：「陰陽清濁穆羽相和兮，若夔、牙之調琴。」陸機詩：「間夜撫鳴琴，惠音清且悲。」

【解】言時當寒夜，因憶久別之故鄉，所懷諸事侵入心底。「侵」字，相當於日語中想要包裹住却泄漏出來之意。客居他鄉經年，不覺間容色已改。「容」字就身體整體而言，「色」字指臉色。今晚面對皎潔之月光，取琴調弦，吟唱一曲，以此忘憂，豈料相思之情愈甚。此情無盡悲哀。「此」字指其心境。「鳴琴」指琴，因所彈曲調會發音鳴響，故云「鳴琴」。

其二

雲間征思斷，月下歸愁切。鴻雁西南飛，如何故人別。

【事】《後漢・逸民傳》：「騎龍弄鳳，翔嬉雲間者。」○王仲宣有《征思賦》。按，勃六歲善詞章，未及冠，授朝散郎，既廢，客劍南。此詩起句，蓋憶青雲之昔日哉？

【解】昔日身在朝廷，如今仰望雲間，想要歸去，及至斷絶。因歸鄉心切，愁緒滿懷。目睹明月，萬物悲切。對月清苦多情，乃古今共通之情也。所謂「月下」，眺望月亮之狀，月光從上照下來，人從下望月，故云。又見北都鴻雁，飛向西南。益發思念北都故鄉，期逢故人。思戀之情，無可抑制。「如何」，非問辭。如新譯可解。下聯與「人情已厭南中苦，鴻雁那從北地來」相似。

别人

本集有四首，指所思之人。不書姓名，必有故。

霜華净天末，霧色籠江際。客子常畏人，胡爲久留滯。

【事】《詩·鄭風》：「豈敢愛之，畏人之多言。」按，韋應物《鶡鴣》詩「不意道苦辛，客子常畏人」用勃之全句。〇《史》：「太史公留滯周南。」

【解】霜降地上，白如花開，極目天際，景色極净。濃霧籠罩江渚，看不真切。霜華未消，霧鎖難辨，此朝景也。此時與人别離，悲傷之情，盡在言外。客子乃「常畏人」之身，不知會遭何禍，心有不安。久留滯此地，亦令人生厭，胡爲之也？「胡爲」，譯同前「如何」，如俗語言毫無辦法。故吾亦當早離此。

思歸

本集作《山中》。

長江悲已滯，萬里念將歸。况屬高風晚，山山黄葉飛。屬，一作「復」。

【事】《樂府》:「長江不應滿。」○《七命》:「高風送秋。」○屬,朱玉切,音「燭」,連也,續也。○昌祺曰:「滯者,行迹滯于江上也。」

【解】滯留於長江邊,心生厭倦,十分悲苦。故鄉隔萬里,朝夕念歸。況今復高風晚秋,諸木黄葉飛去。無情木葉既知時節而辭别枝頭,我竟不能歸。

江亭月夜送别

江亭,乃江上之亭也,即詩中所言「津亭」。

江送巴南水,山横塞北雲。津亭秋夜月,誰見泣離群。

【事】《一統志》:「巴江源出大巴山,至巴縣東南分爲三流。而中央横貫,勢若『巴』字。」○塞,悉則切。《後漢書·杜篤傳》:「城池百尺,扼塞要害。」又,與《蘇秦傳》「秦四塞之固,披山帶渭」之類相同,皆指要害之處。庾信詩:「遥看塞北雲。」○津,渡水之處。○《禮記》:子夏曰:「吾離群而索居,亦已久矣。」○亭,《釋名》:「停也。」道路所舍,人之所停集也。

【解】江亭送别,南見巴江,其源自遠方又流向遠方。北望,雲横山嶺,乃要塞之處。仰望高山,俯看流水,皆慘烈之景。見之,未别而已悲!津亭作别時,正秋夜月明。相對而互泣離别。此情此景,除了月光，有誰見？有誰憐？昌祺曰：「『誰見』言二人外，無見之者。」又曰：「此種詩勝于陳、隋，宜爲唐之正始。」

其二

亂煙籠碧砌，飛月向南端。寂寂離亭掩，江山此夜寒。

【事】亂煙，謂霧靄如煙。王融詩：「鳳旍亂煙道。」〇梁簡文詩：「幔陰通碧砌。」砌，甃也，俗稱石臺階。〇潘岳詩：「皎皎窗中月，照我室南端。」又，《東京賦》：「啓南端之特闈。」薛綜注：「端門，南方正門。」

【解】津亭望去，碧砌爲亂煙籠罩，秋色朦朧。漸煙消雲散見朗月掛於晴空之南端。始則煙霧籠月，四圍暗淡，繼而夜色變深，月復明朗。此秋景之常也。唐《解》曰：「煙升月轉，見話別之長。」「碧」字，無意。「飛」字同上，言月之清輝如飛一般傾瀉。夜深岑寂，寒氣逼人，故掩離亭門户。平日秋水、山雲已淒然蕭索，今夜更覺淒涼。唐《解》：「亭掩夜寒，覺別緒之慘。」離亭，離筵義，即前「津亭」也。津亭並非偏房。掩，一説遮蓋寂寞之月光，今不取。

○盧照鄰

曲江花

一作《西池荷》，又名《曲池荷》。《唐詩解》：「晉人《曲池歌》：『曲池何淡淡，芙蓉蔽清源。』」

浮香繞曲岸，圓影覆華池。常恐秋風早，飄零君不知。

【事】沈約詩：「圓影隙中來。」○《楚辭》：「鼉黽游乎華池。」○《直解》曰：「香在水上，曰『浮』；影照水下，曰『覆』。」

【解】望蓮池，曲岸邊荷香浮動，荷葉之圓影，覆於華池之上，極有情趣。目睹此景，常懷擔憂之心。蓮花乃夏榮秋傷之物。今秋風早颺，零落成泥。若它徒自飄零，君不曾見其美，甚可惜也！

盧照鄰懷才不遇，以荷花喻己之落魄。荷花宜於夏不宜於秋風，故常恐其早到也。「常恐」二字包結句在內。盧照鄰投潁水而死，詩爲之讖歟？不可。昌祺云：「古歌如下二句者多。」極是也。

〇駱賓王

在軍登城樓

城上風威冷，江中水氣寒。戎衣何日定，歌舞入長安。

【事】鮑照《蕪城賦》：「蔌蔌風威。」〇王粲詩：「歌舞入鄴城。」按，中宗嗣聖元年，武后廢帝爲廬陵王，立裕王。此徐敬業與賓王起兵揚州時作也。

【解】登揚州臨江城樓四望，秋冬肅殺之氣甚烈，天風威冷，水氣寒光砭人。此「寒」字，與同作中「今日水猶寒」之「寒」字同，指寒風凜凜之光景，極言水面寒氣之盛。而庵注：「是言敵人喪膽也。」何時可脱去戎衣，换上平時衣服？等戰事平定後，一定要去長安，載歌載舞，慶賀天下太平。在那之前，枕戈待旦，片刻不敢疏忽。《直解》曰：「惜乎不從魏思温之策，卒至敗亡耳。」《合解》：「有諷敬業意。」此二注可也。唐《解》綏眉注，於理雖好，暫不可論。

送別

此別李嶠詩也。

寒江乘夜永，涼夕向秋澄。離心何以贈，自有玉壺冰。

【事】鮑照詩：「直如朱絲繩，清如玉壺冰。」〇鮑照詩：「誰共別離心。」

【解】寒江邊送別，秋夜之永、江水之長，俱乘舟而去。時值涼夕，長空澄凈皎潔。目睹此時之景，愈傷離別。起句「寒」字，兼秋冷與蕭索也。「夜永」「江長」，客去之遠。承句言別時蕭索慘澹之狀也。又，起句類似《詩經》「江之永矣，不可方思」之句。不知以何物爲離別之贈品，權將我這顆如玉壺中冰塊般純潔之心拿來做餞別之禮。可知詩人情誼之切。按，「玉壺冰」，《文選》中《白頭吟》注，取其潔凈也。然此詩中應是寒心之意，即心中寂寥慘澹之情。

洛堤曉行

《盛世美談》曰：高宗時天下無事，上官儀嘗凌晨入朝，循洛水堤步月緩轡，咏詩云「脉脉廣川流」云云。今據洪邁《絶句選》爲賓王，列於此。

脉脉廣川流，驅馬歷長洲。鵲飛山月曙，蟬噪野風秋。

【事】《文選》：「盈盈一水間，脉脉不得語。」注：「脉脉，相視貌。」《漢·地理志》：「信都國廣川縣中，有長河爲流，故曰廣川也。」〇《詩》曰：「驅馬悠悠。」〇魏文帝詩：「乘渚望長洲，群鳥讙嘩鳴。」

【解】拂曉時分，過洛水大堤，但見川水脉脉，河岸開闊。爲此等興致所吸引，策馬繞長洲而行，夜色漸白，烏鵲啼叫，上下翻飛。仰望山頂，殘月掛曙天。其間，蟬鳴聒噪，野風拂過，吹送絲絲寒意，感秋風也！秋光晨景如畫，妙矣！

〇韋承慶

南行別弟[一]

承慶坐張易之黨，南流嶺表時作。弟嗣立，字延構。

萬里人南去，三春雁北飛。未知何歲月，得與爾同歸。

【事】《琴賦》：「三春之初，麗服以時。」按，三春，一有稱初、仲、晚三個月者，一有曰暮春而已者。

○人，指承慶自己。

【解】我今遭流謫，將去萬里遥之嶺南。臨此之時，心有所想：今值三春，正是南飛大雁北歸之時，我却要離開北國到南方去。北方乃都城所在之地，令人羡慕。今日與君一别，不知何日得赦免，與爾同歸。未來不可預料，只盼你無恙。此言簡潔，而别情之哀有餘。「同歸」，歸而同居之意也，非同歸於謫地也。按，《唐詩解》題作《南中咏雁》。然，「爾」字指雁而言，言思歸不得，故羡雁之北飛也。此解隱晦，今姑從《品彙》及《絶句選》題。

【校勘記】

［一］南行别弟：《全唐詩》卷四十六作《南中咏雁詩》，并於題下注曰：「一作于季子詩。題作《南行别弟》。」

其二［一］

澹澹長江水，悠悠遠客情。落花相與恨，到地一無聲。客，一作「别」字。

【事】澹澹，水流貌，一説無意義。

【解】今我將赴貶地嶺南，順長江而下，但見江水悠悠，直奔遠方，客情亦如此。悲嘆遠謫之身。江水之永，與別情之遠相同，是以江水起興。春三月，花事已過盛期，花兒離開枝頭紛紛落去。花之散落與人之漂泊相同，故花心亦有恨。我離開都城，流落嶺南非無恨。然花、我相與恨也。花落無聲，我雖遭流謫也無處申訴。我與花都同樣無聲。因水起興，以花作比，句句奇也。

【校勘記】

［一］此詩《全唐詩》卷四十六作《南行別弟》。

〇宋之問

途中寒食［一］

寒食，是指清明前兩日，詳見七絶。

馬上逢寒食，途中屬暮春。可憐江浦望，不見洛橋人。

【事】洛橋，天津橋也，因其架於洛水之上，故名。

【解】因被貶而下龍州，騎馬行走途中，適逢寒食節。時值暮春，乃旅行之最好時節。尤其是此名江浦之處，眺望四周風景，惹人憐愛。當此時節，在洛中天津橋賞春色之人中，多爲我之故人。此江浦風景雖好，看來看去，净是素不相識之人，反生愁緒。按，宋之問諂事張易之，坐貶龍州。此其途中之作乎？

【校勘記】

［一］途中寒食：《全唐詩》卷五十二作《途中寒食題黄梅臨江驛寄崔融》，並注：「一作《初到黄梅臨江驛》。」該詩爲原詩首聯和頷聯。

送杜審言［一］

卧病人事絶，嗟君萬里行。河橋不相送，江樹遠含情。

【事】河橋，一曰蒲津橋。見《史·秦紀》注。然今按此河橋當指灞橋。灞橋在長安。來迎去送皆至此橋，爲離别之地，故時人呼之爲「銷魂橋」也。見《開元遺事》。又，至此橋折柳贈别，見《唐·百官志》。且之問亦有「且别河橋楊柳風」，益知灞橋。〇謝朓詩：「雲中辨江樹。」〇何遜詩：「含情下翠帳。」

【解】今我因病卧居，人事斷絶。聞君要萬里遠行，思相送於河橋。奈何身體如此，不能相送，唯嗟嘆離别。「嗟」字，非語言囉嗦，長吁短嘆，乃俗言：「唉，且罷！」可心中却痛切哀嘆，見意之深切也。江樹綿綿延伸不絶，至於遥遠處，代我宋之問來爲君送行。江樹承我之深情，送君遠行。高云：按本集乃五言律詩。然此亦可絶矣。〇五言絶難於全散，此獨散而有氣。末句言江樹皆我心所托也。

【校勘記】

［一］據《全唐詩》卷五十二，該詩爲原詩首聯和頷聯。

早發韶州［一］

《唐·地理志》：韶州始興郡，屬嶺南道。

緑樹秦京道，青雲洛水橋。故園常在目，魂去不須招。

【事】《唐評》云：「京洛稱故園，唐人常語。」〇《招魂》，宋玉所作也，哀屈原忠而見斥，作《招魂》以復其精神。此詩翻案之。

【解】之問貶龍州參軍，後逃歸洛陽，此宿韶州，早發上京時作也。翻過那緑樹葱蘢之高山即通往京城之大道；青雲之下，可見架於洛水上之天津橋。時時想念京華，心情迫切。思念故園，一刻都不曾忘，常在眼前。世有爲亡者招魂之俗禮，吾死之後不必爲之。此言謂「不招」，亦不忘歸心也。《唐評》曰：「不在目而曰『在目』，魂宜招而『不須招』，言魂在故園，何反招之至他鄉。意拗而妙。」○此述在路途想像洛陽光景，期早日抵京，平時不忘想念故鄉。

【校勘記】

［一］據《全唐詩》卷五十三，該詩爲原詩最後兩聯。

○張九齡

自君之出矣

此題，漢代徐幹有《閨情詩》五首。其第三首曰：「自君之出矣，明鏡暗不治。思君如流水，無有窮已時。」後人因而爲題，亦謂之《思君去時行》，竹枝詞類。

自君之出矣，不復理殘機。思君如滿月，夜夜減清輝。

【事】靈運詩：「山水含清輝。」按，此詩又有「不」作「無」，「清」作「容」，爲玄宗作。

【解】自君之出矣，我不復織殘機，徒送日月。無心於事，思君心切也。其思如滿月，我心滿是思君之情，別無空隙。然月之清輝夜夜減，我思君兮日日衰，不復有本來之樣子。思念之切，其狀如此。此詩堪稱奇巧。《合解》：「『如』字冒下七字。」《直解》：「此子壽（九齡字）以織婦自比，身不在朝，心猶念闕。爲李林甫排黜，寧不爲國而焦勞乎？」

附

又　宋　許瑶

自君之出矣，珠翠暗無精。思君如日月，迴環晝夜生。

又　宋　顔師伯

自君之出矣，芳帷掩不舉。思君如迴雪，流亂無端緒。

又　陳　賈馮吉

自君之出矣，紅顔轉憔悴。思君如明燭，煎心且銜淚。

又　隋　陳叔達

自君之出矣，明鏡罷紅妝。思君如夜燭，煎淚幾千行。

江上梅

〇王適

上，一作「濱」。

忽見寒梅樹，開花漢水濱。不知春色早，疑是弄珠人。 開花，一作「花開」。

【事】 王融詩：「隨珠漢水濱。」〇張衡《南都賦》：「游女弄珠於漢皋之曲。」《韓詩外傳》：「鄭交甫將南適楚，遵彼漢皋臺下。乃遇二女，佩兩珠，大如荆鷄之卵。」

【解】 於漢水之濱，忽見寒氣中梅樹皆已開花，非常美麗。細思如此春色爛漫，恐過早，或非花。疑是仙女降臨漢水之濱，弄珠嬉戲。眼前所見之春色，莫非天人之作也！

○東方虯

王昭君[一]

一作《昭君怨》。姓王，名嫱，字昭君。乃漢宫第一美人也。其誤嫁匈奴之事詳見《西京雜記》。又，前、後《漢・匈奴傳》共載，其説不同。後人多作此題，《明妃曲》亦同。

掩淚辭丹鳳，銜悲向白龍。單于浪驚喜，無復舊時容。

【事】陶潛詩：「掩淚泛東逝。」○戴暠詩：「丹鳳俯臨城。」丹鳳城，即長安。○任昉《王文憲集序》：「有識銜悲。」銜，俗作「啣」。○單于，匈奴國王名。○白龍堆，形如土龍，在西域中。詳見《前漢書》注。○浪，孟浪，輕率也。

【解】昭君，絶代美人，不得君寵，不意而遠去匈奴，爲單于妻。故掩面哭泣辭别丹鳳，心中定萬般哀苦！一路銜悲而過白龍堆。後，國王單于見昭君而驚呼：此乃絶代之美人也！心中歡喜不已。然昭君銜悲，終日悲苦，睹此面容，已不復漢宫時舊顔。「無復」，言無法變回昔日容顔之意也。「單于驚喜」句與昭君「掩淚辭丹鳳」句相應極妙！單于愈喜，昭君愈悲。而庵曰：「此詩從『怨』字上虚想出來，非真有其事也。」○按，同作《胡地無花草》詩淺露，比此大劣。

【校勘記】

［一］王昭君：《全唐詩》卷一百作《昭君怨三首》，此爲第二首。

○盧僎

途中口號

抱玉三朝楚，懷書十上秦。年年洛陽陌，花鳥弄歸人。

【事】卞和得玉璞，獻之楚武王。玉人曰石也，刖右足。武王没，文王立，復獻之。復曰石也。刖左足。至成王，使王尹攻之，果得竇玉。事見《史記》《國語》《呂覽》等。○《戰國策》：「蘇秦説秦王，書十上而説不行。」○陌，道路也。沈約詩：「洛陽南陌頭。」

【解】卞和得玉璞，大喜，抱之朝獻三代楚王，歲月徒流逝。蘇秦説秦王上書十次，仍不納。此皆窮盡經年之志而無益也。與之相比，世人年年洛陽陌賞花弄鳥，開心而歸。我以爲一切莫过於遇時得志也。劉禹錫詩：「紫陌紅塵拂面來，無人不道看花回。」二詩相類。唐《解》：「累歲無成，竟爲花鳥所戲弄也，悲夫。」此注謂徒勞無益事，却爲花鳥弄，此解亦通。《唐評》：「寄恨甚妙。上聯比己之勞而無功，徒移歲月。」

〇武平一

名甄，以字行。武后時，隱嵩山，屢召不應。中宗立，召爲起居舍人、修文館學士。玄宗立，貶蘇州參軍。

奉和元日賜群臣柏葉[一]

《風土記》：「以柏葉釀酒，元日獻之，主多壽。」又，《歲時記》：「元日進椒柏酒。」傳椒是玉衡星精也，柏是仙藥。與進屠蘇酒同。

緑葉迎春緑，寒枝歷歲寒。願持柏葉壽，長奉萬年歡。長，平聲。

【事】《論語》：「歲寒，然後知松柏之後凋。」按，「柏」「栢」相同。和俗訓栢「カヤ」，與「榧」相混，訓「柏」爲「カシオ」，與「櫟」混，大誤也。柏四時不凋，色不變，可略訓爲「カエ」。

【解】柏樹常緑，且不變色。然今始迎春而漸添新緑。此同松樹，歷寒而後凋，方見其操。如此靈德之樹，若將此木釀酒呈上，可延年益壽。故今朝元日，君賜群臣酒，臣等持柏葉酒，奉萬年長壽之歡。惟願主君千秋萬歲。慶賀之詩，皆按此體製作。

【校勘記】

［一］奉和元日賜群臣柏葉：《全唐詩》卷一百零二作《奉和正旦賜宰臣柏葉應制》。

○鄭愔

咏黄鶯兒

又名倉庚、鵹黄、黄鸝等。此外，異名多。或單字「鶯」。兒，幼稚義，未離巢之黄鶯幼鳥也。

欲囀聲猶澀，將飛羽未調。高風不借便，何處得遷喬。

【事】《小雅》：「出自幽谷，遷于喬木。」喬，高也。

【解】此詩言尚未離巢之黄鶯兒，欲囀而聲猶澀，故無清音；將飛而羽未滿，故不獨立。又無風力可憑，難遷高樹。如借得風便，可任遷高木。此喻附驥尾而求售之士。

鳥鳴澗

〇王維

《皇甫岳雲溪雜題五首》之一也。

人閑桂花落，夜静春山空。月出驚山鳥，時鳴春澗中。

【解】人心無雜念閑居之時，見桂花時來則開，時過則落。人若閑静，日亦閑静。晝静夜更静。春山無忙亂，一片空濛。言於無人聲之境界，通行無礙。此聯，而庵云：「心上無事人，浩然太虚，一切之物，皆得自適其適。」

按，人心淡然能閑，則世事塵忙皆空。知春山空則市朝亦空。一切皆空，則心性自虚明也矣。夜深人静，春山空濛之際，萬物皆空寂，忽然月出，華光照四周，栖鳥驚鳴，雖在樹上，聲傳澗中。夜鳥不鳴，因月光也。月非有心，鳥鳴亦未嘗有心，人亦何嘗有心而聽乎？月無心，鳥亦無心，人亦無心之境。是從閑静之中覺得如此。〇施相曰：「『春山』改『秋山』，『山鳥』改『栖鳥』，『春澗』改『深澗』。爲『栖鳥』則與桂花及夜静相映，而言秋山則空，視春山更切也。」〇《唐評》：「因鳥聲而寫静夜之景，遂以鳥鳴命題。」

孟城坳

本集自序：余別業在輞川山谷，其游止有孟城坳、華子岡、文杏館、鹿柴、木蘭柴、金屑泉、白石灘云云。與裴迪閑暇，各賦絶句云。見《輞川集》。

新家孟城口，古木餘衰柳。來者復爲誰，空悲昔人有。

【事】江總詩：「古木斷懸蘿。」○謝朓詩：「衰柳尚沈沈。」○魏武帝樂府：「來者爲誰，赤松、王喬。」

【解】於此孟城坳造新家，移後，但見尚餘古木、衰柳也。「餘」字、「殘」字，意同。此古木、衰柳先我到此居住。窮我一生，不見其生命盡頭。我死後，樹依存。不知身後誰繼我而居此？亦不復見居此之人。其時，其人視我，如我之視昔，悲從中來。今之所見，皆非真實，故稱其爲「空」。「有」字應音讀，俗世所有財物也。後來繼我者，雖不知爲誰，後之視今，亦猶吾之視昔乎？空悲昔人之所有而已。愚謂此處爲改寫《阿房宫賦》「使後人而復哀後人也」之句。[一]

【校勘記】

[一] 此處當有誤，杜牧生於王維逝後，故王維不可能改寫其《阿房宫賦》。

辛夷塢

《楚辭》注：「辛夷樹，花初發如筆，北人呼爲『木筆』。」〇和名「コブシ」。又名望春。亦見於藤原爲家之和歌。又被稱作「シデコブシ」，言其花形狀如「シデ」。〇塢，山阿也，小障也。

木末芙蓉花，山中發紅萼。澗户寂無人，紛紛開且落。

【事】《楚辭》：「搴芙蓉兮木末。」〇謝靈運詩：「山桃發紅萼。」萼，又稱花房。〇江總詩：「澗户聽涼蟬。」

【解】木末見芙蓉花開，美不勝收。芙蓉本池中物，今於此山中開紅花，實爲罕見好風景。「萼」，花也。此花甚美，因生澗户，而無人愛憐。獨自寂寞紛紛開放，又徒自凋落，甚可惜也。

漆園

《史記》：「莊子爲蒙漆園吏。」〇《一統志》：「漆園在鳳陽府定遠縣東三十里。」

古人非傲吏，自闕經事務。偶寄一微官，婆娑數枝樹。枝，一作「株」。

【事】郭璞詩：「漆園有傲吏。」○歐陽建詩：「抱責守微官。」○婆娑，舞者之容也。《國風·陳風》：「婆娑其下。」

【解】古人莊子爲漆園吏。或曰「漆園有傲吏」，然古人並非傲吏，自然而與經世之務關聯而已。傲，俗曰任性之人；吏，官人也。按，本集及他本中，「關」作「闕」，然「闕務」，意不通。在明儒詩有注釋云：「無深意，未知何故。」蓋不解其意也。今偶得漆園爲我別業，好似莊子將其舊居寄贈於我。「一微官」，王維自言其卑下之辭也。達官貴人在稱呼自己時往往言下官。於幾株大樹下，起舞自娱。因是著名古人舊居，故愉悦也。本集注：「引古自況。即此漆園不必有景色，自與古人高情會。」此注甚佳。按，或曰此非莊子舊居，此不知詩之人言也。此詩非論事實真僞也。總之，詩以意及氣之風雅爲主，故不多論物之有無，與實録、正史不同。

欹湖

吹簫凌極浦，日暮送夫君。湖上一迴首，山青卷白雲。凌，一作「臨」。○夫，音扶。

【事】《楚辭》：「望夫君兮未來，吹參差兮誰思。」極，遠也。浦，水涯也。參差，洞簫也。

【解】於欹湖送別，此地風景甚好。江浦綿延，無邊無際。在此吹簫，痛飲離別之酒，不覺天色已晚。

不忍別離，悲從中來，又時值薄暮，愈添悲傷。別後，回望湖上，但見青山依依，白雲舒捲，却不見君之身影。其時心情，難以言表。見青山，山也；見白雲，雲也。此皆日暮之景也。《唐評》：「『回首』是摩詰（王維字）自言其地之蕭曠，冀友之不忘也。」〇悵望之意自好。

送別

山中相送罷，日暮掩柴扉。春草年年緑，王孫歸不歸。

【事】沈約詩：「去去掩柴扉。」〇《招隱》：「王孫游兮不歸，春草生兮萋萋。」〇庾肩吾詩：「未必游春草，王孫自不歸。」〇愚謂此「王孫」非草名。孟遲詩「蘼蕪亦是王孫草」與今不同。草名，詳見《本草》。

【解】此詩寫別後憶及其人，難以忘懷之情。自君別離之後，山中再無友人造訪。日暮即掩門寂寞度日。「相送罷」，言是與君離別之後，再無迎送之友人。然與君別後，終不能忘。春歸，見枯草回緑，而念君歸不歸？曰「年年」，知終未來。故想起「王孫游兮不歸，春草生兮萋萋」。「歸不歸」，言草木逢春定緑，人却久等不回。春天總會回來，然斯人一去久不歸，含無限埋怨之情。或將其讀作「歸或者不歸」，僅固定指代離人，不可取。若按前一種説法理解，訓成「本該歸來却不歸」，這很好理解，但訓點過於瑣碎，反而顯得有些粗卑。此詩作爲翻案之作，手法巧妙。《唐評》云：「謝朓、庾肩吾皆翻《楚辭》，此則不翻之翻。」

留别崔興宗[一]

崔，姓也，興宗，字也，名疑，與王維友善，開元時處士也。留别，留下詩歌離别也。

駐馬欲分襟，清寒御溝上。前山景氣佳，獨往還惆悵。

【事】殷諶詩：「陌頭能駐馬。」〇古樂府：「下有清水清且寒。」〇《白頭吟》：「躞蹀御溝上。」〇殷仲文詩：「景氣多明遠。」〇陶潛詩：「山氣日夕佳。」〇惆悵，悲愁也，又失志、望恨貌。

【解】臨發之際，駐馬欲分襟。分襟、分手等，相别離也。「欲」字當譯作動詞。此時天氣清寒，於御溝之上離别。此「清寒」二字兼指天氣清朗和御溝水之清澈，屬雙關語。用古樂府字，又暗有駱賓王「今日水猶寒」意。然前路風景秀麗，多佳山好水，若有興宗與我同往則甚樂也。然終不能，故儘管山水秀麗，却平添惆悵。其思念興宗，牽掛之情甚厚。「還」字，一説别後獨往，回首見興宗心中惆悵也。以「顧」解「還」，亦通。綏眉在《唐評》中認爲，前山爲崔興宗所往，惆悵亦屬崔。此爲誤解。此外諸家注解亦多不當之處，今不取。

【校勘記】

［一］留别崔興宗：《全唐詩》卷一百二十九作《留别王維》，署作者爲崔興宗。

玉階怨

〇李白

王僧虔所録《相和歌楚調十曲》内有《玉階怨》。

玉階生白露，夜久侵羅襪。卻下水晶簾，玲瓏望秋月。

【事】《西都賦》：「玉階彤庭。」〇《洛神賦》：「羅襪生塵。」〇本集注：「水晶簾，以水晶爲之，如今之琉璃簾。」〇玲瓏，若指玉聲，意難通。此詩之「玲瓏」，《漢書·揚雄傳》晋灼注爲「明見貌」者，今取之。

【解】失寵宫女，站於玉階上渴望得到君王寵幸，卻難以遂願。寂寞佇立之時，不知不覺已夜深人静，白露滋生。細看之，已浸透羅襪，不禁大吃一驚。因其久立，思緒集於煩心之事，直至深夜。於是，返回室内，頓感寒氣，便急忙放下水晶簾。本想入睡，可倒在床上卻難以入眠，簾子縫隙裏透進秋月之光芒，愈發添煩惱。而庵《説唐詩》云：「望幸之心尚未斷絶也。」又云：「玲瓏正指簾隙處而言，夫在玉階，止見白露，在簾下，止見秋月，而君王之消息杳然，那得不怨？」翼雲云：「雖不説怨，而字字皆是怨。」（蕭注同意。）《唐評》云：「入神之筆。」是也，妙奇！

秋浦歌

本集有十四首。〇《一統志》：「秋浦在池州府城西南八十里，四時景物宛如瀟湘洞庭。」

愁作秋浦客，强看秋浦花。山川如剡縣，風日似長沙。剡，時染切，音「冉」。

【事】王融詩：「紫庭風日好。」〇《九域志》：越州東南二百八十里有剡縣。昔王子猷在山陰，雪夜憶戴安道在剡，便乘舟訪之。至其門，云興盡不入而返，其地也。又《世説新語》，顧長康自會稽還，人問其山川景象，顧盛讚彼地勝景：「千巖競秀，萬壑争流，草木蒙籠其上，若雲興霞蔚。」〇盛弘之《荆州記》：「長沙西岸有麓山，其下有精舍，左右林嶺，迴環泉澗，傍有磐石，每至嚴冬，其水不停霜雪。」

【解】我離開都城來此秋浦，身爲羈旅之客，常懷憂愁。聞今秋浦鮮花盛開，便强出門而看之。雖是天下之勝景，然我心懷憂愁，故無意賞之，此乃人之常情也。雖强來此地，望之，果然好風景。山川風光如絶景之會稽剡縣，風和日麗，氣候宜人，又似長沙。長沙乃屈原澤畔苦吟、賈誼左遷之地。「似長沙」一句，亦含我謫居秋浦之意。其言而不露，只云風景，讓人從中領悟。實乃妙筆也。唐《解》注：「托興深遠。」好注解也。

清溪半夜聞笛

《九域志》：池州貴池縣有清溪鎮。

羌笛梅花引，吴溪隴水清。寒山秋浦月，腸斷玉關情。本集「清」作「情」，「情」作「聲」。

【事】虞羲詩：「羌笛隴頭鳴。」○梅花引，曲名。梅花落笛中曲也，唐大角曲有《大梅花》《小梅花》等曲，見《樂府解題》。又，馬融《笛賦》：「近世雙笛從羌起。」

【解】我謫居池州，見吴溪隴水清澈，對寒山秋浦之月，羈旅之思難慰，又聞此羌笛之聲。所吹何曲？《梅花引》也，爲離别傷情之曲，聞之而心中愈發悲戚。如見玉門關之戰鬥，柔腸寸斷。《唐評》：「清溪有三，詩曰『吴』，則池州矣。既爲池州，則『隴水』下當是『情』字。」

銅官山醉後絶句

銅官，唐時屬宣州，山有銅有鐵，故名。《入蜀記》「過繁昌縣，隔港即銅陵，界遠山嶄然臨大江者即銅官山。太白所謂『我愛銅官樂』」云云，是也。○《漢・貨志》：「從建元以來，往往即銅官而鑄錢。」

我愛銅官樂，千年未擬還。要須迴舞袖，拂盡五松山。

【事】江淹賦：「暫遊萬里，少別千年。」○擬，訓爲「ナヅラウ」，「擬準」之轉用也。亦可解爲「揣度以待」。○《宣州圖經》：「五松山在南陵銅井西五里，有古精舍。」

【解】我愛此銅官山，因古來其銅可鑄錢救貧民。我想居此千年，亦未擬還也。吾欲舞袖暢飲遊樂，以此舞袖撫盡五松山上之松樹。「須」字，意所欲也，注爲「需」，但願也。要，求也，待也，亦追求遂願意。李白有「我來五松下，置酒窮躋攀」，因名「五松山」，可知李白深愛此山。

送陸姓判官官往琵琶峽

古荆地，今夔州府十二峰之一也。沈佺期詩：「俯眺琵琶峽，平看雲雨臺。」

水國秋風夜，殊非遠別時。長安如夢裏，何日是歸期。

【事】顔延年詩：「水國周地險。」○蘇武詩：「良人遠別離，各在天一方。」

【解】今陸判官往琵琶峽，彼地有大江大河。荆、吴兩州，古來習稱水國之地。送君赴其地，其時秋風寒冷，且值夜半時分，非送別之時也。殊，特别之意。别後念長安，只能夢裏見，何年何月歸長安，不知期也。故此别益發讓人不捨和悲傷。「是」字指歸期不定。

憶東山

《一統志》：東山在應天府東南三十里。謝安舊隱會稽東山，築此，擬之。

不向東山久，薔薇幾度花。白雲還自散，明月落誰家。

【事】《晉書・謝安傳》：「安雖受朝寄，然東山之志始末不渝。」〇陶潛詩：「薔薇葉已抽。」〇《一統志》：「薔薇洞在東山之半。」

【解】憶昔東山日，數年已不往。山中薔薇洞，花開似舊時。今年又已發，不知第幾度（野薔薇一年四季都會開花）。此乃山中之名地，故先言此，與起句已久不向相呼應。昔我山中時，已慣看白雲聚散。今亦見自聚自散。亦曾對月把盞，其月未變，不知今晚落於誰家。我在山中時，曾與雲月爲友度日，今雲月之旁又誰？〇《唐詩解》：「世傳白雲、明月乃謝安二妓名，此學究語也。」按，山中寂寞之象，適太白灑落之情。

八陣圖

〇杜甫

本集注：諸葛亮輔漢昭烈，功蓋天下。傚八陣圖凡三：其一在四川成都府新都縣牟彌鎮，其一在棋盤市，其一在夔州府城南。其陣聚細石爲之，各高五尺，皆布列相當，中間相去九尺，或爲人散亂，及夏水所沒，水退復如故。〇八陣者，天一，地二，風三，雲四，飛龍五，翔鳥六，虎翼七，蛇蟠八。〇時杜子美在夔州，此必題於夔州魚腹平沙之八陣圖。

功蓋三分國，名成八陣圖。江流石不轉，遺恨失吞吳。

【事】《史・淮陰侯傳》：「功蓋天下者不賞。」〇《出師表》：「今天下三分。」〇劉禹錫《嘉話錄》曰：「三蜀雪消之際，澒涌滉瀁，大木十圍，百丈枯槎，隨波而下，及乎水落川平，萬物皆失故態，獨八陣圖小石之堆壘，行列依然，迨今不動。」（槎，乃木筏，又指斫木。）

【解】孔明乃蜀國輔佐之臣，其功勞蓋過吳、魏、蜀三國之國臣，可謂功莫大焉，他人遠不能及。其神妙事之一乃八陣圖。司馬懿正其敵也，見而譽之曰：「諸葛君，真名士也。」故成其名也。其八陣圖乃小石壘築而成，奇妙不測。蜀國多山地，冬雪消融之時，從三峽等流下，河水猛漲，其勢極大。其時，粗達十圍、長十丈之巨木横竪交錯，隨波而下，當之者無不流失。水落之後，放眼河邊，觸目之物，皆失故態。其中，唯八陣石壘巋然不動，真神妙莫測也。如此稀世之才，吞吴之策竟不遂，失其時也。每念此，我亦不禁爲之扼腕嘆息。按，孔明輔漢王而欲令爲王諸天下者，取吴取魏，其所策也。先後窺其時，吴先取則魏亦易制，然未有吴可取之時，故遺恨也。〇結句解者多誤。唐仲言《解》引《東坡志林》妄説而同。徐而庵辨其謊，極好！

武侯廟

《一統志》：「廟在夔州府八陣臺下。」〇《蜀志》：後主十二年春，亮卒於軍。時年五十四。謚爲忠武侯。

遺廟丹青落，空山草木長。猶聞辭後主，不復卧南陽。

【事】《張良廟教》：「修飾丹青。」（丹青謂繪彩。）〇「辭後主」，言上《出師》二表於劉禪也。〇《漢晋春秋》：「亮家于南陽之鄧縣。」又《荆州國圖》：「鄧城舊縣西南一里，隔沔有諸葛亮宅，是劉備三顧處。」

【解】我今見武侯廟，廟中丹青剥落，一派蕭條。但見廟外山林草木常茂，知久歷歲月之古迹也。然追思孔明往昔，不忘先主（姓劉，諱備，字玄德，謚曰昭烈皇帝）之遺命，輔翼後主（諱禪，字公嗣，先主之子也），伐魏，兩上《出師表》。其辭今傳於天下人之耳目。其初隱居南陽，本不望聞達，感先主三顧之知遇，欲興漢室，出南陽。自此不復歸隱南陽之舊居，亦不見棄後主之昏弱，盡忠義之心，卒於軍中，讓人感動。此乃古今之大忠哉！「遺」，言人亡物存，可注爲「陳迹」也，此詩强調遺留。子美乃忠義之人，感念武侯之忠心，又哀嘆其事業中道夭折而不遂。

絶句

本集有六絶，其一也

江動月移石，溪虛雲傍花。鳥栖知故道，帆過宿誰家。

【事】本集注：「故道，歸宿之舊路也。帆過，客舟之帆也。」宋選送弟入洛，凝佇久之，曰：「帆過南浦，今夜清風明月，宿水溪誰家？」

【解】於草堂眺望錦江一帶，見江水波動，月影閃亮，如見石移行。溪谷空虛，無所儲存，雲朵飛渡，似慕花而有意傍之。月光隨水波而動，花自開，雲自渡，本無情之物，於此却有意相傍。本集注解不可取。此二句言清風明月相伴，徒增客愁。暮見諸鳥不忘歸路，紛紛飛回舊巢，夜栖於此。望對岸，有船揚帆駛過江面，夜亦行駛，不知往何處、宿誰家。鳥尚晝行夜宿，人却因生計而無静時。看似言月明之夕之山水佳境，實則於對比中見世道昏亂，人身漂浮而不得安寧之狀。

送友人之京

〇孟浩然

君登青雲去，余望青山歸。雲山從此別，淚濕薜蘿衣。

【事】《史・范雎傳》：須賈曰：「不意君能自致於青雲之上。」〇《楚辭》：「披薜荔兮帶女蘿。」

【解】君離此而登青雲，於此告別。遠望青山，縱然戀慕君之足迹，却不能與君同行，萬分遺憾，只好中途而歸。然君行往前，我退而歸家，相互之間步步而漸雲遠山隔，日日疏遠，此皆今日始也。別後便思念，任淚濕薜蘿衣而無他法。一句以「雲」言行人，二句以「山」言己，用字精妙。第三句雖言「從此別」，然我心依舊。「薜蘿衣」者，有青苔的衣服，爲隱者、山僧所多穿用。此即俗言穿髒之棉衣類，解爲衣類即可。

宿建德江

《一統志》：「嚴州府建德縣有新安江，又有東陽江。」

移舟泊煙渚，日暮客愁新。野闊天低樹，江清月近人。闊，一作曠。

【解】乘船一路奔波，日暮停泊於建德江渚，雲水之氣升騰，沙渚如煙。見此景不禁感孤單寂寞，重添羈旅客愁。《直解》曰：「旅況逐地而生，至此江，又是一番離愁，故曰『新』。」然泊船於此，舟中遠望四野，天空低垂，如與樹連成一片，近而視之，但見江水清澈，月光明亮，於近處陪伴旅人。此言孤獨凄清之夜景也。旅客自是愁緒滿懷。真妙手也。《唐評》：「天低月近，本不見愁，承『客愁』，便覺凄凉。」

○崔國輔

銅雀臺[一]

雀，一作「爵」，義同。《三國·魏志》：「建安十五年冬，太祖（即曹操）乃鄴作銅雀臺。」

朝日照紅妝，擬上銅雀臺。畫眉猶未了，魏帝使人催。

【事】《鄴中記》：「日之初出，流光照耀。」〇紅妝，宮女之粉裝。〇《明皇雜録》：「劉晏號神童，引晏内殿，貴妃親爲畫眉總髻。」又《漢書》：「張敞爲婦畫眉。」〇了，畢也，意同「終」字，收拾東西結束。與杜詩「齊魯青未了」同。亦可置於句中或句尾，乃俗語也。作詩中俗語時，爲常用助詞。魏帝曹操遺命云：「使妓女時時登臺，望吾西陵墓田。」

【解】曹操生前，多蓄寵妓，其妓於天亮前登銅雀臺整理妝容。及朝日初升，其光與妓之裝束相互照耀。故衆人争先上下凝望。然宮女「畫眉（也可以説成化妝）猶未了」時，魏帝將御幸，頻派人催促也。此言魏帝在位時光景。又留下遺言，命衆妓望其墓田而歌舞。今銅雀臺僅存其名，刺當今皇上耽溺於女色也。

【校勘記】

［一］銅雀臺：《全唐詩》卷一百一十九作《魏宮詞》。

采蓮曲

《南史·羊侃傳》：「自造《采蓮》《棹歌》兩曲，甚有新致。姬妾侍列，窮極奢靡。」〇本集注：「起齊景公造采蓮舟，令官女撑之。」

玉淑花紅發，金塘水碧流。相逢畏相失，並著采蓮舟。

【事】淑，《説文》：「清湛也。」今指水池。塘，堤岸也。

【解】蓮花盛發於玉池，臨金色堤岸，見其隨碧波蕩漾。「金」「玉」二字，乃詩家美辭也。然采蓮舟並列於池中，專心采蓮。謂「相逢」，采蓮舟之相逢也。相互競争，不希望落後於人，畏相失於對手。此比婦女之間求寵幸，又含競争世俗之利益也。

怨辭

妾有羅衣裳，秦王在時作。爲舞春風多，秋來不堪著。

【事】妾，婦女自稱。○著，着服。

【解】妾有綾羅衣服，秦王在世時爲我作也。其時，在秦王面前跳舞，心情舒暢，如坐春風。今秦王已逝，秋來景物悲哀，物是人非，穿著羅裳，却無歌舞演奏之心。勉强著身，亦不堪著也。綏眉氏云：「『春風』，言秦王在日也；『秋來』，秦王没後也。」唐指吕妾，則始皇之母矣。恐未是。

渭西別李侖[一]

渭水，洛陽也。於渭水西別李氏。

隴外長亭堠，山深古塞秋。不知嗚咽水，何事向西流。外，一作「右」。

【事】《一統志》：「隴亭，在隴山官道旁。」《白孔六帖》：「十里一長亭。」〇封堠，里堡也，五里一堠。與日本里程碑（一里塚）類物同。此「堠」，指斥堠。《史記》中稱遠斥堠，乃候望也。〇于闐國往西，水皆西流也。

【解】今李侖往隴山，隴外每隔十里一長亭，亭旁有土堆曰「堠」，以望烽火也，爲軍用場所。彼地山高林深，非同尋常，古來要塞多築焉。其往若逢秋，則終日陰氣綿綿，不由得會懷念帝都。然帝都在東方，彼地水流皆西向，其水聲嗚咽，耳聞目睹，情何以堪。其時，其心中所感，不可知也。「何事」，同「爲何」。

【校勘記】

［一］渭西別李侖：《全唐詩》卷一百一十九作《渭水西別李侖》。

○王昌齡

送張姓**四**排行

《合解》題作《江南曲》，爲儲光羲之作。

楓林已愁暮，楚水復堪悲。別後冷山月，清猿無斷時。

【事】楓，日本不産，與近世花肆所言「彩楓」相同。亦名「朝鮮紅葉」。見《兒訓》注。○《一統志》：「楚水出商州楚山，有兩源，下流相合，入于丹水。」

【解】秋末早至，楓林盡染，日感寂寞。於此時送張四旅行，天已日暮，愈添憂愁。況其沿楚水而行，念此不由悲傷難忍，留戀萬分。「復」字應是「已」字。今別後，我獨望山巔初升之月，時已深秋，月帶寒氣。又聞清脆猿啼之聲不斷，所見所聞無不勾起淚水。想起別後之悲傷生活，讓人倍感哀憐。一説可作爲遠遊之人所見所聞之風景來理解。

送胡大（姓大，排行第一也）

荆門不堪別，况乃瀟湘秋。何處遥望君，江邊明月樓。

【事】《一統志》：「荆門山在荆州宜都縣西北五十里大江南，與虎牙山相對。」〇薛道衡詩：「妾住常依明月樓。」

【解】你去荆門山，與君此別，依依不捨。我忍住不要傷悲，可還是忍不住。何况此乃瀟湘秋景最悲愁之地，時令還是地點，無不催生哀愁。荆門險岨地，瀟湘秋來最蕭條慘澹之處。從今以後，無處見君之踪影。雖如此，在明月之夜，登上江邊之樓，遥問雲中月。願君與我思慮同，在月明之夜，推知我思念之情。「遥」字，非目遠遠看見，指遠方一切而言。如《遥同蔡起居偃松篇》（張説）、「遥遥西向長安日」（同上）、「遥知兄弟登高處」（王維）等，諸如此類，不遑枚舉，皆在他鄉思念也。結句「明月樓」並非名所，常見之樓也，指乘着月明登樓。乘月登樓，對月思戀故人，知其佳情風流。〇《直解》：「不忍遽別，惟有藉明月登江樓遥送之耳。」如此注，唯今登樓送別時景也，雖通，却終與「遥望」之字不切合。

題僧房

僧房，同今之寮。房即旁也，在堂旁，故名。《釋氏要覽》：「房者，屬僧或屬一人。」若今寺院内各住持者。然詩中僧房、僧院、香室、道場等，使用各種别名，皆寺廟也。

棕櫚花滿院，苔蘚入閑房。彼此名言絶，空中聞異香。

【事】棕櫚，棕櫚也，皮中毛縷如馬之鬃鬣，故名爲「椶」。做繩子或做掃把用，六七月開黄白花，穗長一尺餘，垂如粟。○苔蘚，此二字一起訓作「コケ」，屬於日語中「垣衣」「屋遊」這些苔蘚類之總稱。○閑房，深堂也。○名言，非名譽、名言等，只是給事物起名字，同這個、那個。○異香，多見於佛書。

【解】來此僧房，見棕櫚花盛開。然院内深處，已長滿苔蘚。棕櫚，非俗家觀賞之木，多見於寺院。此寺廟實際有無此木並不重要，但詩中出現這一植物，非常有趣，何況其還有果實，頗得作詩要領。另外，苔蘚長於室内，知鮮有人出入，又含有濕氣，其言房間潮濕也。「閑房」，僻静裏屋，不常用之房間，可譯作日語中「むだ部屋」，由此可窺見其閑寂光景。來此寺廟遊玩，已無搬弄世間善惡是非、閑言碎語之俗人，但聞空中瀰漫之異香，絶無俗塵。「絶」，乃斷絶之意。

〇高適

閑居

《禮記》:「孔子閑居,子夏侍。」閑,「忙」之反義,無事可做,閑居。

柳色驚心事,春風厭索居。方知一杯酒,猶勝百家書。

【事】謝靈運詩序:「徐幹少無宦情,有箕潁之心事。」〇《檀弓》:「子夏曰:『吾離群而索居,亦已久矣。』」注:索,散也。謝詩:「索居易永久,離群難處心。」〇《史・賈誼傳》:「賈生年少頗通諸子百家之書。」

【解】謝絶世間一切往來而閑居一隅。柳色嫩緑,爲春風吹拂,我驚其悠閑,思緒也陡然改變。雖已厭惡遠離親朋好友之索居生活,然又一時無法做到,别無他法,不如先喝上一杯酒,其好處勝過閲讀百家書。勝,負之反意,不負所有,注爲「克」,日語也可訓讀爲「勝る」「勝つ」「優れる」等意。此外,亦可讀爲「タフル」,與「堪」字通用,意爲若能忍耐則勝。此詩又有懷才不遇、借酒抒發不得志之意。

○岑參

題三會寺倉頡造字臺

《一統志》：「造字臺在長安縣西南二十里三會寺中，相傳倉頡造書處。」○一名倉史臺。（《郡國志》）

野寺荒臺晚，寒天古木悲。空階有鳥迹，猶似造書時。

【事】野寺，指三會寺。○倉頡造字事，詳《同文通考》。

【解】來野寺遊覽，見倉頡造字臺，名聞遐邇之古迹也，甚荒壞而成荒寺。爲何無人修繕？當我流連時，天近暮，四周風物愈發凄清。眺望四周，寒天之風物一派蕭條，古木蔽日，氣氛陰森寂寞，更加讓人感到悲傷。及至登臺，見鳥之足迹於空階，與倉頡見鳥之足迹而造字同也。「空」對「荒」，只言蕭條之意也。然並非越荒蕪越好。猶見鳥迹，與古迹相應。需知「猶」字深意。

〇王之涣

送別

楊柳東風樹，青青夾御河。近來攀折苦，應爲別離多。風，一作「門」，誤。

【事】《隋·食貨志》：「自板渚引河，達于淮海，謂之御河，河畔築御道，樹以柳。」〇《兒訓》七絶部分注为汴河之曲。〇攀，自下援上也，上山等，攀援依附樹根、葛藤等以上爬，由此引申爲引、拉，此指拉柳枝。

【解】見楊柳樹在東風中摇動，青青夾御河兩岸，美麗祥和之風景也。折柳送別，古來習俗也。先言柳，狀寫別情。起句乃倒裝句，言東風中楊柳樹也。近來，見御河兩岸楊柳枝顯爲人所攀折，故似苦痛。蓋送行離別之人甚多也。「應」字，推測、料想意，言大概也。此詩不直言折柳，但言攀折多，柳樹因此而苦，以此言離別之人多。此中自有己之別情，手法甚高妙也。

○儲光羲

江南曲

《樂府解題》：「江南古辭，蓋美芳辰麗景嬉遊得時也。」

日暮長江裏，相邀歸渡頭。落花如有意，來去逐船流。

【解】終日於長江之上泛舟遊玩，日暮相邀他舟之客共歸渡頭。落花如有意，逐於我舟旁，自由來去。見其無拘無束自由飄落也。此詩甚易解，平淡而有餘味。不言江邊花滿，直說落花很多。亦知其上等筆法。

○崔顥

長干曲

見《唐詩兒訓》，注今略之。

家臨九江水，來去九江側。同是長干人，生小不相識。

【事】九江在蕪湖之上。○生小，猶言少小。

【解】此詩載於《唐詩選》。《長干行》：「君家住何處，妾住在横塘。停船暫借問，或恐是同鄉。」（此詩亦崔顥作，見《唐詩兒訓》注。）其答也。問曰：「君家住何處？我家住九江，門口即江水，家臨川邊也。我乘舟來此，常舟行往來各處，經商也，故居家時少。雖然，我並不去遠方，來去於九江附近也。你住横塘，我居九江，皆舟路之便處也。我是在船上賣東西度日之人，你我都同是江干人，是同鄉。若相互之間不問對方，或不知此也。然少小離别，你往横塘住，我往九江住，今相逢竟不相識。」甚妙！

又一題作《江南曲》

下渚多風浪，蓮舟漸覺稀。那能不相待，獨自逆潮歸。

【事】小洲曰渚。杜詩：「江斂洲渚出。」○潮，水波也。勿拘泥於潮汐字義。蓮舟，見前注。

【解】衆多采蓮舟下行到洲渚。（從陸地乘舟曰上，從舟上登陸曰下。）遊玩之時，突然風起浪高，蓮舟漸返，故覺稀少。「多」，風浪强盛也。「覺」，俗云意識到、注意到。言衆舟變得稀少。因此，對先歸之舟有怨言也，怎能不待我而先歸？故我只好獨自逆潮而歸。「自」字無意，可以無視。此詩有婦女之情。

○無名氏

長門怨

注見七絶。

流螢滅御道，白露飛腐草。疏雨珠簾風，徹明心若擣。

【事】《後漢書・虞延傳》：「帝乃臨御道之館。」又虞茂《奏妓詩》：「金溝低御道，玉管正吟風。」○《禮・月令》：「季夏之月，鷹乃學習，腐草爲螢。」又，昭明太子《啓》：「螢飛腐草。」○張説詩：「京城燎火徹明開。」○《小雅》：「我心憂傷，惄焉如擣。」

【解】我失寵，今徒然居此長門宫，望庭院而沉思。前見螢飛御道如流火，不知何時而滅絶不可見也。秋之枯草已見白露。感慨光陰似箭，風物易變，傷感己身之衰落意溢於言表也。又螢飛之時，芳草萋萋，而今再看之時，已成枯草，見可憐姿態也。寒磣景色亦清晰可見也。「露」有消失意，「螢」有飛動意，皆常用語，此言螢火消失。《禮記》曰：「腐草爲螢。」此爲雙關語，讓露水飛過腐草，奇而巧也，皆非偶然。目不忍睹，輾轉難眠之時，又見秋之常景，下起疏雨，於珠簾縫隙吹來之風甚寒，愈發不能成眠，直到天明。漫漫長夜，聞雨聲與風吹珠簾聲，心中若搗，如俗言「被直穿胸膛般」難以忍受。此結句亦不翻之翻，翻案一法。五絶如王維《送别》詩。

金谷園[一]

《一統志》：「河南府金谷園，在府城西十三里，地有金水，自太白原南流經此谷，晋石崇因川阜造園館，其舊迹也。」

當時歌舞地[二]**，不説草離離。今日歌舞盡，滿園秋露垂。**

【事】《詩·王風》：「彼黍離離。」《毛傳》：「垂貌。」言草之繁茂。

【解】此金谷園乃昔日石崇騰達之時，造園館，召集妓女，常常舉歌舞、酒宴供遊樂之地也。然今見則野草離離，一片荒涼景象。昔日，有誰曾言此園於後世成爲荒野，皆於一時遊樂歡笑中終其一生。今見之，歌舞遊樂之事已盡，滿園秋露。撫今思昔，不禁淚流滿面。「垂」字，言露重草低垂，解作兼有淚垂亦可。《秋風辭》：「歡樂極兮哀情多。」《大寶箴》：「樂極生哀。」本詩正與此同，諷喻當世，一句中「歌舞地」，言古今盛衰變化；三句中「歌舞盡」，言人也，同字但别義。

【校勘記】

［一］金谷園：《全唐詩》卷七百一十七署作者爲「曹松」。

［二］當時歌舞地：《全唐詩》卷七百一十七作「當年歌舞時」。

唐詩絶句解五絶終

七言絶　上

「絶句詩原於樂府，七言則如《挾瑟歌》《烏栖曲》《怨詩行》等篇。下及六代，述作漸繁。唐初穩順聲勢，定爲絶句。絶之爲言截也，即律詩而截之也。」又曰：「唐人絶句皆稱律詩，觀李漢編《昌黎集》，絶句皆入律詩。」（《文體明辨》）

愚謂唐人之詩，總曰律詩可也，又總曰樂府亦可也。吴吴山亦有此説，論其細則各自有别。

而庵曰：「唐采七言絶句，被之弦管，至有以金幣購求者，以故唐詩人多留意於此，往往多絶唱之作。其法，大抵前起多用頓，後結則用挫，初落筆二字最要緊。至於傳情運景，尤在一刹那上着神，一轉瞬間即失之。能攻此，便有破竹之勢矣。」（《説唐詩》）

○杜審言

發湘江[一]

發，發足於此也。《選》《解》等諸本皆作「渡」。今按，「發」字有味，可從。○湘江，水名。《水經》：「湘水出零陵陽海山，北入江。」《釋名》：「江，共也。小江流入其中所公共也。」《書·禹貢》：「岷山導江。」○時審言左遷至峰州，是交通張易之（武后所幸者）故也。事見《唐書》。○蔣注：湘江在長沙，時審言竄嶺外。○是編所載之詩，《唐詩選》所載者，不再録，其再見者有其故。如是詩則效《絶句選》開卷。

遲日園林悲昔遊，今春花鳥作邊愁。獨憐京國人南竄，不似湘江水北流。

【事】《詩》：「春日遲遲。」毛注：「舒緩也。」言春日悠閑，春光明媚狀。○昔遊，指曾貶吉州司户，其時亦渡此水。今又過是水，憶昔日事。「遊」字，言人在他鄉。○邊愁，被貶邊鄙之地而憂愁也。「愁」字，雖訓讀爲日語中「憂う」，又與「憂」字不同，言意氣消沉，心中寂寞，由「秋」與「心」兩字組合而成，轉用秋冷、陰鬱寂寞之狀。○獨憐，審言自言也。「憐」字，多意字也，有愛憐（同日語之「愛しがる」），又愛賞之義（同日語中「面白がる」「しおらしい」），又憫之義（同日語中「哀れな」「憐れむ」「不憫な」等），又賞美之義（同日語中「優れた」「褒める」等），大抵如此類，需隨文而解。此詩爲自艾自憐意。○京國，只京城意。

「國」字亦多義字。亦有「一郭一構」意，又可指州郡，還可指領地。此詩似言洛中洛外之「中外」，京都總郭意也。〇人，審言自己。南，南方之邦。竄，注爲「驅逐」，被貶出京城之逐臣也。

【解】 今我坐謫峰州，途中行至此湘江邊。是處爲名勝之地，尤其是正值春日遲遲之時節，園林景色甚怡人。緣左遷之身，無意賞此美景。却憶昔貶吉州渡此水時之悲凉心情，念此而益生悲也。如俗諺所云「雪上加霜」也。（「遊」字，非世人快樂遊玩之遊，指宦遊。宦遊指宦仕，人在他鄉，「遊」之意，均以此意爲著。亦可參見《兒訓》注。）然愛花鳥、賞玩花鳥則無論都城還是偏僻之地皆爲人情所欲。可如今，無論看花還是聞鳥皆成愁緒，爲此不知所措。因流竄到南方邊鄙地之身，故精神悲愁。是行，所見所聞無不催愁。其思戀都城之意盡在言外也。與杜子美「感時花濺淚，恨別鳥驚心」同。時有可供娛樂之花鳥，却徒增悲愁。〇綏眉氏曰：「邊，即指南方；花鳥皆足生愁，故曰『作邊愁』。」（《刪訂唐詩解》）〇「作」字妙！（《唐詩選彙解》）無憐我者，故我獨自憐憫。杜審言本北方京城出生之人，如今翻越南方長沙僻地，被貶鼠竄，竟不似這湘江之水從南往北流，好生羨慕啊！〇人自南竄，水自北流，本無交涉。方渡之時，一南一北，不覺以有情之人，歆羨無情之水也。今昔感嘆於兹而生。（《唐詩選平》）〇初唐七言絶之冠。（《彙注》）

【校勘記】

［一］發湘江：《全唐詩》卷六十二作《渡湘江》。

○宋之問

苑中遇雪應制

上林苑御幸，時逢雪降，奉敕賦雪。應制，奉敕作也。詳見《兒訓》中七律。

紫禁仙輿詰旦來，青旂遥倚望春臺。不知庭霰今朝落，疑是林花昨夜開。

【事】丘遲詩：「詰旦閶闔開。」（詰旦，平旦也。）○《禮》：「孟春之月，天子乘鸞輅，載青旂。」（按，旂，畫有龍圖案之旗幟。旂，旗也。）○《唐·地理志》：「萬年縣有望春宫。」（詳見《兒訓》七律。）○《子夜歌》：「芳風散林花。」○以禁中比天上紫薇宫，故用「紫」字。「仙」字也是用於天子，同「聖」字。（均詳見《兒訓》七律。）

【解】言天子御幸上林苑，從紫禁城乘坐仙輿而出，清晨來到苑中。望其行列，遥見畫有龍紋之旗幟飄揚，向望春宫而來。誠壯觀也。青旂，指代月令之文字，此只言非常壯觀之旗幟。只見庭中白茫茫一片，不知道是不是今早所下之雪霰，甚壯觀也。我以爲是上林之花，昨夜一時開放。「疑」字，同平時所言「且」或「又」，雪歟？花歟？難分也。不直言雪，而曰霰，又疑林花，此「不知」二字自可見有活用。○今朝、昨

夜，終有斧鑿痕。（唐仲言《解》有瑕疵。）〇唐以前無此嚴整。（吴評）

〇賀知章

回鄉偶書二首

任興之至而吟，不假磨煉而筆，偶然書也。

少小離鄉老大回，鄉音無改鬢毛衰。兒童相見不相識，笑問客從何處來。《唐詩解》：「『衰』字失韻，疑當作『摧』。」吴吴山云：「禮部韻灰部原收『衰』字，或疑出韻，非也。」今從之。

【事】曹植詩：「少小去鄉邑。」〇古樂府：「老大徒傷悲。」〇《關尹子》：「二幼相好，及其壯也，相遇則不相識。」

【解】我自少時離鄉，久住他鄉，今老而歸，鄉音無改同昔日，而鬢毛變白，已衰老也。「改」字，理解爲日語中「改める」固然正確，然當作「無異」解。我久而歸鄉，見昔日兒童，皆不識也，却開口笑問客人從何方來。〇兒童，非今之幼童，言昔時青梅竹馬之朋友也。吴昌祺《唐評》云：「兒童言本總角之交，而今已不識我，人多錯解。注引《關尹子》最是，若兒童，則何怪其不識？」

其二

離別家鄉歲月多，近來人事半消磨。唯有門前鏡湖水，春風不改舊時波。

【事】《輿地志》：「山陰南湖，即鏡湖也。」今按，杜甫、李白詩稱「鑒湖」即是也。

【解】我昔離別家鄉，至今日歸，已數多歲月也。近來歸故鄉，見世事大變，已半消磨也。唯有門前鏡湖，春風吹拂湖水，一片祥和光景，與舊時所見微波蕩漾之景象同，甚有趣也。按，此同日本和歌中「漣漪蕩漾，志賀古都景色改，只有山櫻開如故」，餘情甚長（鏡花水月之味，可以此等意理會）。又按，《唐書・隱逸傳》：「賀知章天寶初病，夢游帝居數日，寤乃請爲道士歸鄉里。詔許之，以宅爲千秋觀而居。又有詔賜鏡湖剡川一曲，爲放生池。」此其時之作乎？

○張説

泛洞庭[一]

《水經注》：「洞庭湖廣圓五百餘里，日月若出没於其中。」《博物志》：「吴，左洞庭，右彭蠡。」即《九歌》注。吴中太湖，一名洞庭，巴陵之洞庭亦謂之太湖。此詩「洞庭」者，岳州巴陵縣洞庭是也。○泛，划船遊玩。

平湖一望上連天，林景千尋下洞泉。忽驚水上江華滿，疑是乘舟到日邊。

【事】平湖，言湖水波静而如平地。西湖十景之一曰「平湖春月」，非此平湖也。（此西湖在杭州府，見《一統志》三十八。）○八尺曰尋。○鮑照《芙蓉賦》：「排積霧而揚芬，鏡洞泉而含緑。」又，《琴贊》：「淡若洞泉。」按，「洞」，通也，又有貫徹之意，泉水底。○日邊，本晋明帝語，此詩用其本語之意，後世指帝都而言，轉用。○江華，言水波之轉光。

【解】泛舟遊於洞庭湖，幸天氣很好，湖水波瀾不驚，如平地一般。望對面，見水天相連，如划舟向對面，似可至天上。與《滕王閣序》所言「水天一色」同。（與日本一首和歌「分不清哪是天空，哪是水，往來於兩者間的月亮啊」也相同。）洞庭山等林景，可於水中透視千尋，極言水清。然此時，風忽起，此前如平地般之水上起大浪，見寬廣湖面上揚滿波浪，驚人之景色也。於波濤中划船前進時，疑到日邊來。「疑」字，相似也，不定實之辭，總覺得之意也。此呼應「上連天」之句。○按，比之李《選》中張説《送梁六》詩稍劣。又，比之孟浩然「八月湖水平，涵虚混太清」大下。（因《絶句選》而存之，知優劣亦好習。）

【校勘記】

［一］泛洞庭：《全唐詩》卷八十九作《和尹從事懋泛洞庭》。

○王翰

春日思歸

述因春而欲歸故鄉，生思念之情也。

楊柳青青杏發花，年光誤客轉思家。不知湖上菱歌女，幾個春舟在若耶。

【事】「楊柳」二字共訓讀爲日語中「ヤナギ」，楊爲圓葉柳，柳樹爲細葉柳也。然詩作中無別，通用。又楊、柳並用時，解爲柳樹即可。詩家中多此例。如詞曰「鴻雁」，只雁也；又「麋鹿」，只鹿也。若別，鴻爲大雁，而雁則常見之雁也；麋爲體型大之鹿，而鹿則普通之鹿也。此爲初學者而特書之。○杏，果名。（和名「あんず」。）○菱（和名「ひし」），《本草》中有芰，實同菱。漢土有婦女唱采蓮歌勞動之《采蓮曲》，與此相同。《七命》（張景陽）曰：「榜人奏采菱之歌。」○《一統志》：「紹興府若耶溪在府城南二十五里，與鏡湖合，西施采蓮。」李白詩：「若耶溪傍采蓮女，笑隔荷花共人語。」

【解】我居他鄉，常念歸故鄉。今春成之日，見楊柳青青，顯露緑色，杏花亦盛開，正是一年中最可愛、可樂之時光也。然見此有趣年華，歸家之思，日甚一日，年光誤客也。「誤」，同日語中「取り違う」「取りぞこない」。見到年華很好本該高興，却轉而思家，成愁緒。而泛舟湖上采菱女子此時正歌唱，有小舟在若耶溪上玩耍，其數不可知也。如《七命》：「縱棹隨風，弭楫乘波，吹孤竹，奏《采菱》之歌，樂以忘戚。」本該在春日遊樂，我却催生出了愁緒。（菱舟，遊船也，非實事。）

涼州詞

而庵、吴山及諸家皆云：樂府《涼州》，宫調曲[二]，開元中西涼府都督郭知運所進也。《西域記》：「龜兹國王與臣庶知樂者，於大山間聽風水之聲，約節成音，後翻入中國，如《伊州》《涼州》《甘州》，皆龜兹之境也。」○此詩有兩首，一見李《選》（據《兒訓》注），是編撰其二。（《唐詩平》所論是也。）

秦中花鳥已應闌，塞外風沙猶自寒。夜聽胡笳《折楊柳》，教人氣盡憶長安。外，一作「上」。

【事】秦中，即長安。○闌，《廣韻》注：「晚也、盡也。」又，《史・高祖紀》：「酒闌。」注：「謂飲酒者半罷半在，謂之闌。」全是指事物過半。○笳，是用蘆葦葉捲起來發出聲音之哨子，因爲是胡人之樂器，故曰「胡笳」。（見《事物紀原》）。《折楊柳》，曲名也。

【解】今我身處邊鄙之地，不由得想起秦中，和此地相比，彼地花鳥應已闌珊。望如今涼州一帶塞上，沙漠風烈，讓人覺得很寒冷，不見任何春色。入夜之後，胡人吹起胡笳，其曲名《折楊柳》，離別之曲也，聲音甚悲哀。便覺折楊柳送別，悲傷之事也。今此邊土寒氣凛冽，不見柳色，感哀而尤念長安。「人」，王翰自指。初句云都城花鳥已過盛期，二句言塞上春色尚未到來，三句從《折楊柳》曲轉而聯想春色，四句言愈發想念長安之春，與初句呼應。

【校勘記】

［一］宫調曲：底本作「宫詞曲」，據《樂府詩集》卷七九改。

○李白

結襪子

襪，日語訓讀爲「したふず」，《説文》：「足衣也。」按，此物三代時即有。《文子》：「文王伐崇，襪係解。」又，魏文帝時，其製異於前，又綾等爲之，見《洛神賦》，又見五絶注。○本集注：古樂府曰：「『結襪子』，大抵言感恩重而以命相許也。」士贇曰：「《樂府遺聲》遊俠二十一曲中。」○按，結襪，《史·張釋之傳》記景帝時張廷尉爲王生結襪事，言能成大器，爲報恩而盡忠侍候。

燕南壯士吴門豪，筑中置鉛魚隱刀。感君恩重許君命，太山一擲輕鴻毛。

【事】燕南，指荆軻。吴門豪，言子胥。荆軻刺秦始皇，事見《史記・刺客傳》。吴國伍子胥在被賜劍自殺時言「抉吾眼置之吴東門，以觀越之滅吴也」，詳見《吴世家》。〇筑，《風俗通》：「狀如瑟而大，頭安弦以竹擊之，故名筑。」（《説文》云有五弦，《廣韻》云有十三弦。）〇《史・刺客傳》「高漸離（人名）善擊筑，始皇帝使擊筑，高漸離乃以鉛置筑中，復進得近舉筑撲秦皇，不中，於是誅高漸離」云云，高漸離飲于燕市擊筑，荆軻和而歌，相樂友也。參見《荆軻傳》。本集注云《燕世家》，有誤。〇鉛，日語訓讀爲「なまり」。《索隱》：「以鉛爲挺著筑中，令重，以擊人。」〇《吴世家》：「公子光謁（詣也）王僚飲，使專諸（臣名）置匕首於炙魚之中以進食，手匕首刺王僚，鈹交於胸，遂弑王僚。」（鈹，《吴都賦》：兩刃小刀[一]。匕首，短劍可袖者。）《漢書》：司馬遷曰：「人固有一死，死有重於太山，或有輕於鴻毛，用之所趣異也。」（本集注）

【解】如燕南壯士荆軻者，如吴門豪杰伍子胥者，又如高漸離、專諸之類，皆爲雄壯之士。然則，何能爲此也？感其君恩義之重，甚至不惜生命去死。這正如古語云，抛擲蟲魚鳥獸所惜、重於泰山之生命，丢之如鴻毛輕輕飛過，爲知恩義之故也。不知恩義者，劣於猫犬。

【校勘記】

[一]兩刃小刀：底本作「兩刀小刃」，據《文選》卷五改。

春漲

漲，大水貌，又指水溢出。與杜子美詩「江漲柴門外」同。此詩歌咏春天群山積雪融化，川水猛漲之光景。

春水纔高數尺强，煙波渺渺接天光。落花漲盡江南雨，一夜閑鷗夢也香。

【事】「纔」字，日語訓讀爲「わずか」，非言其少，《六書故》注爲「入色之淺也」，云染絹布時輕輕漂染一次。由此轉用爲事物剛開始之意，與王維「纔是寢園春薦後」同。（見《兒訓》七律注。）「强」，壯也、盛也。事物由强盛轉用爲有餘之意。杜詩「一夜水高二尺强」，注爲水生二尺有餘也。同今日語中俗語「餘り」，有多、餘之意。二尺餘、三尺餘等。○渺渺，水廣貌。○江南，即揚子江之南也。○鷗，日語中「かもめ」。○「閑」，可譯爲日語中「暇」或「無駄」等詞，今指没有任何心事，悠遊自得。

【解】此前甚寒，冰雪未消，水勢尚弱。可今見水高已數尺。「數」，大抵言三到七之間，故可知水漲五六尺也。此句與杜子美「秋水纔深四五尺」意同。放眼遠眺，見煙波渺渺，與天光相接也。一場春雨，讓群山鮮花落盡，整個江南盡是落英。「漲」字，甚有情調之景色。悠閑地浮在水面上之鷗鳥也不由得做了一晚香夢。第三句中「落花漲盡」這一説法，非常高超，這才是詩歌，如果説成水漲，則無任何風味，就成一平庸之句。這首詩與日本在原業平「紅葉覆水面，水從葉下流」相同。「閑鷗夢也香」，實在是有妙意。（通觀前一首詩和這一首詩，口氣和體裁完全不同，由此當知古人之自在也。）

長門怨二首

寫宫女之失寵。長門宫，失寵宫女之所居也，因衰寵失色，故云「怨」。

天迴北斗掛西樓，金屋無人螢火流。月光欲到長門殿，别作深宫一段愁。

【事】《蜀都賦》：「望之天迴。」〇金屋，指禁宫，又稱金殿。〇陳思王《螢火論》：「秋陰沉數雨，螢火夜飛之時也。」

【解】我色衰失寵，居此長門宫，憂物感時，望天色，竟已入秋矣。見北斗星高掛於西樓頂，故獨自悲嘆秋之又來。雖於此豪華金屋居住，却杳無人氣，非常寂寞，只有螢火如水流般飛進飛出，不似人之所居也。《唐解》曰：「樓獨稱西者，秋則斗柄指西也。」本集注：「《詩箋》云：『此物家無人則然，令人感思。』室中久無人，故有此物。是不足畏，乃可以爲憂思。詩人下字必有來處。則『無人』家，非泛然而言者也。」於深夜黑暗之中見螢火蟲會生愁，時月亮升起，見月光入長門殿又添新愁。「月本無心，哀愁之極，覺其有心耳。」（《唐解》）

其二

桂殿長愁不記春，黄金四屋起秋塵。夜懸明鏡青天上，獨照長門宫裏人。 屋，一作「壁」。青，作「秋」，誤。

【事】 庾肩吾詩：「桂殿月偏來。」〇王融詩：「四屋慘多愁。」〇鮑照詩：「平野起秋塵。」〇《長門賦》：「懸明月以自照。」

【解】 雖居於豪華美麗之桂殿，然爲失寵之身，終日常憂愁，已不記得春天初花時節。「記」，即日語中「おぼえる」。房間四壁雖飾以黄金，却已染滿秋塵，目不忍睹。「塵」字多義，此詩中當作霧靄意。「起」字，與起居相關聯，與坐下相比是站起來之意，轉用爲醒目、打眼之意，此處作上升解。古時用「興」字，後世用「起」字，興、起，也可連用。此處「起秋塵」言秋天黄昏起霧之景象。夜間，見月光熠熠生輝，如明鏡高懸於青天，照耀長門宫裏人，徒增愁緒。「獨」字，可譯作日語中「ことさら」「格別」「ひとえに」等詞，格外之意也。「獨」字甚佳，見月之有意相苦。又綏眉曰：「月獨爲我，用意最妙。」「上」字無意，助字。結句與「曾照吴王宫裏人」同一口氣，意同沈佺期之「更教明月照流黄」。

横江詞

《郡縣志》：「横江浦在和州，對江南之采石，往來濟渡處。」

横江館前津吏迎，向余東指海雲生。郎今欲渡緣何事，如此風波不可行。

【事】横江館，采石津官舍也。（《郡縣志》）〇簡文帝詩：「郎今欲渡畏風波。」〇徐而庵曰：「『郎』字誤，當是『即』字。」「即今」二字，訓讀爲日語中「いま」（今），如俗言「ただいま」（現在，馬上）。〇《楚詞》：「順風波以南北兮。」

【解】李白至采石津，準備渡河。津吏掌往來迎送，常居此，且知曉風雲天氣。其指東方謂余曰：「看吧，海上升起一團雲，暴風雲也。冒如此爲大風吹倒之險而渡河，無益也。今緣何事而急渡如此？即便知其由，然此雲過後，則狂風駭浪，萬不可行，不如暫於此逗留。」言此以止我也。「如此」，再指示也，與二句中「東指」相應。而庵云：「津吏愛護渡者若是，則世之人有愧於津吏者多矣。此詩如話。」范德機曰：「此篇氣格合歌行之體。」

二

月暈天風霧不開，海鯨東蹙百川迴。驚波一起三山動，公無渡河歸去來。

【事】本集注：「古語『月暈而風，礎潤而雨』。」暈，日語訓讀爲「月笠」，指日月傍氣也。○鯨，海龍王，海中最偉者，雄名「鯨」，其雌曰「鯢」，又名鰍、鰌，噴氣水散於空，風勢吹來如雨云云。《古今注》《閩書》諸書多見。又《海賦》：「魚則橫海之鯨，突杌孤遊，吸波則洪漣踧蹜，吹澇則百川倒流。」（蹜，所六切。《文選》注蹙聚作踧踖者，誤。）○《江賦》：「驚波飛薄。」《丹陽記》：「江寧縣北十二里，濱江有三山相接，即名爲三山，舊時津濟道也。」（海中多山，或没或出，船人初訝，後見非山非島，或云鯨魚之背脊。見《太平廣記》等。）

【解】津吏又示曰：「看天色，月有暈，又風烈，濃霧彌漫，經久不散。如此萬萬不能上路。又海面見鯨魚於東方吸水噴氣，潮水滚滚匯聚，百川之水倒流。驚濤奔湧，三山時隱時現，不斷變動，此時定無渡河，當速歸。」前詩以雲起爲風候，此以月暈爲風候，此外，前詩言風將發之景，此言已發起之狀。

山中問答

《唐詩歸》《詩林廣記》等作《答山中俗人》，淺露。今不取也。

問余何意栖碧山，笑而不答心自閑。桃花流水杳然去，別有天地非人間。意，一作「事」。杳，一作「窅」，同。

【事】吴均詩：「問余何意別。」〇《一統志》：「桃花巖在白兆山，唐李白讀書處。」〇《唐評》云：「桃花只借武陵不必他説。」（武陵桃花林，諸書多見。）〇《蜀志》：「人問諸葛亮之志，亮抱膝笑而不答。」〇從門從日，「静閑」之「間」字；從門從月，「閒隙」之「閒」。諸本誤用，字舛錯，初學須知。

【解】或問余言：「你來此碧山栖居，何意也？此處不自由，又冷寂。」又問我心中何滋味。我只是笑而不答也。雖不以言辭答，然心裏自然是悠閑快活。然既問，不答非禮也，便答曰：「昔武陵人至桃花流水處，尋其源。至極杳然處，見衆人所居。是非人間世界，另一片天地也。此界無論身居何處，無處不快樂。」此詩乃不可言説者。而庵注曰：「如世尊拈花。」甚好！《唐詩歸》《古文前集》等，題爲《答山中俗人》，以提問之人乃世俗之人，怎能窺知我心之樂也？此解甚俗，無言才是此詩風味。

少年行

樂府題，遊俠三十一曲之一。○「行」字，「歌行」之「行」，亦可作「遊行」之「行」解，餘見《兒訓》注。

五陵年少金市東，銀鞍白馬度春風。落花踏盡遊何處，笑入胡姬酒肆中。

【事】《西都賦》：「北眺五陵。」李善注：「高帝葬長陵，惠帝葬安陵，景帝葬陽陵，武帝葬茂陵，昭帝葬平陵。」（此地古來多爲豪俠者居住之地。）○陸機《洛陽記》：「洛陽凡三市，大市名金市。」（張正見詩：「彈珠金市側。」）○徐敬詩：「白馬耀銀鞍。」（「金」「銀」之字皆美辭，此處類似日本油漆繪畫「蒔繪」那種青貝加金屬粉混合而成之顔色。）○辛延年詩：「胡姬年十五，春日獨當壚。」（姬，女子之統稱。）

【解】五陵，多豪俠者所居之處也，年少者平生長於奢侈，終日逍遥遊玩。今往金市東遊玩，其出行排場很大，銀鞍掛於白馬，春陽融融之時外出遊玩，春風吹拂。一句云其出處，二句言其富豪。「金」「銀」二字暗指富家子弟結伴之意。然踏盡落花，到處遊逛還意猶未盡，便入胡姬酒肆飲酒。歡笑入酒肆，却不見歸家，入而不出則長飲而忘歸也，是亦「遊」也。二句云春風吹拂，三句剛有落花，却已「踏盡」，可知到處都跑遍矣。結句好色、好酒，年少放浪形態如此。

山中與幽人對酌

《易》：「利幽人之貞。」注：「幽獨之人。」

兩人對酌山花開，一杯一杯復一杯。我醉欲眠卿且去，明朝有意抱琴來。

【事】本集注：「陶潛貴賤造之，有酒輒設，潛若先醉，便語客：『我醉欲眠，卿可去。』」

【解】此山中住一幽人，今日來訪我，便勸酒，兩人相對而酌。時值春天時節，山上開滿鮮花，愈發催生興致。以好風景爲菜肴，我一杯，幽人亦飲一杯，然非「酬醋」相報也，相對而飲也。（酬，主酌客；醋，客酌主也。今俗醋、酢混，非也。）我醉欲眠，卿且去。又明朝來飲，請順便帶琴來，共歌一曲。此引陶淵明語也。以淵明之灑落當我之物而言，堪稱新奇也。

望廬山瀑布

《廣韻》：「瀑布，水流下也。」瀑，飛泉也。日語用「瀧」字，非也。〇白詩：「西望香爐峰，南看瀑布水。」

日照香爐生紫煙，遥看瀑布掛前川。飛流直下三千尺，疑是銀河落半天。前，諸本作「長」。半，一作「九」。

【事】《後漢書》：「廬山在潯陽南，東南有香爐山，其上氛氲若香煙。」○《廬山記》：「山中瀑布十餘處，香爐峰與雙劍峰在瀑布之旁。」○梁武帝詩：「瓊幕含紫煙。」

【解】香爐峰其高若與北斗星連，高山也，傳其形似香爐。一眼望去，只見在朝陽照耀之下，山峰升起霧氣，若紫色煙霧出於香爐之中，非常壯觀。遠遠望去，十餘瀑布如長河倒掛一般。「紫」字，多用於天子或仙人。「紫煙」，煙霧之美言也。（此聯一本作「廬山上與星斗連，日照香爐生紫煙」。下聯同今。）飛流直下，盡眼力所極，大抵三千尺左右，此非人世間之瀑布也，疑是銀河之水掉落下來，其證在見水源，却不見其本，故當從半空中落下來。「半天」，言空中。（「九天」，亦指上天。）

望五老峰[一]

此廬山一峰名也。《潯陽記》：「山北有五峰，於廬山最爲峻極，其形勢如河中虞鄉縣前五老山，故名。」

○有李白書臺。

廬山東南五老峰，青天削出金芙蓉。九江秀色可攬結，吾將此地巢雲松。

【事】《書·禹貢》:「九江孔殷。」傳:「江於此州界分爲九道。」正義:「各自別源下流合于大江。」烏白江、蚌江、烏江、嘉靡江、畎江、源江、廩江、提江、箘江。(《潯陽記》)〇《南史·隱逸傳》:宗測曰:「眷戀松雲,輕迷人路。」

【解】於廬山中,望東南,見五老峰高峻出諸峰,誠如從青天削出,且其形狀之奇不異于見到金芙蓉,盡美景之峰也。正如本朝山部赤人和歌《過田子浦》一樣,不宜於斯率真之句中,説盡其風景。不獨此峰,山麓有九條河,亦勝他處也,宜駕舟結伴同遊之風景地也。吾今將離開這人間俗塵之地,在此卜居,與仙人爲伴。「巢雲松」,脱離俗世進入仙境也。亦可解爲諷刺世俗世界。

【校勘記】

[一]望五老峰:《全唐詩》卷一百八十作《登廬山五老峰》。

東魯門泛舟

《一統志》:「東魯門在兖州府城東。」

日落沙明天倒開,波搖石動水縈迴。輕舟泛月尋溪轉,疑是山陰雪後來。

【事】謝朓詩：「日落長沙渚。」〇鮑照詩：「萬壑勢縈迴。」（縈，施也。迴，繞也。）〇晉王子猷居山陰，夜雪初霽，月色清朗，四望皓然，忽憶戴安道，乘小船訪之剡溪。事詳《晉書》。

【解】泛舟游於東魯門，及晚景，日影下落，照耀沙灘，沙石明亮放光，地上似天上光景，故感天倒開。波搖，石亦動。非石之動，水縈迴之故也。時太陽落山，月亮升起映照水面。此時，感此一葉輕舟於月上划行，愈增興致也。任水流縈迴，划船於水上繞來繞去。此景不遜於著名之剡溪，此興亦不異於王子猷也。疑是言已爲興致所牽引，似覺雪後到了山陰。輕舟，小舟也，此指船。

陪族叔刑部侍郎曄及中書賈舍人至遊洞庭

陪，《玉篇》：「隨也。」《增韻》：「伴也。」同道。族叔，族屬也，俗云一家一門也，甚親切之詞也。叔父，父之弟也。父之兄曰伯父。雖只寫「叔」或「伯」字，意難通，然後世通用單字。刑部，掌刑罰之官也，同本朝刑部卿也。侍郎，刑部尚書之下屬官。曄，名也。中書，掌詔敕之官也，同本朝中務省也。舍人，有屬官六人。賈，姓，至，名。時至謫岳州司馬，洞庭湖在岳州府，見前。（此詩，本集五首。《唐詩選》[二]選第一首，見《兒訓》注。今又選[三]二首。）

南湖秋水夜無煙，耐可乘流直上天。且就洞庭賒月色，將船買酒白雲邊。將，平聲。

【事】南湖，洞庭湖之南。○《北山移文》：「干青雲而直上。」○賒，音奢。《周禮》注：「無貨則賒貰而予之。」

【解】至洞庭湖之南，時值秋水澄澈，浩渺無邊。入夜，極目遠眺，水天之間，甚至連煙霧類遮擋物都没有，一望無際。天水一色相通，如乘流於此出發，可直達天上，又似不可能。耐，與「堪」「勝」等字同訓。然「耐」字不需外力，自然而然即可也。不必强調此，可淡化其意。與日語口語中常言之成爲這個、成爲那個之「成爲」意同，易成易到之意也。（《唐詩平》曰：「起句，中無障隔。承句，水天相接。」）果真想到天上，似無辦法，索性就賒借洞庭之月色，讓它領路。然既已上天，若無酒飲，亦無趣也。先買來酒，一邊喝酒一邊把船兒划到白雲邊去。白雲邊也即天邊。賒，不用現錢購買，借貸之意也。同日語口語中「掛買い」。或説，洞庭湖，賞月之名處也，故其月可賣個好價，以其值去白雲邊買酒喝。此不取也。《平》曰：「乘流直可上天，故將船買酒，可至雲邊也。無非形容月色之妙。」此注是也！唐《解》：「時蓋未有月也。」非也。按，白自稱「臣是酒中仙」，結合事實，自然可感該詩自有仙骨風流。

【校勘記】

［一］唐詩選：底本作《唐詩迁》，徑改。

［二］選：底本作「撰」。

［三］選：底本作「撰」。

又

洞庭湖西秋月輝，瀟湘江北早鴻飛。醉客滿船歌白苧，不知霜露入秋衣。《平》「船」作「湖」。非也。

【事】淵明詩：「秋月揚明輝。」○沈約詩：「雁門早鴻離離度。」○《魏志》：「醉客謂酒清者爲聖人。」○朱起《采蓮曲》：「何日滿船時。」○《白苧歌》：「皎皎白緒，節節爲雙。」當塗有白苧亭，宋武與群臣會於此，爲《白苧之歌》。「緒」「苧」「紵」三字通用。○《説苑》：「孺子操彈于後園，露沾其衣。」

【解】泛舟洞庭，與夜一起遊玩，近天亮，月已偏西，因是秋月，其光輝殊有情趣。於此北望瀟湘二江，見早鴻飛來，於月光下鳴叫，其風情真是妙不可言。夜間，醉客滿滿擠在船上，唱《白紵》歌，天已拂曉，却渾然不覺，仍大聲喧嘩。五更前曾降霜露，不知其已沾滿秋衣。衆人只顧歡樂，乘興而忘歸。此詩表面寫快樂模樣，實是感嘆，心中並不快活。又，此「霜露」暗指誹謗，然絲毫不著痕迹，甚高明也。

宣城見杜鵑花

杜鵑花，和名「ツヅシ」，俗名「映山紅」，詳見《本草》。

蜀國曾聞子規鳥，宣城還見杜鵑花。一叫一回腸一斷，三春三月憶三巴。

【事】子規、杜宇、杜鵑等有數名。一説，蜀望帝靈魂化爲鳥，也用作蜀魄、蜀魂。諸書屢見載其啼叫聲爲「不如歸去」。此幼兒都耳聞能詳之故事。〇三巴，地名，《唐詩兒訓》有注。

【解】古蜀望帝客死他鄉化爲鳥，想要回到故鄉蜀國，常啼「不如歸去」，至口中流血。我曾於蜀國聞子規啼，今來此宣城，見杜鵑花盛開，便想其或爲子規所啼之血所染也，故名杜鵑花。所聽所見都很有感觸。每聞杜宇之啼叫聲，每見爲其鮮血所染紅之杜鵑花，無不感慨悲哀，以致斷腸。故即今人人歡樂之三春時刻，又當此鮮花盛開最艷麗之三月，我憶三巴而心不樂也。疊字法，初學者或不喜歡。

口號吴王美人半醉

口號，日語訓讀爲「クチヅサミ」，所見托吴王故云。

風動荷花水殿香，姑蘇臺上見吴王。西施醉舞嬌無力，笑倚東窗白玉床。

【事】荷花即蓮花也。〇柳惲詩：「天淵臨水殿。」〇吴王起姑蘇臺，五年乃成，其下有鬥鷄陂、走狗塘、百花洲、采香徑諸勝。〇《詩》：「鼓淵淵，醉言舞。」〇古樂府：「含情出户脚無力。」〇《神仙傳》：「衛叔卿入華山，白玉爲床。」

【解】建造於水池中之風雅殿堂，其下荷花盛開，風吹則有荷花香氣傳於殿中。吴王於此姑蘇臺上眺望，臺下，西施正乘醉歌舞一曲，其嬌羞無力之態較之往常而更有風情。醉也，且休，便笑倚於東窗邊上之白玉床，益發嬌媚，其美態難以狀寫。「嬌無力」，即是半醉之姿態也。《合解》：「『笑』字合『嬌』字，『倚』字合『無力』字。倚床獻笑，曲形要寵之態也。」

陌上贈美人

陌上，往還街道也。○本集注：一作《小放歌行》。

白馬驕行踏落花，垂鞭直拂五雲車。美人一笑褰珠箔，遥指紅樓是妾家。

【事】本集注：「『白馬』，諸家作『駿馬』。」○漢武帝以方士之言畫雲氣車以求神仙。庾信《步虚詞》：「東明九芝蓋，北燭五雲車。」○褰，日語訓讀爲「カグ」，也寫作「褰」，通用。○珠箔，訓作「玉簾」，同日語中「車の御簾を揚げる」（打開車簾子）。《三秦記》：「明光宫皆金玉珠璣爲簾箔。」○江總詩：「紅樓千愁色。」

【解】我過遊里附近時，於陌上見騎乘白馬之驕橫少年踏落花而去。「踏落花」，言玩弄遊女之行爲，其態驕也。還有一位妓女乘坐五雲車來，那馬上之少年，垂鞭拂車。「拂」字，云戲弄。其時，車中美人撩起車子之珠箔笑而言曰：「遠見之紅樓即妾家，可往遊玩！」指其家以誆騙少年，其情狀實乃其所長也。此寫妓女之媚態。此詩采用《唐詩選》五絶中之《少年行》《長安道》等體例，叙少年人驕奢淫逸之態。因寫贈美人，即當解爲贈送，不能理解爲李白本人如此驕横也。

〇王昌齡

別李浦之京

昌齡赴南國，李浦之京，途中相逢。浦，未詳何人。

故園今在灞陵西，江畔逢君醉不迷。小弟鄰莊尚漁獵，一封書寄數行啼。

【事】「故園」説詳見五言。〇灞陵，秦莊陽也，文帝葬其上，改曰灞陵，在長安城東七十里。〇荀昶詩：「小弟無所作。」〇莊，猶「村」。唐人呼別業爲「莊」，「庄」爲俗字。

【解】今我赴南國，途中逢李浦之京城，便託其幫我帶封家書。我之故園在灞陵西，即長安也。於此江水之畔相逢，共飲離別之酒而醉。然我本心并没有迷亂。吾所言非酒話，勿當耳邊風聽過，請務必記住給我弟弟帶封信回去。我之小弟，居京城時，也經常教訓他，然其不精於學問，只靠漁獵爲生。今無人給他提出逆耳之忠言，故其定當於臨近村莊漁獵，徒然空費時光。務必請你轉告他，不要做這種無益愚蠢之小人遊戲，應潛心學業，以做正經之成年人。此書信是他帶熱淚寄給弟弟，他拜託李浦讓弟弟務必要好好讀書。「小弟」之「小」字，非幼小之小，小人也，相對李浦之卑下之詞也。他教育弟弟戒掉粗鄙之事，勸他致力於君子之道。含淚言此，見仁愛其弟之情厚之至也。啼，哭也。也可見於「淚」字。

芙蓉樓送辛漸

《一統志》：「芙蓉樓在鎮江府城上西北，與萬歲樓相對。」○此詩二首，《李選》取其一，今共存。

寒雨連天夜入湖昨夜之雨，**平明送客楚山孤**今早晴。**洛陽親友如相問，一片冰心在玉壺。**

江上新晴曉月之景。

按，《唐詩選》「天」作「江」，「湖」作「吴」，雖於《兒訓》已有注，今舉《平》注而備一説如左。○寒雨連天夜入湖，奇景也，不忍抛割。曉起作送別詩，乘便帶寫作翻。其實平明送客時，湖天開霽，楚山孤露矣，即此雲净天空，人境清絶，便是冰心在玉壺也。「湖」字，不知何人訛作「吴」字，少伯時在鎮江，已是吴地，不應言「入」。辛漸時往洛陽，並非吴地，不應言「入吴」也。「湖」者，水之泛稱，實則芙蓉樓下，並無專稱之湖也。江北即謂之淮楚，江北揚州地面，近江無山，或從樓上望見，或想當然耳。

其二

丹陽城南秋海陰，丹陽城北楚雲深。高樓送客不能醉，寂寂寒江明月心。《唐詩平》「寒」作「空」，誤。

【事】丹陽城，即當在鎮江府。○高樓即芙蓉樓。

【解】送辛漸上京。昨夜之雨於拂曉時停。然而，丹陽城南邊秋海那邊天仍陰沉，看不見。北方楚國那邊亦烏雲密布。雖是處新晴，然遠方烏雲尚未消失也。臨出發，天晴，甚悦。言於芙蓉樓上送客，夜間飲酒，因惜别之故，心情沉重，不能成醉。故與平常飲酒作樂不同，非常寂寞，但見明月倒映於江水中，心中感到寒冷，此乃寂寞和不能醉之因也。若問爲何，傷離别也。《平》曰：「夜雨初晴，故南北望去，陰雲未斂，惟此地寒江明月，清曠醒神，所謂『送客不能醉』，冰心在玉壺也。人誤解冰心玉壺，爲少伯自比清素，於是隨處套用，大非。」又曰：「《唐詩選》因聲調而止選首章，删去其次者，皆不明次句之故，且止有囑咐而無别景，於題中『送』字，全不照管矣。」

寄穆侍御出幽州

一從恩譴度瀟湘，塞北江南萬里長。莫道薊門書信少，雁飛猶得到衡陽。塞，一作「江」。

【事】吴均詩：「一從西北麗。」〇譴，責也，謫也。〇李陵《書》：「相去萬里，人絶路殊。」〇應瑒詩：「朝雁鳴雲中，將就衡陽栖。」[二]〇《薊州志》：「武王封黄帝之後於薊，以東有薊門關也。或曰以薊草多，故名。」〇《衡陽志》：「衡陽之南有回雁峰，雁至此北歸。」

【解】我今貶逐龍標，渡瀟湘二水南下，穆侍御出幽州之塞而行。我南去，君北赴，相去萬里長路，殊悲此别也。「譴」注爲責也，謫也。無證據可證其罪也。言我之罪行要處以死刑，然獲貶謫而撿回也，此御恩也，故曰「從恩譴」。「從」字，奉命行事也。「一」字，先也，不必强調，應淡化處理。人言薊門爲絶遠處，書信不可達也。莫道此雁可飛到衡陽，賴之托信便得也。雖絶遠萬里，非無音訊也。萬里所恃者，書信也，言必通書信。吴吴山云：「此詩有温厚之致。」

【校勘記】

[一]朝雁鳴雲中：底本作「朝鳴雲中」，據《文選》卷二十補。此處有省略，該詩原爲：「朝雁鳴雲中，

音響一何哀。問子遊何鄉，戢翼正徘徊。言我塞門來，將就衡陽栖。」

題朱鍊師山房

朱，姓也。鍊師，道士之佳稱也。《唐六典》：「道士修行，其德高思精謂之鍊師。」「鍊」「練」通用。

〇山房，山中之道觀也。「房」解見前五絶注。

叩齒焚香出世塵，齋壇鳴磬步虛人。百花仙醖能留客，一飯胡麻度幾春。

【事】韋渠牟《步虛辭》：「叩齒風雷響，挑燈日月光。」按，道家通過咯吱咯吱地叩齒來練氣。叩齒之法，出《抱樸子》。（白居易詩「叩齒晨興秋院静，焚香冥坐晚窗深[二]」，乃模仿此詩也。）〇《唐詩遺響》曰：「陳思王遊魚山，忽聞空裏有誦經聲，清遠寥亮，使解音者寫之，爲神仙之聲。道士效之作步虛聲。」此其始也。「步虛人」謂神仙。〇宋之問詩：「時菊芳仙醖，秋蘭動睿篇。」醖，釀也，後世指酒。仙，美稱。〇《幽明録》：「漢永平中，劉晨、阮肇采藥失故道，行至溪滸，二女迎歸，食以胡麻飯。求去，指示之，至家已七世矣。」此詩用之。或以「胡麻」爲般粥，誤。

【解】此朱煉師自晨起即叩齒焚香修行，毫不懈怠。其爲德行高尚之道士也，離開世俗塵埃之境，登齋壇而鳴磬讀經。其妙音之清亮，似即將有神仙下凡來。是步虛人（神仙）也！因是山中道觀，故庭中遍種草木百花，甚是悦目。又拿出佳釀美酒來招待客人，故來客多忘歸也。若於此房中吃得胡麻飯，歸家則已七代孫矣。故罷歸。「度幾春」，言經幾百年也。

【校勘記】

［一］焚香冥坐晚窗深：底本作「焚香宴坐晚窗深」，據《全唐詩》卷四百四十六改。

長信秋詞

長信宫，漢太后之宫也。班婕妤初見幸，後因成帝寵趙飛燕，婕妤恐失寵，而求供養太后長信宫，嘗作賦自悼。○此題與宫詞相同，樂府題也。秋詞，托秋色而怨也。吴吴山曰：「昌齡《長信秋詞》咏班婕妤，猶李白《長門怨》咏陳皇后也。」○五首。

金井梧桐秋葉黄，珠簾不捲夜來霜。熏籠玉枕無顔色，卧聽南宫清漏長。

【事】戴延之《西征記》：「太極殿上有金井闌。」○魏文帝：「梧桐生空井。」按，梧桐屬桐類，青桐之雌樹也。言爲避鴆毒而植於井邊。○何遜詩：「幾逢秋葉黄。」○晋《東宫舊事》：「太子納妃，有衣熏籠。」○《樂府古辭》：「玉枕龍鬚席。」○《漢書》：「帝置酒雒陽南宫。」○「珠」「玉」等字，詩家文字也，注見五絶。

【解】金井在太極殿上，見其旁之梧桐，爲秋霜所傷，以致黄落，覺今年之秋將盡，哀悼歲月流逝。斯年過矣，然君王久無臨幸，不用捲珠簾也，時常深居簡出，徒然度日。夜來見白霜，益感寒氣逼人，獨自哀憐也。霜降在五更之時，此言秋夜漫長，難以入眠，慵倦無力。或只將「霜」字作「寒」字解。起句之梧桐植於金井邊，常得水氣滋潤，故榮。然時節至則黃落矣，比己之失寵。久未侍君王，故衣無留香，枕亦靠不住。即玉枕和熏籠均已爲無用之物。念此則甚悲己也。「無顔色」，因失色而愁容滿面之狀，同《長恨歌》「六宮粉黛無顔色」。通宵不寐，至下霜時分，徒然卧居，寂寞而聽南宮更漏之聲。秋夜長，至曙仍未成寢，聞漏之清音，心中悲傷溢於言表。又暗含「南宮置酒」之意，他殿得恩寵者，酒宴連連，亦羡其無愁也。

其二

高殿秋砧響夜闌，霜深猶憶御衣寒。銀燈青瑣裁縫歇，還向金城明主看。

【事】「鐙」「燈」通用，言燈火。日語訓讀爲「アブミ」，不要混淆。銀，美辭，同銀燭。○青瑣，中書省，詳見《唐詩兒訓》注。按，今言類似於今天之衙門，或諸所等機構，不必强調，可以輕視，權當爲宫女所居住地，不必以爲是指在中書省司掌敕書之人。○金城，言皇城，非地名。○鮑照詩：「僑裝多闕絶，旅服少裁縫。」○明主，同荀子「明主好要」之「明主」，此指天子。

【解】秋夜寒氣襲人，需搗砧自作衣，夜深人静，其響聲傳至高殿，更感凄清。「霜深」，夜深。不宜理解爲曉天之景色。深夜不得眠，因寒氣增也，昔我嘗得寵幸侍君側，於此夜寒之時，君王親爲我披上御衣。憶此而感今宵殊爲懷念從前。彼點銀燈，自白天一直在宫裏做裁縫之人，夜深了也已都歇下，明早還可復見君王。嘆己即便天明，也不能拜見天子之顔面，愛憐至深，溢於言外。妙哉！

其三

奉帚平明金殿開，且將團扇共徘徊。玉顔不及寒鴉色，猶帶昭陽日影來。奉，音「捧」。共，一作「暫」。

【事】柳惲詩：「奉帚長信宫。」○班婕妤《賦》：「共灑掃于帷幄兮。」○《楚辭》：「平明發兮蒼梧。」○《神女賦》：「苞温潤之玉顔。」○《團扇歌》：「常恐秋節至，涼飆奪炎熱，棄捐篋笥中。」○昭陽，宫名，指天子之所在，而趙昭儀姊妹得寵，所共居也。

【解】晨夙起，夜未明，奉持掃帚灑掃長信宫。漸平明，順利完成灑掃，見金殿和御門開也。我帶團扇與衆女一道四處移動勞動。正如做掃除時，須帶團扇，秋至則棄。班婕妤作此賦以託自己失寵之怨，取意殊有意味。尚又手弄團扇，以散其心中憂思也。「且」字，「姑」字意，苟且也。然我之玉顔不及寒鴉之色也。烏鴉自不算美麗可賞之物，猶勝我，其證據在它從昭陽宫飛過來，的確蒙君王之恩光。然我已失恩寵，無法靠近昭陽宫，此其大勝我也。昭陽之日影，比擬君恩。言此班女之寵爲趙飛燕、趙昭儀姐妹二人所奪。或曰言自身，不宜以「玉顔」稱也。此不案詩學者之言也。此等乃詩家文字，只表示臉色之意。「寒鴉」之「寒」字，或於别處解爲如字，此處僅指烏鴉也。若作「寒冷之鴉」，不可解也。又，「來」字同「飛」字意也。「帶」字，從繫人之帶子轉爲添加等意。

其四

真成薄命久尋思，夢見君王覺後疑。火照西宫知夜飲，分明複道奉恩時。覺，去聲。見《兒訓》注。

其五

長信宫中秋月明，昭陽殿下搗衣聲。白露堂中細草迹，紅羅帳裏不勝情。

【解】我今居長信宫中侍奉太后，朝起持帚灑掃，夜對秋月之亮光擣衣。比之昔日受寵之時，遭遇已大變化。今此砧聲定傳於昭陽殿，殿中聞之者會做何想？含我苦彼樂之意。言長信宫月下之搗砧聲可聞於昭陽宮，互文也。非言昭陽殿之擣衣聲可聞於長信宮。我搗砧至深夜，露水於不知不覺時沾到脚上，回堂中留下了脚印。「細草迹」，言踩到沾滿露水之小草，打濕脚也。念彼昭陽宮中甚歡之人，情何以堪！《平》曰：若以一首而言，則宫中、殿下、堂中、帳裏，似覺非法，彼爲全篇作結，固不必修飾於四句也。〇五章，苦樂相並，愈覺難堪。〇看他章法次第。〇謝叠山云：「怨而不怒，有風人之義。」

春怨

寫征戍之妻婦，守空閨，見春色而不樂也。

音信杜絶白狼西，桃李無顔黄鳥啼。塞雁春深歸去盡，出門腸斷草萋萋。

【事】《後漢書・桓帝紀》：「杜絶邪僞。」杜，日語訓讀爲「フサゲ」，絶，日語訓讀爲「タエル」，停止、中斷之意也。李白詩：「雲山萬里隔，音信千里絶。」〇白狼，河名，《一統志》：「白狼河在青州府，源有二，平地泉湧如輪。」〇黄鳥，見前五絶注，又《兒訓》亦有注，美音之鳥也。將此鳥視爲日本「ウグイス」亦不妨詩意。〇腸斷，即斷腸，如此類，前後顛倒順序，意同也。然其出處異也。腸斷，《格物論》：「猿性急而腸狹，哀鳴則腸俱斷而死。」又，《搜神後記》：「昔臨川東興人，入山得猿兒歸，縛之於庭樹，母猿至，嘆哀，此人竟殺猿兒，猿母悲叫，投擲而死。破其腹而見之，腸皆斷裂。」又，王仁裕《見聞録》有一説。斷腸，《爾雅翼》：「猿善啼，啼數聲，則衆猿叫嘯如相和焉。其音凄入肝脾，韻含宫商。故巴峽諺曰：『巴東三峽巫峽長，哀猿三聲斷人腸。』」〇萋萋，草茂盛貌。

【解】我夫於遥遠之夷狄處戍邊，書信不通，經年無音訊也。今聞其將赴更遥遠之西域，較之白狼河，更可怕之地也，不知其歸期。今庭中桃李盛開，然主人不在，花亦無顔色。黄鸝鳥於枝頭啼叫，似惜花徒落而爲之鳴也。桃李無人賞而凋零，甚可惜也！「無顔」，解爲没有人賞花亦通，然當爲無花色意。亦可比擬爲己之色衰。然去年秋來之雁，知春深而盡歸故鄉。我夫亦當歸，出門四處張望，了無迹象，徒空想如斯。實目所見者，盡萋萋春草，使我悲傷斷腸也。

從軍行

從，去聲，隨行也。與《塞上曲》少異。《唐詩選》載三首。《唐詩解》及《絶句選》共載五首。因雜取他題詩，故今是編從《平箋》出六首。〇題注見《兒訓》。

烽火城西百尺樓，黄昏獨坐海風秋。更吹羌笛關山月，無那金閨萬里愁。注見《兒訓》。

其二

琵琶起舞换新聲，總是關山離别情。撩亂邊愁聽不盡，高高秋月照長城。

【事】《灌夫傳》：「起舞屬丞相。」又，「延年善歌，爲變新聲。」○樂府有《度關山》曲。○「撩」「繚」通用，言四散淩亂交織在一起也。云花，則花滿開如亂也。○曹子建詩：「高高上無極。」○《蒙恬傳》：「使蒙恬將三十萬衆築長城，起臨洮，至遼東，延袤萬餘里。」

【解】欲忘征戍之苦，故彈琵琶、起歌舞，姑以慰己。因覺無趣便换調而使歌新聲。越换越激發起赴關山時離别之情，愈覺哀愁，更無消遣憂愁之策。越聽越感邊愁之情不盡，繚亂交織，故止之，索性不聞不看。秋月高懸掛，清輝照耀長城（中國與夷狄之邊界），月光凄冷，不堪目睹之風情也。「總是」二字，有味，前後左右，四面八方，皆催生邊愁也。

其三

關城榆葉早疏黄，日暮雲沙古戰場。表請回軍掩塵骨，莫教兵士哭龍荒。

【事】《漢書·枚乘傳》：「深壁高壘，副以關城，不如江淮之險。」○榆，樹名，一名枌，種類很多，日語訓讀爲「ニレ」。古樂府：「關樹但生榆。」又，李益：「邊霜昨夜墮關榆。」又或榆林要塞。《漢書·韓安國傳》：「累石爲城，樹榆爲塞。」如淳注：「塞上種榆也。」○塵骨，暴沙枯骨也。○龍荒，國名，見《漢書·叙傳》及《唐書》。

【解】關城多種榆樹，連成一片，平常見之，心中不會有任何感想。秋至，榆葉發黄凋零，樹林稀疏，此時見之，忽增悲愁。日暮時分，見雲籠沙場，更覺凄然。此古戰場也，戰死兵士之骸骨日曬雨淋，腐爛成灰，無人掩埋，可憐也，令人心疼。今之士兵亦將如此。念此，即向天子上表，請求班師回朝。今欲掩埋所見塵骨，也不想今之士兵赴龍荒之地成爲塵骨，不忍其哭泣。《平》曰：此句在於申明回軍之義。又曰：恤已死之骨，正欲安未死之魂也，語意側重回軍，借掩骨伴説，以警悟當今耳。不然，掩則掩矣，何須表請。蓋表請回軍一事，表請掩塵骨又一事，莫連讀，亦莫作掩骼之仁誤看。〇哭，痛泣也。

其四

青海長雲暗雪山，孤城遥望玉門關。黄沙百戰穿金甲，不破樓蘭終不還。見《兒訓》注。

其五

大漠風塵日色昏，紅旗半捲出轅門。前軍夜戰洮河北，已報生擒吐谷渾。

【事】《後漢·竇憲傳》「憲與北單于戰于稽落山，大破之」云云，「經磧鹵，絶大漠」云云。沙漠、沙幕、沙場、磧中等皆同。玉門關之外，乃無邊無際之沙原也。○《周禮・天官・掌》注：「王行止宿阻險之處，備非常。次車以爲藩，則仰車以其轅表門。」本天子行幸時用，後世都用於軍將。黄度《五官解》：「今猶稱將幕爲轅門。」○《一統志》：「洮河在臨洮府城西南。」《唐書・李靖傳》：「吐谷渾寇邊，靖決策深入，遂逾積石山，殘其國，吐谷渾伏允愁蹙自經死。」

【解】此處延望無窮之沙漠，揚沙四起，日色昏暗，幾不見也。軍士舉起紅旗走出轅門，人馬兵力之半也。前軍趁敵不備，夜戰討伐，大破敵軍。追至洮河之北，欲早報之京師。繼續前進，已生擒吐谷渾全部餘黨。兵力之半即奏凱歌，軍功甚大也。捲旗，夜討需静悄悄也。「半」字，非半捲軍旗也。吴氏《唐評》曰：「言發兵以往，出其半而捷音至矣。」此説可從。唐仲言曰：「前數詩征戍之怨曲，此則戰捷之凱歌。」○潘氏《唐詩平》曰：「詭兵暗襲，捲旗夜戰，乘人於不備，縱倖而成功，然用詐，良亦可耻。」（此注於義可也。）

其六

玉門山嶂幾千重，山北山南總是烽。人依遠戍須看火，馬踏深山不見踪。

【事】沈約詩：「山嶂遠重叠。」嶂，山高峻貌。○踪，迹也。

【解】玉門關一帶，重巒叠嶂，延綿數千重，難覓道路，險阻之地也（此畫景）。入夜，見山北山南（兼東西）皆點烽火，用心嚴守，其光景非同尋常。既言「總是」，可知四面八方皆見烽火。此看烽火之人，乃千里迢迢來自都城之戍卒，見此恐怖之火，深感傷心。馬踏此深山老林之路，不見其踪影。於此艱難之地，人馬皆疲苦。深嘆何時可得平安！一句言邊地之險，二句嚴備，三句軍兵心苦，四句物疲。〇以上六首，頗有章法次第，宜玩味。

出塞二首

秦時明月漢時關，萬里長征人未還。但使龍城飛將在，不教胡馬度陰山。見《兒訓》注。

〇《唐詩選》取此詩以入《從軍行》，蓋從軍與出塞相類而不同。

其二

此詩《絶句選》取入《從軍》題中，今不從。

騮馬新跨白玉鞍，戰罷沙場月色寒。城頭鐵鼓聲猶振，匣裏金刀血未乾。

【事】騮馬，駿馬也。《古今樂録》：「《紫騮馬》，從軍久戍，懷歸而作也。」又，陳後主詩：「蹀躞紫騮馬，照耀白銀鞍。」○鐵鼓，如言金鼓。戰之法，晝以旌旗幡麾爲節，夜以金鼓笳笛爲節（見《吴子》），可解作鐘鼓。○《漢·食貨志》：「貨謂衣帛可衣及金刀龜貝。」金刀，即刀也。

【解】騎上裝扮一新之戰馬赴戰場，又有以白玉裝飾之好鞍，故閃閃發亮。今日之戰已罷，及至夜深人静之時，出見晝時激戰之沙場，但見月色皎潔，寒光明亮，光景凄惻。此時，城頭（「頭」字，助詞）傳來擊鼓報時之聲，聞之似戰場上敲擊鐵鼓之聲，立思刀鞘中刀刃上之血迹未乾，難道又要開始戰鬥？心中不安也。雖已戰罷，此言其荒凉慘澹之景象也。「猶」字，甚妙。

青樓曲二首

《樂府遺聲》：宫苑十九曲之一，少婦意中有良人在。（吴山）

白馬金鞍從武皇，旌旗十萬宿長楊。樓頭少婦鳴筝坐，遥見飛塵入建章。見《兒訓》注。

白馬金鞍是已然事，旌旗十萬是傳聞事，遥見飛塵是即今事。

二

馳道楊花滿御溝，紅妝漫綰上青樓。金章紫綬千餘騎，夫婿朝回初拜侯。《唐詩平》「漫」作

「縵」，誤。

【事】《史·始皇紀》：「治馳道。」注：天子之道也（御幸道）。〇《北史·高閭傳》：「宣武踐阼，授光禄大夫，金章紫綬，引見東堂。」魏晋以來，有左右光禄大夫，皆銀印青綬，重者詔加金章紫綬，章服三品以上，以金飾，五品以上以銀飾，三品爲紫色，五品用緋色。綬，日語訓讀爲「タミイト」，佩玉之紐也。魚袋亦同。似日本之朱印。〇夫婿，日語讀作「オツト」。

【解】如同前詩，於武皇行幸之長楊宫中值宿之人，或侍奉武皇行幸之人歸而行于御道，御道兩邊楊花飛舞，堆滿御溝。此爲春日長閑之時也。于此時節，少婦們打扮得花枝招展，手折楊枝，打結盤起來，走上青樓。瞭望武皇御道，各自盼望自己夫婿能成功成名。其侍奉皇上獲賜金章紫綬之人，大概一千餘騎，魚貫通過大道。望我之夫婿可如彼般出人頭地。回到朝廷，定獲厚賞。初拜王侯，非常開心。以《青樓曲》云，言賤者獲寵幸，章服濫貴，諷刺小人得勢利也。

青樓怨

香幃風動花入樓，高調鳴筝緩夜愁。腸斷關山不解説，依依殘月下簾鈎。

【事】幃，單帳也。香，美辭，同日本之「几帳」類。〇筝，有五絃、十二絃、十三絃等，大抵琴瑟之類。

《風俗通》:「箏,筑身,今箏形如瑟,不知誰改。」又,《傅子》曰:「上圓象天,下平象地,中空準六合,紘柱十二,擬十二月,乃仁智之器。」○依依,如故也。○鈎,捲簾所用也。

【解】春夜,微風吹動香幃,吹送花香至樓上。此甚有趣之景色,然夫不在家,却因之而生思夫之愁緒。爲舒緩此長夜獨寢之憂愁,撫箏而彈,音節調到很高。然愈彈愈思也。我雖感寂寞,然知其征戍之人,戰未罷,中途不得歸也,念此而不禁肝腸寸斷。置箏於旁,欲眠却終不成寐,此時殘月於簾鈎下沉落,心中更加憂愁,思念之情依然如舊,無法忘却。因好景憶夫婿,因回憶而增愁,望殘月則通宵不得眠,不得眠則夢亦不入。

李倉曹宅夜飲[一]

李,姓。倉曹,始於漢代之官名,北齊名參軍。京兆府、河南府等官衙,均置有倉曹、兵曹、户曹之類官員,掌倉廩。

霜天留飲故情歡,銀燭金爐夜不寒。若問吴江別來意,青山明月夢中看。

【事】《讀曲歌》:「相見論故情。」○江總詩:「掛纓銀燭下。」○吴均詩:「金爐香炭變成灰。」○張翰歌:「吴江水兮鱸魚肥。」○銀燭,白蠟也。金,美辭。

【解】夜飲長坐，已及霜天，如此長坐遊玩乃因李氏爲故人，深情挽留，甚歡也。家中備齊銀燭、金爐等精美用具，故至天亮仍不覺寒也，盡情暢飲歡樂。若問我別後心情如何，如昔日張翰歸後不忘吴江鱸魚之膾也。我難忘李倉曹深厚之故情。青山明月，雖爲易移情易感之物，然猶要看之，夢中長相思不能忘懷。《唐解》吴評曰：「問我昔日之意，則在夢寐常相思也。」又，王堯衢曰：「情深于故友，則雖山月亦如在夢中看耳。」此説亦可也。○凡詩多云青山，實僅言山也，有時也云青色。

【校勘記】

［一］李倉曹宅夜飲：《全唐詩》卷一百四十三作《李四倉曹宅夜飲》。

唐詩絶句解初篇上卷終

七言絶　下

○王維

送元二使安西

元，姓。二，輩行。○使，去聲。○安西大都護府，在龜兹，武后所置，今之陝西行都司，在陽關外。

渭城朝雨浥輕塵，客舍青青柳色新。勸君更盡一杯酒，西出陽關無故人。

【事】渭城，在咸縣東北，故杜郵也，即長安。○《詩·召南》：「厭浥行露。」浥，潤也，濕也。○陽關，漢敦煌郡龍勒縣，唐隴右道沙州壽昌縣，西有陽關，西北有玉門關。又，陽關在西域國，東則接漢，限以玉門、陽關，西則限以葱嶺。（《西域傳》）今甘州、肅州、凉州屬地。

【解】元二從渭城奉命出使安西，今朝雨降，浥濕道路，正好輕塵不揚。此秋之細雨，故地面濕潤正如灑水。元二從家出發時，雨霽，柳色青翠，愈發增色如新出葉。此春日佳景之時也，爲旅遊之好時節。詩寫折柳送行，妙手，其口氣可學。客舍，元二家，不可以旅舍解。今君遠離，我勸你一杯送別之酒，當比平常更多喝一杯。此因翻過西邊之陽關，便出中國領地，再無故人，故勸爾更進一杯。第三句，勸酒之意。此詩名《陽關三疊》，家喻户曉也。此詩句奇且真情有餘，故自從唐人至今，凡人送別，必歌此詩。名爲《陽關三疊》，因歌時，第一句到第二句前四字爲止，一口氣唱下來，不重叠，僅第二句後面三字「柳色新」要重唱。第三句和第四句雖皆七字一句，然需返回重唱，如蘇東坡言。叠，日語訓作「タタム」，犹如日語中言兩次重複叠加之意。

少年行三首

極言少年意氣風發，健壯之身體，本集四首，李《選》中有「出身仕漢」一首[一]，見《兒訓》注。

新豐美酒斗十千，咸陽遊俠多少年。相逢意氣爲君飲，繫馬高樓垂柳邊。

【事】庾信《春賦》：「入新豐而酒美。」○漢時，以黄金一斤鑄錢十千，然稱十千爲一斗，詩人之常言，唐人多用。李白：「金尊沽酒斗十千。」崔敏童：「十千沽酒。」白樂天：「共把十千沽一斗。」此詩即「斗十千」之類也。曹子建樂府詩有：「美酒斗十千。」○咸陽即長安。○《西都賦》：「遊俠之雄。」○氣勢勇壯，結交不顧死，曰之遊俠。○《樂府》：「垂柳覆金堤。」

【解】血氣方剛之少年在一曰新豐之繁華地，痛飲美酒，其價費十千之金亦不爲之惜。十千，即萬錢。咸陽有俠氣之少年人常聚衆飲樂也。俠少之遊，以酒爲伴，乃世之常態也。其聚也，不管識與不識，若意氣相投，則爲彼此而飲也。此飲，合爲意氣而不爲酒也。「君」，指雙方，非具體指代某人。誠如前言，只要意氣相投，不分彼此，一起飲酒聚會。繫馬於酒館門前之柳樹上，在高樓上喝酒。「繫馬」一詞，暗含聚會人群中有貴人。

【校勘記】

［一］李選：原書作「季選」，徑改。

其二

在本集中，「出身仕漢」一詩乃其二也，此詩其三也。

一身能擘兩彫弧，虜騎千重只似無。側坐金鞍調白羽，紛紛射殺五單于。側，本集作「偏」，義同。

【事】《李廣傳》：「猿臂善射，發即應弦而倒。」○彫，音雕，畫文也。弧，只弓也。《繫辭傳》：「弦木爲弧。」○白羽，箭名也。○紛紛，有多義，今衆多之意。○單于，匈奴王名也。《霍去病傳》：「驃騎將軍率戎士，逾盩（山名）討遬濮，歷五王國，過焉支山，合短兵，殺折蘭王，斬盧胡王，執渾邪王及相國、都尉首，虜八千餘級。」按本集注曰：「隱使李廣、去病事是。」

【解】此少年在邊塞展現其勇武身姿。其爲射弓箭之好手，擅長拉弓。其弓，有兩個雕紋裝飾之漂亮弓也，故其驅馬入胡人騎兵，雖千重圍困，如入無人之境。「似」字，「如」之意，常見之法也。借李廣追討匈奴，勇氣極盛，形容少年之勇猛。故本集注暗中使用李廣事蹟一説。本集注引《李廣傳》如前。按，《漢書》曰：「其爲人長爰臂，其善射。」如淳曰：「臂如猨臂通肩也。」猨，手長，言便於彎弓。擘，發音與「伯」同，分擘也，指手指也。臂，音責，肱也。自不通，然于詩意各通，作臂解即可。側坐在裝飾精美之金鞍上，調試白箭（箭，是指弓矢。○調，本義安排，此爲好好準備），紛紛射殺胡人。其國王五單于已被打死，功勛至偉也。此與上聯相同，言攻打五王國，含有霍去病故事，言五單于也。

其三

本集四也。

漢家君臣歡宴終，高議雲臺論戰功。天子臨軒賜侯印，將軍佩出明光宮。

【事】後漢明帝思中興功臣，乃圖畫二十八將於南宮雲臺。○臨軒，天子不御正座而御平臺曰臨軒。

《前漢・史丹傳》：「天子自臨軒檻。」注：「軒檻，欄版也。」（《字彙》：軒窗之下，爲櫺曰欄，以版曰檻。）○「將軍」之號，秦時始命名爲卿。然《周禮》：「天子六軍，其將皆命卿。」大將軍、上將軍等，春秋至戰國時始也。後世詩文多用，言有軍功稱貴之事，勿拘泥於官名。此詩之「將軍」是也。比漢，大將軍貴如三公。○《漢書・武帝紀》有「太初四年起明光宮」云云，以金玉飾，常有光明，故名。爲奏事之地。高適詩：「畫圖麒麟閣，入朝明光宮。」

【解】今漢王朝平治久安之時（借古諷今乃常例，故曰「漢家」），故君仁臣義。即便赴邊塞也要竭忠盡智以立功。返回都城，君臣和睦相聚，宴會一派和樂。酒席終了，則於雲臺閣聚論有戰功之人。「高」，高名也。「議」，評議也。天子不御正座，臨軒而聽。封少年之有功者爲諸侯，賜以朱印章。此少年轉瞬成將軍，佩獲賜之侯印，威儀堂堂退出明光宮也。首章講少年平生之趣，次章講邊庭從戎，次章講功成賜封也。從其家居生活寫起，至蒙獲封賞，從遊俠晋升將軍。章章文字，自是書法。通篇豪俠縱横之氣象，寫得好！妙手！

寄段十六[一]

段，姓。十六，輩行。本集在「段」字上有「河上」二字。

與君相見即相親，聞道君家在孟津。爲見行舟試借問，客中時有洛陽人。在，一作「住」。

【事】《戰國策》：「諸侯相親。」○《漢書》師古注：「孟津在洛陽之北，都道所湊，故號孟津。孟，長大也。」○魏文帝詩：「湯湯川流，中有行舟。」○謝朓詩：「借問下車日。」

【解】與君初相見，便覺心中舒暢，彼此親近。然聞道君家在洛陽北之孟津，若此，見孟津之行舟我都會去借問一下。此「問」，不問他事，但請幫忙問船中可有與王維親近之洛陽人。「時」字，恰此時也。問此何爲也？其理由不做回答。此其有意思處也。讀者當心知肚明。按此詩爲摩詰在他鄉，段十六歸洛陽時所寄也，其意境與下詩同：家住孟津河，門對孟津口。常有江南船，寄書家中否。

【校勘記】

［一］寄段十六：《全唐詩》卷一百二十八作《寄河上段十六》。

秋夜曲

丁丁漏水夜何長，漫漫輕雲露月光。秋逼暗蛩通夕響，寒衣未寄莫飛霜［一］。

【事】丁丁，漏刻之水所瀝滴之聲。○寧戚《飯牛歌》：「長夜漫漫何時日。」漫漫，長貌。○蛩，通蛬，蟋蟀也。《詩・豳風》：「七月在野，八月在宇，九月在户，十月在堂。」《古今注》：一名吟蛩，秋初生，得寒則鳴。和名「キリギリス」。

【解】聞漏水丁丁滴落之音而覺，不復入眠。夜爲何如此漫長！無聊而凝望夜色，輕雲瀰漫，不可見月。漸夜深人静，輕雲散開，月方發出清輝也。忽雨又忽晴，乃秋景之常態也。然冬已逼近，不知何處傳來蟋蟀之叫聲，四處鳴響，我益發難眠，更覺夜長。忽念此地寒冷如是，則玉門邊塞當更冷。然我尚未給夫君寄禦寒之衣，在我寄達之前一定要暖和，惟願不要飛霜。三句呼應起句，温厚真情，使人感動。

【校勘記】

［一］寒衣未寄莫飛霜：《全唐詩》卷三百六十七作「征衣未寄莫飛霜」，署作者爲張仲素。

贈裴姓旻名將軍官

腰間寶劍七星文，臂上琱弓百戰勛。見説雲中擒黠虜，始知天上有將軍。

【事】七星文，謂劍紋之美。李嶠《寶劍篇》：「胸前點作七星文。」此他多見。《禮記》：「季春之月，日在胃，昏七星中。」《晉・天文志》：「七星，一名天都，主衣裳文繡。」○琱，與「彫」同，前詩「彫弧」同。○雲中，地名，今之大同。

【解】裴將軍，真武將也，腰間所佩之劍，非尋常物。拔出寶劍，上有寶石裝飾之七星紋，非常鋒利。又其所執之弓甚精美。戰場上，有臨近之敵，寶劍擊落；遠者，彫弓殺之。他身經百戰，百戰百勝，戰功卓著。他曾於雲中生擒狡黠之胡人，此事人人傳説。吾甚驚，方知如裴將軍者僅天上有，感嘆不止。

寒食汜上作

寒食，周人禁火之遺法也。（《丹陽集》）介子推之事，劉向《新序》寓言也。○汜上，《三體詩》注：「在成皋東。」汜，符艱切。

廣武城邊逢暮春，汶陽歸客淚沾巾。落花寂寂啼山鳥，楊柳青青渡水人。

【事】《漢·地理志》：「河南滎陽有廣武城。」又，二廣武城，《西征記》：「三皇山上有二城，東曰東廣武，西曰西廣武，漢祖與霸王共語處。」是詩西廣武乎？○汶陽，魯國有汶陽縣。《論語》「吾必在汶上」是也。《唐評》曰：「汜上非汶陽，而右丞又不家汶陽，得非汾字之訛乎？」

【解】我爲此廣武城邊之客，適逢暮春寒食。暮春本歡樂時節，然我家本汾陽，思歸甚切，念此而淚沾巾。故見花落、聞鳥啼則更感寂寞。每見彼路過楊柳青青汜上渡口之人，則思己何時可如其一樣歸故鄉。念此則煩也。旅客之情，寫得極妙。

涼州詞

本集題作《涼州賽神》。○涼州，見前注及《兒訓》注。

涼州城外少行人，百尺峰頭望虜塵。健兒擊鼓吹羌笛，共賽城東越騎神。

【事】涼州城，漢武置武威郡，以匈奴右賢地。○百尺峰，西胡山名。○健兒，謂壯武兵卒。○虜塵，兵塵也。○羌笛，胡笛笳也。（《兒訓》亦有注。）○賽，日語訓讀爲「カエリモウス」，又禱也，向神報謝。日本風俗去神社擲金錢以示感謝之「賽錢」之「賽」字與此同。

【解】涼州城外一帶，邊鄙之地也，尤當兵荒馬亂之時，故行人很少，一片荒涼景象。遥望百尺峰頭，但見胡人兵塵，四處眺望，所見景象無不讓人痛心。士兵乃健兒，擊鼓勇敢上陣。然聞羌笛，則往參拜城東祠堂中越騎神，供奉錢幣，祈求武運長久，然後再出陣。是皆重君命、思忠義之舉，讓人感動。「賽」字，當解爲「祈禱」「祈願」。《漢書・郊祀志》有「冬賽禱祈」。此非言報謝，而言祈願也。

菩提寺禁，裴迪來相看説。逆賊等凝碧池上作音樂，供奉人等舉聲便一時淚下，私成口號誦示裴迪

安禄山亂中，拘禁王維於菩提佛寺。禁，居吟切，音金，刼持也。時裴迪來訪，言逆賊僞官於凝碧池聚會，奏樂設宴，樂工等唱歌時，朝臣一時淚下，不勝悲傷。聞此悄悄口占此詩，誦示裴迪也。私，保密也。口號，不成草稿，直接口吟。其憚世間如是。迪，王維之親友。見前。

萬户傷心生野煙，百官何日更朝天。秋槐葉落空宫裏，凝碧池頭奏管弦。更，一作「再」。葉，一作「花」。非也。

【事】萬户，言百姓，舊注引建章，非也。（見綏眉注。）○梁簡文詩：「荒郊多野煙。」○槐，樹名，禁宫多植之。《周禮·秋官》注：「槐之言懷也，懷來遠人。」日本名爲「エソジエ」。○《一统志》：「凝碧池在唐禁苑中。」

【解】安禄山賊攻陷兩京，玄宗潛幸蜀地，肅宗即位。然賊人横行，人民離散，萬户皆成空屋，人煙斷絶，處處生野煙。見之傷心悲愁。國家何日才能安定？百官臣下都期待能够再次於此朝見天子。因君王不在，宫女及侍御都已不見，王宫成空殿，尚又今秋來，槐樹葉亦落盡。益空曠寂寞，毫無生氣，不忍目睹也。恰此思念君王之時，御苑正中之凝碧池畔，逆賊僞官在聚會宴飲，演奏管弦取樂，此甚悲也，讓人切齒，不堪忍受。《本集》注：「感慨沈著，婉曲深長。」唐《解》：「盛唐絶句，妙在言外。」

○王之涣

涼州詞

單于北望拂雲堆，殺馬登壇祭幾回。漢家天子今神武，不肯和親歸去來。

【事】《雲中志》：「拂雲堆，在古豐州西六十里，有昭君青塚，塞草皆黄，惟此獨青。」

【解】匈奴王單于遥望北方拂雲堆，設壇殺馬作爲祭品，親自登壇祭祀。此等事已不知有多少回，此祈禱軍隊之勝利也。然今漢家當代天子有神武之德，故不肯爲和睦而乞親，單于無功而返。如此偏情、固執之夷狄！實言匈奴强勢，中國有求和之意，諷刺天朝缺乏神武之德。

【附】右《絶句選》載今同題同作，供參考。

黄河遠上白雲間，一片孤城萬仞山。羌笛何須怨楊柳，春風不度玉門關。風，一作「光」。

【事】黄河源出昆侖而奔流於中國各地，真大河也。○一片，言城之孤；萬仞，言山之高削。（而庵）

○《終南山銘》：「橫峰萬仞。」○《折楊柳》，離別曲。

【解】黃河，發源於遥遠之昆侖山，一路東流，來此玉門關之地。故西望其源，似從白雲之間落下來。而庵曰：「此見邊地之空闊荒凉，所見惟黃河而已。」如果看那一片孤城，其高有萬仞。山上何所有而堆積如此之高？《合解》云：「上句『黃』與『白』應，下句『一』與『萬』應，各自爲對。」愚謂：第一句言遠望渺渺之險，次句云近望巖巖之險，均悽愴之景也。又言從中國至此之旅情也。又「一片孤城」，似重復，然「一片」僅指一個，「片」字，助詞也。「孤」字，言只見此城，暗含無他城，有突起之意。聞羌笛，乃《折楊柳》之離別曲也，聲音凄慘，聞者無不思故鄉。臨別折柳，思妻子之狀況，不禁淚下。王之渙笑言：「衆人皆埋怨楊柳，何故也？今所吹爲羌笛，不當埋怨楊柳也。楊柳於春風之後而發生，今此玉門關依然春風不度，故楊柳不當受其怨也。」此言玉門關外寒苦之甚。言其寒苦偏僻，可又不露聲色，自感人心。王元美取此詩爲絶句第一者，宜也哉！又，而庵曰：「風致絶人，真好詩者。」亦宜矣。

○杜甫

江畔獨步尋花

本集七首，今取三首。

稠花亂蕊裹江濱，行步欹危實怕春。詩酒尚堪驅使在，未須料理白頭人。

【事】稠，音「酬」，多也、密也。蕊，音誰，上聲，花心鬚也。○欹危，崎嶇危殆也。○驅使，驅馳、使役也。○料理，量度也。○白頭人，稱自己已老。

【解】春時，一人獨步江濱，抬頭遠望，花正盛開，樹樹繁花亂蕊，嚴嚴實實包圍江邊，無處不生花，令我嘆爲觀止。很像日本俳句詩人松永貞德之言。然子美乃老病之身，步行過去非常危險，於是徒然空耗春天，爲此感到傷心。實際上，此心底真話。「怕」乃是惜、傷之意。「怕」字大抵與「恐」字相同，然此處若按通常字義來理解則不太通順。與此題第七首中「不是愛花即欲死，只恐花盡老相催」意同。雖已如此衰老，尚能堪當詩酒之驅使。不要因此妄自揣測我這白頭人欲做何事，輕視我。「未須」，可看作是被當作那樣，不堪忍受之意。

其二

黄師塔前江水東，春光懶困倚微風。桃花一簇開無主，可愛深紅愛淺紅。本集注：後面一「愛」字，一作「映」，可從。按，又一作「閑」。

【事】黄師塔，濯錦江東之塔也。○懶困，公自謂「困人天氣」。（均見本集注）

【解】信步至蜀江東黄師塔前，春色大好，爲其吸引而忘歸。不知不覺慵懶困倦起來。「懶」，同日語中「ブシエウ」。困，困倦也，同日語中「ウミタダブレル」。上聯中令人困倦之春光，於此聯中才述出：放眼望去，桃花簇擁盛開，我詢問此花屬誰家，答言没有主人之野桃。其顔色深紅與淺紅交相輝映，煞是可愛。

其三

黄四娘家花滿蹊，千朶萬朶壓枝低。留連戲蝶時時舞，自在嬌鶯恰恰啼。蹊，一作「溪」。非是。留，一作「流」。

【事】孃，少女之稱，俗作「娘」。本集注：黄四娘，東坡《記》：「正月二十六日，公與數客閑步，嘉祐僧舍東南野人家，雜花盛開，扣門求觀，主人林氏媪出應，白髮青裙，少寡，獨居三十年矣。感嘆之餘，作詩記之。」胡元任曰：「齊魯大臣二人，而史失其名。黄四娘者獨何人哉？因託此詩，以得不朽，世幸不幸類如此。」愚謂「黄」爲姓，「四」排行，「娘」，女稱。此黄氏之人女而失其名者也。又按，「娘」字日語訓讀爲「ムスメ」，在日本固定指稱女孩子，然中國男子亦可加「娘」字以稱。其證據很多。今已無法得知黄四娘是否爲男子。從詩意看，與男女無關，强解亦無用。此僅爲初學者筆録耳。○朶，「朵」也，俗字。樹木垂千朵也，又，花朵。○蛺蜨，即通常日語言所言之「チエウ」。徐鉉曰：「今俗作『蝶』，非是。」○恰恰，鳥鳴聲，《説文》：「恰，用心也。」含此意。

【解】昔往黄四娘家中看，見小路之上都堆滿花瓣，花朵層層叠叠，一千朵一萬朵，不知其數也。花枝爲其所壓低，當爲其盛開之況也。蹊，小路也。不妨認爲即便小路上也已堆滿花，然又似穿鑿，只當作庭中即可。此方爲讀詩之法也。無數愛慕鮮花之蝴蝶流連嬉戲，四處飛舞；嬌鶯自由自在飛來飛去。間關鶯語，十分有風情。萬物各得其時而樂也。我感嘆失去了年華，而黄四娘或亦有自己所感嘆唏嘘之事。兼看本集注。

絶句

本集此題多。此絶句四首，今取一首。

兩箇黄鸝鳴翠柳，一行白鷺上青天。窗含西嶺千秋雪，門泊東吴萬里船。

【事】箇，助詞，兩隻也。日語也習慣言「一箇」「兩箇」，與「個」字同。○黄鸝、黄鳥、鶯皆一物。雖非日本之「ウダイス」，然意同。《兒訓》已有注，現憑記憶做些補充。日本之「ウダイス」，乃《茶記》中報春鳥也。○《一統志》：「西嶺在成都府西山峻嶺，積雪冬夏不消，一名西山，又名雪嶺、雪山。」○吴在東，故曰「東吴」，蜀江至東吴而盡，今寓宅之門外臨江岸。

【解】我寓居夔州草堂，今逢春日，望四周景色，先見兩箇黄鸝一起飛，於翠柳枝上啼囀，頗得其時其意也。再看另一邊，白鷺排成一行，開心飛翔於藍天。此爲享受好天氣快樂遊玩，亦得其志也。「鷺」，水鳥也，可飛上天空，含立身出世、博取功名之意。此乃子美感嘆寓居蜀地草堂，羈旅之身無志同道合之人，時常抱愁失時，不能奮飛也。《合解》：「黄、翠、白、青以色映帶生趣。」此坐寓所中，從窗子瞭望對面西嶺高山，夏成而積雪不消，如見日本之富士山。「含」字，言窗中所見，如口之含物。「千秋雪」，謂雪之無消盡也。「千秋」，永遠不變也。可譯爲日語中「イッマデモ」「イッモイッモ」。寓所邊爲蜀江河岸，乘舟之地也。今見一艘通向東吴之船停泊於此，此至東吴有萬里之遥，知其往來于遥遠之兩地也。第三句言我無久居此地以望千秋雪之意。千秋，否之也，厭棄也。若可乘此門前東吴船，漕行而東，則可早歸洛陽。然不得乘也，深嘆息也！「門泊東吴萬里船」，言罷則擱筆，誠詩中之聖，詩中之神也。雖有此乘船歸故鄉洛陽之便，然不得也，含我何時可得歸京之餘情。無限精妙也。而庵云：「此詩雖是絶句，須要當一律看去，方知此詩之妙，子美之苦心處。」〇又，而庵對此詩起承轉合論詳，今略。愚按絶句之名，廣稱四句之詩，而其本始截絶律詩也。《合解》注：「此詩題下曰『子美寓夔州府時作』，蓋因室家未寧，君國未定，不及名言，故云《絶句》。」此乃畫蛇添足。本集題絶句之詩多見，豈曰皆是不及名言耶？

戲作寄上漢中王舊注：漢中王名瑀，時王新誕明珠。二首

雲裏不聞雙雁過，掌中貪見一珠新。秋風嫋嫋吹江漢，只在他鄉何處人。

【事】舊注，雁喻兄弟也。時漢中王兄汝陽王已卒，不復過也。○漢孔融見韋元將、韋仲將，與其父書曰：「不意雙珠生於老蚌。」佛書：如掌中之珠。○《楚辭》：「嫋嫋兮秋風。」秋風吹動貌。○江漢，水名。《孟子》：「江漢以濯。」○舊注：他鄉，時漢中王謫居蓬州。

【解】漢中王之兄汝陽王去世之後，如雙雁雲中飛，一羽離群，鳴而無應。此句如《王制》「兄之齒雁行」，雁比喻兄弟，又用爲書信。兼有汝陽王死後音信不可聞之兩意也。此用「一雁」故事非常有趣。漢中王有一子，視之如掌中珠玉。兄雖没故，弟弟新添一子。「新」字做動詞用，「貪」字應看作「求」字。非貧人貪念金銀之「貪」。今嫋嫋秋風正吹渡江漢大河，已甚冷之時節，尤因人在他鄉，獨自傷懷。然因小公子之誕生，衆煩惱皆消，非常喜慶。此乃嘆中之喜也。

其二

《絶句選》取此一首，然不讀前首，此詩不可快通。今兩存。

謝安舟楫風還起，梁苑池臺雪欲飛。杳杳東山携漢妓[一]，泠泠修竹待王歸。

【事】晉謝安嘗與孫綽等泛海，風起浪湧，諸人並懼，安吟嘯自若，舟人以安爲悦，猶去不止。風轉急，安徐曰：「如此將何歸耶？」舟人承言即回，衆咸服其雅量。○謝惠連《雪賦》：「歲將暮，時既昏。寒風積，愁雲繁。梁王不悦，遊於兔園。俄而微霰零[二]，密雪下。」○杳杳，常作「遥遠」解，然此處與《詩經》中「窈窕淑女」之「窈窕」通用。言女性安静本分之態也。○謝安居東山，每遊賞必以妓女從。○漢女，美女也。按，以此字此詩爲肇始。○泠泠，清貌。○梁園東苑三百里，有雁池、修竹園。又，《西京雜記》：「孝王築兔園。」

【解】今漢中王謫居此處，欲出門遊覽，却如謝安出舟楫而遇大風掃興，又如梁孝王遊于苑中，遭逢天降大雪變故而不堪寒冷，滿心不悦。實難成忘憂之樂也。然正如謝安隱居東山時每每出遊帶上妓女遊樂一樣，王也愛窈窕美女，今喜誕一子，是實大悦之事。故滿懷喜慶而歸彼修竹園林。都城中，人人皆盼王之歸來。此承上詩，即不言得明珠，亦可明其緣由。「修竹園」，如前所述乃孝王之園林，故用之以比漢中王之屋。

【校勘記】

［一］東山：底本作「山東」，此詩「事」部有「謝安居東山，每遊賞必以妓女從」，故「山東」當爲「東山」

之誤。《全唐詩》卷二百二十七亦作「杳杳東山携漢妓」。

［二］俄而微霰零：底本作「俄而微霰雲」，據《文選》卷十三改。

解悶三首

本集有十二首，是篇載三首。李《選》載一首。○悶，心中鬱憤煩亂也。解，解散也，同自我寬慰也。

商胡離別下揚州，憶上西陵故驛樓。爲問淮南米貴賤，老夫乘興欲東流。 流，一作「遊」。

【事】商胡，客商也。《唐志》：「揚州廣陵郡，屬淮南道。」○憶，想起往事等。○舊注云：「西陵驛，公故鄉驛也。」○淮南，本集作「淮西」。注：南直隸廬州府等處，自川中濟長安所由之地也。○老夫，子美自也。

【解】從京城來之商人盤纏告罄，言將回京，告別後直奔揚州而下。下，言水流。於是，子美亦思故鄉，憶往事。我故鄉之驛站曰西陵，我亦曾登上西陵驛樓，而今却至此遥遠之蜀國，思緒萬千。深羡歸故鄉之人也，甚念故鄉，故問淮南米價是貴是賤。因是商人，問米價頗有情趣。「爲」字，常作「爲我」或「爲人」。此詩非是，乃爲思故鄉之爲也。知此，得此詩之味也。真心而言，此老夫亦欲乘興而歸長安故鄉。流，水路之故也，言乘舟順流而下。「遊」字含歸故鄉遊玩之意，然以「行」字意多。

其二

《絶句選》取一辭故園之詩。出《唐詩選》，見《兒訓》注。

不見高人王右丞，輞川丘壑蔓寒藤。最傳秀句寰區滿，未絶風流相國能。

【事】高人，謂高德之人。王維，字摩詰，玄宗時爲尚書右丞。詩名盛時也。○輞川，本集作「藍田」，王維别業，有二十勝景。見前注。○寰區，言天下。○《晉書》：「簡文帝嘗與孫綽商諸風流人。」○代宗時，維弟縉爲宰相，故曰「相國」。縉亦能詩，代宗好文，求維文，縉則編維詩四百餘首上之。

【解】故友王維等乃高尚之人，他死後，不見如王右丞者。輞川别業，聞名之勝景，王維閑暇時，與裴迪等一起賦詩遊玩之地。然其主没後，勝景之丘壑爬滿藤蔓，顯得非常荒凉寒冷。深深思慕王維之情溢於言外。斯人雖逝，幸有代宗敕令，其弟王縉編集王維秀句傳布寰宇，此乃高興之事也。滿，言所及之廣也。最，第一意，言不忘其秀句，此乃第一幸運之事；相國（弟縉）亦風流雅人，乃兄之繼承人，其詩技高超。讀其詩會忘記憂愁，以此解悶，堪稱風雅。此詩讀者須仔細品味。

其三

復憶襄陽孟浩然，清詩句句盡堪傳。即今耆舊無新語，謾釣槎頭縮項鯿。

【事】襄陽，浩然襄陽人，襄陽，湖廣府名。《才子傳》：「詩工五言，隱鹿門山。」〇本集注曰：「鯿，漢水出鯿魚，極美，禁人采捕，以枯木斷水，故曰『槎頭』。」今按：「鯿」乃「鯾」之俗字。《本草》：「魴魚，一名鯿魚。」時珍曰：「處處有之，漢沔尤多，小頭縮項，穹脊闊腹，扁身細鱗，其色青白，味最美。」我國將其訓讀爲「マナガッオ」，未詳，「マナガッオ」接近鯧魚。〇「槎」字，解爲「桴」可也。

【解】因憶王維，復憶襄陽孟浩然。浩然之五言詩非常清麗，句句盡奇妙，傳之後世，成爲效法之名句。「堪」，可做樣本，適意也。然看今耆老自滿之詩，皆竊取古人之句，無令人耳目一新有器量之語。其言耆老盡爲一些拙劣之作。讀此詩，還不如抽空去釣縮頭之鯿魚來吃。鯿，味道鮮美之魚，故對口福有益。吟唱拙劣之作，誠徒費口舌也。槎，日語訓讀爲「イカダ」，言坐竹筏去釣鯿魚。頭，助詞也。斯見暗含《論語》「乘桴浮海」之感，非常有趣，不應參入他說。

戲爲絶句

本集有六絶，稱讚庾信文章奇絶，接近上代。非難楊炯、王勃、駱賓王、盧照鄰等文字浮華。次又將庾信及初唐四子合稱古文，以非難當時文字膚淺僞體。教育當世學者当以上古大雅爲師，又矯正當世之風過嚴，故以戲字緩和，今載一首。

才力應難跨數公，凡今誰是出群雄。或看翡翠蘭苕上，未掣鯨魚碧海中。跨，去聲，越也。

【事】數公，指庾信及楊、王、駱、盧等而言。○郭景純詩：「翡翠戲蘭苕，容色更相鮮。」按，「翡翠」乃日語中「カワヤミ」之一種，其色赤翠，美飾小鳥。○蘭，香草，日本名爲「フジバカマ」。○苕，凌霄花，蔓生附于喬木之上，其花赤，日本名爲「ノウゼンカズラ」。○鯨，大魚也。雌曰鯢，雄曰鯨，日語訓讀爲「クジラ」，非也。○碧海，或稱爲蒼海，皆大海之異名也。○掣，舊注手執也。

【解】今時學者，號稱具有文采學養，他人多以此讚譽，其本人亦自負如此。以我觀之，要想超越從庾信到楊炯、王勃、盧照鄰、駱賓王數公應難也。應難，通常譯成日語中「成りにくからろう」，此處强調其絶對不可成。應譯成日語中「不及」。今當世學者中，誰可從常人庸才中脱穎而出成爲英雄？「是」字，指超群者之措辭，言誰爲這種人？又可作助詞。此句暗含即便英雄亦難達此也。當今文人之詩歌文章，雖裝飾漂亮，然僅小刀細工，而乏秀麗氣象。以物譬之，若翡翠小鳥自在飛於蘭苕之上，人見其美，他物襯之故也。然不過小刀細工，終不見如乘船出海以釣鯨魚之大氣象，故無得驚天下人。按，本六絶句譬庾信，非「四子」，又鄙薄當世更不如「四子」之人。此詩與前詩，可謂關於詩和文之正論。

承聞河北諸將入朝口號[一]

本集有十二首，注云：按河北自肅宗寶應元年，史朝義未縊死前，諸鎮已多降者，死後無不來歸。諸道節度李隱仙、辛雲京之類，此皆郭子儀之力。

十二年來多戰場，天成已息陣堂堂[二]。神靈漢代中興主，功業汾陽異姓王。

【事】堂堂，盛貌。○漢代中興主宣帝也，借比代宗。○郭子儀封汾陽王。唐肅宗至德二年，安禄山之子安慶緒使李豬兒殺禄山。禄山之臣史思明于肅宗乾元二年自稱燕王，殺安慶緒。又，上元二年，長子史朝義殺史思明。廣德元年，李懷仙又殺史朝義，京師大逆亂如此。又，吐蕃、回鶻、南蠻等諸夷亂入中國，誠可悲之時。然郭子儀等以戰功使諸道節度入朝，故子美不勝欣喜，作絶句十二首，前十一首悉言其亂，至此乃述收復。

【解】凡十二三年以來，無數戰場，世間紛擾。然天成自然之堂堂戰陣已偃旗息鼓，甚歡喜。當今明君有神靈之德，力挽唐朝衰微之勢，乃中興之主也。（與漢宣帝功績相當。）其戰場之功業乃郭子儀之力也。親王之外，以異姓稱王，而封爵汾陽王，乃天經地義之事也。此言君臣同德，至如是太平順治。褒揚子儀兼有他功。

【校勘記】

［一］承聞河北諸將入朝口號：《全唐詩》卷二百三十作《承聞河北諸道節度入朝歡喜口號絶句》。

［二］天成已息陣堂堂：《杜詩詳注》、《全唐詩》卷二百三十作「天威已息陣堂堂」。

江南逢李龜年

舊注：大曆三年正月，公出峽，暮春至江陵，逢李龜年。天寶中，玄宗命宫中女子數百人爲梨園弟子，時馬仙期、李龜年、賀懷智皆能知律度，李龜年尤承君顧。於東都大起宅第，驕侈製作逾公侯。後流落江南，每遇良辰美景，爲人歌。座中聞聽，人人掩泣，無不罷酒宴。子美今乃流落之身，相逢如此之人，愈生愁緒。

岐王宅裏尋常見，崔九堂前幾度聞。正是江南好風景，落花時節又逢君。

【事】岐王，睿宗之子李隆範。開元十四年薨，無子，故以略陽公李珍爲嗣子。此岐王乃是嗣子略陽公也（舊注）。〇尋常，日語常訓讀爲「エノツネ」，隨處可見，不稀奇之意也。然此處稍異，當爲日語「常往不斷（不間斷）」之意。〇崔九，自注即殿中監崔滌，中書令崔温之弟。

【解】子美逢龜年，今俱爲流落之身，殊更憶昔日事也。昔在都城時，因常出入岐王宅第，故覺相見甚尋常，無特別之感也。又於崔九堂前，幾度聆聽妙律，今念之，恍若夢境，成昔日語，不禁感慨萬端。憶往事之盛，傷今日之流落也。彼此境況相同，故諸事皆在不言之中。讀者亦自會産生共鳴，非常精妙。「宅裹」之「裹」字，與「堂前」之「前」字非相互對應也，此乃詩家文字，不必拘泥於「堂前」「宅裹」之類文字。今來江南居住，此地號稱風景名勝之地，今正春日落花時節，世人遊樂最盛之時也，得與君相逢。故時間、地點、故人，本應令人愉快，可却催生悲傷。君或同感！此詩甚妙。餘情溢於言外，難企及者也。

〇孟浩然

濟江問舟子

去越中時，過江，因心中急，問舟子遠近。

潮落江平未有風，輕舠共濟與君同。時時引領望天末，何處青山是越中。末，一作「永」，誤。

【事】舠，音「刀」，小船也，其形如刀，故名。往來于江户淺草川之一葉小舟名豬牙船，因其形狀似豬牙也，舠之新也。○陸機詩：「引領望天末，譬彼向陽翹。」○越，國名，勾踐之古舊。

【解】濟江之時，適逢潮落，無風，江如平地。如此天氣，亦不會有順風吹來。故我擔心遲至。恰見一葉輕舟欲濟，因羡其急行如飛，故稱我心急「與君同」。「君」字，指輕舠而言。凡詩與文章中，多以「君」指物。《合解》曰：「其濟，其舟子也。與君，是與舟子也。」此注不妥。因想早達越國，故心中焦急，時時引領而望天末。因問舟子道：「四面皆青山，何處是越中？」如此之問，含不盡意味。「是」字與崔顥《黄鶴樓》中「日暮鄉關何處是」相同，讀作日語中「コレ」，然不可以之爲助詞。或曰：「泊於江中，等待風來，未有順風，故時時望天也。」如此理解無妨，然尾句則少不通。

○常建

吴故宫

咏吴王夫差之宫苑故舊，與李白《越中覽古》同。（古迹也。）

越女歌長君且聽，芙蓉香滿水邊城。豈知一日終非主，猶自如今有怨聲。

【事】越女言美女，越國女美，故稱。○芙蓉，蓮也。

【解】吳王夫差全盛之時，越女歌舞日夜聚集於此，四時遊樂，亦「君且聽」之處。至蓮花盛開時節，其香滿於水邊之城，聞傳言皆繁華之地也。然今所見唯荒涼景色，舉此芙蓉之美，兼他時之觀。今爲荒野無主之地，可憐而目不忍睹。古昔全盛之時，無人料到成此景色。昔人定以此處爲千秋萬代繁榮之地，即一日無主，亦不可能也。如此猜測，因我如今猶聽怨聲也。將静静寂寞之聲比作怨聲，頗有寓意。

題法院

法院，寺也，云寺，漢題也。院，梵言羅摩，唐言院。法，《阿含經》云：「佛爲説法主。」今古皆説法之僧爲法主。據此，則法當爲僧號也。

勝景門開對遠山，竹深松老半含煙。素月殿中三度磬，水精宮裏一僧禪。

【事】《述異記》：「闔閭水精宮，備極珍巧，皆出自水府。」杜詩：「水精宮殿轉霏微。」然此詩指寺。○禪，云普智，謂可得道。又，《大智度論》：「秦言『思惟修』。」又，《僧史略》：「禪者，即是定惠之稱，明心達理之趣也。」

【解】此寺在勝景之地，開門便正對遠山，與之相對而建。極目遠望，竹林深深，極富情趣。老松之枝連成一片。松竹之間，霧靄籠罩若含煙。此畫見之景也。入夜，見素月之光照入佛殿，此時聞夜中三度功課擊磬之聲，甚清，儼然與明月相應。心亦清净。窺視寺内光景，只見在水精宫裏一僧侣正坐禪，此别有韻味。

○高適

營州歌

《唐・地理志》：「營州柳城郡，本遼西郡。」○高適，滄州人，能知營州風俗。又，營州，河北道，鄰北胡，故其風俗亦如胡虜。

營州少年愛原野，狐裘蒙茸獵城下。虜酒千鍾不醉人，胡兒十歲能騎馬。愛，一作「厭」。

【事】《詩・國風》：「狐裘蒙戎。」又，《左・僖五年》：「狐裘蒙茸。」杜注：「亂貌。」○鍾，酒器也。又，量名。《左傳》：「釜十爲鍾，六斛四斗也。」又，《小爾雅》：「二缶謂之鍾。」注：「八斛也。」然斗量數尺與日本今所通用不當之處較多。此當以杯盞解。千鍾，俗言數十杯也。字面意斗斛，僅云多也。○《孔叢子》：「平原强子高酒，曰：『堯舜千鍾，孔子百觚。』」

【解】營州少年好獵，平常愛原野，來回奔跑，不居家。著蓬亂狐裘，於城下一帶射獵度日。營州爲北方寒氣凛冽之地，故人著毛皮，並以此蒙頭。胡人愛喝大酒，有人雖千鍾不醉。胡兒皆能騎馬，年十歲可謂達。然遊獵度日，愛好賤業，不立志于文學聖賢之道，乃風俗惡劣之地也。此獵城下者，雖醉而以善射自詩，無他可稱善者，故稱胡人亦能之，以勝營人，深賤之也。○達夫年五十始學爲詩，即工，以氣質自高，多胸臆間語。（《鶴林玉露》：「高適五十始作詩，爲少陵所推。」）

聽張立本女吟

聽張立本妻子吟詩有感。

危冠廣袖楚宮妝，獨步閑庭逐夜凉。自把玉釵敲砌竹，清歌一曲月如霜。

【事】《南史·蕭昱傳》：「異服危冠。」○梁簡文帝詩：「廣袖拂紅塵。」○薩都剌詩：「越女能淮語，吴姬學楚妝。」（云楚宮中女子妝色好。）○「砌竹」一詞，自此詩出。

【解】著危冠廣袖，妝成楚宮女子模樣，美侍女一人獨步於閑庭，似逐夜凉之氣也。「逐」字，侍女取下玉釵，敲打臺階上之竹，以此爲拍，清聲歌一曲。其時，夜空清澈，月光如霜，覺十分愛憐又有情趣。此情此景，吟女與聽人皆應默識。

九曲詞

題注，見《兒訓》，諸注皆曰以河流有九曲爲名。

萬騎争歌楊柳春，千場對舞繡麒麟。到處盡逢歡洽事，相看總是太平人。

【事】花蕊夫人《宫詞》：「金作盤龍繡作麟，壺冰樓閣禁中春。」〇「歡」「喜」連用，樂之意。洽，和也，合也。

【解】吐蕃今已平定，官軍千乘萬騎争唱凱歌，此誠楊柳之春，甚悦。到處皆對舞，如繡麒麟。「繡麒麟」「楊柳春」皆云禁中，皆有太平之意也。到處逢人皆歡欣鼓舞，皆太平之人，既無胡人，亦無仇敵，悠然快活之人世間。

〇岑參

秋夜聞笛

天門街西聞搗帛，一夜愁殺湘南客。長安城中百萬家，不知何人夜吹笛。按，「中」當作

「下」字。

【事】天門街，洛陽之街名也，白居易詩：「聞君澤畔傷春草，憶在天門街裏時。」○「搗」「擣」相同，敲也、舂也。《水經注》：「嵩山有玉女搗帛之石。」又，白居易有「磨刀不如礪，搗帛不如砧」，與此「砧」同。○殺，去聲，音爲日語中「サイ」，助詞也，笑殺、惱殺類皆同，亦見於《詩格》。○「百萬家」一詞，應始於此詩，稱賞人民之家甚多之辭也。王維詩「雲裏帝城雙鳳闕，雨中春樹萬人家」，同此。

【解】秋夜静居，聞天門街西傳來搗帛之聲，心中寂寥，一夜愁殺，難以入睡。湘南客，岑參自謂。長安城下有百萬家，今夜已深，不知誰在吹笛。砧聲已催人愁，聞笛聲又生新愁，甚悲也。岑參尤工綴文，詩調尤高，超拔孤秀，超越常情，讀之，令人慷慨感懷，每篇堪稱絶筆。

山房春事二首

惜梁園之荒廢也，題爲「春事」，言感春色之富麗，憶古時之繁盛，彌生感慨也。參見《兒訓》注。

風恬日煖蕩春光，戲蝶遊蜂亂入房。數枝門柳低衣桁，一片山花落筆床。

【事】恬，安也、静也。「煖」「暖」同，言氣温也。蕩，廣遠也，又大也。○與照鄰《長安古意》中「遊蜂戲蝶千門側，碧樹銀臺萬種色」同意。○桁，「杭」之去聲，衣架，又曬衣竿也。杜詩：「翡翠鳴衣桁。」

【解】風和日麗，春光駘蕩。嬉戲遊玩之蜂蝶亂飛入山房。誠春日祥和之氣，風情怡人。門前柳枝低垂，數枝已垂至曬衣竿者。一大片山花盛開，有落至筆床者。此甚有風情！「蕩春光」三字，乃全詩意象也，云山房室内光景。次詩云山房外之光景。以此感傷昔日之盛觀榮華與今日之蕭條廢衰也。《直解》載次篇曰：「此借梁園以慨時事也。」此注好。正如《滕王閣序》中「星移物换」也。盛日不可恃如此也，唤醒當世昏迷之人。乃詩歌教化之美者也。

其二

梁園日暮亂飛鴉，極目蕭條三兩家。庭樹不知人去盡，春來還發舊時花。見《兒訓》注。

春夢

洞房昨夜春風起，遥憶美人湘江水。枕上片時春夢中，行盡江南數千里。

【事】《長門賦》：「徂清夜於洞房。」注：「洞，深也。」〇《詩·邶風》：「云誰之思，西方美人。」〇《子夜歌》：「昔别春風起。」〇江總詩：「念妾桃李片時妍。」

【解】臥居洞房，細聽，知昨夜起，已有春風吹來。云「昨夜」，言其迅速之意。即便春來，若無留心，亦不覺春風。知春風起而感春至也。感春而憶遥遠湘江邊之美人，甚懷之也。此暗含《子夜歌》中「昔別春風起」。感春風起而憶昔別之人，意味甚深。《唐解評注》云：「岑参本南陽而思湘江，豈有所私乎？愚謂此美人不可詳誰，亦不可曰男女，惟必有所思之人。」一直思念此人，即夢中片刻之間，行盡江南數千里道路，見所思之美人。因感春而生憶，因憶而入夢。故云「春夢中」，並將標題寫作春夢。

原頭送范氏侍御官得山字

始得千山萬山之句也。

百尺原頭酒色殷，路傍驄馬汗斑斑。別君秪有相思夢，遮莫千山與萬山。

【事】百尺原，此詩始見，未考，疑百草原、百花原同歟？○殷，盛也、大也，又作樂之盛也。○驄馬，云青白色之馬，駿馬之汗如血，故云汗馬、朱汗，又云桃花馬等，此處所言之「汗」，意爲名馬。○斑，音「頒」，《説文》：「駁文也。」與「班」不同。《左傳》中「有班馬之聲，齊師其遁」，云離別之聲，與此「斑」字不可混。斑，日語訓讀爲「マダラ」。《左傳・襄公》中「班」字，別也。○遮莫，唐以來之俗語，及後世，詩人常用，與「一任」「任從」「盡教」等皆同。今日語譯成「ソレハトモアレ」「ママノカワヨ」「ナリシダイ」「ドウマラフトモ」。（此類通用。）

【解】於百尺原頭送范侍御旅行，酒宴正酣，但見聚會之人衆多，十分熱鬧。或曰，「酒色」之「酒」字，酌酒也，「色」字，歌舞之盛也，故曰「殷」。如此解讀，似過細，却惡。惟云酒宴熱鬧也。言當早發，引來繫於路傍之馬。其馬，驄馬也，見汗水斑斑浮出，乃古之朱汗駿馬也。然其跨馬而行，甚惜別也。今別後，相逢則難。相思之情可入夢，可於夢中相逢。倘若此，則不當言不相逢矣。這些姑且不論，今思君需越千山萬水，至遥遠之地，更難別也。秖，注爲「但」，此詩以「但」解，甚通。此分開使用之辭也，與日語俗語中常言之「夫はさうなれどもしかよう」相當。

○儲光義

題茅山華陽洞

《唐・地理志》：「潤州延陵縣有茅山。」《龍城録》云：「茅山道士吴綽，采藥于華陽洞口，見一小兒手把三珠戲於松下，綽從之，奔入洞中，化爲龍。」

華陽洞口片雲飛，細細濛濛欲濕衣。玉簫徧滿仙壇上，應是茅家兄弟歸。

【事】徧，與「遍」同也，到達四面八方，與「周」（訓讀爲「アマネク」）字意同。○片雲，言外面没有雲，指飛過洞口之雲。

【解】欲入茅山之華陽洞時，外很晴朗，然洞口一帶片雲飛舞，催生雨氣。因濛濛細雨降，至其周邊時，衣服已濕也。「欲」字不必深究，可不譯。故覺此乃非同尋常神異之地。此洞有修仙術之道士，構置道場之處也，故凡人不得隨意出入。察此而聞彼仙壇傳來玉簫之聲，響徹山中。因思此概家居茅山之道士歸時也。不言所在，又不詳其人，此本詩之妙處也。

同武平一員外遊湖

《唐書》：武，姓；平一，字；名甄。元宗貶蘇州參軍，徙金壇令。

花潭竹嶼傍幽溪，畫檝浮空入夜溪。芰荷覆水船難進，歌舞留人月易低。

【事】潭，水深處，日語訓讀爲「フチ」。「嶼」字，有數義，此處依《説文》，注爲「島」，亦通。又，《吴都賦》注爲「海中洲上石山」，意同。○幽溪，山徑也。○《楚辭》：「製芰荷以爲衣。」○魏文帝詩：「菱芡覆緑水。」芰，菱也。荷，芙蕖也。○「檝」「楫」同，注爲短櫂，一種短棹也。

【解】與武平一結伴泛舟於湖水之上，中有一深潭，周圍開滿鮮花，又有一處竹叢幽深之島嶼。俱傍幽溪，好風景也。乘畫楫至湖中渺渺開闊處，眺望四方，如浮空中。入夜，至流淌溪水之崖邊，荷花覆水面，船難進，其茂如此也。因停船，人皆甚悦，載歌載舞。主客皆忘歸，至月西沉黎明前乃罷。是皆歌舞酒宴留人之故也。

○賈至

巴陵夜別王姓**八**排行**員外**官[一]

柳絮飛時別洛陽，梅花發後在三湘。世情已逐浮雲散，離恨空隨江水長。

【事】柳絮，柳樹之花，《兒訓》已注。○顔延之詩：「三湘淪洞庭。」

【解】柳絮飛舞時節，已暮春也。我去年於洛陽辭家出門，時值三月。今梅花發後之正月，我將在此三湘大地度過。嘆人事之無定也。與張説「去歲荆南梅似雪，今年薊北雪如梅」意同。此非言從洛陽到三湘路途漫長，需經年累月，解爲道路漫長則誤也。世事如浮雲之聚散，居無定所。王員外和我都離開都城，來此巴陵剛住下，然王員外又要渡過洞庭去南方。此離別之恨，如江水無盡，我之思念亦隨之綿長。身如有物追逐而四處逃竄，居無定所，形同浮雲。「空」字，言愁恨猶如江水之悠長。《合解》云：「其時，王員外貶長沙，而至亦被謫，故覺世情消散等於浮雲。」《唐詩解》上注云：「浮雲言其變態。」（變幻的樣子。）

【校勘記】

［一］巴陵夜別王八員外：《全唐詩》卷二百三十五於題下注：「一作蕭静詩，題云《三湘有懷》。」

送王道士還京

一片仙雲入帝鄉，數聲秋雁至衡陽。借問清都舊花月，豈知遷客泣瀟湘。

【事】清都、帝鄉均指帝都。《楚辭》：「造旬始而觀清都。」又出《列子》。○遷客，左遷之人，賈至自云。○衡陽、借問、瀟湘等見《兒訓》注。

【解】今王道士將還帝都，故稱「一片仙雲」。白雲、紫雲等瑞雲先入帝鄉。王道士自此北去，今聞秋雁數聲，知其自北而南飛向衡陽。故正打聽此地及都城消息之好時節。借問大雁，帝都之花月是否依舊有趣？我成遷客，住此偏僻瀟湘角落，憶帝都花月，不禁以淚洗面。豈有知之者？如果王道士歸京，爾定憐我。凡人情，皆卑薄。人榮則親厚，衰則日疏，可耻之甚。

○李頎

遇劉五

劉，姓。五，排行。遇，不期而逢也，不經意間突然相逢之意。此詩其意也。且「逢」「值」「遭」有時通用，不一概而論。

洛陽一別梨花新，黄鳥飛飛逢故人。攜手當年共爲樂，無驚蕙草惜殘春。

【事】攜，引持、相連之意，言手拉手也。非提攜之義，攜俗作「携」。○蕙草，《本草》作「薰草」「零陵香」也。古者燒之以降神，故曰薰也。蕙，和也，蘭、蕙皆稱香草，二物通用，應知此詩家之文字，不必去辨認二物，皆七八月開花。○當年，猶言當時。

【解】洛陽分別時，梨花尚新，不料今日得逢故人，頗似黄鳥到處飛來飛去。飛飛，言自我方飛行，亦指自對面飛來也。《詩經·小雅》「鳥鳴嚶嚶」即親密呼唤朋友之聲音。詩中暗含此意。當年在帝都時，彼此攜手同樂，憶昔日共流連于蕙草芬芳之秋或鮮花盛開之春，則驚嘆不已。暗含今爾懷如何之意。「驚」字，如前注，心之感動也。「無」字，非無也，有之意也。

○元結

字次山，襄州武昌人，少不羈，弱冠始折節讀書，天寶十三年進士。肅宗授右金吾兵曹，累遷御史，除邕管經略使，作詩著辭，天下皆知敬仰。

欸乃曲

欸，音「襖」。乃，音「靄」。○《演繁露》：「欸乃者，舟人於歌聲之外別出一聲，以互相其歌也。」○本集注：「結爲道州刺史，以軍事詣都，使還州，舟行不進，乃作此曲。」○湘中之歌聲，該地曲調也。

千里楓林煙雨深，無朝無暮有猿吟。停橈靜聽曲中意，好是雲山韶濩音。 濩，胡故切，音「護」。

【事】千里，極目遠望無限之辭。○《集韻》：「棹之短者曰橈。」停橈，停船也。○謝朓詩：「山暝孤猿吟。」○劉伶《酒德頌》：「靜聽不聞雷霆之聲。」○韶，舜樂名。濩，商湯時樂名。（不可讀爲胡郭切，意異。）

【解】停船於湘水中，舉目四望，千里楓林於火紅之天空中翻飛，時煙雨濛濛，其景象嘆爲觀止。此處全爲山路，朝朝暮暮可聞猿吟之聲。其幽静寂寥之光景，讓人感觸良多。停船靜聽，舟子正唱欸乃之曲，其曲中之意甚是有趣。此雲山風景之好，此曲調之動聽，無以爲喻。其妙音如上古堯之《韶》樂、湯王之《濩》樂。此非言《欸乃》爲古代聖樂也，言此舟人唱無心機之歌也。眼望如此幽閑絶境，耳聽如此無心無我之歌聲，心中自然而然發出感嘆之聲。是云其有感而發，不異聖樂之義也。《詩格》注：「此語真事倡嘆，古今之妙音也。」

唐詩絶句解初編下終

［日］皆川淇園　編撰

唐詩通解

朱易安　張超　整理

整理説明

《唐詩通解》是日本江户中期著名學者皆川淇園編選並解説的一部唐詩選本。淇園（1734—1807），名愿，字伯恭，號淇園，别號筠齋、文藏、有斐齋、節齋、翁齋、呑海子等，門人私謚爲「弘道先生」。日本京都人，曾譯解中國經典達十多部，如《詩經繹解》《論語繹解》《孟子繹解》等，因而被日本漢學界視爲「古注學派」。還校勘過《世説新語》《王昌齡集》《歐陽文忠公集》。有《淇園詩集初編》《淇園文集》《淇園詩話》《唐詩通解》《杜律評注》等傳世。

《唐詩通解》刊於寬政五年（1793），今見藏於日本國立國會圖書館、京都大學附屬圖書館、早稻田大學圖書館等處。此次整理以日本國立國會圖書館藏丹陽藩源府藏版爲底本，並校以京都大學附屬圖書館藏本，個别明顯錯誤，據其改正。書前有中島漁序一篇，書後署「皆川淇園先生解説，男允君猷，門人江户武田輹文莊、津山河井顯順之同校，丹陽藩源府藏板，寬政五年癸丑孟秋出板」。全書共七卷，依體編排，分五言古詩、七言古詩、五言律詩、五言排律、七言律詩、五言絶句、七言絶句，共收詩五百四十一首，詩人一百二十九位。此書先列詩歌本文，間有夾註，詩後爲淇園的解讀。正文旁加以和訓，方便日本讀者閲讀。

淇園編選《唐詩通解》的初衷，是爲子侄輩解説唐詩，亦與日本詩壇對唐詩接受的角度和態度的變化有關。江户中期，以荻生徂徠、服部南郭等爲代表的古文辭派提倡學習李攀龍、王世貞等明七子的詩歌，進而學習唐詩，扭轉了江户初期詩風卑弱的局面。但一味地復古模擬，也不可避免地失去個性，脱離了詩歌創作的實際，山本北山等人起而矯之，提倡宋詩。皆川淇園則希望另闢蹊徑。他也反對古文辭派以明詩爲學唐之津梁，却與山本北山等宗宋不同，主張直接學唐，尤其盛唐詩，從而矯正古文辭派徒事模擬的弊端。《唐詩通解》正是淇園唐詩觀的實踐。

《唐詩通解》的成書受到明清唐詩選本的影響，展現了淇園從不同層面有選擇地接受明清唐詩選本的審美取嚮和批評方法。在選詩上，他以題名李攀龍《唐詩選》篇目爲本，又據清代葉弘勛《唐詩選平》增加同題多首的詩歌。在闡釋方面，他改良《唐詩選平》《唐詩解》的詩評方法，由原先單純的詞語典故釋證，轉嚮審美鑒賞和整體詮釋，用主旨清晰、辭章優美的串講來解讀所選作品，並結合日本唐詩發展的實際，努力從詩歌審美層面引導日本人學習唐詩、接受唐詩、普及唐詩，表現出對明清唐詩選本的繼承與拓展。雖難免有訛誤或附會之處，但總體來説，《唐詩通解》仍不失爲一種富有特色的優秀唐詩選釋本，值得整理出版。

朱易安　張超

二〇一九年十二月三十日

目録

序……一七七

卷一　五言古詩……一七九

魏　徵　述懷……一七九

陳子昂　薊丘覽古……一八〇

張九齡　感遇……一八〇

其一……一八〇

其二……一八一

其三……一八一

其四……一八二

李　白　子夜吴歌……一八三

經下邳圯橋懷張子房……一八三

杜　甫　後出塞……一八四

其一……一八四

其二……一八五

玉華宫……一八六

王　維　送别……一八六

常　建　西山……一八七

高　適　宋中……一八八

岑　參　與高適薛據同登慈恩寺浮圖……一八八

崔　曙　早發交崖山還太室作……一八九

韋應物　幽居……一九〇

柳宗元　南磵中題……一九一

卷二　七言古詩……一九二

王　勃　滕王閣……一九二

劉廷芝　公子行……一九三

代悲白頭翁 …… 一九四
下山歌　宋之問 …… 一九六
至端州驛見杜五審言沈三佺期閻五朝隱王二無競題壁
慨然成咏 …… 一九六
春江花月夜　張若虚 …… 一九七
吴宮怨　衛萬 …… 一九九
烏夜啼　李白 …… 二〇〇
江上吟 …… 二〇〇
貧交行　杜甫 …… 二〇一
短歌行贈王郎司直 …… 二〇一
高都護驄馬行 …… 二〇二
送孔巢父謝病歸遊江東兼呈李白 …… 二〇三
飲中八仙歌 …… 二〇四
哀江頭 …… 二〇五
韋諷録事宅觀曹將軍畫馬圖引 …… 二〇六
丹青引贈曹將軍霸 …… 二〇八
邯鄲少年行　高適 …… 二一〇
人日寄杜二拾遺 …… 二一一
登古鄴城　岑參 …… 二一二
韋員外家花樹歌 …… 二一二
胡笳歌送顔真卿使赴河隴 …… 二一三
崔五丈圖屏風各賦一物得烏孫佩刀　李頎 …… 二一三
答張五弟諲　王維 …… 二一四
孟門行　崔顥 …… 二一五
贈喬琳　張謂 …… 二一六
湖中對酒作 …… 二一六
城傍曲　王昌齡 …… 二一七
洪州客舍寄柳博士芳　薛業 …… 二一八
餘杭醉歌贈吳山人　丁仙芝 …… 二一八

盧照鄰　長安古意……………………二一九
駱賓王　帝京篇……………………二二三

卷三　五言律詩……………………二二九

王　績　野望……………………二二九
楊　炯　從軍行……………………二三〇
王　勃　杜少府之任蜀州……………………二三〇
陳子昂　晚次樂鄉縣……………………二三一
春夜別友人二首……………………二三一
其一……………………二三一
其二……………………二三二
送別崔著作東征……………………二三三
杜審言　蓬萊三殿侍宴奉勅咏終南山……………………二三三
和晉陵陸丞早春遊望……………………二三四
和康五望月有懷……………………二三五
送崔融……………………二三五
宋之問　扈從登封途中作……………………二三六
送沙門弘景道俊玄奘還荆州應制……………………二三六
李　嶠　長寧公主東莊侍宴……………………二三七
張　説　恩勅麗正殿書院賜宴應制得林字……………………二三八
還到端州驛前與高六別處……………………二三八
幽州夜飲……………………二三九
孫　逖　宿雲門寺閣……………………二四〇
玄宗皇帝　幸蜀西至劍門……………………二四〇
李　白　塞下曲……………………二四一
其一……………………二四一
其二……………………二四一
其三……………………二四二
秋思……………………二四三
其一……………………二四三

其二……二四三
送友人……二四四
送友人入蜀……二四四
秋登宣城謝朓北樓……二四五
孟浩然
臨洞庭……二四五
題義公禪房……二四六
王維
終南山……二四七
過香積寺……二四七
登辨覺寺……二四八
送平淡然判官……二四八
送劉司直使安西……二四九
送邢桂州……二五〇
使至塞上……二五〇
觀獵……二五一
岑參
送張子尉南海……二五一
寄左省杜拾遺……二五二
登總持閣……二五三
高適
送劉評事充朔方判官賦得
征馬嘶……二五三
送鄭侍御謫閩中……二五四
使清夷軍入居庸三首……二五四
其一……二五四
其二……二五五
其三……二五五
自薊北歸……二五六
杜甫
醉後贈張九旭……二五六
登兖州城樓……二五七
房兵曹胡馬……二五七
春宿左省……二五八
秦州雜詩……二五八
送遠……二五九
題玄武禪師屋壁……二六〇

玉臺觀 …… 二六〇
觀李固請司馬題山水圖三首 …… 二六一
其一 …… 二六一
其二 …… 二六一
其三 …… 二六二
禹廟 …… 二六二
旅夜書懷 …… 二六三
船下夔州郭宿雨濕不得上岸
別王十二判官 …… 二六四
登岳陽樓 …… 二六四
王　灣　次北固山下 …… 二六五
祖　詠　江南旅情 …… 二六五
蘇氏別業 …… 二六六
李　頎　望秦川 …… 二六六
綦毋潛　宿龍興寺 …… 二六七
王昌齡　胡笳曲 …… 二六七
張　謂　同王徵君洞庭有懷 …… 二六八
常　建　破山寺後禪院 …… 二六九
丁仙芝　渡揚子江 …… 二六九
張　巡　聞笛 …… 二七〇
張　均　岳陽晚景 …… 二七〇
劉長卿　穆陵關北逢人歸漁陽 …… 二七一
張　祜　題松汀驛 …… 二七一
釋處默　聖果寺 …… 二七二
卷四　五言排律 …… 二七三
楊　炯　送劉校書從軍 …… 二七三
駱賓王　宿温城望軍營 …… 二七四
靈隱寺 …… 二七四
蘇味道　在廣聞崔馬二御史並登相臺 …… 二七五
李　嶠　奉和幸韋嗣立山莊應制 …… 二七六
陳子昂　白帝城懷古 …… 二七七

峴山懷古 …… 二七七
杜審言
贈蘇味道 …… 二七八
沈佺期
酬蘇員外味玄夏晚寓直省中見贈 …… 二七九
同韋舍人早朝 …… 二八〇
宋之問
奉和幸長安故城未央宮應制 …… 二八〇
奉和晦日幸昆明池應制 …… 二八一
和姚給事寓直之作 …… 二八二
早發始興江口至虚氏村作 …… 二八二
蘇　頲
同餞楊將軍兼原州都督御史中丞 …… 二八三
張　説
奉和聖製途經華嶽 …… 二八四
張九齡
奉和聖製早度蒲關 …… 二八五
和許給事直夜簡諸公 …… 二八五
酬趙二侍御史西軍贈兩省舊寮之作 …… 二八六
奉和聖製送尚書燕國公説赴朔方軍 …… 二八七
王　維
奉和聖製暮春送朝集使歸郡應制 …… 二八八
送李太守赴上洛 …… 二八九
送秘書晁監還日本 …… 二八九
李　白
送儲邕之武昌 …… 二九〇
孟浩然
陪張丞相自松滋江東泊渚宮 …… 二九一
高　適
送柴司户充劉卿判官之嶺外 …… 二九二
陪竇侍御泛靈雲池 …… 二九二
杜　甫
行次昭陵 …… 二九三
重經昭陵 …… 二九四
冬日洛城北謁玄元皇帝廟廟有吴道士畫五聖圖 …… 二九五
王閬州筵奉酬十一舅惜別之作 …… 二九六
春歸 …… 二九七

奉觀嚴鄭公廳事岷山沲江圖 …… 二九七
李　頎　江陵望幸 …… 二九八
聖善閣送裴迪入京 …… 二九九
岑　參　早秋與諸子登虢州西亭觀眺 …… 三〇〇
祖　咏　清明宴司勳劉郎中別業 …… 三〇〇
鄭　審　奉使巡檢兩京路種果樹事畢
入秦因咏歌 …… 三〇一
劉長卿　行營酬呂侍御 …… 三〇二
送鄭説之歙州謁薛侍郎 …… 三〇二

卷五　七言律詩 …… 三〇四

沈佺期　古意 …… 三〇四
紅樓院應制 …… 三〇五
遥同杜員外審言過嶺 …… 三〇六
再入道場紀事應制 …… 三〇六
侍宴安樂公主新宅應制 …… 三〇七
龍池篇 …… 三〇七
韋元旦　興慶池侍宴應制 …… 三〇八
蘇　頲　侍宴安樂公主新宅應制 …… 三〇九
奉和春日幸望春宫應制 …… 三一〇
奉和初春幸太平公主南莊應制 …… 三一〇
張　説　灉湖山寺 …… 三一一
遥同蔡起居偃松篇 …… 三一二
幽州新歲作 …… 三一三
賈　曾　奉和春日出苑矚目應令 …… 三一三
李　邕　奉和初春幸太平公主南莊應制 …… 三一四
孫　逖　和左司張員外自洛使入京
中路先赴長安逢立春日
贈韋侍御及諸公 …… 三一五
崔　顥　黄鶴樓 …… 三一六
行經華陰 …… 三一六
李　白　登金陵鳳皇臺 …… 三一七

賈至
早朝大明宮呈兩省僚友……三一八
王維
和賈至舍人早朝大明宮之作……三一九
和太常韋主簿五郎温泉寓目……三一九
大同殿生玉芝龍池上有慶雲
百官共觀聖恩便賜燕樂敢
書即事……三二〇
奉和聖製從蓬萊向興慶閣道
中留春雨中春望之作應制……三二一
敕賜百官櫻桃……三二二
酌酒與裴迪……三二二
酬郭給事……三二三
過乘如禪師蕭居士嵩丘蘭若……三二四
李憕
奉和聖製從蓬萊向興慶閣道
中留春雨中春望之作應制……三二四
李頎
送魏萬之京……三二五
寄盧司勛員外……三二五
題璿公山池……三二六
寄綦毋三……三二七
送李回……三二七
宿瑩公禪房聞梵……三二八
贈盧五舊居……三二九
祖詠
望薊門……三二九
崔曙
九日登仙臺呈劉明府……三三〇
萬楚
五日觀妓……三三一
張謂
杜侍御送貢物戲贈……三三一
高適
送李少府貶峽中王少府貶長沙……三三二
夜別韋司士……三三三
岑參
和賈至舍人早朝大明宮之作……三三三
和祠部王員外雪後早朝即事……三三四
西掖省即事……三三五
九日使君席奉餞衛中丞赴長水……三三五
首春渭西郊行呈藍田張二主簿……三三六

暮春虢州東亭送李司馬歸扶風別廬 …… 三三六
王昌齡
萬歲樓 …… 三三七
杜甫
題張氏隱居 …… 三三八
宣政殿退朝晚出左掖 …… 三三九
紫宸殿退朝口號 …… 三三九
曲江對酒 …… 三四〇
九日藍田崔氏莊 …… 三四一
野望 …… 三四一
登樓 …… 三四二
秋興八首 …… 三四三
其一 …… 三四三
其二 …… 三四四
其三 …… 三四四
其四 …… 三四五
其五 …… 三四六
其六 …… 三四六
其七 …… 三四七
其八 …… 三四八
吹笛 …… 三四九
閣夜 …… 三四九
返照 …… 三五〇
登高 …… 三五一
錢起
闕下贈裴舍人 …… 三五一
和王員外晴雪早朝 …… 三五二
韋應物
自鞏洛舟行入黃河即事寄府縣寮友 …… 三五三
郎士元
贈錢起秋夜宿靈臺寺見寄 …… 三五三
盧綸
長安春望 …… 三五四
張南史
陸勝宅秋雨中探韻同前 …… 三五五
李益
鹽州過胡兒飲馬泉 …… 三五六
柳宗元
登柳州城樓寄漳汀封連四州

刺史……三五六
韓　愈　奉和庫部盧四兄曹長元日朝回……三五七

卷六　五言絶句……三五九
楊　烱　夜送趙縱……三五九
駱賓王　易水送别……三五九
陳子昂　贈喬侍御……三六〇
郭　振　子夜春歌……三六一
盧　僎　南望樓……三六一
蘇　頲　汾上驚秋……三六二
張　説　蜀道後期……三六二
張九齡　照鏡見白髮……三六二
孫　逖　同洛陽李少府觀永樂公主入蕃……三六三
王　勃　寒夜思友……三六三
賀知章　題袁氏别業……三六四
李　白　静夜思……三六四
怨情……三六五
秋浦歌……三六五
獨坐敬亭山……三六五
見京兆韋參軍量移東陽……三六六
王　維　臨高臺……三六六
班婕妤……三六七
其一……三六七
其二……三六七
其三……三六八
雜詩……三六九
其一……三六九
其二……三六九
其三……三七〇
鹿柴……三七〇
竹里館……三七〇
崔國輔　長信草……三七一

少年行……三七一
孟浩然　送朱太入秦……三七二
春曉……三七二
洛陽訪袁拾遺不遇……三七三
儲光羲　洛陽道……三七三
其一……三七三
其二……三七四
其三……三七四
其四……三七五
其五……三七五
長安道……三七六
其一……三七六
其二……三七六
關山月……三七七
王昌齡　送郭司倉……三七七
答武陵田太守……三七八
裴迪　孟城坳……三七八
鹿柴……三七八
杜甫　復愁……三七九
其一……三七九
其二……三七九
其三……三八〇
其四……三八〇
絶句……三八一
崔顥　長干行……三八一
其一……三八一
其二……三八二
其三……三八二
其四……三八二
高適　咏史……三八三
田家春望……三八三
岑參　行軍九日思長安故園……三八四

見渭水思秦川 …… 三八四
王之渙　登鸛雀樓 …… 三八五
祖　咏　終南望餘雪 …… 三八五
李適之　罷相作 …… 三八六
李　頎　奉送五叔入京兼寄綦毋三 …… 三八六
丘　爲　左掖梨花 …… 三八七
蕭穎士　九日陪元魯山登北城留别 …… 三八七
其一 …… 三八七
其二 …… 三八八
劉長卿　平蕃曲 …… 三八九
其一 …… 三八九
其二 …… 三八九
錢　起　逢俠者 …… 三九〇
江行無題 …… 三九〇
韋應物　秋夜寄丘二十二員外 …… 三九一
聽江笛送陸侍御 …… 三九一
聞雁 …… 三九一
答李幹 …… 三九二
其一 …… 三九二
其二 …… 三九三
其三 …… 三九三
皇甫冉　婕妤怨 …… 三九四
朱　放　題竹林寺 …… 三九四
耿　湋　秋日 …… 三九五
盧　綸　和張僕射塞下曲 …… 三九五
司空曙　别盧秦卿 …… 三九五
李　益　幽州 …… 三九六
戴叔倫　三閭廟 …… 三九七
劉禹錫　秋風引 …… 三九七
呂　温　鞏路感懷 …… 三九八
孟　郊　古别離 …… 三九八
令狐楚　思君恩 …… 三九九

其一 …… 三九九
其二 …… 三九九
柳宗元　登柳州峨山 …… 四〇〇
賈　島　尋隱者不遇 …… 四〇〇
文宗皇帝　宮中題 …… 四〇〇
于武陵　勸酒 …… 四〇一
薛　瑩　秋日湖上 …… 四〇一
荆　叔　題慈恩塔 …… 四〇二
無名氏　伊州歌 …… 四〇二
其一 …… 四〇二
其二 …… 四〇三
西鄙人　哥舒歌 …… 四〇三
太上隱者　答人 …… 四〇三

卷七　七言絶句 …… 四〇五

王　勃　蜀中九日 …… 四〇五
杜審言　渡湘江 …… 四〇六
戲贈趙使君美人 …… 四〇六
贈蘇綰書記 …… 四〇七
劉廷琦　銅雀臺 …… 四〇七
沈佺期　邙山 …… 四〇八
宋之問　送司馬道士遊天台 …… 四〇八
張　説　送梁六 …… 四〇八
王　翰　凉州詞 …… 四〇九
李　白　清平調三首 …… 四〇九
其一 …… 四〇九
其二 …… 四一〇
其三 …… 四一〇
客中行 …… 四一一
峨眉山月歌 …… 四一一
上皇西巡南京歌七首 …… 四一二
其一 …… 四一二

其二……四一三
其三……四一三
其四……四一三
其五……四一四
其六……四一四
其七……四一五
聞王昌齡左遷龍標尉遙有此寄……四一五
黃鶴樓送孟浩然之廣陵……四一六
陪族叔刑部侍郎曄及中書舍人賈至遊洞庭湖五首……四一六
其一……四一六
其二……四一七
其三……四一七
其四……四一八
其五……四一八
望天門山……四一八
早發白帝城……四一九
秋下荊門……四一九
蘇臺覽古……四二〇
越中懷古……四二〇
與史郎中欽聽黃鶴樓上吹笛……四二一
春夜洛城聞笛……四二一
王昌齡
春宮曲……四二二
西宮春怨……四二二
西宮秋怨……四二三
長信秋詞……四二三
其一……四二三
其二……四二四
其三……四二四
其四……四二五
其五……四二五
青樓曲……四二六

其一……四二六
其二……四二六
閨怨……四二七
百花原……四二七
從軍行六首……四二八
其一……四二八
其二……四二九
其三……四二九
其四……四三〇
其五……四三〇
其六……四三一
出塞……四三一
梁苑……四三二
芙蓉樓送辛漸……四三二
其一……四三二
其二……四三三
送薛大赴安陸……四三三
送别魏三……四三四
盧溪别人……四三四
重别李評事……四三五
王維
少年行……四三六
其一……四三六
其二……四三六
其三……四三七
九日憶山中兄弟……四三七
與盧員外象過崔處士興宗林亭……四三八
送韋評事……四三八
送沈子福之江南……四三八
賈至
春思二首……四三九
其一……四三九
其二……四四〇
西亭春望……四四〇

初至巴陵與李十二白同泛洞庭湖 …… 四四一
其一 …… 四四一
其二 …… 四四一
其三 …… 四四二
送李侍郎赴常州 …… 四四二
岳陽樓重宴別王八員外貶長沙 …… 四四三
岑參
封大夫破播仙凱歌六首 …… 四四三
其一 …… 四四三
其二 …… 四四四
其三 …… 四四四
其四 …… 四四四
其五 …… 四四五
其六 …… 四四五
苜蓿烽寄家人 …… 四四六
玉關寄長安李主簿 …… 四四七
逢入京使 …… 四四七
磧中作 …… 四四七
虢州後亭送李判官使赴晋絳得秋字 …… 四四八
送人還京 …… 四四八
赴北庭度隴思家 …… 四四九
酒泉太守席上醉後作 …… 四四九
送劉判官赴磧西 …… 四五〇
山房春事 …… 四五〇
其一 …… 四五〇
其二 …… 四五一
儲光羲
寄孫山人 …… 四五一
杜甫
贈花卿 …… 四五二
重贈鄭鍊 …… 四五二
奉和嚴武軍城早秋 …… 四五三
解悶 …… 四五三

書堂飲既夜復邀李尚書下馬
月下賦……四五四
常建
塞下曲五首……四五四
其一……四五四
其二……四五五
其三……四五五
其四……四五五
其五……四五六
送宇文六……四五六
三日尋李九莊……四五七
高適
九曲詞……四五七
其一……四五七
其二……四五八
其三……四五八
除夜作……四五八
塞上聞吹笛……四五九
別董大……四六〇
其一……四六〇
其二……四六〇
孟浩然
送杜十四之江南……四六一
李頎
寄韓鵬……四六一
崔國輔
九日……四六二
張謂
題長安主人壁……四六二
送人使河源……四六三
王之渙
涼州詞……四六三
其一……四六三
其二……四六四
九日送別……四六四
蔡希寂
洛陽客舍逢祖咏留宴……四六五
吳象之
少年行……四六五
張潮
江南行……四六五
嚴武
軍城早秋……四六六

劉長卿
重送裴郎中貶吉州……四六六
送李判官之潤州行營……四六七
李　華
春行寄興……四六七
錢　起
歸雁……四六八
韋應物
登樓寄王卿……四六八
酬柳郎中春日歸揚州南郭見別之作……四六八
皇甫冉
送魏十六還蘇州……四六九
曾山送別……四六九
韓　翃
寒食……四七〇
送客知鄂州……四七〇
宿石邑山中……四七一
李　端
送劉侍郎……四七一
張　繼
楓橋夜泊……四七一
顧　況
聽角思歸……四七二
宿昭應……四七二
湖中……四七三
戴叔倫
夜發袁江寄李潁川劉侍郎……四七三
包　何
寄楊侍御……四七四
李　益
汴河曲……四七四
聽曉角……四七五
夜上受降城聞笛……四七五
從軍北征……四七五
劉禹錫
楊柳枝詞……四七六
與歌者何戡……四七六
浪淘沙詞……四七七
自朗州至京戲贈看花諸君……四七七
張　籍
涼州詞……四七八
其一……四七八
其二……四七八
其三……四七九
王　建
十五夜望月……四七九

武元衡 送盧起居……四八〇
嘉陵驛……四八〇
張仲素 漢苑行……四八一
其一……四八一
其二……四八二
其三……四八二
塞下曲……四八三
其一……四八三
其二……四八三
秋閨思……四八四
羊士諤 郡中即事……四八四
登樓……四八五
柳宗元 酬浩初上人欲登仙人山見貽……四八五
歐陽詹 題延平劍潭……四八六
元稹 聞白樂天左降江州司馬……四八六
張祜 胡渭州……四八七
雨淋鈴……四八七
集靈臺……四八八
其一……四八八
其二……四八八
賈島 度桑乾……四八九
王表 成德樂……四八九
李商隱 漢宮詞……四八九
夜雨寄北……四九〇
寄令狐郎中……四九〇
許渾 秋思……四九一
趙嘏 江樓書感……四九一
温庭筠 楊柳枝……四九一
段成式 折楊柳……四九二
司馬禮 宮怨……四九二
張喬 宴邊將……四九三
李拯 退朝望終南山……四九三

崔魯　華清宮……四九三
韋莊　古別離……四九四
李建勳　宮詞……四九四
張子容　水調歌第一疊……四九五
涼州歌第二疊……四九五
水鼓子第一曲……四九六
陳祐　雜詩……四九六
無名氏　初過漢江……四九六
胡笳曲……四九七
王烈　塞上曲……四九七
其一……四九七
其二……四九八
張敬忠　邊詞……四九八
張諤　九日宴……四九九
樓穎　西施石……四九九
盧弼　和李秀才邊庭四時怨……四九九
又……五〇〇
崔敏童　宴城東莊……五〇〇
崔惠童　奉和同前……五〇一
王周　宿疎陂驛……五〇一
釋皎然　塞下曲……五〇一
釋靈一　僧院……五〇二
附録　復中島耕夫書……五〇三

序

蓋我邦百年來，人皆曰：「近體莫善於唐，其撰莫精於滄溟，而其有論説，莫至於滄浪。」吾亦信其然，又以導吾徒。雖以近時有宋元，又蘖清之芽亦茁然於其間，而吾執我舊，莫爲變焉而已。或曰：「固哉，島生之爲詩也！生斯世，爲斯世，嘐嘐然，何必以唐爲？彼踽踽涼涼，所以莫稱於世者，職是之由。」余聞之曰：「然，有是豈止詩也乎？凡若孔、孟之學，班、馬之史，二王之書，韓、柳之文，余業已以爲莫尚焉，則雖復有他説，不能捨己以從人。余之固者如斯也。故苟見有人爲孔、孟，或爲李、杜，講明其學，解通其詩者，則執戈前驅，念贊贊襄，豈又顧其他哉！」平安皆川先生翹楚斯文，從游之徒遍於四方。其治經義也，漢後諸儒皆無所取，乃別作《五經・論語繹解》，自以學名家，誠所謂豪杰之士也。但以其言河漢也，雖從游之徒，猶不能無有信疑焉，況其他乎？夏蟲篤於時，曲士束於教，欲使一朝捨其習而從我，誠難矣！先生憂於此者久矣。一日，偶爲子侄輩講唐詩，聽者覺甚痛快，皆謂曰：「妙！」先生詰其故，則曰：「從前解詩者，亦非不解也。然猶見解牛然，批大却，導大窾，令物物殊，五官六府塊然遺落，不復見其牛。今先生解而通之，支節貫連，氣脉流通，而後目見全牛，觳觫而行，牟然而鳴，陰虹屬頭，黄鐘滿脰，而使人始覺其妙也。」先生曰：「起予者也，若夫繹解亦然也。篇皆有成篇之義，諸注家破碎滅裂，不明於此，豈亦知其妙乎？但聖經則遠矣，是以人不能通繹解也爾。行遠自邇，登高自卑，今爲諸子解唐詩，以爲躋於六經之階梯，可乎？」皆曰：「可哉！」於是著《唐詩通解》云。今茲癸丑之秋，將附之剞劂也。先生求漁序之。漁與先生相識辱下交者，蓋有年矣。雖然，未嘗從受其業，則所謂繹解者，不知其説何如焉，亦以吾之固也。然今受其《詩解》讀之，實有異於諸家之撰者。嗚呼，吾固矣！而無能爲也。海内之士，其不固者何限？況又先生之徒離索在四方者，由此研窮其學，向信疑相半者，焕乎有如發蒙者，不亦愉快乎！余固陋，幸得徵發而前驅，此編即所以忠於唐賢，又得以成吾固者也，豈可辭乎？詩亦大矣，世欲學唐詩者，此解以階李、杜以求其妙乎？如斯而亦足矣。若夫道學者流，謂是亦蟲技，壯夫不爲者，詩難言也。寬政癸丑秋八月。

龜山文學中島漁撰

卷一　五言古詩

述懷

魏徵

中原還逐鹿，言隋文一統天下，及煬帝復亂也。**投筆事戎軒。縱横計不就，慷慨志猶存。仗策謁天子，驅馬出關門。請纓繫南粤，憑軾下東籓。鬱紆陟高岫，出没望平原。古木鳴寒鳥，空山啼夜猿。既傷千里目，還驚九折魂。豈不憚艱險，深懷國士恩。季布無二諾，侯嬴重一言。人生感意氣，功名誰復論。**

中原還逐鹿，故魏投筆如班超，以事戎軒之戰争。而其合縱連横之計，卒不就功，然其爲天下慷慨，救民塗炭之志猶存未已。乃又仗策謁天子，今因遂奉其命，驅馬出關門。其心蓋欲其立功，得如終軍請纓繫南越，酈食其憑軾下東籓。而其行役之間，或鬱紆陟高岫，或出没望平原。而聞古木鳴寒鳥，而若飢寒切於身；聞空山啼夜猿，而羈膓欲斷。既傷心於極目千里，還驚魂於御車九折。其從是役之初，豈不憚經此艱險乎？亦唯以深懷國士遇我之恩，是以不敢辭。乃其經行之間，心常念曰：「昔者侯嬴重一言而致命，季布以無二諾而成其名。則人生唯當以其感意氣而以從事也已，如其功名，誰復論其可得成與否乎？」

陳子昂　**薊丘覽古**

南登碣石館，遥望黄金臺。丘陵盡喬木，昭王安在哉？霸圖悵已矣，驅馬復歸來。

南登其所爲鄒衍築之碣石館，而遥望其所爲郭隈置之黄金臺。其所入目之丘陵，多應埋葬當時人物之地，而其上所植，盡已成喬木矣。因嘆曰：「如昭王者，今安在哉？」乃閲其霸圖之迹，爲之悵傷，其事已矣，既而以其地觀盡於此，故驅馬復歸來矣。

張九齡　**感遇**

其一

蘭葉春葳蕤，桂華秋皎潔。欣欣似生意，自爾爲佳節。誰知林栖者，聞風坐相悦。草木有

本心，何求美人折？

蘭葉以春作其葳蕤，桂華以秋發其皎潔。名貌之曰欣欣，爾乃似其發生之意，此並皆其物自爾爲其佳節。誰知林栖遁隱者，聞斯風坐相悦哉？雖草木亦各有其本心，以趣其時爲樂華，何曾爲求美人之來折，而以爲之哉？蓋言士各自樂其道，不必求仕進之榮華也。

其二

幽林歸獨卧，滯慮洗孤清。持此謝高鳥，因之傳遠情。日夕懷空意，人誰感至精。飛沈理自隔，何所慰吾誠。

幽林中歸來獨卧之時，將心中滯慮自洗滌以得孤清。持此道欲以謝，貴人比高翔之鳥者；又欲因之以傳我兹遐遠之情，以勸其來同之。而日夕懷此空想之意，然人誰感通我此至精乎？要之彼飛我沈，其理自隔絶，則何所得以慰吾誠哉？此言其友已貴顯者，不可得同此幽意也。

其三

魚遊樂深池，鳥栖欲高枝。嗟爾蜉蝣羽，薨薨亦何爲。有生豈不化，所感奚若斯。神理日

微滅，吾心安得知。浩嘆楊朱子[一]**，徒然泣路歧。**

魚之遊者樂於深池，鳥之栖者欲於高枝，栖遁之所，志亦以其深隱爲其期。因嗟爾世人所誇紱冕虛華者，直是蜉蝣之羽，其飛薨薨亦欲何爲乎？且有生者，豈有不化爲異物之理乎？其所感喜，奚其不觀思始終者若斯乎？神理以此而日日微滅，則吾心之爲心者，安得知其物邪？因又浩嘆古楊朱子所言，亦徒然知言泣哭路歧而已。

【校勘記】

[一] 楊：底本誤作「揚」，據《全唐詩》卷四十七改，下同。

其四

孤鴻海上來，池潢不敢顧。側見雙翠鳥，巢在三珠樹。矯矯珍木顛，得無金丸懼。美服患人指，高明逼神惡。今我遊冥冥，弋者何所慕。

有孤鴻自海上來者，其飛行之間，雖有池潢之可遊者，亦不敢顧視。而偶視一池側有一雙翠鳥，巢在三珠樹上。而心思是爲矯矯珍木之巔，人目之所易矚眺，寧得無爲金丸所中之懼？身被美服者常患人之指斥，智見高明者常逼神之疾惡。今我乃高遊在冥冥之外，雖有弋者，亦何所慕哉！

此以下尚有八首，今以見《選》所收之詩意所來，故補前三首，餘以多篇亦從節略。

李白　　**子夜吴歌**

長安一片月，萬户擣衣聲。秋風吹不盡，總是玉關情。何日平胡虜，良人罷遠征。

「長安一片月」句，此先爲下「總是玉關情」刷色者。蓋言長安城中，萬户搗衣之聲，同一片月者，猶如同玉關情也。凡秋風吹則木葉飄散，而草皆枯盡，唯此砧聲吹之不盡，而其萬户砧聲中，總是含思玉關之情。蓋皆言何日得平胡虜之亂，而以見良人罷遠征歸至乎！

經下邳圯橋懷張子房

子房未虎嘯，破産不爲家。滄海得壯士，椎秦博浪沙。報韓雖不成，天地皆震動。潛匿遊下邳，豈曰非智勇？我來圯橋上，懷古欽英風。唯見碧水流，曾無黄石公。嘆息此人去，蕭條徐泗空。

張子房未遭會虎嘯風起之時，心憤秦之滅韓，因遂破産不爲家生。經東見滄海君，得壯士與之，徂遂飛椎擊秦始皇於博浪沙中，而誤中其副車。其報韓之功雖不得成，而天地亦皆爲之震動矣。方秦大索於天下，而子房乃能潛形匿身，以遊於下邳，此豈曰非智勇乎哉？我今來圯橋之上，懷古而欽慕子房之英風。然今唯見其碧水流而已，曾無其與子房相會之黃石公。我因嘆息子房去後，徐泗之間蕭條，無見出一豪杰，則雖謂之「徐泗空」可也。

後出塞

杜甫

其一

朝進東門營，暮上河陽橋。落日照大旗，馬鳴風蕭蕭。平沙列萬幕，部伍各見招。中天懸明月，令嚴夜寂寥。悲笳數聲動，壯士慘不驕。借問大將誰，恐是霍嫖姚。

出塞之軍朝進入長安東門陣營，其日又發行，暮上洛水河陽之橋，其軍行神速如此。而比及落日之照大旗，則其軍行之道已多，亦唯聞其馬鳴傳風而蕭蕭焉而已。既及到其陣營，則平沙上列萬幕，而其部伍士卒各自見其招旗而以分赴之，無有一喧囂之聲。既又中天懸明月，而陣營之中街路分明，亦以其軍令嚴肅，故無有一妄行動者，終夜寂寥焉。中夜將帳下悲笳數聲動起，壯士皆悄聞之，而其意氣慘肅不敢驕縱。須且借問：「能致是軍伍嚴整之大將爲誰乎？」「恐是如霍嫖姚者爲之將帥故也。」

其二

男兒生世間，及壯當封侯。戰伐有功勳[一]，焉能守舊丘。召募赴薊門，軍動不可留。千金買馬鞍，百金裝刀頭。閭里送我行，親戚擁道周。斑白居上列，酒酣進庶羞。少年別有贈，含笑看吴鈎。

常言男兒生世間，及壯當取封侯。若從戰伐，則有乃可立功勳，焉能守舊丘乎？及上召募壯士赴薊門，其軍將動之時，其壯士鋭氣發作，不可復留。於是千金買馬鞍，百金裝刀頭。既及閭里送我行，親戚亦擁之道周以赴餞席。斑白老者居其上列，酒已酣而進庶羞之時，閭里少年則別各有贈，而其壯士乃其顔色含笑，以看其所贈之吴鈎也。

【校勘記】

［一］勳：杜詩本集、《全唐詩》卷二百一十八皆作「業」。

玉華宮此蓋秦苻堅宮殿遺址。

溪回松風長，此即爲下「萬籟」引。**蒼鼠竄古瓦。**此引下「陰房」。**不知何王殿，遺構絶壁下。陰房鬼火青，**此暗爲下「美人爲黄土」刷色。**壞道哀湍瀉。萬籟**此感有情歸無情之所由。**真笙竽，**此想起美人之所由。**秋色正瀟灑。**此感謝之所由。**美人爲黄土，况乃粉黛假。當時侍金輿，故物獨石馬。**忽又感己身非石。**憂來藉草坐，**是自憂。**浩歌淚盈把。冉冉征途間，誰是長年者？**

自大路向玉華宮之間溪流回曲，而夾路松風迤邐長韻焉。既及到則見蒼鼠見人而走竄古瓦間而已。不知何王殿，而今見其遺構於絶壁之下乎。其陰房時時應見鬼火之青，其壞道往往爲哀湍所激瀉矣。而杜到之時，其宮傍羣梢被風摇，萬籟之聲真如笙竽，秋色已半而景象瀟灑。因思當時被王寵之美人，其全軀今已成黄土，况乃其粉黛之假者乎？當時侍金輿者，其故物獨有見在石馬而已。於是憂思來於懷，遂又藉草而坐，浩然歌嘆，淚至盈把矣。其歌意乃云：「人生皆如冉冉征途間，誰是長年者乎？」

王維　**送别**

下馬飲君酒，問君何所之？君言不得意，歸卧南山陲。但去莫復問，白雲無盡時。

並馬來送，既到當分袂之處，因下馬飲君酒而問：「君何方爲其所之乎？」君言：「我在世上不得意，是以歸卧南山之陲而已。我但當别去，君須莫復問，山中自有白雲之可怡悦。而其白雲者又無盡時，則吾歸卧之意已決矣。」

常建　**西山**

一身爲輕舟，落日西山際。常隨去帆影，遠接長天勢。物象歸餘清，林巒分夕麗。亭亭碧流暗，日入孤霞繼。洲渚遠陰映，湖雲尚明霽。林昏楚色楚地之色**來，岸遠荆門閉。至夜轉清迥，蕭蕭北風厲。沙邊雁鷺泊，宿處蒹葭蔽。圓月逗前浦，孤琴又摇曳。泠然夜遂深，白露沾人袂。**

孤身無累而乘輕舟而行者，是我一身亦直是爲輕舟者，而落日之時，舟及西山之際。且我此行常隨去帆之影，則是何等輕快！去帆之影遠接長天之勢，則是何等暢爽！見煙收紛息，物象已歸餘清，林巒重沓者又分夕麗以各呈其妍之後。水色亭亭，碧流稍昏暗，而日入焉而孤霞繼其光。當是時，洲渚遠陰映乎下，湖雲尚明霽乎上矣。其舟行之所望見，林之昏黯者，楚色之來進也；岸之已遠者，荆門已閉矣。既及至夜，水上之景致轉覺清迥，加之以蕭蕭北風之厲至。於是沙邊見雁鷺之泊，我因感以擇宿處，乃取蒹葭掩蔽之所。

既而見圓月之逗前浦，而囊出孤琴獨又摇曳鼓之，意象泠然，夜遂深，不自覺白露之沾人袂矣。

高適　**宋中**

梁王昔全盛，賓客復多才。悠悠悠悠，謂其事已去成，不與人相關者。**一千年，陳迹唯高臺。寂寞向秋草，悲風千里來。**此千里與前千年相應，蓋其悲風之悲高，心視猶一千年前之人之悲也。梁孝王昔日其國全勢盛之時，其賓客如枚乘、司馬相如輩，復皆多才焉。其事屬悠悠之後，今已經一千年，而今其陳迹之所存，惟有所謂吹臺者而已。而高訪其古迹寂寞，獨行向秋草中而討覽之，乃惟有悲風自千里外來吹秋草及我而已。

岑參　**與高適薛據同登慈恩寺浮圖**

塔勢如湧出，孤高聳天宫。登臨出世界，磴道盤虚空。突兀壓神州，王畿也。**峥嶸如鬼工。四角礙白日，七層摩蒼穹。下窺指高鳥，俯聽聞驚風。連山若波濤，奔走似朝東。青松夾馳道，宫觀何玲瓏。秋色從西來，蒼然滿關中。**函谷關以内之地面。○此二句以見無常迅速之意。**五**

陵北原上，萬古青濛濛。此二句以証生者必滅。**净理了可悟，勝因夙所宗。誓將掛冠去，覺道資無窮。**「無窮」二字，與秋色四句意相反應。

塔勢看來如湧出自地下者，而孤秀高拔似聳到於梵天宫。登臨者即是爲出此塵世界者，而其塔内磴道直盤旋乎虚空中矣。是以其外勢突兀以鎮壓神州，峥嶸似出於鬼工。其塔屋四角横天以礙白日，其塔級七層凌雲以摩蒼穹。於是其所下窺以指者，即地上所仰之高鳥也；所俯聽以聞者，惟雲際所過之驚風也。而其所遠望連山之勢，並皆有如見水面之波濤，而以爲流動奔走，則又似朝宗東海者矣。由青松之夾馳道者，以致其目則宫觀一一著地，而羅列之狀何其玲瓏分明也。既而雲陰蒼然者稍移來，而秋色因現乎其所，故曰「秋色從西來，蒼然滿關中」。而如五陵北原，萬古陵墓之所在，獨唯望見其草樹之青濛濛焉。蓋今之於後，當如此者也。佛陀所説清净之理，在此已明了可悟通，矧彼殊勝之因緣者，吾夙昔所宗仰者哉。今因誓將必掛冠辭官去，入山修彼覺道，以資我無窮之所託生焉。

崔曙　　**早發交崖山還太室作**

東林氣微白，寒鳥忽高翔。吾亦自兹去，北山歸草堂。杪冬正三五，日月遥相望。肅肅過潁上，朧朧辨夕陽。川冰生積雪，野火出枯桑。獨往路難盡，窮陰人易傷。傷此無衣客，如何

蒙雨霜。東林近曉，其氣微白，而寒鳥忽離栖高翔。吾亦思自茲去，當到北山歸草堂矣。時爲杪冬日正值十五，而日月遥相望。乃肅肅過潁上，則日稍昏暗，景氣朧朧，僅至辨夕陽。而川結冰者復生積雪。既夜，則又見野火青燐之出枯桑焉。獨往，故情倦精疲，路程難盡；窮陰，故形苦氣慘，人心易傷。而自傷曰：「我此身乃無衣之客，如何遇蒙雨霜之苦乃至如此哉？」

韋應物　**幽居**

貴賤雖異等，出門皆有營。獨無外物牽，遂此幽居情。微雨夜來過，不知春草生。青山忽已曙，鳥雀繞舍鳴。時與道人偶，或隨樵者行。自當安蹇劣，誰謂薄世榮。

世人有貴賤之别，雖各異其等，而苟其出門，必皆有所以營於其生矣。而吾身獨無外物之牽引，乃得遂此幽居之情之所欲爲者。譬如夜半枕上醒覺時，其心所計念，只言有微雨嚮夜來過去，不知明日得以見春草生乎？既已起，望舍外青山忽然已生曙色，鳥雀繞舍鳴噪。乃復時往與道人偶，或又隨樵者行，相語以終其一日矣。此其心但以自知身之材短，故自謂當安蹇劣耳，誰謂已爲薄世榮是以爾哉？

南磵中題

柳宗元

秋氣集南磵，獨遊亭午時。迴風一蕭瑟，林景久參差。始至若有得，爲後「竟何事」作地。**稍深遂忘疲。**爲後「只自知」。**羈禽響幽谷，寒藻舞淪漪。**與「迴風」應。**去國魂已遠，懷人**謂可與語此賞之人。**淚空垂。孤生易爲感，**即以禽藻言。**失路少所宜。**即亦無可與語之謂。**索莫**字獨。**竟何事，徘徊**即遊字。**只自知。誰爲後來者，當與此心期。**

柳心欲觀秋氣集南磵之景致，而獨往遊之。時日正亭午，迴風一傳蕭瑟之韻，而其林景爲之所蕩摇，乃又參差不已。柳其始至之，心甚悦，若有所得者，而稍深玩賞，遂忘其形之疲勞。既而聞羈禽之響幽谷，見寒藻之舞淪漪，而以自傷己身之獨遊。蓋去國魂已遠遺者，是失路也；懷人淚常空垂者，是孤生也。孤生故易爲感於視聽，失路故少所宜於遇合也。然而向來索莫獨處徘徊不去者，試自問竟爲是何事，則只亦不過自知而以惆悵而已。不知誰爲後之繼我而來遊者，亦必當與我今此心相期同也耳矣。

卷二　七言古詩

王勃

滕王閣

滕王高閣臨江渚，佩玉鳴鑾罷歌舞。畫棟朝飛南浦雲，珠簾暮捲西山雨。朝雲、暮雨暗用楚襄事，其意即亦滕王在日宴遊之遺影。**閑雲潭影日悠悠，物換星移度幾秋。閣中帝子今何在，檻外長江空自流。**

滕王嬰之作高閣，臨江渚而以建之，王嘗於此閣中佩其所解之玉珮，乘歸興鳴其鑾和而以罷其歌舞之後。閣中於其畫棟朝飛者，只南浦之雲；於其朱簾暮捲者，只西山之雨，而無復有見其如巫山神女之事者矣。乃閣中所仰見者閑雲，所俯窺者潭影，昨與今日無有何異，而日以悠悠爾，彼以如是，而物換於地，星移於天者，又不知凡度幾秋也。如夫閣中帝子滕王，今何在哉！唯有見檻外長江空自流而已，豈非可嘆乎？

公子行

劉廷芝

天津橋下陽春水，天津橋上繁華子。馬聲迴合青雲外，此句見人意之飛揚。**人影摇動緑波裏。**此句見人意之蕩漾。**緑波清迴玉爲砂，**引美女顔色。**青雲離披錦作霞。**引美女麗服。**可憐楊柳傷心樹，可憐桃李斷腸花。**

天津橋下所望見爲陽春之水，天津橋上所行，率爲繁華之子。其馬聲之多，迴合乎青雲之外；人影之眾，摇動乎緑波之裏。而其緑波則其流清迴，而其洲色潔白如玉爲砂；其青雲則其狀離披，而其晚氣眩麗似錦作霞。此春氣蕩人心，故人見其楊柳乃言可憐傷心樹也，見桃李乃言可憐斷腸花也。

此日遨遊邀美女，此時歌舞入娼家。娼家美女鬱金香，飛去飛來公子傍。的的珠簾白日映，娥娥玉顔紅粉妝。花際徘徊雙蛺蝶，池邊顧步兩鴛鴦。雌雄互相顧步也。

此日謀作遨遊乃邀美女，此日謀觀歌舞遂入娼家。娼家美女薰身以鬱金香，其香飛去飛來於公子之傍，以自勾其淫心。娼家珠簾白日映透，以照其筵席，娥娥玉顔固已美，而又加之以紅粉之妝，此又何等風流奢華！何等風流艷麗！其庭上花際徘徊雙蛺蝶，池邊顧步兩鴛鴦者，並無不動其淫心者。

傾國傾城漢武帝，爲雲爲雨楚襄王。古來容光人所羨，况復今日遥相見。願作輕羅著細

誰腰，願爲明鏡分分領之已也。**嬌面。與君相嚮轉相親，與君雙栖共一身。願作貞松千歲古，誰論芳槿一朝新。百年同謝西山日，千秋萬古北邙塵。**

公子因念李夫人傾國傾城之貌而寵幸之者漢武帝也，巫山神女爲雲爲雨而會遇之者楚襄王也。古來容光艷麗者，人所必艷慕，非己身獨然也。況復今日在歌舞筵上遥相見，豈可空過乎？此蓋其中已懷羞愧，强引古事以自强其縱慾之心也。於是遂願身化作妓，輕羅以着其細腰；又願爲妓，明鏡以分其嬌面。因又念安得與君相親而轉相親狎，又念如何其可得與君雙栖而共一身？又願因以作貞松堅，經千歲成古樹也。是時是心，誰論此奢美只如芳槿一朝新花，其凋落轉盼即至者邪？此公子及妓百年之後同謝逝，如西山落日之沉没不見。而其千秋萬古而以存乎世者，獨有埋其尸之處，北邙山上之塵而已矣。

代悲白頭翁

洛陽城東桃李花，飛來飛去落誰家。洛陽女兒惜顔色，是未見落花前有之。**行逢落花長嘆息。今年花落顔色改，明年花開復誰在。**是見落花而始生是念。**已見松柏摧爲薪，更聞桑田變成海。**

洛陽城東桃李花正飄春風，而飛來飛去者，不知竟落誰家也。洛陽女兒有自惜顔色者數人，行逢此落花，長嘆息曰：「今年花落則吾顏色應改變，不得復如今年也。且至明年花開之時，不知復誰得存在也。」蓋此輩其目已見松柏摧爲薪，其耳更聞桑田變成海，而固知浮世之間須臾變化，物總難住也。

古人無復洛城東，今人還對落花風。年年歲歲花相似，歲歲年年人不同。寄言全盛紅顏子，應憐半死白頭翁。此推言紅顏子意中。**此翁白頭真可憐，伊昔紅顏美少年。**

因又証之曰：「古人無復來洛陽城東，而今人還對此落花之風，此豈非其証乎？」由是觀之，年年歲歲惟有花相似，而歲歲年年人則不同也。於是寄言全盛紅顏子曰：「君應憐半死白頭翁，此翁白頭真爲可憐，然伊亦昔日爲紅顏美少年矣。」

公子王孫芳樹下，清歌妙舞落花前。光禄池臺開錦繡，將軍樓閣畫神仙。一朝卧病無相識，三春行樂在誰邊。宛轉蛾眉能幾時，須臾鶴髮亂如絲。但看古來歌舞地，惟有黄昏鳥雀悲。「光禄」「將軍」二句，蓋言其交遊甚廣，又多有權勢之家。

當時與公子王孫共宴芳樹下，聽清歌觀妙舞，亦於落花之前而不知自惜也。乃常遊覽光禄池臺開錦繡者，又曾上將軍樓閣畫神仙者。然而及一朝卧病而世事一變，則無與相識者，乃如三春行樂之事，寧知屬在誰邊邪？因言如我宛轉蛾眉亦能保得幾時乎？其必須臾間見鶴髮亂如絲耳。君但看古來盛爲歌舞之地，如陳隋舊都之地，今惟有黄昏鳥雀之悲鳴而已。此蓋以見凡紛華盛麗皆旋變旋滅，不足貪愛戀惜，以留斯心者以爲戒。

宋之問　**下山歌**

下嵩山兮多所思，携佳人兮步遲遲。松間明月長如此，君再遊兮復何時。

送客下嵩山之途間，心多所思，携其佳人之手，而步遲遲難進。因指松間所映之明月曰：「此地光景長如此所見，而君之再來遊復何時乎？」

至端州驛見杜五審言沈三佺期閻五朝隱王二無競題壁慨然成咏

逐臣北地承嚴譴，調到南中每相見。豈意南中岐路多，千山萬水分鄉縣。雲摇雨散各翻飛，海闊天長音信稀。處處山川同瘴癘，自憐能得幾人歸。

放逐之臣在北地承嚴譴之日，其心以爲調官到南中當得每日相見耳。豈意南中之岐路甚多，其間各皆有千山萬水以分其鄉縣乎！則杜也、沈也、閻也、王也、己也，其各分赴貶謫之地。譬猶雲摇雨散各翻飛者也，以是海闊天長則音信亦必稀聞矣。且以其處處山水同是瘴癘之地，故身自憐吾輩數人之中，能得幾人全生免禍以再歸中國乎？

春江花月夜

張若虛

春江潮水連海平，海上明月共潮生。灧灧隨波千萬里，何處春江無月明。

春江潮水連海成平滿之時，海上明月本共其潮而生。是以其光灧灧隨波者既已及千萬里，是何處春江得謂之無月明乎？

江流宛轉繞芳甸，月照花林皆似霰。空裏流霜不覺飛，汀上白沙看不見。

其千萬里之江流，其勢宛轉以遶有芳菲之甸野，而月又照其花林，花皆似霰。時已和暖，故其空裏雖有流霜，亦不覺其飛景稍幽穆；故汀上雖是白沙，亦看之不見。

江天一色無纖塵，皎皎空中孤月輪。江畔何人初見月，江月何年初照人。

不唯月沙一色，而江與天亦一色，且無纖介塵污。獨有皎皎空中以照上下四方之孤月輪而已，因感其空曠。忽又思不知上古荒昧之世，在此江畔何人初見月，江月又何年初照人乎？

人生代代無窮已，江月年年望相似。不知江月照何人，但見長江送流水。

凡此人生代代相續無有窮已，江月亦年年循環，知其望之與今相似也。不知江月後代在此更照何人，此事竟屬不可知。而今但見長江之送流水者，將以送過今我所見之流光而已。

白雲一片去悠悠，青楓浦上不勝愁。誰家今夜扁舟子，何處相思明月樓。此「誰家」「何處」暗因前，上古何人，後代何人，取勢。

見有白雲一片去悠悠者，豈又非我生度百年之光景與相似乎？身在青楓浦上，其水忽大，勢成茫洋之處，而以自思我生所之之芒乎也，是以不勝愁。因又推其不勝愁之人事，其誰家之子，而今夜乃在羈旅爲扁舟之子也，是可憐也。又何處之樓，而相思其夫於其明月所照之樓也，是又可憐也。

可憐樓上月徘徊，應照離人妝鏡臺。玉户簾中捲不去，擣衣砧上拂還來。

所以爲可憐者，蓋在彼其樓上而此扁舟所望之月徘徊焉。其光應照其傷別離人之妝鏡臺，夫妝鏡臺以夫不在家，故其婦則不照面，而只月照之，其荒凉孤寂之情豈非可憐者乎？而此月光更入其玉户簾中捲之而不去，臨擣衣砧上拂之還來者，是人今夜不得還至之處，而月偏不去之也，此乃其更可妒思者。

此時相望不相聞，願逐月華流照君。此自前「不去」「還來」二句生是情。**鴻雁長飛光不度，**於光不度，則分明是不能照君。**魚龍潛躍水成文。**

此時扁舟之子隔天相望其婦，而其情不相聞，而其心乃願逐此月華流以照君。而此心之神馳如鴻雁之長飛於其月光裏，竟成不度，而亦竟不得到焉，此心之獨念如魚龍之潛躍於其水面，空有成文亦徒勞思而已。

昨夜閑潭夢落花，可憐春半不還家。江水流春去欲盡，江潭落月復西斜。

昨夜舟宿閑潭夢落花者，亦乃徒勞思者，而吾真情實願見故園之花者矣。而其可憐者，今春已半尚不得還家。而江水乃流春去欲盡是已使人情急之事，而江潭落月復已見西斜，則其情急安得不更極乎？

斜月沉沉藏海霧，碣石瀟湘無限路。不知乘月幾人歸，落月摇情滿江樹。

既而其斜月沉沉漸藏海霧，夫家在碣石而身客瀟湘，是其中間隔無限之道路。不知今夜乘月幾人歸家也，我唯恨見落月摇我情以滿江樹梢頭而已。

吴宫怨

衛萬

君不見，吴王宫閣臨江起，不捲珠簾見江水。曉氣晴來雙闕間，潮聲夜落千門裏。勾踐城中非舊春，姑蘇臺下起黄塵。只今惟有西江月，曾照吴王宫裏人。

君不見乎，即問其不見西江月乎？否也。昔者吴王夫差之宫闕臨江而以建起之，乃不捲其珠簾直望見江水。是以曉氣水煙晴，則來於雙闕之間；潮聲暗響夜，乃落於千門之裏。及至越王勾踐之城中兵足眾盛，非復舊時之春，而以來報讐，吴兵不能禦之，於是其姑蘇臺之下，遂起黄塵矣。只今而存昔物者，惟有西江之月，此物曾照吴王宫裏人。人者，蓋暗斥西施也。

李白　**烏夜啼**

黃雲城邊烏欲栖，歸飛啞啞枝上啼。此雌雄相呼。**機中織錦秦川女，碧紗如煙隔窗語。**此乃想見其婦面貌之情。**停梭悵然憶遠人，獨宿空房淚如雨。**

黃雲城邊暮烏欲栖，而其群羽歸飛，啞啞在枝上亂啼。是時征人心想其婦，即機中織錦字秦川女是也。此夕身在房中而不出，碧紗如煙，仿佛映見其面貌，而以與人隔窗相語。其語間或停梭輟織，意思悵然，以憶我遠人。而今夜復獨宿空房，涕淚如雨也爾。

江上吟

木蘭之枻沙棠舟，玉簫金管坐兩頭。美酒樽中置千斛，載妓隨波任去留。仙人有待乘黃鶴，海客無心隨白鷗。屈平詞賦懸日月，楚王臺榭空山丘。興酣落筆摇五岳，詩成笑傲凌滄洲。功名富貴若長在，漢水亦應西北流。

言吾當以木蘭之枻摇沙棠之舟，以泛之江上，而妓吹玉簫金管者，坐之舟之兩頭。如美酒則樽中當置千斛，而此載妓舟當隨波任去留也。如夫仙人有待乘於黄鶴者，此賴於外物者也；海客無心而後隨白鷗者，此累於内務也；此皆非所謂自適也。且爲之臣者屈平，而其詞賦著明如懸日月；爲之君者楚王，而其臺榭堙滅空存山丘。則吾且在其舟中，興酣之時，落筆摇五岳，詩成則以笑傲凌滄洲，不亦可乎？夫功名富貴皆忽有忽亡，不足求之物也，若謂之常長在，則漢水亦當有成西北流之日耳。

貧交行

杜甫

翻手作雲覆手雨，紛紛輕薄何須數。君不見，管鮑貧時交，此道今人棄如土。

翻手作雲則有雲，覆手作雨則有雨，而雨忽變則又作雲者也，此以喻澆世薄俗交情無一信也，今世紛紛，此等輕薄何須數言。君不見，往昔管仲、鮑叔貧時之交義信厚，後互以成其用者，何如哉？而此道今人棄如土者，甚可嘆矣！

短歌行贈王郎司直

王郎酒酣拔劍斫地歌莫哀，我能拔爾抑塞磊落之奇才。豫章翻風白日動，鯨魚跋浪滄溟開。且脱劍佩休徘徊，西得諸侯棹錦水。欲向何門趿珠履，仲宣樓頭春色深。青眼高歌望吾

子，眼中之人吾老矣。

以王郎之才不遇，如今則其酒酣拔劍斫地，而歌之聲寧得莫哀乎？然我能拔爾抑塞磊落之奇才。其既得拔進，則其必見作震天價地之事業，譬如豫章翻風，白日之景爲之動摇；鯨魚跋浪，滄溟爲之分開也。且脱劍佩罷官亦休徘徊在此，而須思西得可依託之諸侯以棹錦水。不知汝意欲向何門跋珠履作之客乎？吾將能薦之其門者也。而吾今將先子發行向荆州仲宣樓頭，以春色遍之時，青眼高歌以望吾子之來而同行焉，而子即吾眼中之人，又當須知如吾身已老矣，無所復濟世用矣。

高都護驄馬行

安西都護胡青驄，聲價歘然來向東。此馬臨陣久無敵，與人一心成大功。功成惠養隨所致，飄飄遠自流沙至。雄姿未受伏櫪恩，猛氣猶思戰場利。踠促蹄高如踣鐵，交河幾蹴層冰裂。五花散作雲滿身，萬里方看汗流血。長安壯兒不敢騎，走過掣電傾城知。青絲絡首爲君老，何由却出横門道。

安西都護所畜胡産青驄，久聞其聲價，今乃歘然向東入京。此馬臨陣久無與敵者，與其主人高都護一心以成大功。故今乃得惠養隨其所致，是以今飄飄遠自流沙河而至。其雄姿未至可受伏櫪之恩，而其猛志猶見其思戰場之利。其踠促蹄高如踣鐵之脚，不知向交河之中幾蹴層冰裂也。本嘗結之爲五花鬃者，今則披散作雲滿身。而其行萬里，而方看其汗之血，其雄健無比若是。是以長安壯兒畏不敢騎，而其走過迅疾如掣電者，傾城皆知之矣。今乃用青絲絡其頭，爲君就閑養老矣，何由得有却出横門之道乎？

送孔巢父謝病歸遊江東兼呈李白

巢父掉頭不肯住，東將入海隨煙霧。詩卷長留天地間，釣竿欲拂珊瑚樹。深山大澤龍蛇遠，春寒野陰風景暮。蓬萊織女回龍車，指點虛無引歸路。自是君身有仙骨，世人那得知其故。惜君[一]只欲苦死留，富貴何如草頭露。蔡侯静者意有餘，清夜置酒臨前除。罷琴惆悵月照席，幾歲寄我空中書。南尋禹穴見李白，道甫問訊今何如。

孔歸志已決，雖挽留之而掉頭不肯住京師，東將入海隨煙霧以浮遊。蓋其詩卷已長留天地間，如其釣竿乃欲拂海中珊瑚樹。夫孔抱其不羣之材，而歸隱於江海者，猶如深山大澤之中，龍蛇遠潛。而其餞送之之時，正當春寒野陰風景之暮。而孔目仿佛見有蓬萊織女回龍車，爲孔指點虛無引歸路。此自是君身有仙骨，故有是異事，世人那得知其故。乃只欲苦死挽留，而孔意乃以爲富貴何如草頭露，蓋言不足恃之甚也。蔡侯静逸者而其意有餘，清夜更爲孔置酒，以其筵席臨前除以布列之。而及罷琴將去，衆皆惆悵之時，見月光照其席，因起感，問孔今之去後幾歲而寄我以其空中之書耶？而我則又因囑孔若南尋禹穴，見李白在彼，則爲謂言：「杜甫問訊，今何如無恙乎否也？」

【校勘記】

［一］君：底本誤作「若」，據《全唐詩》卷二百一十六改。

飲中八仙歌

知章騎馬似乘船，眼花落井水底眠。汝陽三斗始朝天，道逢麯車口流涎，恨不移封向酒泉。左相日興費萬錢，飲如長鯨吸百川，銜杯樂聖稱避賢。宗之瀟灑美少年，舉觴白眼望青天，皎如玉樹臨風前。蘇晉長齋繡佛前［一］，是其平日之事。**醉中往往愛逃禪。李白一斗詩百篇，長安市上酒家眠。天子呼來不上船，自稱臣是酒中仙。張旭三杯草聖傳，脱帽露頂王公前，揮毫落紙如雲煙。焦遂五斗方卓然，高談雄辨驚四筵。**

賀知章醉後騎馬，却似乘船，蓋世唯乘船者或有暈眩，而知章乃以騎馬眼目虚眩生花，因落枯井中，又在其水底而昏眠矣。汝陽王璡晨饌先飲三斗，然後始肯朝天子。而其道逢麯車，則其口更又流涎思飲，常恨不移其封邑向酒泉，故不能飽其慾也。左相李適其日興飲酒之費至萬錢，其飲數鯨連呷不滯，狀如長鯨吸百川水，其罷相之作云「避賢始罷相，樂聖且銜杯」，則其事可知也。崔宗之，其人爲瀟灑美少年，其既醉舉觴白眼以望青天，狀皎皎然，又搖搖然，宛如玉樹臨風前。蘇晋終年長齋，常居繡佛像前，而不廢其飲酒，其醉中往往愛逃禪，從慾之事。李白每飲一斗，賦詩百篇。嘗在長安市上酒家眠之時，天子有詔，呼來之上其泛苑池之船，白不肯上，而自稱臣是酒中仙，不宜上船也。張旭飲三杯之後，作其草聖者，爲世所傳，蓋已飲則脱帽露頂，以自恣其形，雖王公之前亦如此。然後揮毫落紙，筆氣縱橫，勢如雲煙自湧。焦遂平日柔弱訥言，飲至五斗則方卓然成强，其高談雄辯，驚四筵之客矣。

【校勘記】

［一］齋：底本訛作「齊」，據《全唐詩》卷二百一十六改。

哀江頭

少陵野老吞聲哭，春日潛行曲江曲。江頭宫殿鎖千門，細柳新蒲爲誰緑。此與後「人生有情」反映。**憶昔霓旌下南苑，苑中萬物生顔色。昭陽殿裏第一人，同輦隨君侍君側。輦前才人帶弓箭，白馬嚼嚙黄金勒。翻身向天仰射雲，一箭正墮雙飛翼。明眸皓齒今何在，血污遊魂歸**

不得。清渭東流劍閣深，去住彼此無消息。人生有情淚沾臆，江水江花豈終極。黄昏胡騎塵滿城，欲往城南忘城北。「忘」字是掉尾。

少陵野老以懼其聲爲賊所聞，故吞聲行哭，而春日以潛身行曲江苑之曲陵。見其江頭宫殿空鎖千門，而心且恨，其江岸洲渚細柳、新蒲爲誰更生其緑乎？因憶往昔天子霓旌下幸此南苑之時，苑中萬物皆爲生分外顔色。昭陽殿裏第一受寵之人楊妃同輦隨君側。而其輦前才人皆腰帶弓箭，其所騎白馬乃嚼嚙以黄金之勒。翻身向天仰射雲中，其一箭得功正墮雙飛翼之時，楊妃見之，開口悦笑，其明眸皓齒，今何在哉？幸蜀之日受戮于馬嵬坡，則以其血污體魄，故其遊魂亦應着迷，乃雖欲歸京而不得也。夫長安雖有清渭之水，亦東流不向西，而上皇所幸西蜀劍閣，道路深遠，故如今則去蜀者與住在長安者，彼此亦無消息之相聞，是死生俱隔無路相通也。因顧人生有情，故每覽舊物於此，則淚因沾胸臆，而其舊物江水、江花無時不有，則豈有終極乎？既而時及黄昏，胡騎遊散者歸來，其塵埃滿城可畏。故欲往城南而以心懷舊感，故遂忘其可畏，而以從城北之路也。

韋諷録事宅觀曹將軍畫馬圖引

國初已來畫鞍馬，神妙獨數江都王。名緒，善畫馬。**將軍得名三十載，人間又見真乘黄。**

曾貌先帝照夜白，龍池十日飛霹靂。內府殷紅瑪瑙盤，婕妤傳詔才人索。盤賜將軍拜舞歸，輕紈細綺相追飛。貴戚權門得筆迹，始覺屏障生光輝。

國初以來畫鞍馬之人，其稱神妙者獨數江都王，而其一他無及焉。曹將軍乃得善畫馬之名已三十載，而其畫益進，人間乃又得見真乘黄於畫中也。將軍曾貌寫先帝玄宗馬照夜白，蓋龍池之龍爲之感動，十日間飛霹靂。內府本有殷紅瑪瑙盤，婕妤傳詔，才人索之。既而以其盤賜之，將軍乃拜舞謝恩歸出，貴戚權門因此求畫者甚多，其輕紈細綺相追如飛不絶。雖乃貴戚權門既得其筆迹者，始覺其屏障之生光輝矣。

昔日太宗拳毛騧，近時郭家師子花。今之新圖有二馬，復令識者久嘆嗟。此皆騎戰一敵萬，縞素漠漠開風沙。其餘七匹亦殊絶，迥若寒空動煙雪。三字形容九馬簇立，各有活動之勢。**霜蹄蹴踏長楸間，馬官厮養森成列。可憐九馬争神駿，顧視清高氣深穩。**

昔日太宗名馬有拳毛騧，近時郭子儀家有九花虬，毛拳如獅子者。今韋宅所觀新圖中有此二馬，復令識者久嘆嗟云：「此皆騎戰則一敵萬者也。」則其逼真可知也，其畫直用其縞素之色留之爲餘地，又令之漠漠然以開風沙之狀。而雖其餘七匹亦皆寫其品格殊絶者，是其沙景自有可承其馳騁之勢。而臨之以其神駿之羣馬者，是以其馬在迥遠之狀，若寒空之動煙雪將隧下者。而其九馬之霜蹄，乃方蹴踏長楸之間，而其傍有馬官及厮養之卒，森立成列。其尤可憐賞者，在九馬各争神駿，其顧視清高不凡，而其氣深穩穩處也。

借問苦心愛者誰，後有韋諷前支遁。此結畫。**憶昔巡幸新豐宫，**即華清宫。**翠華拂天來向**

東。騰驤磊落三萬匹，皆與此圖筋骨同。自從獻寶朝河宗，無復射蛟江水中。君不見，金粟堆前松柏裏，龍媒去盡鳥呼風。

試借問苦心愛是神駿者爲誰？乃後有韋諷，前有支遁而已。因憶昔日天子巡幸新豐，其翠華拂天向東來之時，其從駕之馬有騰驤磊落者，凡三萬匹，皆與此圖筋骨同也。自從天子幸蜀，如河伯朝周穆王獻寶之後，無復如漢武巡幸射蛟潯陽江中之事。君不見，葬明皇之處金粟山，推土成陵邊松柏裏，龍媒之馬既去盡，唯有鳥呼風而已，吾安得不憶且嘆乎？

丹青引贈曹將軍霸

將軍魏武之子孫，於今爲庶爲清門。英雄割據雖已矣，文采風流今尚存。學書初學衛夫人，但恨無過王右軍。丹青不知老將至，富貴於我如浮雲。

將軍爲魏武帝之子孫，於今世乃爲庶姓，然亦爲清門，自與濁品不同。是以魏武英雄割據鼎立之事業，今雖已矣，而其文采風流之遺，今尚存乎將軍矣。將軍學書，初學衛夫人之迹，其心但憾其終無過王右軍也。於是遂專事丹青，不知老之將至，而常謂「富貴於我如浮雲耳」。

開元之中嘗引見，承恩數上南薰殿。凌煙功臣少顏色，將軍下筆開生面。良相頭上進賢

冠，猛將腰間大羽箭。褒公鄂公毛髮動，英姿颯爽來酣戰。

開元之年中，天子嘗引見將軍，將軍承恩數上南薰殿。以太宗所命畫凌煙閣功臣十四人圖年久，畫彩脱落，少顔色，詔命將軍兼開補其生時之面貌。良相頭上進賢冠，猛將腰間大羽箭之類，並皆補其彩。如褒公段志玄、鄂公尉遲敬德並開之生面，其毛髮似欲動者，而其英姿帶風颯爽之勢，如來自酣戰之場者矣。

先帝天馬玉花驄，畫工如山貌不同。是日牽來赤墀下，迥立閶闔生長風。詔謂將軍拂絹素，意匠慘澹經營中。斯須九重真龍出，一洗萬古凡馬空。

先帝天馬有玉花驄，召畫工如山，以寫之其貌，皆不能同其貌。是日牽其馬來赤墀下，天子令其更迥立在宫門閶闔之邊，其意蓋欲以縮小其所觀，以適畫人之所寫其全馬神彩也。而其馬駿氣自見，可疾馳千里之勢，故曰「生長風」也。夫然後詔謂將軍拂絹素，言「筆拂之」，以寫之也。是時將軍之意匠有作於其心，而其神色慘澹乎其經營之中者，須臾然後始下筆，於是九重之中真龍始出於畫圖中，乃豈啻從來不能同之凡馬之畫而已乎？實亦以一洗萬古已來所寫凡馬之畫，皆使不足觀者，猶空也。

玉花却在御榻上，榻上庭前屹相嚮。至尊含笑催賜金，圉人太僕皆惆悵。弟子韓幹早入室，亦能畫馬窮殊相。幹惟畫肉不畫骨，忍使驊騮氣凋喪。

及畫成進覽，前所令迥立之玉花驄，却在御榻上。而天子因按畫以視真玉花，則榻上畫馬與庭前真馬屹然以相對嚮焉。至尊於是大悦，含笑催賜金以賞之，而圉人、太僕遥見羡之，而以己無所賞賚，故皆惆悵。

將軍弟子韓幹早年已造其入室之人也，亦能畫馬窮殊相，則韓固非凡工也。雖然，韓之所主，唯畫其肉不畫骨，是爲忍使驊騮之氣凋喪者矣。

將軍善畫蓋有神，必逢佳士亦寫真。即今漂泊干戈際，屢貌尋常行路人。途窮反遭俗眼白，世上未有如公貧。但看古來盛名下，終日坎壈纏其身。

將軍之善畫，諸人不能及者，蓋其技有入神之妙也，必逢佳士，亦能寫其真也已。即今其身漂泊干戈之際，故屢貌尋常行路之凡人、俗士。亦途窮運蹇，其畫之善肖者，反遭俗眼白，是以世上未有如公貧者也。君但看古來人物居其盛名之下者，終日坎壈纏其身者甚多，亦當以自知人事、天道率亦皆如此者也。

高適　**邯鄲少年行**

邯鄲城南游俠子，自矜生長邯鄲裏。千場縱博家仍富，幾處報讐身不死。宅中歌笑日紛紛，門外車馬如屯雲。未知肝膽向誰是，令人却憶平原君。君不見，今人交態薄，黄金用盡還疎索。以兹感嘆辭舊遊，更於時事無所求。且與少年飲美酒，往來射獵西山頭。

邯鄲城南有一遊俠子，自矜言其身生長邯鄲裏，其俠節亦天性然也。其人千場縱博奕，則其中不無輸敗而家仍富；幾處爲人報讐殺讐，則其中不無被創而身不死。而其宅中常事遊宴，歌舞歡笑日紛紛不已；

其門外常來請託之人，車馬若雲屯集矣。然而孰視其所爲朝秦夕楚，忽縱忽横，而未知其所吐肝膽之語以向誰者，爲是真肝膽之語也。令人却憶昔平原君之在此地，尚信義，立俠節，不如此也。君亦不見，今人交態之輕薄乎？見有黄金者，相親邇，及黄金用盡，則還疎索之。以有兹事，故感嘆辭舊時交遊，而心自誓，更於時事無所求望。今且欲與少年共飲美酒，往來射獵於西山頭也。

人日寄杜二拾遺

人日題詩寄草堂，遥憐故人思故鄉。柳條弄色不忍見，梅花滿枝空斷腸。身在南蕃無所預，心懷百憂復千慮。今年人日空相憶，明年人日知何處。一卧東山三十春，豈知書劍老風塵。龍鐘還忝二千石，愧爾東西南北人。

吾今當人日題詩寄杜之草堂之時，遥憐故人，方其思故鄉之心切。則柳條之弄色者，必不忍見之；梅花之滿枝者，見之必當空斷腸矣。我身乃以其在南蕃，事務繁劇，無所逸豫，心懷百優，復懷千慮。今年人日雖在此，以空相憶汝，而明年人日，寧知其更轉在何處邪？曩昔我一意隱卧東山者三十春之時，豈知有今之書劍之以老風塵乎？以衰老龍鐘之身，還忝二千石之禄，而心自愧不能如爾爲東西南北之人也。

岑參　　登古鄴城

下馬登鄴城，城空復何見。東風吹野火，暮入飛雲殿。城隅南對望陵臺，漳水東流不復回。武帝宮中人去盡，年年春色爲誰來。

我下馬登鄴城，城已空復何見。唯見有東風吹野火青燐，暮飛入飛雲殿而已。而其城隅，則南對銅雀妓之望陵臺，其間漳水東流者與日月之逝者，不復回。而當時魏武帝宮中之人去盡矣，此地之事皆亦如此已，不知年年春色爲誰來此也。

韋員外家花樹歌

今年花似去年好，去年人到今年老。始知人老不如花，可惜落花君莫掃。君家兄弟不可當，列卿御史尚書郎。朝回花底恒會客，花撲玉缸春酒香。

權且相計較：以思今年之花仍似去年之好，去年之人到今年而老。於是乃知人則有老，故不如花矣，因遂以落花亦爲可惜而以謂之曰：「君莫掃。」君家兄弟今其聲勢不可當敵，蓋其一列卿，其一御史，其一尚書郎。而此兄弟朝回坐花底恒會客以遊宴，飛花乃撲其玉缸春酒，而其酒也香，此亦乃其可惜之一矣。

胡笳歌送顏真卿使赴河隴

君不聞胡笳聲最悲，紫髯緑眼胡人吹。吹之一曲猶未了，愁殺樓蘭征戍兒。涼秋八月蕭關道，北風吹斷天山草。崑崙山南月欲斜，胡人嚮月吹胡笳。胡笳怨兮將送君，秦山遥望隴山雲。邊城夜夜多愁夢，嚮月胡笳誰喜聞。

君豈不聞胡笳之聲最悲者乎？蓋紫髯緑眼胡人之吹之也。胡人嘗吹之一曲未了，而其已以愁殺樓蘭之地征戍之兒云。今方涼風八月，則其行蕭關之道者，必已見北風吹斷天山之草。而崑崙山南月欲斜之時，胡人嚮其斜月以吹其胡笳矣。蓋胡笳聲者，其怨者也。而今吾將送君，怨别之情譬猶如胡笳之怨也。今在此秦山以遥望隴山之雲者，其豈易爲情哉！試思君身既在邊城，則夜夜必多愁夢，而以聞夫嚮月之胡笳者，誰其喜聞之者乎？則君其可以知我今怨别之情也矣。

李頎　　**崔五丈圖屏風各賦一物得烏孫佩刀**〔一〕

烏孫腰間佩兩刀，刃可吹毛錦爲帶。握中枕宿穹廬室，馬上割飛蠮螉塞。執之魍魎誰能

前，氣凜清風沙漠邊。磨用陰山一片玉，洗將胡地獨流泉。主人屏風寫奇狀，鐵鞘金環儼相向。回頭瞪目時一看，使予心在江湖上。

烏孫腰間佩兩刀，其刃鋭利可斷吹毛者，而以錦爲帶。烏孫常置之握中以爲枕，而以宿穹廬之室，而馬上揮之，直割飛鳥乃於蠮螉塞矣。此其神鋭之刀，而人執之則魍魎誰得能近前？此其氣乃凜乎生清風於沙漠之邊矣。而烏孫其磨之用陰山一片玉，洗之用胡地獨流之泉。今主人崔五屏風寫其奇狀，而其畫胡鐵鞘金環以佩其刀之狀貌，儼然以相向矣。我爲回頭瞪目時一看之，則我心似爲之覺天壤空曠，故曰「使予心在江湖上」也。

【校勘記】

［一］崔五丈圖屏風各賦一物得烏孫佩刀：《全唐詩》卷一百三十三作《崔五六圖屏風各賦一物得烏孫佩刀》。

王維　**答張五弟諲**［一］

終南有茅屋，前對終南山。終年無客長閉關，終日無心長自閑。不妨飲酒復垂釣，君但能

來相往還。

終南之中有茅屋，前對終南山。雖終年無客往來，故長閉其關；雖終日亦無心，故長自閑逸矣。雖然不妨其飲酒復垂釣，君且勿問其妨與不妨，但可能來即相往還而可也。

【校勘記】

［一］答張五弟諲：《全唐詩》卷一百二十五作《答張五弟》。

崔顥

孟門行

黄雀銜黄花，翩翩傍簷隙。本擬報君恩，如何反彈射。金罍美酒滿座春，平原愛才多衆賓。滿堂盡是忠義士，何意得有讒諛人。諛言反復那可道，能令君心不自保。北園新栽桃李枝，根株未固何轉移。成陰結實君自取，若問傍人那得知。

黄雀嘗受楊寶救生之恩，是以今口銜黄花，翩翩來傍簷隙者，其意本擬報君恩者也，君如何反彈射之乎？金罍美酒，滿座生春色者，是平原君以其愛才，故多衆賓也。其滿堂之賓，我以爲盡是忠義之士也，何意其中得有讒諛之人？其諛言之反復，本自虚詐扭造，那有可道者，而能令君心不自保者，又甚可怪也。且我謀報恩之所爲者，譬如北園新栽桃李枝者，今其根株未固，何其信讒欲轉移之乎？誠能令其成陰結實，則君當自得取之。若問傍人以其得失者，彼傍人那得知其得失乎？

張謂　**贈喬琳**

去年上策不見收，今年寄食仍淹留。羨君有酒能便醉，羨君無錢能不憂。如今五侯不待客，羨君不入五侯宅。如今七貴方自專，羨君不過七貴門。丈夫會應有知己，世上悠悠安足論。

喬去年上策不見收録，今年寄食人家仍淹留。如使他人爲此，則必憂貧至於不能飲酒，而喬則不然，故曰「羨君有酒便能醉，羨君無錢能不憂」。見今五侯七貴不待客，而方自專，是以他人雖諛其門，而喬不爲之，故曰羨君不入其宅、不過其門也。因言丈夫會應有知己相遭之日，如世上悠悠之人，安其足論乎？

湖中對酒作

夜坐不厭湖上月，晝行不厭湖上山。眼前一樽又長滿，心中萬事如等閑。主人有黍萬餘

石，濁醪數斗應不惜。即今相對不盡歡，别後相思復何益。茱萸灣頭歸路賒，願君且宿黄公家。風光若此人不醉，參差辜負東園花。

夜坐，則不厭湖上之月，而以玩之至於夜深；晝行，則不厭湖上之山，而以觀之至於日夕。而眼前一樽又長滿，心中萬事如等閑者，豈非天下之樂事邪？主人素有黍田萬餘石，今供我輩以此濁醪數斗者，應不相惜也。即今與君相對不盡歡，雖别後相思，復何益乎？且茱萸灣頭，歸路頗爲賒遠，願君且宿此黄公家也。今風光若此，而人不爲之盡醉，則其必亦參差爽期，以辜負東園之花矣。

城傍曲

王昌齡

秋風鳴桑條，草白狐兔驕。邯鄲飲來酒未消，城北原平掣皂鵰。射殺空營兩騰虎，迴身却月佩弓弰。

秋風稍緊，聲鳴桑條，原野草色青退成白，而狐兔之屬方驕傲馳走之時，壯士少年已在邯鄲市中飲酒來，而其酒氣未消。於是見城北之原，地勢平曠，即掣皂鵰以取其狐兔。既又射殺空營中兩騰虎，其迴身於夕月西却陽光之時而以還歸，其身仍取其弓鞘以佩之，蓋以射獵爲常而其身已疲，猶不釋其具也。

薛業

洪州客舍寄柳博士芳

去年燕巢主人屋，今年花發路傍枝。年年爲客不到舍，舊國存亡那得知。胡塵一起亂天下，何處春風無別離。

去年春，吾寄食人家，見燕之巢主人屋上矣。今年春，吾又行道途，見花之發路傍枝上矣。如是年年爲客，不到我舍，則舊國我家人之存亡那得知焉？但以胡塵一起亂天下思之，雖何處春風有無見其別離乎？則雖舊國家人之散亡，亦可推知也。

丁仙芝

餘杭醉歌贈吴山人

曉幕紅襟燕，春城白項烏。只來梁上語，不向府中趨。城頭坎坎鼓聲曙，滿庭新種櫻桃樹。桃花昨夜撩亂開，當軒發色映樓臺。十千兑得餘杭酒，二月春城長命杯。酒後留君待明月，還將明月送君回。

唯吴山人如曉幕上紅襟燕，春城白項烏，常來我梁上語，而不向我府中趨，蓋以友待我，而非謂我府尊也。城頭坎坎，鼓聲報曙，先是滿庭新種櫻桃樹。而桃花自昨夜撩亂飛，及今曉，其飛花方當軒發色映樓臺。十千錢兑得餘杭酒，二月春城中，先舉長命杯。酒後留君更待明月，還欲將明月送君回也。

盧照鄰

長安古意

長安大道連狹斜，青牛白馬七香車。玉輦縱横過主第，金鞍絡繹向侯家。龍銜寶蓋承朝日，鳳吐流蘇帶晚霞。百丈游絲争繞樹，一羣嬌鳥共啼花。

長安大道連狹斜之間，其街衢甚盛，而往來其中者，或青牛，或白馬並駕以七香車。或又見玉輦縱横穿行以過公主之第，或又見金鞍絡繹相逐以向諸侯之家。其隨從器仗，有龍銜寶蓋以承朝日，鳳吐流蘇之旗以帶晚霞。如其街道左右，則百丈游絲争繞樹，一羣嬌鳥共啼花矣。

啼花戲蝶千門側，碧樹銀臺萬種色。複道交窗作合歡，雙闕連甍垂鳳翼。樓上布椽如翼。**梁家畫閣天中起，漢帝金莖雲外直。樓前相望不相知，陌上相逢詎相識。**

其啼花或戲蝶者，千門之側皆是，而如其宫室第宅之盛，乃有碧樹，有銀臺相映以成萬種景色。乃或有複道相交，其窗以作合歡之狀者，如雙闕則其左右各連他屋甍之垂鳳翼者。其間有外戚如梁冀之家青閣絶高，直如自天中起。漢武帝所建承露金莖孤聳，仍在雲外直焉，如其樓之高臨街陌者。今樓前相望，而其人互不相知，雖陌上相逢詎相識。蓋又以言其人衆，繁庶互不相識者甚多也。

借問吹簫向紫煙，曾經學舞度芳年。得成比目何辭死，願作鴛鴦不羨仙。比目鴛鴦真可羨，雙去雙來君不見。生憎帳額繡孤鸞，好取開簾帖雙燕。

今在樓前相望，有貴女子或似是公主如秦弄玉，故曰「借問吹簫向紫煙」。或似是寵妃如趙飛燕，故曰「曾經學舞度芳年」。而以其顏色絶美，觀者艷慕，以爲得與成比目何辭死，願與作鴛鴦不羨仙。因遥謂之曰：「比目鴛鴦雙去雙來者，真爲可憐，而君獨不見乎？」而其目見其女帳額繡孤鸞，則意其不思求配合而生憎之，見其開簾室中帖雙燕香勝，則知其喜比耦而好取之也。

雙燕雙飛繞畫梁，羅幃翠被鬱金香。片片行雲著蟬鬢，纖纖初月上鴉黄。鴉黄，婦人額際塗黄，其中侵面，其形如鴉而其全形如纖月。**鴉黄粉白車中出，含嬌含態情非一。妖童寶馬鐵連錢，娼婦盤龍金屈膝。**

如其閨房中所見，則雙燕雙飛繞畫梁，其床設羅幃翠被，薰以鬱金香。而其女子之首髮則如片片行雲停著於蟬鬢，其妝面則如纖纖初月來上於額黄。而此鴉黄粉白之女子或又有自車中出者，其含嬌含態之情非一，難以罄述矣。其他妖童之所騎，則率用寶玉飾馬之鐵連錢者，以極其麗；娼婦之所飾，則多是盤龍之釵用金屈膝者，以極其奢矣。

御史府中烏夜啼，廷尉門前雀欲栖。御史朱博，廷尉翟公，事見於《漢書》。**隱隱朱城臨玉道，**

遥遥翠幰帛張車也。**没金堤。挾彈飛鷹杜陵北，探丸借客渭橋西。俱邀俠客芙蓉劍，共宿娼家桃李蹊。**用字本於李將軍之事，而此以其慕色之客自多來之所而稱也。

御史府中之烏則或夜啼而以達曙，廷尉門前之雀則正欲栖而稍暮。而其近郊遠眺隱隱朱城臨玉道之地，時或望見遥遥翠幰行没金堤。去之所，則常有公子王孫挾彈飛鷹已過杜陵之北，若探丸借客還由渭橋之西者。乃俱邀俠客帶芙蓉之劍者，而行共宿娼家如桃李之蹊者矣。

娼家日暮紫羅裙，清歌一囀口氤氲。北堂夜夜人如月，南陌朝朝騎似雲。

娼家女子及日暮著紫蘿之裙以迎客，而其清歌一囀，則其口氣氤氲有自然之妙韻。此其北堂夜夜人之來滿如月光鋪地，而其門外爲南陌，朝朝還去之騎似雲之多也。

南陌北堂連北里，五劇分衢之處。**三條控三市。弱柳青槐拂地垂，佳氣紅塵暗天起。**

此南陌北堂之人，又以其道連北里娼妓之間而以相往來，其間有五劇三條之通街，以控其三市之人焉。其路傍所植青槐與弱柳拂地，而以垂其枝條，其中間則佳氣與紅塵暗天，而以起其紛埃焉矣。

漢代金吾唐**千騎來，翡翠屠蘇鸚鵡杯。羅襦寶帶爲君解，燕歌趙舞爲君開。**

漢代執金吾從者千騎，其行途自有起塵，而以來於南陌若北里之娼家。其宴具汰侈，用翡翠屠蘇鸚鵡杯。而娼婦畏勢，壹意奉承，薦枕席，作歌舞，無所不從其意指，而謂之曰：「吾羅襦寶帶唯獨爲君解之矣，吾燕歌趙舞唯獨爲君開之矣。」

別有豪華稱將相，轉日回天不相讓。意氣由來排灌夫，專權判不容蕭望。別又有誇豪矜華之稱將若相者，其於轉日回天之權力，各自矜以不相讓下。其意氣强盛，由來排斥豪如灌夫者，其專權自恣，預判不容賢如蕭相者也。

專權意氣本豪雄，青虬紫燕坐生風。自言歌舞長千載，自謂驕奢凌五公。漢張湯等五人爲三公。其專權若意氣本自爲豪雄，故其所騎青虬紫燕之馬坐生風，而所臨嚮之物，無所不披靡焉。而此金吾將相自言：「斯歌舞可以長娱千載矣。」自謂：「斯驕奢可以常凌五公矣。」

節物風光不相待，桑田碧海須臾改。昔時金階白玉堂，只今惟見青松在。誰知節物風光，彼自過去不相待人，則人事之變機倏至。或死亡，或失勢，桑田與碧海須臾改觀。乃昔時金階白玉堂者，只今惟見其青松獨在而已。

寂寂寥寥楊子居，漢楊雄，蓋以自況。**年年歲歲一床書。**

獨有南山桂花發，飛來飛去襲人裾。此二句譬喻，故曰「南山桂花也」。而「南山」又取其萬年之意。獨唯有寂寂寥寥楊子雲之居宅，其宅中，年年歲歲只有一床之書而已。雖然其所爲著述發芳譽，而萬年不衰，譬猶南山桂樹花發，其香飛來飛去以襲人衣裾也。

帝京篇

駱賓王

山河千里國，城闕九重門。不睹皇居壯，安知天子尊。

其山河以亘千里爲國，其城闕以設九重爲門。人之不睹皇居之壯者，安知天子之爲至尊乎？此旨本漢蕭何之語。

皇居帝里崤函谷，鶉野龍山侯甸服。五緯連影集星纏，八水分流横地軸。秦塞重關一百二，漢家離宫三十六。桂殿陰岑對玉樓，椒房窈窕連金屋。

其所謂皇居帝里者，以崤山函谷爲其所設險，而其天文自井至柳鶉首之次，是爲秦之分野。龍首山臨渭水者在其中，而侯甸二服各五百里以備矣。漢時嘗有五緯星連影聚於東井，是集其星纏也，自來其八水分流横地軸者，遂定爲帝都。蓋古秦時，稱其重關險固以二萬人守可敵百萬者，而漢家因遂置離宫三十六。而如其經營造構之盛，則桂殿陰森對玉樓，後宫椒房則窈窕連金屋矣。

三條九陌麗城隈，萬户千門平旦開。複道斜通鳷鵲觀，交衢直指鳳凰臺。劍履南宫入，簪纓北闕來。聲名冠寰宇，文物象昭回。

其所往來相通者，則三條九陌麗於城隈，而城中萬户千門平旦豁開。其宫中複道斜通鳷鵲觀，其街頭交衢直指鳳凰臺。乃有劍履而以向南宫入者，又有簪纓而以向北闕來者。其錫鑾和鈴之聲、三辰旂旗之明冠寰宇，火龍黼黻之文、五色比象之物，象天河之昭回矣。

鈎陳肅蘭戺，璧沼浮槐市。銅羽應風回，金莖承露起。校文天禄閣，習戰昆明水。朱邸抗平臺，黄扉通戚里。

紫微外衛之鈎陳肅乎蘭戺，學宫前穿之璧沼浮乎槐市。屋上銅鳳應風而回轉，天中金莖承露而高起。又有劉向校文之天禄閣，有漢武習戰之昆明水。王侯朱邸皆抗其高於梁孝王之平臺，宫閣黄扉又通其路於外戚之里矣。

平臺戚里帶崇墉，炊金饌玉待鳴鐘。小堂綺帳三千户，大道青樓十二重。寶蓋雕鞍金絡馬，蘭窗繡柱玉盤龍。即是璇題。

諸王之平臺及戚里，其居皆帶於皇城之崇墉，而其飲食炊金饌玉，而必待鳴鐘懸而後食。其小堂綺帳或有三十六，如其臨大道之青樓，乃構十二重焉。其車馬則用寶蓋雕鞍金絡馬，其居則設蘭窗繡柱玉盤龍矣。

繡柱璇題粉壁映，鏘金鳴玉王侯盛。

繡柱及其榱椽頭之璇題以玉作盤龍者，粉壁映之，而鏘金鳴玉以作樂奏之，王侯甚盛矣。

**王侯貴人多近臣，朝遊北里暮南鄰。陸賈分金將燕喜，陳遵投轄尚留賓。趙李經過密，蕭

朱交結親。

王侯貴人者多是近臣，而此輩往往皆朝遊北里之妓閭，暮又遊南鄰於城之妓閭。乃又有如陸賈分金其子，而謀將燕喜於此者；有如陳遵投轄於其井，而尚欲留賓於此者。是以外戚趙飛燕之家與李婕好之族，其相經過作密；貴人蕭育與朱博，其相交結成親矣。

丹鳳朱城白日暮，青牛紺幰紅塵度。俠客金彈垂楊道，娼婦銀鈎採桑路。

丹鳳朱城之間，白日將暮之時，貴人率乘青牛紺幰之車，行起紅塵以度焉。又有俠客挾金彈以打鳥者，亦同從行於其垂楊之道。而北里娼婦則麗妝遊媚以勾人艷慕，其事譬猶羅敷執銀鈎，以當採桑之路也。

娼家桃李自芳菲，京華遊俠事輕肥。延年女弟雙飛入，羅敷使君千騎歸。同心結縷帶，連理織成衣。春朝桂尊尊百味，秋夜蘭燈燈九微。翠幌珠簾不獨映，清歌寶瑟自相依。且論三萬六千是，寧知四十九年非。

娼家之桃李自播芳菲以善引人來，而京華遊俠少年事飾輕裘肥馬者，而及到娼門，與如李延年女弟者，雙飛以入於其宅。而如前云羅敷者，亦得以遭如趙使君千騎歸者。而其娼婦之衣，則著同心結縷之帶，連理織成之衣。其所飲春朝之長，則具桂樽，樽分百味；秋夜之永，則張蘭燈，燈設九微。而每房翠幌珠簾必有嫖客而不獨映，每室清歌與寶瑟自相依。凡此豪奢遊靡之徒，且論百年三萬六千日皆如是，寧知如蘧伯玉終悔其四十九年之非哉？

古來名利若浮雲，人生倚伏信難分。始見田竇相移奪，俄聞衛霍有功勛。未厭金陵氣，先開石槨文。朱門無復張公子，灞亭誰畏李將軍。

其悔非者何謂也？蓋古來名利若浮雲，人生之事如賈誼所謂「禍兮福所倚，福兮禍所伏」而信難分。蓋始見其貴者失勢，賤者據權，如田蚡、竇嬰相移奪者而驚之，俄又聞卑者忽得封爵，如衛青、霍去病有伐胡之功勛。而高宗之不退武氏，如秦始皇東游厭金陵王氣者，未得厭也。而其病之有死兆如滕公，其未死先開石槨，見佳城鬱鬱之文也。其既崩也，朱門忽無稱張公子如漢成帝者也，乃灞亭舊日將軍如李廣者，人誰畏之哉？此即又暗言李靖之子失勢也。

相顧百齡皆有待，居然萬化咸應改。桂枝芳氣已銷亡，柏梁高宴今何在？

因知人人相顧百齡之後，皆有待其死者而在於其居然萬物皆化之間者，咸應更改也，此亦暗斥武氏當代唐，而仕唐者皆必見貶廢也。夫漢武帝悼李夫人，以桂枝芳氣已銷亡，而其柏梁臺高宴，今亦安在乎？此事蓋亦可悲也，悼高宗之亡也。

春去春來苦自馳，此言唐運之將就傾也。**争名争利徒爾爲。久留郎署終難遇，空掃相門誰見知。**

春去春來，其年年日日之光景，苦自馳過去，則人之争名争利於其間，乃亦有似徒爾爲之者。試見嘗有如馮唐久留郎署終難遇，如魏勃掃曹相國之門而空勞無益，嘆云「誰見知者」。

當時一旦擅繁華，自言千載長驕奢。倏忽搏風生羽翼，須臾失浪委泥沙。黄雀徒巢桂，青門遂種瓜。

如是之人當時一旦擅繁華，自言從今經千載長得驕奢。不知雖倏忽搏風生羽翼，須臾又失浪委泥沙也。且以王莽終亡，言之當時之黄雀徒巢桂，豈祥瑞哉？邵平於青門種五色瓜，則其富貴亦何可恃也。此又言高宗崩後，其臣事高宗驟得貴位者皆復失權也。

黄金銷鑠素絲變，一貴一賤交情見。

時勢已異，則人情忽易，如黄金者亦銷鑠，而如素絲者亦變成他色。

紅顔宿昔白頭新，脱粟布衣輕故人。

其紅顔之宿昔者，忽爾成新，此亦其人之身失榮光也。則世人輕之，遇以草野，如公孫弘食故人高賀，以脱粟飯覆以布被也。

故人有湮淪，新知無意氣。灰死韓安國，羅傷翟廷尉。

其故人之中乃有抱才湮淪者，而不能提舉之。而其新知之中，無一人之有意氣自奮者，則他日其人陷難，亦必遇辱。如獄吏稱灰死於韓安國，不然則及其失官，無客至其門，如雀羅可設之傷翟廷尉矣。蓋亦暗言有人能提舉，己則可使得免後日之受辱傷也。

已矣哉，歸去來。馬卿辭蜀多文藻，楊雄仕漢乏良媒。三冬自矜誠足用，十年不調幾遭

回。汲黯薪彌積，孫弘閣未開。誰惜長沙傅，獨負洛陽才。

今當決我志而言已矣哉。我著述如司馬長卿辭蜀多文藻，而其仕則無人薦其才，如楊雄仕漢乏良媒。其所自矜如東方朔，云「三冬文史自足用」，然而十年不調，幾苦邅回，何故？後來者居上如汲黯薪逾積，又公孫弘之東閣未開以引賢也。有誰爲我惜！曰：「長沙之傅賈誼獨負洛陽才子之名乎？」

卷三　五言律詩

野望

王績

東皋薄暮望，徙倚欲何依。「徙倚」二字，喻身留在隋都未去之。**樹樹皆秋色，山山惟落暉。**此言見國有欲傾之勢。**牧人驅犢返，獵馬帶禽歸。**此喻群牧與百官皆顧身保家，不肯爲其國盡心。**相顧無相識，長歌懷采薇。**

在東皋薄暮騁望，而身久爲徙倚，既而自咎，吾其欲何依乎？今所望見樹樹皆秋色，山山惟落暉，豈有可恃依之所乎？且見牧人驅犢返，獵馬帶禽歸，彼皆各自思其家而已。我雖與之相顧，亦無有一相識者矣，於是遂長歌以懷伯夷采薇之事也。

楊炯　**從軍行**

烽火照西京，心中自不平。牙璋辭鳳闕，鐵騎繞龍城。匈奴城名。**雪暗凋旗畫，風多雜鼓聲。寧爲百夫長，勝作一書生。**

烽火方傳警以照西京之時，此人心中因惡夷狄之侵犯，已自生不平之氣。既而見將軍賜牙璋以辭鳳闕，知其所引率鐵騎將往繞龍城。又想其或應有雪暗以凋其旗畫，風多以雜夷與我之鼓聲焉。而因思寧爲百夫長，其從行則有可以立報國之勛，乃是勝作一書生，以不得其志也。

王勃　**杜少府之任蜀州**

城闕輔三秦，風煙望五津。與君離別意，同是宦遊人。海内存知己，天涯若比鄰。無爲在岐路，兒女共沾巾。

今方俱在城闕輔三秦之地，而隔風煙萬里，以望蜀地之五津。是日與君爲離別之意云：「與君同是宦遊之人，何常處之有？但於海内得存知己如君者，則雖索居天涯猶若比鄰者爾。請無爲在岐路，與兒女輩共傷别，流涕沾巾而可也。」

陳子昂　**晚次樂鄉縣**

故鄉杳無際，日暮且孤征。川原迷舊國，道路入邊城。野戍荒煙斷，深山古木平。如何此時恨，噭噭夜猿鳴。

故鄉尚杳然無際，非可驟至矣。但以歸心之急，故日暮且單身孤征。以其川原哀雜，故着迷於舊國。荆州之地，其取道路遂入邊城襄陽之界。乃已過野戍荒煙斷絶之境，又入深山古木平滿之處矣。其當如何此時之悔恨，况又其地更有聞噭噭夜猿鳴聲，欲使我腸斷者乎？

春夜别友人二首

其一

銀燭吐青煙，金樽對綺筵。離堂思琴瑟，别路遶山川。明月隱高樹，長河没曉天。悠悠洛

陽去，此會在何年？

張銀燭方吐青煙，置金樽以相對綺筵。此離堂之宴，今且俱思聽琴瑟之和奏，而如其别路則遠繞山川矣。而今既將見明月之隱高樹，長河之没曉天。因思友人當其行悠悠以向洛陽去，去後雖欲得繼此會，不知其更當在何年也。

其二

紫塞白雲斷，青春明月初。對此芳樽夜，離憂悵有餘。清冷花露滿，滴瀝簷宇虚。懷君欲有贈，願上大臣書[一]。

紫塞白雲斷而一天無翳，青春明月初而清輝堪玩。況對此芳樽之夜，思離憂則悵恨有餘矣。試看清冷花露之滿，滴瀝至簷宇，則亦成空虚矣。今懷君欲有贈，即願上大臣以我所贈之書，蓋欲使其勿在中阻天子恩露也。

【校勘記】

[一] 臣：底本誤作「人」，據《全唐詩》卷八十四改。

送别崔著作東征[一]

金天方肅殺，白露始專征。王師非樂戰，之子慎佳兵。海氣侵南部，邊風掃北平。莫賣盧龍塞，歸邀麟閣名。

金天之氣方肅殺，以降白露之時，乘其時令，以行兵殺之事，乃始專意征不義者。此亦可以見王師非樂戰勝之義也，我因又知之子必當慎佳兵也。雖然，方今青海之氣侵漠南之部落，契丹之兵襲我塞，而邊地之風則將掃除北平郡胡塵之際，將帥謀臣或欲多殺以立其功之時也。君宜莫賣盧龍塞，詐誘掩殺以歸邀麒麟閣上之名也。

【校勘記】

[一]送别崔著作東征：《全唐詩》卷八十四作《送著作佐郎崔融等從梁王東征》。

杜審言

蓬萊三殿侍宴奉勅咏終南山

北斗掛城邊，南山倚殿前。雲標金闕迥，樹杪玉堂懸。半嶺通佳氣，中峯繞瑞煙。小臣持

獻壽，長此戴堯天。

自終南山望帝都，則北斗掛在城邊；自蓬萊三殿望終南山，則南山倚在殿前。而南山之所望帝城，乃於五雲之標，見金闕之迴浮；於林樹之杪，見玉堂之懸映。是以其半嶺乃常通帝城之佳氣，其中峯鎮繞秘闥之瑞煙矣。小臣今持此頌以獻南山之壽，其意乃欲長在此以戴堯天也。

和晉陵陸丞早春遊望

獨有宦遊人，偏驚物候新。雲霞出海曙，梅柳渡江春。淑氣催黄鳥，晴光轉緑蘋。忽聽歌古調，歸思欲沾巾。

平居之人，豈有驚物候乎？獨有宦遊之人，偏驚物候之驟新。雲霞之彩出於海而以爲曙色者，是唯春候有之。而如梅柳，吾未度江之前不見有發白生緑者，及度江乃始見之焉。加之淑氣已催，黄鳥始囀，而吾遊行江曲，見晴光之所映轉其緑蘋以行矣，此並皆已驚動宦遊人之心者。而今忽又聽陸丞之歌古調，則我歸思尤切，至其垂淚殆欲沾巾也。

和康五望月有懷

明月高秋迥，愁人獨夜看。暫將弓並曲，翻與扇俱團。露濯清輝苦，風飄素影寒。羅衣一此鑒，頓使别離難。

康五所望明月，時方高秋，而月迥懸於天際，康五愁人當獨宿之夜以看之者也。而此月之明，當月初暫將弓並曲，以當康之所望；翻與扇俱團，以更當康之所望。遂乃成露濯其清輝而苦，風飄其素影而寒矣。若使羅衣婦一在此共鑒，其映薄帷之月，則頓使其别離難爲也必矣。

送崔融

君王行出將，書記遠從征。祖帳連河闕，軍麾動洛城。旌旗朝朔氣，笳吹夜邊聲。坐覺煙塵掃，秋風古北平。

以君王行將出以將其軍之故，崔書記今先遠從其征。是以祖餞供帳之所列連於河闕，三軍行麾之所揮動，洛城乃知。其旌旗朝犯朔氣而以進，笳吹夜作邊聲而以守矣。今觀其行軍之妝，而坐覺煙塵之可一掃，於秋風所方吹之古北平矣。

扈從登封途中作

宋之問

帳殿鬱崔嵬，仙遊實壯哉。曉雲連幕捲，夜火雜星回。谷暗千旗出，山鳴萬乘來。扈遊良可賦，終乏掞天才。

天子行宫以帷帳作殿者，其帷帳鬱乎以多，而崔嵬以高矣，仙遊之觀實可謂壯哉！以其山上，故曉雲連幕而同捲；以其殿四方多設燎照路，故夜火雜星而回繞。既而谷爲其影所蔽暗，而千旗出焉；山爲其衆行有鳴動，而萬乘來焉。扈遊之觀如此，良爲可賦之事，然而予終乏掞天之才，是以未能也。

送沙門弘景道俊玄奘還荆州應制

三乘歸净域，萬騎餞通莊。就日離亭近，彌天別路長。荆南旋杖鉢，渭北限津梁。何日紆真果，還來入帝鄉。

聲聞緣覺菩薩三乘之人歸其寺如净域者之日，天子從萬騎以餞之於通莊。今論就日，則天子正在離亭而近，其行途則彌天而長。荆南之地旋杖鉢之後，如渭北乃限津梁而不濟矣。不知何日紆其所得真果，還來更入帝鄉也。

長寧公主東莊侍宴[一]

李嶠

別業臨青甸，鳴鑾降紫霄。長筵鵷鷺集，仙管鳳凰調。樹接南山近，煙含北渚遥。承恩咸已醉，戀賞未還鑣。

公主所構別業臨青甸東野，而天子鳴鑾降紫霄以幸焉。其長筵百官陪列者，鵷鷺之集也；其仙管公主吹之者，鳳凰之調也。而其別業之樹接南山而近者，宜獻壽也；煙含北渚遥者，以「帝子下北渚，目眇眇以愁予者」言也。而百官承恩咸已醉矣，然而以其戀賞，故未還鑣也。

【校勘記】

[一]長寧公主東莊侍宴：《全唐詩》卷五十八作《侍宴長寧公主東莊應制》。

恩勅麗正殿書院賜宴應制得林字[一]

張説

東壁圖書府，西園翰墨林。誦《詩》聞國政，講《易》見天心。位竊和羹重，恩叨醉酒深。載歌春興曲，情竭爲知音。

書院譬猶天東壁星所主圖書府也，而其中所集官僚皆富文學詞章，猶如魏曹丕西園翰墨林也。從來天子於此命誦《詩》，以聞諸國政事之善否，令講《易》以見天地之心焉。而己身則官爲中書令，是位竊和羹之重也矣，今恩賜宴以叨醉酒之深。而載又應制歌此春興之曲，其情竭不隱者，實亦以天子之爲知音故也。

【校勘記】

[一]恩勅麗正殿書院賜宴應制得林字：《全唐詩》卷八十七作《恩制賜食於麗正殿書院宴賦得林字》。

還到端州驛前與高六別處[一]

舊館分江口，悽然望落暉。相逢傳旅食，臨别换征衣。昔記山川是，今傷人代非。往來皆

此路，生死不同歸。

前與高所爲别之舊館臨分江口者，今還至坐，此意悽然以望落暉。蓋嘗在此相逢互傳旅食，臨其别又以其互留記念，故换征衣。而今憶昔事，尚記山川是矣，而今又因高已死，傷人代之非。嗚乎！往來皆由此路者，而我生高死，不同歸者，豈非天乎？

【校勘記】

［一］還到端州驛前與高六别處：《全唐詩》卷八十七作《還至端州驛前與高六别處》。

幽州夜飲

凉風吹夜雨，蕭瑟動寒林。正有高堂宴，能忘遲暮心。魏武《短歌行》云：「烈士暮年，壯心不已。」**軍中宜劍舞，塞上重笳音。不作邊城將，誰知恩遇深。**

凉風吹夜雨，其聲蕭瑟振動寒林。雖正有高堂之宴，以其若是，豈能忘我所期。遲暮之年，當奮壯心之志乎？是以曰：「軍中宜劍舞，塞上所重在笳音矣。」人之不作邊城將者，誰知天子恩遇之深，令我莫忘烈士之心哉。

孫逖　**宿雲門寺閣**

香閣東山下，煙花象外幽。懸燈千嶂夕，捲幔五湖秋。畫壁餘鴻雁，紗窗宿斗牛。更疑天路近，夢與白雲遊。

香閣在東山下，而其煙花之色，亦覺出萬象之外而幽靜焉。孫宿此閣，夜懸燈以坐千嶂之夕，捲幔以對五湖之秋。而以其畫壁剥落，唯餘其鴻雁，又其紗窗中宿斗牛之星。故更疑此是與天路相近之處，而已身方是夢與白雲遊者歟？

玄宗皇帝　**幸蜀西至劍門**

劍閣横雲峻，鑾輿出狩回。翠屏千仞合，丹嶂五丁開。灌木縈旗轉，仙雲拂馬來。乘時方在德，嗟爾勒銘才。

劍閣之峰容横雲路而險峻難躋者，而鑾輿今以出狩回穿其路。其所望見，翠屏千仞者左右圍合；其所行歷丹嶂，昔日五丁之所開鑿以通其道矣。乃其灌木叢簇之杪間，見回縈行旗而轉動；其飛空之仙雲過行者，又見其拂馬首而來迎矣。雖有險如此而其乘時者，方今亦當在修德耳，於是嘆嗟晉張載勒銘作誡之才也。

李白　**塞下曲**

其一

五月天山雪，無花只有寒。笛中聞折柳，春色未曾看。曉戰隨金鼓，宵眠抱玉鞍。願將腰下劍，直爲斬樓蘭。

塞上雖五月，天山有雪，乃無花而只有寒。獨在笛中聞折柳，如夫春色未曾看也。征人在其地曉戰隨金鼓以進，宵眠抱玉鞍以寢於馬上，其辛苦何如哉！因願將腰下劍，直爲斬樓蘭，而救其征夫之苦也。

其二

駿馬似風飆，鳴鞭出渭橋。彎弓辭漢月，插羽破天驕。陣解星芒盡，營空海霧消。功成畫

麟閣，獨爲霍嫖姚。

馳駿馬疾似風飆，鳴鞭以出渭橋。因彎其弓以辭漢月，插羽以破天驕子匈奴。然後陣解其伍，則妖星芒盡；營空其兵，則青海霧消。其功既成，畫其像於麒麟閣之時，己身獨當爲霍嫖姚也矣。

其三

塞虜乘秋下，天兵出漢家。將軍分虎竹，戰士臥龍沙。邊月隨弓影，胡霜拂劍華。玉關殊未入，少婦莫長嗟。

塞虜乘秋下來侵我，天兵因征之出漢家。將軍乃分虎竹二符以發郡國之兵，而其戰士因常寢臥乎龍沙之中。而其將夜也，見邊月隨弓影以行；其將曉也，拭胡霜拂劍花以起焉。是以如班超所稱玉關者，殊未得入還也，少婦其莫長嗟乎。

秋思

其一

春陽如昨日，碧樹鳴黃鸝。蕪然蕙草暮，颯爾涼風吹。天秋木葉下，月冷莎鷄悲。坐愁羣芳歇，白露凋華滋。

春陽之布令纔如昨日，碧樹鳴黃鸝者，其聲尚如在耳。誰念蕪然蕙草忽暮，颯爾涼風已吹。天自秋而木葉墜下，月更冷而莎鷄夕悲。坐恐羣芳皆歇，白露之凋其華滋也。

其二

燕支黃葉落，妾望自登臺。海上碧雲斷，單于秋色來。胡兵沙塞合，漢使玉關回。征客無歸日，空悲蕙草摧。

每歲秋，想燕支山黄葉飄落之時，妾望夫之或歸，則自不得不登臺。而其所望見，其青海上之碧雲，以天之杳邈，故自然斷絶不相連續以入我望，而但覺胡天之名單于者之秋色遠來入目。而誰憶以胡兵復在沙塞相合而戰伐更盛，漢使報其事而自玉關回來也。其事若是則是征客無歸日矣，於是空悲蕙草之摧折，而我容色之日衰也。

送友人

青山横北郭，白水遶東城。此地一爲別，孤蓬萬里征。浮雲遊子意，落日故人情。揮手自兹去，蕭蕭班馬鳴。

青山連疊以横北郭，白水透迤以遶東城。此景勝之地而今一意爲別，乃當如孤蓬萬里征也。是其無住著如浮雲者，爲遊子之意，悵落日以惜別筵者，故人之情也。而今且揮手自兹去，亦只當有愁聞班馬之鳴而已。

送友人入蜀

見説蠶叢路，崎嶇不易行。山從人面起，雲傍馬頭生。芳樹籠秦棧，與下「升」字映。**春流**

遶蜀城。與下「沈」字映。**升沈應已定，不必問君平**。

我見説蠶叢之路，崎嶇不易行。山勢急峻從人面起聳，雲氣欝浡傍馬頭湧生。而其上芳樹之間籠秦棧道，其下春流之勢繞蜀城郭。凡人之升沈應已有定數，不必尋成都之卜肆，以問之嚴君平也。

秋登宣城謝朓北樓

江城如畫裏，山曉望晴空。兩水夾明鏡，雙橋落彩虹。人煙寒橘柚，秋色老梧桐。誰念北樓上，臨風懷謝公。

江城景致本如畫裏，而今山色向曉之時在樓上望晴空。晴空之光射地上，則雙溪之兩水，光如夾明鏡；鳳皇濟川之雙橋，色似落彩虹。人煙淡横，却見寒容於橘柚；秋色稍深，已呈老態於梧桐矣。誰其念我今在北樓上，臨眺此風景而以遠懷古築此之謝朓者乎？

孟浩然

臨洞庭[一]

八月湖水平，此「湖」字與胡聲近，蓋暗斥禄山。**涵虚混太清**。以言其僭。**氣蒸雲夢澤，波撼岳**

陽城。此言其有權勢。**欲濟無舟楫**，言無良輔佐。**端居耻聖明**。言天子本聖明，故己身耻不仕。**坐觀垂釣者，徒有羨魚情**。

當時湖水不平滿，今方八月，湖水平滿，其水影涵虚，而色混太清。其水氣蒸冒雲夢澤，其波勢撼動岳陽城焉。孟欲濟無舟楫之可買，又己身唯端居，則耻聖明之世不得仕。於是坐觀釣者，徒有羨魚之情，而亦未能歸以結網也。蓋言非不欲仕，而其志未决也。

【校勘記】

［一］臨洞庭：《全唐詩》卷一百六十作《望洞庭湖贈張丞相》。

題義公禪房［一］

義公習禪寂，結宇依空林。户外一峯秀，階前衆壑深。夕陽連雨足，空翠落庭陰。「空翠」與「雨足」污之，乃爲下「蓮花净」取映。**看取蓮花净，方知不染心**。

義公留禪寂，故今之結宇，亦依空林以爲之。乃其户外唯見一峯秀，而餘峯不得及之焉，其階前則衆壑雜列，而望之深邃矣。孟至之時，其夕陽之所照乃連雨足，而其餘天色之晴霽，其空翠之色落於庭陰矣。人唯看取其蓮花之清净不染，方知義公不染塵緣之心矣。

【校勘記】

［一］題義公禪房：《全唐詩》卷一百六十作《題大禹寺義公禪房》。

終南山

王維

太乙近天都，連山到海隅。白雲回望合，青靄入看無。分野中峯變，陰晴衆壑殊。欲投人處宿，隔水問樵夫。

太乙即終南山，在長安之南，故曰「近天都也」，其所相連之山乃到海隅。而其山中白雲，人纔回望而驟合，青靄時重，山色常映者，入看忽無之。若論其分野，則梁雍之界中峯而變，如天之陰晴，則衆壑各殊。吾行其山中，日既將暮，因欲投人家宿，而山路荒迷難得識認，唯隔水問之樵夫也。

過香積寺

不知香積寺，數里入雲峯。古木無人逕，深山何處鐘。泉聲咽危石，日色冷青松。「青松」

「危石」即與「毒龍」映。**薄暮空潭曲，安禪制毒龍**。「毒龍」喻慾。

本不知有香積寺者在，而行數里，以入雲峯。其左右皆古木，無人逕，既而聞鐘聲，心怪謂是深山中何處傳此鐘聲乎？既而到寺，則更聞泉聲之咽危石，又見日色之冷青松。是以日雖已薄暮，予心乃欲於此空潭之曲，安禪以制毒龍也。

登辨覺寺

竹徑從初地，此喻辨覺從十地中初地入。**蓮峯出化城**。此喻心得生法相。**窗中三楚盡，林上九江平**。此一聯喻慾塵已消。**嫩草承趺坐，長松響梵聲**。**空居法雲外，觀世得無生**。

竹徑之所由，乃從其初接寺界之地而行之，既乃得見蓮峯之出化城。其化城窗中所望三楚皆盡，林外所見九江平映矣。而其庭際所生嫩草承我趺坐，所覆長松響我梵聲。於是遂空居法雲外，以觀世相，乃又得悟通華嚴一切法無來無生之理焉矣。

送平淡然判官

不識陽關道，新從定遠侯。黄雲斷春色，畫角起邊愁。瀚海經年別，交河出塞流。須令外

國使，知飲月支頭。

平本不識陽關之路，新從定遠侯爲之判官，以赴其職任。想其既到塞上，見其滿天之黄雲斷中土之春色，聞邊城之畫角起征人之邊愁矣。然我以平赴瀚海是爲經年之别，其於中土之事，獨唯見交河之水出塞而流而已。於是乃誡之云：「君在彼土之所務，須令外國使者，知我兵强盛，足以飲月支王之頭如匈奴故事也。」

送劉司直使安西

絶域陽關道，胡沙與塞塵。三春時有雁，萬里少行人。苜蓿隨天馬，蒲萄逐漢臣。當令外國懼，不敢覓和親。

所赴絶域之陽關之道，其所有者，唯胡沙與塞塵。其他三春只時見有雁歸自中土者，而行程萬里之間，少見行人矣。然而昔漢時，苜蓿隨大宛之天馬，蒲萄逐漢臣張騫者，一皆由此道而來，以能宣中土之威於外國者也。劉亦當令外國懼中土之多服屬，而不敢覓和親也。

送邢桂州

鐃吹喧京口，風波下洞庭。赭圻將赤岸，擊汰復揚舲。日落江湖白，潮來天地青。明珠歸合浦，應逐使臣星。

船上鐃吹之聲，喧於京口，而後行凌風波，以下洞庭矣。顧其間，風土數別，方語不同，曰赭圻者，將復稱曰赤岸；曰擊汰者，將復稱曰揚舲也。又當有日落江湖水色白者，潮來則天地爲之皆青。此乃非他也，以明珠之將歸合浦如孟嘗，故今應隨此潮以逐桂州使臣之星也矣。

使至塞上

單車欲問邊，屬國過居延。征蓬出漢塞，歸雁入胡天。大漠孤煙直，長河落日圓。蕭關逢候騎，都護在燕然。

乘單車往欲問邊事於都護，而身爲屬國都尉以行過居延城。蓋其轉行如征蓬而以出漢塞，其遠赴如歸雁而以入胡天。既至大漠，唯遥見孤煙之直起，而心知是爲都護之所在，當是時，長河之上，落日正圓矣。

及至蕭關逢候騎問之，則云：「都護乃在燕然山矣。」此蓋以自寫其在塞上所見之實，因以見其爲使之勞也。

觀獵

風勁角弓鳴，將軍獵渭城。草枯鷹眼疾，雪盡馬蹄輕。忽過新豐市，還歸細柳營。回看射鵰處，千里暮雲平。

風勢正勁而角弓鳴於原頭者，將軍之獵渭城也。其獵也，草已枯，故雉兔難藏而鷹眼疾見之；雪已盡，故冰凍無累，而馬蹄輕馳之焉。忽然回轡以過新豐之市，還歸細柳之營。於是其途中回看前射鵰之處，則千里只見暮雲之平鋪而已，此蓋以見其餘興之不忘也。

岑參

送張子尉南海[一]

不擇南州尉，高堂有老親。樓臺重蜃氣，邑里雜鮫人。與下「寶玉」映。**海暗三山雨，花明五嶺春。此鄉多寶玉，慎勿厭清貧。**此與首起應。

張子不擇南州之尉而以赴其任者，以其高堂有老親，欲禄養之也。其地似多樓臺者，乃重累蜃氣也；

所成邑里者，或雜居鮫人矣。我思雖海暗三山之雨，而花應明於五嶺之春，是暗中亦自有明照者，不容人之爲邪曲也。然則此南海之地雖多寶玉，張其慎勿厭清貧可也。

【校勘記】

［一］送張子尉南海：《全唐詩》卷二百作《送楊瑗尉南海》。

寄左省杜拾遺

聯步趨丹陛，分曹限紫微。曉隨天仗入，暮惹御香歸。白髮悲花落，青雲羨鳥飛。聖朝無闕事，自覺諫書稀。

其入朝也，雖與杜聯步趨丹陛，而如其分曹，則限紫微垣，而左右異省矣。乃其曉隨天仗入皇闈，暮惹御爐之香而歸者，其或同也。唯我已白髮，故心悲於花落，仰望青雲，羨鳥飛能及耳。雖乃欲上言竭忠以得升擢，而亦以聖朝無闕事，自覺上諫書稀少也。

登總持閣

高閣逼諸天，登臨近日邊。以其近帝居言。**晴開萬井樹，愁看五陵煙。**五陵，漢世帝王之陵墓。**檻外低秦嶺，窗中小渭川。早知清浄理，常願奉金仙。**

總持高閣上逼諸天，而登臨則又覺其近日邊矣。而方登之時，晴光開萬井之樹，因又愁以看五陵之煙，而以思人世富貴之難長保焉矣。而其欄外則低秦中諸嶺，窗中則小渭川之流，是可以悟寰區之事不足爲也。況我早已知清浄之理，常願奉金仙以終斯身者乎？

送劉評事充朔方判官賦得征馬嘶

高適

征馬向邊州，蕭蕭嘶未休。思深常帶別，聲斷前嘶聲已息，後嘶聲未起之間曰斷也。**爲兼秋。岐路風將遠，關山月共愁。贈君從此去，何日大刀頭。**

有征馬向邊州行者，其聲蕭蕭而其嘶未休。未休者，其思之深也，思之深者，蓋亦每嘶常帶別思也，而其聲時斷者，爲兼傷秋也。前臨岐路既爲別去之後，風傳其嘶聲，其響將遠矣，因想彼以其有嘶聲而以度關山，其月色亦應共生愁色矣。今以此辭贈君而從此別去，不知何日得言大刀頭之還字也。

送鄭侍御謫閩中

謫去君無恨，閩中我舊過。大都秋雁少，只是夜猿多。東路雲山合，南天瘴癘和。自當逢雨露，行矣慎風波。

謫去之事，君宜無以爲恨，如夫閩中，我舊日嘗過之。舉言大都秋雁之來者少，只是苦夜猿之聲多易斷腸耳。而其東路則雲山回合，南天則瘴氣與癘氣相和俱有之矣。雖然，君自當逢雨露之恩詔召還者矣，今且行矣，唯當慎風波以濟行可也。

使清夷軍入居庸三首

其一

匹馬行將夕，征途去轉難。不知邊地別，只訝客衣單。溪冷泉聲苦，山空木葉乾。莫言關

塞極，雨雪尚漫漫。漫漫，言其地尚多也。

我驅匹馬其行將夕，而其征途行去轉難。其初不知邊地氣候之別，而心只訝客衣單薄，故其覺寒如此歟？其溪氣冷而泉聲之注焉者，響成哀苦；其山空寂而木葉之在地者，已成槁乾矣。然而今且宜莫言我關塞之行極於此也，其經雨雪之地，尚當漫漫也矣。

其二

古鎮青山口，寒風落日時。巖巒鳥不過，冰雪馬堪遲。出塞應無策，還家賴有期。東山足松桂，歸去結茅茨。

古鎮在青山口，而我到時方值之寒風落日之時。其巖巒巖列，則鳥亦不過之，而我心怯冰雪，則馬行亦堪遲矣。因思我出塞亦應無奇策之靖其亂，而我之還家賴有可期。則不如向東山足松桂之地，歸去結茅茨以就栖隱也。

其三

登頓驅征騎，栖遲愧寶刀。遠行今若此，微祿果徒勞。絶坂水連下，羣峯雲共高。自堪成

白首，安事一青袍。

今登頓以驅其征騎者，本以栖遲之事愧寶刀故也。雖然遠行今若此，則微禄之所事屬徒勞者，信矣。況以經絶坂水連下之險，躋羣峯雲共高之峻。此身自堪成白首，又安事一青袍以在官乎？

自薊北歸

驅馬薊門北，北風邊馬哀。蒼茫遠山口，豁達胡天開。五將已深入，前軍止半回。誰憐不得意，長劍獨歸來。

我驅馬薊門北而以進之時，北風中聞邊馬之哀聲。而既到其氣蒼茫遠山之口，其勢豁達胡天大開之處。而聞五將已深入敵而敗亡，其前軍止半得生回，於是回轡乃還。嗟乎，誰憐我不得意，不得成功，而空仗長劍獨身歸來者乎。

醉後贈張九旭

世上謾相識，此翁殊不然。興來書自聖，醉後語尤顛。白髮老閑事，青雲在目前。床頭一

壺酒，能更幾回眠。

我於世上之人多漫然爲相識者，於此翁殊不然，而深知其爲人，蓋非欲以書釣名譽者也。但興來發以作之，則其書自通聖境，醉後與人言，其語尤多類顛狂者，亦可以見其爲人也。今已白髮而老於此，不求人知之閑事矣。然而其進於青雲近在目前。以是思之，今所在床頭一壺酒，亦能得幾回醉之以眠乎？

杜甫　**登兗州城樓**

東郡趨庭日，南樓縱目初。浮雲連海岱，平野入青徐。孤嶂秦碑在，荒城魯殿餘。從來多古意，臨眺獨躊躇。

於東郡兗州府趨父閑之庭之日，登其城南之樓，縱其目者是爲初登。其浮雲之所映，直連東海及岱山；其平野之所望，乃入青徐二州之疆矣。因想彼孤嶂當有秦李斯嶧山碑在也，彼荒城當有魯靈光殿之餘也。以從來多好古之意，故今在此樓上，亦臨風獨躊躇矣。

房兵曹胡馬

胡馬大宛名，鋒稜瘦骨清。竹批雙耳峻，風入四蹄輕。所向無空闊，真堪託死生。驍騰有

如此，萬里可横行。

房所畜胡馬以其産大宛傳名，而其相鋒稜瘦骨氣清。其如竹筒批削者，雙耳之峻也，而騎乘則風自入其四蹄，而其行輕快不可言也。是以其所向一驟即至，其盡際無有餘空闊之事，此真爲堪託死生之馬也。其畜馬之驍騰者有如此，乃房或從征之時，雖萬里之外亦可以横行也，必矣！

春宿左省

花中書省植薔薇花。**隱掖垣暮，啾啾栖鳥過。星臨萬户動，月傍九霄多。不寢聽金鑰，因風想玉珂。明朝有封事，數問夜如何。**

杜以花樹隱掖垣，暮色始動，其鳴啾啾，栖鳥飛過之時而入宿焉。既而星點臨宫中萬户而動，月光又傍九霄之間而多。杜乃不寢以聽禁門金鑰之或有聲，又因有風吹而想玉珂之或有響。蓋因明朝當上封事，故又數問人：以夜其如何未曉乎否也。

秦州雜詩本二十首，然題曰「雜」，則非有章法。原本亦只仍李所選，今亦從之。

鳳林戈未息，魚海路常難。候火雲峯峻，懸軍幕井乾。風連西極動，此言其地與吐蕃易通同也。**月過北庭寒**。此言其地勢孤絶，易爲敵所奪也。**故老思飛將，何時議築壇**。

鳳林縣中其弄干戈未息，故魚海縣道路亦常苦難行矣。是故其設候火，則於雲峯險峻之上，而懸軍來戍者，又常苦其地高，幕中井水易乾矣。而其風之來，乃氣之連西極吐蕃而動者也；其月之照，亦覺其光過北庭則寒凛倍於中土也。此地之故老，乃思得飛將如李廣以平治其亂矣，不知朝廷何時而議築壇，以拜其如是之飛將也。

送遠是賦送遠人之事者，非送人之詩也。

帶甲滿天地，胡爲君遠行。**親朋盡一哭，鞍馬去孤城**。**草木歲月晚，關河霜雪清**。**别離已昨日，因見古人情**。

謂其將行之人云：「今四方事干戈，帶甲者滿天地矣，胡爲君遠行乎？」於是時親朋盡一哭悲其别，而其行人鞍馬乃去孤城矣。方今草木之凋衰，是爲歲月之晚暮，其行經關河，更應苦霜雪之清寒也。而其思之之時，其悲别離者，已是爲昨日之事矣。吾則因以想見古人傷離之情，祇亦如是焉矣。

題玄武禪師屋壁

何年顧虎頭，滿壁畫滄洲。赤日石林氣，青天江海流。青天之所在設想江海，以爲下聯作也。**錫飛常近鶴，杯渡不驚鷗。似得廬山路，真隨惠遠遊。**

不知何年，顧虎頭凱之在此滿壁上畫滄洲之景邪？其赤日乃見石林之曛其氣，其青天乃想江海之接流焉。禪師之錫飛，乃當有如惠遠之錫常近道人之白鶴者，而其杯渡亦必不至有驚其泛鷗也。今吾方觀此畫，以與禪師相對之心，亦似得入廬山路，來真隨惠遠遊矣。

玉臺觀

浩劫因王造，平臺訪古遊。綵雲蕭史駐，文字魯恭留。宮闕通羣帝，乾坤到十洲。人傳有笙鶴，時過北山頭。

觀之此後歷浩劫者，因滕王之創造，而今我來此平臺，以訪古時遊賞之迹。則見綵雲，即是蕭史與嬴女相配者之所駐其駕之物也。又見滕王所留文字，即亦與魯恭王留古文之事相類矣。而其宮闕之制至高，且四方開户可以通五方之帝，其所望乾坤之所該，廣遠可以遍到十洲矣。聞人傳説云：「有笙聲、鶴唳，時時過北山頭，似王子晋事。」是滕王之薨其實亦仙去也。

觀李固請司馬題山水圖三首

其一

簡易高人意，匡床竹火爐。寒天留遠客，碧海掛新圖。雖對連山好，貪看絶島孤。羣仙不愁思，冉冉上蓬壺。

凡事從簡易者，即是高人意志之所在也。今主人唯以匡床竹火爐，寒天留遠客，而出碧海之畫掛其新圖於壁上。我雖對其連山之好，而貪看絶島孤者，蓋亦以羨想羣仙不愁思，而冉冉以上蓬壺故也。

其二

方丈渾連水，天台總映雲。人間長見畫，老去恨空聞。范蠡舟偏小，王喬鶴不羣。此生隨

萬物，何處出塵氛。

畫中有方丈仙山，其四周渾連水不通於塵寰，天台山其諸峯總映雲霄，高出於塵寰矣。人間徒長見其景致於畫圖耳，如杜乃更年已老去，心恨其空聞難得親到。而畫中又見如范蠡之舟，其形偏小，蓋不須多載物者也，如王喬其所乘之鶴又不羣，是亦不須備替換者也。如杜此生多所待而以隨萬物，得從何處以出塵氛乎？

其二

高浪垂翻屋，崩崖欲壓床。野橋分仔細，沙岸繞微茫。紅浸珊瑚短，青懸薜蘿長。浮查並坐得，仙老暫相將。

其高浪則勢垂翻屋，其崩崖則欲壓床。而野橋之寫景却分仔細，其沙岸乃遠連以繞微茫。其紅者浸珊瑚樹而短也，其青者懸薜蘿而長也。其中浮查若可並坐得，則吾心欲與彼查上仙老暫相將矣。

禹廟

禹廟空山裏，秋風落日斜。荒庭垂橘柚，古屋畫龍蛇。雲氣生虛壁，江聲走白沙。早知乘

四載，疎鑿控三巴。禹廟在空山之裏，而杜來拜之之時，秋風方噪，落日西斜。而見其荒庭之樹上，垂《禹貢》所云其包橘柚者，其古屋畫孟子所稱，禹所驅放之菹之龍蛇焉。而雲氣生於其廟中虛壁，江聲走於其廟前白沙，宛是當時驅龍蛇之景象矣。杜早歲已知禹乘四載，疎鑿峽流而以控三巴之水之事，是以乃知是祀禹之廟也。

旅夜書懷

細草微風岸，危檣獨夜舟。危檣乃引見星。**星隨平野闊，月湧大江流**。「星」「月」是天文以映下「文章」二字。**名豈文章著，官因老病休**。**飄飄何所似，天地一沙鷗**。

依細草正受微風之岸以泊，而卸帆留危檣者爲吾獨夜之舟也。星宿之所映隨平野而勢見曠闊，霄月之所出湧大江而光逐流潮矣。心感此著明之天文也，因思吾名豈得以文章著聞於世乎？是少壯之所用心者皆無成功者也，而今我官亦因老病休罷去之。而以從浮游飄飄無所依著者，是將何爲其所似之物也，譬猶天地之廣大而其中泛一沙鷗也耳。

船下夔州郭宿雨濕不得上岸別王十二判官

依沙宿舸船，石瀨月娟娟。風起春燈亂，江鳴夜雨懸。晨鐘雲外濕，勝地石堂偏。柔櫓輕鷗外，含悽覺汝賢。

依沙渚宿舸船，方望石瀨上月色之娟娟之间。風驟起而春燈亂颭，江忽鳴而夜雨懸。既聞晨鐘自雲外傳濕響，而王判官上岸以赴勝地石堂，然其爲地偏僻又雨濕，我不得同上岸以相從。我船乃鳴柔櫓於輕鷗之外，而行去其船中，自然含悽悲別，因又覺汝之賢踰於常人也。

登岳陽樓

昔聞洞庭水，今上岳陽樓。吴楚東南坼，此引下「無一字」。**乾坤日夜浮。**此引「有孤舟」。**親朋無一字，老病有孤舟。戎馬關山北，憑軒涕泗流。**

我昔聞洞庭湖水漲盛時之勝景，今始上岳陽樓以騁望。吴之於楚其勢乃向東南而分坼，乾坤只似爲此大水日夜浮泛者。因思我親朋之分離索居者無一字之書問，我身老病所恃只有孤舟，豈非可憫。况又方今天下擾亂，戎馬驅馳於關山之北未息，則我身未知安得歸依，於是憑軒傷懷，不自覺涕泗之交流下也矣。

王灣 **次北固山下**

客路青山外，行舟緑水前。潮平兩岸闊，風正一帆懸。海日生殘夜，江春入舊年。鄉書何處達，歸雁洛陽邊。

客路尚連青山之外，而今方行舟緑水之前。以潮平滿故兩岸勢成闊達，以風正吹故一帆乃作懸設焉。其行間所見海日之晨出，每生於他地之殘夜，江春之早動已入於歲曆之舊年矣。因自思我寄鄉之書，託之何處乃得達致乎？乃空羨見歸雁應向洛陽邊而已。

祖咏 **江南旅情**

楚山不可極，歸路但蕭條。海色晴看雨，江聲夜聽潮。劍留南斗近，書寄北風遥。爲報空潭橘，無媒寄洛橋。

楚山連阻深奥不可得極而還，雖其歸路亦但蕭條荒凉之境。以其地勢高，望海色雖晴天亦或看雨；以其岸際近，聞江聲雖中夜亦有聽潮。今此行盡數里乃可得到留身之處，故云「劍留南斗近」也。或有家書欲寄去，亦唯託之北風之便而以遥寄之而已。因謂北風云：「爲我報家人云有空潭橘甚佳，但無媒寄洛橋，是以不能寄，是可恨之事也。」

蘇氏别業

别業居幽處，到來生隱心。南山當户牖，灃水映園林。竹覆經冬雪，庭昏未夕陰。寥寥人境外，閑坐聽春禽。

别業所在居幽僻之處而可愛，故到來則人自生遁隱之心。蓋其遠者，則南山當户牖，灃水映園林。其近者，則密竹梢低以覆於庭際經冬之餘雪，而其庭常昏，即是未夕而有陰也。在此寥寥人境之外，閑坐以聽春禽，則自不得不生隱心焉矣。

李頎　**望秦川**

秦川朝望迥，日出正東峯。遠近山河净，逶迤城闕重。秋聲萬户竹，寒色五陵松。客有歸

與嘆，凄其霜露濃。

秦川之景致朝望之於迥遠之時，日初出其正東峯。遠近山河煙氣未驚而色見潔净，逶迤城闕日輝始映而勢成重疊。而秋聲鳴響於萬户之竹，寒色彰見於五陵之松。客之對此所以有歸與之嘆者，乃以思凄其霜露濃故也。

綦毋潜　**宿龍興寺**

香刹夜忘歸，松清古殿扉。燈明方丈室，珠繫比丘衣。白日傳心静，青蓮喻法微。天花落不盡，處處鳥銜飛。

我遊香刹至夜忘歸者，其松色清乎古殿扉前者可愛。而其扉内既又燈明方丈之室，明珠繫比丘之衣也。比丘乃以白日傳斯心清净之義，以青蓮喻佛法精微之旨。天女爲之散花，而落者常自不盡，晝間所見處處鳥銜飛者，蓋即是也。

王昌齡　**胡笳曲**

城南虜已合，一夜幾重圍。自有金笳引，引有五聲之引，蓋吹曲之前，先作之。**能令出塞飛。**

聽臨關月苦，清入海風微。三奏高樓曉，胡人掩淚歸。

城南虜騎已合圍，而又經其一夜，則不知其更成幾重之圍也。然而我城中自有金笳之弄引，而能令出塞之曲飛。其聲聽之者臨關月則覺凄苦，其清響入海風則更作微。以此三奏高樓之曉，則胡人各自解圍掩淚而歸去矣。

張謂

同王徵君洞庭有懷[一]

八月洞庭秋，瀟湘水北流。還家萬里夢，爲客五更愁。不用開書帙，偏宜上酒樓。故人京洛滿，何日復同遊。

八月洞庭覽秋景，見瀟湘水之北流，我心亦與之相似。夜則有還家萬里之夢，夢後覺斯身爲客，則自五更生愁。是以不用開書帙，偏宜上酒樓以鎖此憂也。然又憶故人在京洛中而滿，乃又謂云：「何日復同遊？」而以思之矣。

【校勘記】

[一]同王徵君洞庭有懷：《全唐詩》卷一百九十七作《同王徵君湘中有懷》。

常建　**破山寺後禪院**[一]

清晨入古寺，初日照高林。曲徑通幽處，禪房花木深。山光悦鳥性，潭影空人心。萬籟此俱寂，惟聞鐘磬音。

清晨入破山古寺，初日既照高林。因由曲徑入，則得通其幽處後院，其禪房乃花木尤深。其山光悦鳥性而噪衆羽，其潭影空人心而無一慮。又值萬籟此俱寂息，惟聞鐘磬之音，則其中靈通之妙機，不可以言喻也矣。

【校勘記】

[一]破山寺後禪院：《全唐詩》卷一百四十四作《題破山寺後禪院》。

丁仙芝　**渡揚子江**

桂楫中流望，空波兩畔明。林開揚子驛，山出潤州城。海盡邊音静，江寒朔吹生。更聞楓

葉下，淅瀝度秋聲。

倚桂楫而中流望江，其空波在兩畔映見明浄。而其林回開揚子之驛，其山轉出潤州之城。海色始盡而邊音覺静，江色稍寒而朔吹已生。更聞其岸際楓葉墜下之響，即是淅瀝度秋聲者，此其聞之寧可堪其羈愁者哉。

張巡　**聞笛**

岧嶢試一臨，虜騎附城陰。不辨風塵色，安知天地心。門開邊月近，戰苦陣雲深。旦夕更樓上，遥聞横笛音。

有城樓高岧嶢者而試登之一臨焉，則虜騎正欲蟻附城陰。張心乃謂若不辨此風塵之色，孰當敗，孰當勝者，安能知天地之心之所與乎？於是傳令使城門大開，虜騎之競進，因與邊月寒影俱近，我卒之防戰乃苦其陣雲之深矣。加之旦夕虜所構之更樓上，更聞横笛之音雖尤悽切，亦不敢以易我心也。

張均　**岳陽晚景**

晚景寒鴉集，秋風旅雁歸。水光浮日出，霞彩映江飛。洲白蘆花吐，園紅柿葉稀。長沙卑

濕地，九月未成衣。

晚景而寒鴉已集焉，而天際秋風亦送旅雁歸集於此。既而雲開其翳，則水光浮日影而出現，霞彩映江波而飛。如其洲白而蘆花全吐，園紅而柿葉稍稀者。明是九月之候，而以長沙卑濕之地，故九月未成衣，豈非風土之大異乎？

劉長卿

穆陵關北逢人歸漁陽

逢君穆陵路，匹馬向桑乾。楚國蒼山古，幽州白日寒。城池百戰後，耆舊幾家殘。處處蓬蒿遍，歸人掩淚看。

今我逢君在穆陵路上，策匹馬向桑乾河上去。如夫楚國蒼山有古色可愛矣，至如幽州，雖白日中亦當覺其荒寒。蓋其城池皆經百戰而後存者也，耆舊亦得見其幾家之殘存乎？其處處蓬蒿遍滿之狀，吾知歸人如君，當掩淚看之也。

張祜

題松汀驛

山色遠含空，蒼茫澤國東。海明先見日，江白迥聞風。鳥道高原去，人煙小徑通。那知舊

遺逸，不在五湖中。

山色遠連上含碧空而其極，靄氣蒼茫乎澤國之東矣。海欲明而先見日出，江乍白而迥聞風度，此其遠眺之所見者也。山險鳥道從高原而去，遠村人煙由小徑而通者，此其近眺之所見者也。則那知舊時遺逸之士之不在此五湖中哉？

釋處默　**聖果寺**

路自中峰上，盤回出薜蘿。到江吳地盡，隔岸越山多。古木叢青靄，遥天浸白波。下方城郭近，鐘磬雜笙歌。

聖果寺之路自中峰而上行，而其路盤回以出薜蘿之外。於是乃見自此到江吳地之所盡，隔岸之所見越山蓋多。其山古木叢青靄而叠立，江上遥天浸白波而連映矣。然而以下方與城郭相近，故寺中鐘磬之聲雜於笙歌之聲，是爲其稍可感者矣。

卷四　五言排律

送劉校書從軍

楊炯

天將下三宮，星門列五戎。坐謀資廟略，飛檄佇文雄。赤土流星劍，烏號明月弓。秋陰生蜀道，殺氣繞湟中。風雨何年別，琴樽此日同。離亭不可望，溝水自西東。

天之將星將下明堂、辟雍、靈臺之三宮之時，軍中象四方之星之門，列弓矢、殳、矛、戈、戟之五戎焉。其坐謀雖資天子之廟略，而如其飛檄則佇文雄之劉校書。劉乃佩華陰、赤土所拭流星之寶劍，帶栖烏嘗號其上之桑材所造明月之弓，將以就其行。當是時，秋陰方生於其所赴之蜀道，而殺氣已繞於陜西湟中矣。楊與劉昔日風雨中分袂，其事已遠，不記何年別，而因餞此行，共倚琴樽，乃得此日之同興賞焉。因言此離亭不可爲望眺，蓋以其亭前溝水自成分流西東，傷我別情也。

駱賓王　**宿温城望軍營**原本無此詩，今仍李《選》

虜地寒膠折，邊城夜柝聞。兵符關帝闕，天策動將軍。塞静胡笳徹，沙明楚練分。風旗翻翼影，霜劍轉龍文。白羽摇如月，青山斷若雲。煙疎疑捲幔，塵滅似銷氛。投筆懷班業，臨戎想顧勛。還應雪漢耻，持此報明君。

温城本虜地，寒甚。至寒膠亦凍折，而駱宿此邊城之夜，軍營更柝之聲至曉聞之，乃知其軍令之至嚴也。而己所持兵符事關帝闕，欲以天策動將軍。既而更遥聞其營，塞上悄静，胡笳遠徹，因想其營中以沙光明净而如楚軍披練者，其色尤成分明。而其風旗翻畫禽之翼影，其霜劍轉淬刃之龍文，以習其陳列。其諸軍白羽之旌摇動如月光鋪地，而青山與之相映，其色中斷，若雲之横度矣。乃其遥望之所見營上煙疎，則疑其捲幔焉，塵滅則謂之似銷妖氛矣。駱本投筆，懷慕班超之業，今乃臨戎想似顧榮之勛云「我今已有是志，還應雪漢家舊日之耻」，即持此事之功勛，以報明君之至恩耳。

靈隱寺

鷲嶺鬱岧嶢，龍宫鎖寂寥。樓觀滄海日，門對浙江潮。桂子月中落，天香雲外飄。捫蘿登

塔遠，刳木取泉遥。霜薄花更發，冰輕葉互凋。夙齡尚遐異，披對滌煩囂。待入天台路，看余渡石橋。

寺所在之山，似靈鷲之嶺鬱乎岧嶢矣，寺是龍宫以人少故鎖乎寂寥矣。其樓至高，常觀滄海之日出焉；其門尤勝，正對浙江之潮衝焉。以其據高峯，故時有桂子從月中落，而其天香乃自雲外飄聞矣。其捫蘿而以上者，登其塔之道之遠也；刳木而以架者，取其泉之源之遥也。其地氣則以南方霜薄，故諸花既謝而更發，冰輕故衆葉不齊而互凋矣。吾自夙齡，性尚遐異，披襟對此奇景以滌洗煩囂之所污人。或疑是言者當須待入天台山路，看余渡彼石橋，即我尚遐異之証矣。

蘇味道　**在廣聞崔馬二御史並登相臺**

振鷺纔飛日，遷鶯遠聽聞。明光共待漏，清覽各披雲。喜得廊廟舉，嗟爲臺閣分。故林懷柏悦，新握阻蘭薰。冠去神羊影，車迎瑞雉羣。遠從南斗外，遥望列星文。

於二御史如振鷺整其羽者，近纔言其飛之日，而其遷鶯之慶，遠已得聽聞。因思二人嘗在明光殿，共待曉漏以奏事，幸蒙天子清覽，各得披雲睹日，遂乃喜其身得廊廟之舉。而二人所陞又不同其省，則當嗟作鸞臺鳳閣之分。若夫故林之見松茂者，我懷其柏之必悦，其於尚書之新握，亦乃知阻其蘭薰焉。雖然其冠已去神羊獬豕之影，而其車已迎蕭廣瑞雉之羣也。今我遠從南斗外廣州之地，遥仰望郎官所應列星之天文而已。

李嶠　**奉和幸韋嗣立山莊應制**中宗景龍三年十二月庚子幸韋嗣立莊舍。嗣立，皇后之疏屬，事見於《通鑑》。

南洛師臣契，東巖王佐居。幽情遺紱冕，宸眷矚樵漁。制下峒山蹕，恩回灞水輿。松門駐旌蓋，薜幄引簪裾。石磴平黄陸，此言山莊之内成與禁庭相類也。**煙樓半紫虚。雲霞仙路近，琴酒俗塵疎。喬木千齡外，懸泉百丈餘。崖深經錬藥，穴古舊藏書。樹宿摶風鳥，池潛縱壑魚。寧知天子貴，尚憶武侯廬。**

天子之遇韋南洛，本有以所師學爲臣之契，是以韋之東山巖栖，即是爲王佐之居也。天子幽情遺其紱冕，欲宸眷之矚樵漁於其居也。乃制詔以下黄帝崆峒山之蹕，遂紆恩以回其幸灞水之輿。既而到韋莊之松門駐旌蓋，則韋乃設薜荔之幄，以迎引陪扈簪裾之諸臣。於是其石磴成平於天之黄陸，而其煙樓則其高實半於紫虚矣。既及上到，則雲霞之仙路兹在近，而其筵琴酒之賞俗塵寔疎。其庭除喬木皆已經千齡之外，而其懸泉乃當有百丈之餘。崖之深者，嘗經錬丹藥者也；穴之古者，舊時藏異書者也。顧其樹當宿摶風之鵬鳥，其池當潛縱壑之大魚，夫然後與韋抱大才而山居者，始乃相比倫矣。然而世人寧知今上以其天子之貴，猶憶諸葛武侯之廬，而其幸之猶如劉備三顧之時，此豈非好賢之至邪？

白帝城懷古

陳子昂

日落滄江晚，停橈問土風。城臨巴子國，臺没漢王宮。荒服仍周甸，深山尚禹功。巖懸青壁斷，地險碧流通。古木生雲際，歸帆出霧中。川途去無限，客思坐何窮。

日初落而滄江已晚之時，停橈以問其土風。乃云：「城之所臨是爲古巴子之國，其臺之已没者是爲昔漢王之宮。是其荒服巴子國而爲漢王宮者，乃仍爲周甸者也，然而以其地在深山，故其江乃尚皆禹疏鑿之功迹云。」視其城巖崖懸天而青壁峭斷其冰，地形險峻而碧流通波，是其地險之不異於古也。而今其山唯見古木之生於雲際，其水唯見歸帆之出於霧中而已，是亦物態變遷於今也。而我身與彼歸帆俱方處其川途之去無限者，則亦皆方變遷矣，因以致思於杳邈，其感無窮，故曰「客思坐何窮」也。

峴山懷古

秣馬臨荒甸，登高覽舊都。猶悲墮淚碣，尚想卧龍圖。城邑遥分楚，山川半入吴。丘陵徙

自出，賢聖幾凋枯。野樹蒼煙斷，津樓晚氣孤。誰知萬里客，懷古正踟躕。

我行途之間，以其秣馬之故來臨荒服之甸，因更登高以覽襄陽之舊都。其山上則猶悲羊祜墮淚之碣，其城西隆中昔爲諸葛之盧，是以尚想卧龍八陣之圖。而其城邑之所映於我望中者，遥知其分爲楚地，而其山川半乃入於吴界矣。其間所見衆丘陵是皆人爲埋葬者作之者，而人生百年徒然而有死，則此乃皆亦以其徒然而自然現出者，乃不知前代二國之賢聖，幾百人凋枯以成此現出也。而是時，野樹之色漸爲蒼煙横斷，津樓之景亦爲晚氣成孤映。則人誰知兹有萬里之征客，懷古正踟躕者乎？

贈蘇味道

杜審言

北地寒應苦，南城戍不歸。邊聲亂羌笛，朔氣捲戎衣。捲衣謂收拾其衣，蓋言戰勝之兆。**雨雪關山暗，風霜草木稀。**「風霜」况我軍威，「草木」况胡兵。**胡兵戰欲盡，漢卒尚重圍。雲净妖星落，秋高塞馬肥。據鞍雄劍動，摇筆羽書飛。輿駕還京邑，朋遊滿帝畿。方期來獻凱，歌舞共春暉。**

北方之地其寒應苦甚，而南城之戍未歸來。則定知邊聲之相亂，聞之於羌笛；朔氣之所捲，見之於戎衣。衝雨雪之稠於關山之正暗，睹風霜之威於草木之已稀。胡兵之戰者乃已欲盡，而漢卒尚重圍之。則其又必見沴雲净盡，而妖星墜落矣。今方秋高，塞馬正肥。蘇跨其馬，據其鞍而戰，則雄劍動焉，摇筆則羽書飛焉矣。及蘇之輿駕之還京邑，蘇之朋遊滿帝畿者，方皆期其來歸獻凱，而以歌舞以共春暉也。

酬蘇員外味玄夏晚寓直省中見贈[一]

沈佺期

並命登仙閣，通宵直禮闈。大官供宿膳，侍史護朝衣。捲幔天河入，開窗月露微。小池殘暑退，高樹早凉歸。冠劍無時釋，軒車待漏飛。明朝題漢柱，三署有光輝。

我與蘇並蒙命得登尚書省神仙之閣，而通宵宿直於尚書下舍崇禮門闈之内。大官即供其夕之宿饌，侍史即護其明晨之朝衣。捲軒幔，天河之影直入室；開室窗，月中之霧尚微。小池之上覺殘暑之始退，高樹之梢知早凉之已歸矣。然以宿直故冠劍無時脱釋，軒車欲待曉漏而飛輪矣。明朝以蘇之才題漢柱如田鳳故事，則郎中、侍郎三署相預以有光輝矣。

【校勘記】

[一]酬蘇員外味玄夏晚寓直省中見贈：《全唐詩》卷九十七作《酬蘇員外味道夏晚寓直省中見贈》。

同韋舍人早朝[一]

閶闔連雲起，巖廊拂霧開。玉珂龍影度，珠履雁行來。長樂宵鐘盡，明光曉奏催。一經傳舊德，五字擢英材。儼若神仙去，紛從霄漢回。千春奉休曆，分禁喜趨陪。

入朝之時，近看閶闔連雲聳起，禁裏巖廊拂霧敞開焉。鳴玉珂者所騎龍馬之影度之，踏珠履者排列以成鴻雁之行而來。及長樂宮宵鐘之聲盡，而明光之殿曉奏乃始催動焉。如韋則自漢韋賢以教子一經傳其舊德，而今舍人作其五字之詩又見擢其英材，乃其朝回亦爲人所羡仰。蓋儼乎若神仙去，紛從霄漢回者也。余欲以千春奉今上休曆者，其朝列分禁庭之間，喜得與韋相趨陪也矣。

【校勘記】

[一]同韋舍人早朝：《全唐詩》卷九十七作《和韋舍人早朝》。

宋之問　　**奉和幸長安故城未央宮應制**

漢王未息戰，蕭相乃營宮。壯麗一朝盡，威靈千載空。皇明悵前迹，置酒宴羣公。寒輕綵

仗外，春發熳城中。樂思回斜日，歌詞繼《大風》。今朝天子貴，不假叔孫通。

昔漢王未息戰之時，蕭何爲丞相乃營此宫，曰：「非壯麗無以宣威。」其所謂壯麗者一朝盡滅，漢室威靈，千載竟空。今皇帝明德悵前迹之無踐，因置酒以宴羣公焉。於時寒威稍輕於綵仗之外，而春氣更發於熳城之中。樂思正無厭，欲回斜日於魯陽之戈，天子歌詞之壯，乃可以繼《大風》之徽音。然而當今朝廷天子固貴，不假叔孫通起朝儀以成其貴也矣。

奉和晦日幸昆明池應制

春豫靈池會，滄波帳殿開。舟凌石鯨度，槎拂斗牛回。節晦蓂全落，春遲柳暗催。象溟看浴景，燒劫辨沈灰。鎬飲周文樂，汾歌漢武才。不愁明月盡，自有夜珠來。

天子春月之豫遊於昆明靈池會群臣，而其滄波之上，帳殿之新開。是以其往來之舟乃凌池中石鯨以度之，其槎因池中有牛女二像，即亦拂斗牛以回焉。節當晦日，蓂莢全落，春色尚遲，柳條暗催。於是或有以此象東溟而以看浴景者，或有於彼識燒劫而以辨沈灰者。而群臣之和悦，一如鎬飲同周文王之樂；天子之詞章，實似汾歌欽漢武帝之才。而不愁明月之盡晦者，以此池中自有大魚所報恩，夜光明珠來，故也。

和姚給事寓直之作

清論滿朝陽，高才拜夕郎。還從避馬路，來接珥貂行。寵就黄扉日，威回白簡霜。柏臺遷鳥茂，蘭署得人芳。禁静鐘初徹，更疎漏更長。曉河低武庫，流火度文昌。寓直光輝重，乘秋藻翰揚。暗投空欲報，下調不成章。

姚爲清論所許，其譽滿朝陽高顯之地，姚之高才乃得拜於給事黄門夕郎之職。於是姚還從避御史桓典驄馬之路來，而接其列於侍中珥貂之行。寵光乃顯其就給事黄扉之日，嚴威仍存其回御史白簡之霜。御史之柏臺以其有遷鳥而覺茂，蘭署因其有得人而增芳。而姚之寓直禁内夕静，鐘聲初徹，更點夜疎漏響更長。曉河既低於未央之武庫，七月流火又度於紫薇之文昌之時。其得寓直也，光輝固已重，而又乘秋興藻翰揚彩。乃其來示我似暗投夜光，我雖爲空想亦欲作之報，但以下調故不能成章也。

早發始興江口至虚氏村作

候曉踰閩嶂，乘春望越臺。宿雲鵬際落，殘月蚌中開。薜荔摇青氣，桄榔翳碧苔。桂香多

露裛，石響細泉回。抱葉玄猿嘯，銜花翡翠來。南中雖可悦，北思日悠哉。鬢髮俄成素，丹心已作灰。何當首歸路，行剪故園菜。

候天曉踰閩中之嶂，乘春色望越王之臺。其望荒廓直連溟海，是以宿雲入海，疑當鵬翼之際而落；殘月浮水，似向蚌胎之中開。而其山中卉木薜荔滿林受風摇青氣，桄榔臨路經歲翳碧苔。桂之有香爲多露之所裛，石之有響觸細泉而回轉。抱葉而玄猿潛嘯，銜花而翡翠來近。此南中之物狀雖可悦，北地之思日嘆悠哉。鬢髮之黑爲之俄變成素，丹心之烈亦今已息作灰矣。何日當得首向歸路，行剪故園之菜以就棲隱乎？是今中心之所願者矣。

蘇頲　**同餞楊將軍兼原州都督御史中丞**〔一〕

右地接龜沙，中朝任虎牙。然明方改俗，去病不爲家。將禮登壇盛，軍容出塞華。朔風摇漢鼓，邊月思胡笳。旗合無邀正，冠危有觸邪。當看勞旋日，及此御溝花。

匈奴之右地接蜀龜沙之城，爲要害之地，是以中朝常任以虎牙之將。而楊如張然明方改武威之俗而專意治民，又如霍去病不成其私家而先從王事。是以拜將之禮登壇而盡盛重，軍容出塞而極華麗。即方向朔風先摇漢之鼙鼓，望邊月因思胡人吹笳。乃已知及其旗相合，彼必無能邀我正正之旗，況其職兼御史，其冠之危有以表觸邪之任乎？則當得看勞旋之日之及此御溝花開之時也，必矣。

【校勘記】

［一］同錢楊將軍兼原州都督御史中丞：《全唐詩》卷七十四作《同錢陽將軍兼源州都督御史中丞》。

張説　**奉和聖製途經華嶽**

西嶽鎮皇京，中峯入太清。玉鑾重嶺應，緹騎薄雲迎。白日懸高掌，寒空映削成。軒遊會神處，漢幸望仙情。舊廟青林古，新碑緑字生。羣臣願封岱，回駕勒鴻名。

西嶽華山在豫州而與雍州長安近，故曰「鎮皇京」也。其中峯最秀，高插入太清矣。此日皇輿鳴玉鑾以過之，而其重嶺應其響，御衛緹騎之所至，乃亦有薄雲迎接之。白日正懸乎其仙人掌者之上，而峯色明朗，寒空映之，勢如削成。此即軒轅氏巡遊會天下羣神之處，而漢武帝之所幸臨，以致其望仙人之情之地也。其舊廟青林皆已成古木，當時新建之碑，今皆苔蝕見緑字之生焉。羣臣因願天子之思封岱山，以告太平成功，即此回御駕直赴至彼山，以建碑勒天子之鴻名也。

張九齡　奉和聖製早度蒲關

魏武中流處，軒皇問道回。長堤春樹發，高掌曙雲開。龍負王舟度，人占仙氣來。河津會日月，天仗役風雷。東顧重關盡，西馳萬國陪。還聞股肱郡，元首咏康哉。

魏武侯中流顧與吴起言之處，而今上至，乃又如軒轅之皇問道廣成子而回也。其長堤春樹已發緑芽，華山仙人之高掌曙雲正開。時稍和映，天色晴朗，天子即乘船度之，料亦如黄龍負禹王之舟以度江也，其先度蒲關亦有如老子西遊函谷關，兆見紫氣，而從駕之人料亦因占有其仙氣而來也。而皇舟所臨至之河津，會天下之羣神以使相迎待，而雖大如日月亦使之也。其天仗之威又足以役使風雷，况庶民乎？自長安東顧，前有函關，次有此蒲關，而其外無有是重關盡也。然而天下萬國諸侯皆已向西馳來，以陪從御駕。則還應得聞，在此河東股肱之郡，今元首之聖製咏庶事康哉，如皋陶之歌也。

和許給事直夜簡諸公

未央鐘漏晚，仙宇靄沈沈。武衛千廬合，嚴扃萬户深。左掖知天近，南窗見月臨。樹摇金

掌露，庭接玉樓陰。他日聞更直，中宵屬所欽。聲華大國寶，夙夜侍臣心。逸興乘高閣，雄飛在禁林。寧思竊抃者，情發爲知音。

未央宮中，鐘漏之聲已晚，而仙宇之下，靄乎沈沈焉。而武衛千廬圍合其外，宫門嚴扃，萬户深鎖矣。當是時許直於左掖，知天子之在近，開南窗以見宵月之來臨。其庭樹所摇映者，即與金莖掌上所承者同一露也，其庭則接玉樓之陰矣。蓋其事在今所爲和詩之他日，而聞許與人更直之中宵屬情其所欽慕之諸公，而以有簡寄之詩也。其聲華乃所以爲大國之寶也，其詩中思夙夜在公者侍臣之爲心，固當然也。唯自其有逸興而乘之於高閣，乃以得見其雄飛在禁林者爾。而今我非其所簡之人而有此和，是爲竊抃喜其雄飛者也。許寧思此竊抃者之情之發於此和詩者，即亦爲許當可知己音故也。

酬趙二侍御史西軍贈兩省舊寮之作

石室先鳴者，金門待制同。操刀常願割，持斧竟稱雄。應敵兵初起，緣邊虜欲空。使車經隴月，征旆繞河風。忽枉兼金訊，非徒秣馬功。氣清蒲海曲，聲滿柏臺中。顧己塵華省，欣君震遠戎。明時獨匪報，常欲退微躬。

趙御史爲蘭台石室先衆鳴者，而其在金馬門待制詔者乃與衆同然。而趙則其操刀，常願施一割之用，而今獨受衣繡衣持斧之任，竟得稱雄杰。蓋其應敵兵初起，而其緣邊之虜早已欲空盡矣。而其使車方經隴月，征旆正繞河風之日。忽枉其價比兼金之訊，則其文事之美非徒秣馬之武功。沴氣已清於蒲海之曲，而許聲譽又滿於御史府柏臺之中矣。顧我以非才塵位華省者，而今欣君能震遠戎。則以謂如今聖明之時，獨匪宜可以身事業報君恩。而退避賢路者而是報也，因常思欲退微躬也。

奉和聖製送尚書燕國公説赴朔方軍[一]

宗臣事有征，廟算在休兵。天與三台座，人當萬里城。朔南方偃革，河右暫揚旌。寵賜從仙禁，光華出帝京。山川勒遠略，原隰軫皇情。爲奏薰琴倡，仍題瑶劍名。聞風六郡勇，計日五戎平。山甫歸應疾，留侯功復成。歌鐘旋可望，枕席豈難行。四牡何時入，吾君聽履聲。

張以宗臣事有征者，以廟算之所決在休兵也。其宗臣者，天意本與之三台之座爲三公，而其人材可當萬里長城如檀道濟也。朔漠之南方今偃兵革，唯以河右之胡暫揚旌誘亂之故。寵賜朔南之戎而以固結其心者從仙禁，而張奉其命以赴之，其專任大事光華無比以出帝京矣。而以其跋涉山川以勒遠略，故皇華於原隰之詩以遣使臣之禮，實以軫皇上之情。於是爲奏南薰之琴倡，仍爲題瑶劍之名，如漢肅宗於尚書韓稜等之故事。遠聞其風，而金城、隴西、天水、安道、北地、上郡六郡之民皆生勇焉，可以計日期五種戎之平矣。

然則仲山甫之歸應疾速，而張之先祖留侯於漢高之功復成於今，則魏絳歌鐘之賜亦可望矣。且此行安易，如趙充國所謂枕席上豈難行乎？然而不知張之四牡之車何時入京，令吾君得聽鄭尚書履聲也。

【校勘記】

［一］奉和聖製送尚書燕國公説赴朔方軍：《全唐詩》卷四十九作《奉和聖製送尚書燕國公赴朔方》。

奉和聖製暮春送朝集使歸郡應制

王維

萬國仰宗周，衣冠拜冕旒。玉乘迎大客，金節送諸侯。祖席傾三省，褰帷向九州。楊花飛上路，槐色蔭通溝。來預鈞天樂，歸分漢主憂。宸章類河漢，垂象滿中州。

萬國皆仰宗周，而其衣冠之族盡來拜天子之冕旒。而天子玉輅之乘以迎其大客，而虎、人、龍三節以金爲之者，用以送其諸侯。其祖餞之席傾尚書、門下、中書三省，而其大客諸侯褰車帷如賈琮而以向九州。當是時楊花方飛乎上路，槐花正蔭於通溝矣。凡此人並皆來預鈞天之樂，如百神集於帝所，其歸乃分漢主之憂者也。天子送之之宸章，類河漢之垂象亘天而以滿中州矣。

送李太守赴上洛

商山包楚鄧，積翠靄沈沈。驛路飛泉灑，關門落照深。野花開古戍，行客響空林。板屋春多雨，山城晝欲陰。丹泉通虢略，白羽抵荆岑。若見西山爽，應知黄綺心。

商山其中包楚鄧二國之邑，而其積翠靄乎沈沈焉。而其間驛路山往往有飛泉以灑焉，則是身難行也；既至關門，落照已深，則是心易急也。野花已自開古戍之地，則是無人來賞也；行客之足音響空林，則是少同行之人也。板屋春多雨，則是久之必易腐敗也；山城晝欲陰，則是其氣鬱悶不暢也，此在其中，則難得知黄綺之心也。及見丹水之泉通於虢略之縣，申伯過白羽之封地，而以抵於富羊縣荆岑之時。若見西山之爽氣，則還應知夏黄公、綺里季輩四皓栖隱之心矣。

送秘書晁監還日本

積水不可極，安知滄海東。九州何處遠，萬里若乘空。向國惟看日，歸帆但信風。鰲身映天黑，魚眼射波紅。鄉國扶桑外，主人孤島中。别離方異域，音信若爲通。

王心常謂巨海積水而已不可極究也，而安知今有如晁乃還向滄海之東者哉？晁既浮海則不知此禹九州者，視之於何處之遠邪，其行萬里當若乘空虚。而其向故國唯看日出以取準，其歸帆又但信風之所從而已。其間有或見巨鰲之身至高映天而黑，或見大魚之眼飛光射波而紅焉。既到其鄉國是爲扶桑之外，其主人是爲在孤島之中者也。今日别離之後，方爲異域之人，則欲通音信亦若爲得共通乎？

送儲邕之武昌

李白

黄鶴西樓月，長江萬里情。此乃寄櫂之本。**春風三十度，空憶武昌城。送爾難爲别，銜杯惜未傾。湖連張樂地，山逐泛舟行。**是寄櫂歌之因。**諾謂楚人重，詩傳謝朓清。滄浪**亦乃欲儲之守清之意。**吾有曲，寄入櫂歌聲。**

今方對黄鶴西樓之月，而有思長江萬里之情。蓋别後暮春一月是爲春風三十度，而每日當空憶汝於武昌城。是以今之送爾實難爲别，乃雖所銜杯亦惜之而未傾。今所望洞庭湖連莊子所謂帝張咸池之樂之地者也，而山當逐爾泛舟而如行者。且爾平生有信義，一諾不苟爲楚人所重如季布，而至如其所爲之詩，乃又得傳如謝朓清麗者。是以我本不宜有贈詩，今唯於滄浪之歌，吾有製曲，欲以寄入之其櫂歌聲中耳。

陪張丞相自松滋江東泊渚宮

孟浩然

放溜即與「流」同。**下松滋，登舟命楫師。寧忘經濟日，不憚沍寒時。洗幘豈獨古，濯纓良在兹。政成人自理，機息鳥無疑。雲物凝孤嶼，江山辨四維。晚來風稍緊，冬至日行遲。獵響驚雲夢，漁歌激《楚辭》。渚宮何處是，川暝欲安之。**

方欲放舟順其溜以下松滋江，而及登舟改命其楫師，曰：「丞相寧忘昔居朝廷相位爲經濟之日，不憚沍寒之時，而以勤其行乎？今不欲舟之急行者，非憚其風寒也。蓋以謂洗幘之事，豈獨古之陸通而可爲而已哉？滄浪之歌，濯纓之宜，良在如兹時，是以今且勿使舟急下也。」此命已定，政已成，而舟中之人自去理其事，乃猶如機心息而海鷗鳥無所疑也。於是或玩雲物之正凝乎孤嶼，或指江山辨之四維。既而晚來風勢稍緊，雲物行動而猶云：「今值冬至之節，日行成遲亦不必須急行。」乃乘其風勢假爲獵響，以驚雲夢澤中之獸，或歌滄浪之漁歌，因風以激其《楚辭》之音，何圖昏然已暮，而至曰：「渚宮何處爲是，川路暝黑，舟欲安之也。」

高適

送柴司户充劉卿判官之嶺外

嶺外資雄鎮，朝端寵節旄。月卿臨幕府，星使出詞曹。海對羊城闊，山連象郡高。風霜驅瘴癘，忠信涉波濤。事出於《莊子》。**別恨隨流水，交情脱寶刀。有才無不適，行矣莫徒勞。**

朝廷之於嶺外之治，專資雄鎮以御之反側，是以賜朝衣玄端之服，寵其持節旄之將。而以使劉以卿士臨其幕府，柴奉其詔命爲之星使，出於詞曹以赴之也。嶺外風土，其海對羊城而曠闊，山連象郡而高峻。柴乃將凌風霜以驅於其瘴癘之中，守忠信以涉於波濤如吕梁丈人。高其别恨隨流水而無窮，其交情爲之脱寶刀如吕虔贈王祥之故事。而因更謂之曰：「有才如柴者必無不得其適矣！子其行矣，必莫徒勞之事也。」

陪竇侍御泛靈雲池

白露先時降，清川思不窮。江湖仍塞上，舟楫在軍中。舞换臨津樹，歌饒向晚風。夕陽連積水，邊色滿秋空。乘興宜投轄，邀歡莫避驄。誰憐持弱羽，猶欲伴鵷鴻。

白露爲八月節氣，而今七月其候至，故曰「白露先時降」也。而高陪竇泛靈雲池，其舟中看清川之逝水，其感時之思不窮。且當今凉列，寇盜未静，故江湖之遊仍與塞上同，而雖在舟楫亦猶在軍中者也。然今此宴因觀舞未終，故舟仍移以换臨津之樹而且未上津也。其歌和之者稍成衆，而其聲饒於向晚之風，而其興尚酣也。雖乃夕陽銜湖面而其光連積水，邊色帶凄寒而其氣滿秋空。而以此宴之或難重得，則其乘興宜留客如陳遵投轄。而其邀歡之事，莫避鮑御史之驄馬可也。然如我，則有誰憐其持弱羽，猶欲伴鵷鴻飛者乎？蓋自謙其詞拙，難與竇同賦咏也。

杜甫　**行次昭陵**

舊俗疲庸主，羣雄問獨夫。讖歸龍鳳質，威定虎狼都。天屬尊《堯典》，神功協禹謨。風雲隨絶足，日月繼高衢。文物多師古，朝廷半老儒。直詞寧戮辱，賢路不崎嶇。往者災猶降，蒼生喘未蘇。指麾安率土，盪滌撫洪爐。壯士悲陵邑，幽人拜鼎湖。玉衣晨自舉，鐵馬汗常趨。松柏瞻虚殿，塵沙立暝途。寂寥開國日，流恨滿山隅。

久舊之俗疲厭凡庸之主，是以竇建德、劉黑闥等之羣雄各方起兵，以問獨夫隋煬帝之罪。先是已有讖兆歸天下於太宗龍鳳之質，而後遂以威定虎狼都之亂。父高敦禪天下於子太宗，而高祖因謚以神堯，是父子天屬尊《堯典》之所垂教也。而太宗其平治天下之神功，則其義實愜於大禹之謨。當時又有雲從龍、風從虎之賢輔佐起隨，其千里馬超絶之逸足，而高祖、太宗又其德如日月相繼其明於高衢矣。是時其文物多師古，而朝廷所用半多老儒。直詞之臣寧有蒙戮辱者乎？賢路之所通亦不崎嶇。往者隋既滅，唐承天命之後，連有水旱之災猶降臻，蒼生喘息尚未蘇復。而太宗指揮安率土之民，盪滌凶穢以撫洪爐，太宗功德之盛，蓋如是矣。是以壯士懷悲於其陵邑，幽人肅拜於其仙去遺蹟之鼎湖，而聞其神靈今猶儼存。其寢陵所藏之玉衣晨自舉飏，如漢高御衣之出舞。其陵前所置鐵馬，每朝見汗似夜常趨者云。此日從松柏樹間瞻仰其虛殿之時，唯見其馬被塵沙，而立乎其神靈所行昏暝之途而已。念是寂寥於其開國之日，房、杜、褒、鄂皆亦安在乎？使人流恨滿山隅而已。

重經昭陵

草昧英雄起，謳歌曆數歸。風塵三尺劍，社稷一戎衣。翼亮貞文德，丕承戢武威。聖圖天廣大，宗祀日光輝。陵寢盤空曲，熊羆守翠微。再窺松柏路，還見五雲飛。

草昧之世英雄崛起，天下謳歌焉，而曆數歸焉。其所靖風塵乃仗漢高三尺之劍，其所建社稷又用周武之一戎衣。而其翼亮高祖，則見其貞於文德，丕承天位，則戢武威以御海宇。其聖圖猶如天之廣大，而其宗廟祭祀日增光輝。其陵寢之構盤據空山之曲，而熊羆之兵守衛之翠微。杜再窺松柏之路，還見五彩瑞雲之飛其上，則唐運之旺盛可以卜而知也矣。

冬日洛城北謁玄元皇帝廟廟有吴道士畫五聖圖

配極玄都閟，憑高禁籞長。守祧嚴具禮，掌節鎮非常。碧瓦初寒外，金莖一氣旁。山河扶繡户，日月近雕梁。仙李盤根大，猗蘭奕葉光。世家遺舊史，道德付今王。畫手看先輩，吴生遠擅場[二]。**森羅移地軸，妙絶動宫牆。五聖聯龍衮，千官列雁行。冕旒俱秀發，旌旆盡飛揚。翠柏深留景，紅梨迴得霜。風箏吹玉柱，露井凍銀床。**冬藏之景以起下谷神不死。**身退卑周室，經傳拱漢皇。谷神如不死，養拙更何鄉。**

配天北極祀之建廟，廟象玄都常時閟閉，如其所在乃憑高地設禁籞亘長，以禁行人濫入。又有守祧之官嚴具其禮，有掌節之官鎮之非常。今未謁之時，見其殿屋碧瓦含其色於初寒草木之外，華表如金莖者，高聳以映於乾元一氣之傍。乃其所望見之山河，其勢畫來扶持廟室之繡户，所照臨之日月，其光全垂依近廟宇之雕梁。蓋玄元之仙李其盤甚太，是以帝胄所生之猗蘭奕葉而益光。其世家之紀雖遺乎舊史馬遷之筆，而道德之文付今皇王玄宗，而有其注也。又廟中所有畫手看先輩數人之筆，而吴生道玄之迹超遠而擅場矣。蓋其圖畫中森羅萬象，似以筆尖移地軸者，而其妙絶乃見飛動於宫牆。其高祖、太宗、高宗、中宗、睿宗五聖坐聯龍衮，而千官陪列成雁行。其冕旒俱秀發，其旌旗盡有飛揚之勢。廟前翠柏深留景於其墻上，而紅梨乃迴梢者見其得霜之色。檐角所懸風箏，風吹其玉柱而生響，露井乃見凍冰於其銀床。玄元當時其身退下而柱下史之官卑於周室，及爲河上公有經之傳而拱漢孝文。則玄元谷神之説其果信乎？如果不死，則今養拙之所更於何鄉乎？

【校勘記】

［一］擅：底本誤作「壇」，據《全唐詩》卷二百二十四改。

王閬州筵奉酬十一舅惜别之作

萬壑樹聲滿，千崖秋氣高。浮舟出郡郭，别酒寄江濤。良會不復久，此生何太勞。窮愁但有骨，羣盜尚如毛。吾舅惜分手，使君寒贈袍。沙頭暮黄鶴，失侣亦哀號。

萬壑風噪而樹聲滿其中，千崖煙褰而秋氣高其上之時。王浮舟出郡城之郭，以餞别之酒寄之江濤之間。此筵良會，顧當尋散而不可復久也，如吾此生，行途不已亦何太勞也。且吾以窮愁故羸瘦日甚，今但有骨，而天下羣盜之多尚如毛之稠也。吾舅爲惜分手而有贈詩，王使君恤我寒爲有贈袍。試見沙頭日暮，黄鶴失侣，則彼亦哀號，况我遠行别親知之情，豈唯哀號而已哉！

春歸

苔徑臨江竹，茅簷覆地花。別來頻甲子，歸到忽春華。倚杖看孤石，傾壺就淺沙。遠鷗浮水静，輕燕受風斜。世路雖多梗，吾生亦有涯。此身醒復醉，乘興即爲家。

草堂門前，苔徑蔭以臨江之竹，門内茅簷繞以覆地之花。自我别此草堂以來，頻易甲子，而今纔歸到，忽又遇春華。於是或倚杖立以看其庭際孤石，或傾壺坐以就門外淺沙。對遠鷗之浮水而静住，看輕燕之受風而斜飛。今世路雖多梗塞可憂，而我生亦有涯，不得保過百歲也。然則此身當須醒還醉，乘興之處，即謂之爲吾家也已。

奉觀嚴鄭公廳事岷山沲江圖[一]

沲水臨中座，岷山赴北堂。白波吹粉壁，青嶂插雕梁。直訝杉松冷，兼疑菱荇香。雪雲虚點綴，沙草得微茫。嶺雁隨毫末，川霓飲練光。霏紅洲蕊亂，拂黛石蘿長。暗谷非關雨，丹楓不爲霜。秋城玄圃外，景物洞庭傍。繪事功殊絶，幽襟興激昂。從來謝太傅，丘壑道難忘。

圖畫絶妙，如真沲水徙來以臨中座，而欲行其岷山則赴北堂，蓋其廳事或西嚮是以云爾。而沲水白波吹其風勢於粉壁，岷山青嶂插其峯容於雕梁。坐對之間，其山直訝其杉松之煙冷，其水兼疑帶菱荇之氣香。其降雪之雲向虚處作點綴，間沙之草諦觀，乃得想見其微茫者焉。嶺外之飛雁或隨筆毫之末以點之；川上之低霓直飲素練之光以作之。其霏紅點者，洲蕊之亂也；拂黛線者，石蘿之長也。其暗谷非關雨以晦也，其丹楓不爲霜之染也。其畫秋城，氣色不凡，望之如在昆崙玄圃之外者，而其景物圖樣逼真，玩之如於洞庭之傍者。繪事之功如是殊絶，故使觀者幽襟發興自作激昂焉。此亦以嚴公從來如晋謝太傅，丘壑之道難忘於其懷，故令作之也。

【校勘記】

［一］奉觀嚴鄭公廳事岷山沲江圖：《全唐詩》卷二百二十八作《奉觀嚴鄭公廳事岷山沱江畫圖十韻》。

江陵望幸

雄都尤壯麗，望幸欻威神。地利西通蜀，天文北照秦。風煙含越鳥，舟楫控吴人。未枉周王駕，終期漢武巡。甲兵分聖旨，居守付宗臣。早發雲臺仗，恩波起涸鱗。

江陵雄都，其城池之制尤爲壯麗，而今望巡幸欻覺其生威神。蓋其地利山川之便宜西通蜀漢，而天文其星象直北照秦。南望風煙其中含閩越天際之鳥，東來舟楫乃控三吳之人。今雖未枉周穆王之駕，而終乃期漢武帝之巡者矣。是以上元初以江陵府爲南都置永平軍萬人，此即「甲兵分聖旨」也。而如其任此地太守者，又以天下所宗之大臣，然則其終必巡臨者可也。所願早發雲臺之儀仗以來此，而以播恩波而以起轍中涸鱗如杜窮約者也。

李頎　**聖善閣送裴迪入京**

雪華滿高閣，苔色上勾欄。藥草空階静，梧桐返照寒。清吟可愈疾，携手暫同歡。墜葉和金磬，饑烏鳴露盤。塔屋承九輪之處。**伊流惜東别，灞水向西看。舊託含香署，雲霄何足難。**

雪華滿於高閣之上，而閣下乃苔色滋蔓已侵上勾欄。其庭只種藥草而空階清静，梧桐枯杪返照纔殘以生寒色。裴李俱謂清吟可以愈疾，因携手來上而以暫同其歡。既而墜葉之有聲和金磬之暮響，饑烏之求食鳴露盤之高處。於是共感伊水之流而惜洛東之作别，遥想裴所往長安灞水而向西看之矣。顧裴舊嘗爲官，託身於尚書含香之署，則是行之致身於雲霄，亦何足難乎？

岑參　**早秋與諸子登虢州西亭觀眺**

亭高出鳥外，客到與雲齊。樹點千家小，天圍萬嶺低。殘虹掛陝北，急雨過關西。酒榼緣青壁，瓜田傍緑溪。微官何足道，愛客且相携。唯有鄉園處，依依望不迷。

西亭之高出於飛鳥之外，客到其上與雲齊其等。而其所俯瞰邑居，則樹色間點而千家小；所平望郊野，則天圍四面而萬嶺盡低。殘虹之所掛陝北之境也，急雨之所過關西之地也。前我提酒榼而緣今所俯視之青壁，而其瓜田之蹊乃傍緑溪以到於此矣。身自想我前輩之形容，嗚呼，微官哉！此微官之事何足道乎？今有愛客且共相携以忘世情而可也。唯有鄉園之處，我目依依而其望不迷，此獨難忘懷者矣。

祖咏　**清明宴司勳劉郎中別業**

田家復近臣，行樂不違親。霽日園林好，清明煙火新。以文常會友，惟德自成鄰。池照窗陰晚，杯香藥味春。欄前花覆地，竹外鳥窺人。何必桃源裏，深居作隱淪。

別業田家而復爲天子近臣，故自郊之京者或無閑日矣。然以其宜行樂，故不違親意以易其田居。當霽日園林之好景，清明煙火之新鑽。劉以文相切，常會友朋，惟德招德自來成鄰。其庭池光承日以照窗陰之晚色，所舉杯香釀酒以供藥味之春。欄前之花稠密覆地，竹外之鳥潜來窺人。此亦足以樂天保壽矣。何必桃源洞裏，深居作隱淪，然後爲得矣。

鄭審

奉使巡檢兩京路種果樹事畢入秦因咏歌

聖德周天壤，韶華滿帝畿。九重承涣汗，《易》云：「涣汗其大號。」舊説以爲詔勅之謂。**千里樹芳菲。陝塞餘陰薄，關河舊色微。發生和氣動，封植衆心歸。春露條應弱，秋霜果定肥。影移行子蓋，香撲使臣衣。入徑迷馳道，分行接禁闈。何當扈仙蹕，攀折奉恩輝。**

今天子聖德可稱曰「周天壤間萬物」矣。當春令韶華之滿帝畿之日，臣在九重之内承涣汗之詔勅，令臣巡檢兩京千里間樹芳菲之事。先是陝塞餘陰尚薄，關河舊色仍微者，臣皆令添補增益。既及發生之時，和氣大動，其封植之務衆心歸焉。乃其所新種之樹，皆云「春露其條尚應弱，秋霜其果定得肥」矣。而其影已密，足以移行子之蓋；其香稍濃，直撲使臣之衣。乃入其徑者，至或以迷失其馳道，而其馳道之所樹，左右分行直接禁闈。何日當得扈仙蹕於此間，攀折其枝條以奉皇子天日之恩輝乎！

劉長卿　**行營酬呂侍御**

不敢淮南卧，來趨漢將營。受辭瞻左鉞，扶疾拜前旌。井稅鶉衣樂，壺漿鶴髮迎。水歸餘斷岸，烽至掩孤城。晚日當千騎，秋風合五兵。孔璋才素健，早晚檄書成。

劉不敢淮南卧病如汲黯，而來趨漢將之營者。蓋因受尚書之辭來瞻大將之左鉞，遂扶病拜前旌之職者，是劉今之所以在行營之由也。而如呂所喻迫征稅之説，今已除其弊，而正見井田之祖稅鶉衣之民，皆樂其生，而其執簞食壺漿之中，亦有鶴髮老人來迎我軍也。而如水火之災，則其水已歸於本河：，今只餘斷岸而已，此亦今已無所患也。如迫於賊境，縱或烽火之警急至，而賊兵俄掩襲我漢東境上孤城。則晚日士卒雖或疲，而尚書一人可以當其千騎，而秋風之中合五兵以殺之，其勝可知也。而呂如陳孔璋文才素健者，早晚我當得見其檄書之成邪。

送鄭説之歙州謁薛侍郎

漂泊來千里，謳歌滿百城。漢家尊太守，魯國重諸生。俗變人難理，江傳水至清。船經危

石住，路入亂山行。老得滄洲趣，春傷白首情。嘗聞馬南郡，門下有康成。

劉漂泊來於千里之外，而聞謳歌薛之聲滿百城。夫漢家尊太守，則薛位已隆矣，然而魯國重諸生，則鄭之往謁，當得重遇。且今天下俗已變，人難理之，世而有人説江水傳其至清，則薛之政治之優可以知也。然子之行自此已往，船數經危石而住，路又入亂山以行矣。如我乃老後已得滄洲之趣，無復宦情，每遇春輒有自傷白首之情而已。嘗聞漢馬融爲南郡太守，其門下有鄭康成，則唯子之赴彼，其或有以得其處也耳。

卷五　七言律詩

沈佺期　**古意**[一]

盧家少婦鬱金堂，海燕雙栖玳瑁梁。九月寒砧催木葉，十年征戍憶遼陽。白狼河北音書斷，丹鳳城南秋夜長。誰爲含愁獨不見，更教明月照流黄。

梁武帝《河中之水歌》云：「洛陽女兒名莫愁。」又云：「十五嫁爲盧家婦。」又云：「盧家蘭室桂爲梁，中有鬱金蘇合香。」故曰「盧家少婦鬱金堂」，謂鬱金香氣滿其中之堂也。其堂中唯有海燕雙栖其玳瑁梁上。每歲九月，少婦手擣寒衣之砧者，雖常催之以木葉之飛落，而夫乃十年無歸以事征戍，而婦心但空憶其所在遼陽之地而已。夫在其白狼夷境，黄河之北，曾寄音書，而近來乃斷絶不寄來。婦在丹鳳城南家中，獨宿空房，其心尤覺秋夜之長。誰爲少婦含愁者？亦唯有其夫，而其夫獨不見於兹處，是可恨已極矣，而天更教明月光來入，以照其流黄簟上無其人之處，則是其可恨尤極矣。

【校勘記】

[一]古意:《全唐詩》題爲沈佺期作,一見《全唐詩》卷二十六,題作《獨不見》;一見《全唐詩》卷九十六,題作《古意呈補闕喬知之》。

紅樓院應制

紅樓疑見白毫光,寺逼宸居福盛唐。支遁愛山情漫切,曇摩泛海路空長。曇摩即達摩。**經聲夜息聞天語,爐氣晨飄接御香。誰謂此中難可到,自憐深院得徊翔。**

紅樓院中,疑見其佛像白毫放光者,蓋以其寺之逼近宸居,福盛唐社稷故也。夫必欲深山遥海,始開道場,則佛雲遍覆一切衆生,獨不與國王親近,豈有是理哉?然則支遁之愛山者,是可謂其置情漫切;曇摩自天竺國泛海者,是可謂其取路空長也。如此院乃經聲夜息,則聞天語之近響;爐氣晨飄,則接御香之宸煙者也。初乃徒言誰曾謂此院中難可到之地乎?既又自憐吾身於此深院得回翔往來也。

遥同杜員外審言過嶺

天長地闊嶺頭分，去國離家見白雲。洛浦風光何所似，崇山瘴癘不堪聞。南浮漲海人此指杜。**何處，北望衡陽雁幾羣。兩地江山萬餘里，何時重謁聖明君。**

沈之謫所與杜之謫所，天長地闊漫然者，乃自嶺頭分作是漫遠，而如其去國離家，望之只見白雲者，杜與沈並皆同。而如洛浦風光，有何物爲其所似者乎？一物亦無有似者也，至如曰「崇山之地多瘴癘」者，乃又所不堪聞者耳。唯其漫遠，故問於人云：「南浮漲海之人，今在何處乎？」唯其見白雲，故北望衡陽，料想雁之能及者，得幾羣邪？沈與杜所謫兩地江山，並皆去京師萬餘里者，何時重得謁聖明之君乎？

再入道場紀事應制

南方歸去再生天，内殿今年異昔年。見闢乾坤新定位，看題日月更高懸。行隨香輦登仙路，坐近爐煙講法筵。自喜深恩陪侍從，兩朝長在聖人前。

沈身謫在南方，如墮在鬼國者，歸去再得生天，而爲天上之人，而内殿今年之所見之道場，大異於昔年之所有。見今改闢乾坤所向，新定殿址之方位，看其殿扁題，落成日月，而以其殿宇增隆更高懸之。而沈今又其行則隨從香輦登仙之路，坐則近依爐煙講法之筵。於是沈心自喜其身蒙深恩，得陪侍從之列高宗、中宗兩朝，長在聖人天子之前也矣。

侍宴安樂公主新宅應制

皇家貴主好神仙，別業初開雲漢邊。山出盡如鳴鳳嶺，池成不讓飲龍川。妝樓翠幌教春住，舞閣金鋪借日懸。敬從乘輿來此地，稱觴獻壽樂鈞天。

皇家貴公主好神仙之事，其別業初開雲漢邊，蓋亦况天帝之女織女，居在銀河之邊爲言也。乃其山之所起出，盡如弄玉簫聲所作鳴鳳之嶺；其池之所鑿成，不讓昔所飲黑龍之渭川，此亦暗以公主作此定昆池，以擬昆明池言者也。如其妝樓翠幌，教青春之色住而莫去焉；舞閣金鋪，借晴日之輪教懸而莫没焉矣。今敬從天子乘輿來此地，宜當稱觴獻萬壽，以樂聽其鈞天之樂也。

龍池篇

龍池躍龍龍已飛，龍德先天天不違。池開天漢分黄道，龍向天門入紫微。邸第樓臺多氣

色，君王鳧雁有光輝。爲報寰中百川水，來朝此地莫東歸。

龍池之水曾躍其龍，而其龍已飛在天，此蓋言玄宗初封平王，居隆慶坊，後入繼大統也。其龍之德，先天以作其飛，而天又不違其所作，而終成其在天，此蓋言玄宗自起兵以伐太平公主之亂，因遂得即位也。此猶池之開天漢，其天漢之流分排黄道以貫透之也，龍從其分排貫透之水，而以向天門，遂入北極紫微之宫，此黄道之被分排，紫微之能容納，並皆天之不違也。而今其舊日邸第樓臺，别見其多祥氣瑞色；其池中君王所嘗觀玩之鳧雁，别見其有寵光榮輝。則當爲我報寰區中百川之水道，凡汝輩並當須來朝宗於此池水所有之地，莫東歸滄海也。

韋元旦　　**興慶池侍宴應制**

滄池漭沆帝城邊，殊勝昆明鑿漢年。夾岸旌旗疎輦道，中流簫鼓振樓船。雲峯四起迎宸幄，水樹千重入御筵。宴樂已深魚藻咏，承恩更欲奏甘泉。甘泉，漢成帝郊祀求繼嗣之事，楊雄作其賦。是時玄宗未有皇嗣，故韋欲遂奏之也。

滄池之水，漭沆深大，湧出成池，在帝城之邊。昔漢武帝爲欲通身毒而惡昆明閉道，故發謫吏併工穿鑿。今皇帝自以龍潛興慶平地，天湧成池，自然浸廣，不可同年語也，故云「殊勝昆明鑿漢年」也。夾岸旌旗，其中間疎開輦道，而中流簫鼓，其聲響振發於樓船。於是夏雲成奇峯者，自四方争起，以迎其樓船之宸幄。水樹千重者，遞移變换，以入其御筵之觀賞。其宴樂已深，諸臣並有詩《魚藻》篇，「王在在鎬，飲酒樂凱」之咏，韋乃因承恩旨，更欲奏《甘泉》之賦也。

侍宴安樂公主新宅應制

蘇頲

駸駸羽騎歷城池，帝女樓臺向晚披。露灑旌旗雲外出，風回巖岫雨中移。當軒半落天河水，繞徑全低月樹枝。簫鼓宸遊陪宴日，和鳴雙鳳喜來儀。

駸駸羽騎已歷過城池，而以稍近帝女公主新宅，而見其樓臺向晚景而披開焉。於是露灑旌旗，旌旗即見其向雲外而出；風回巖岫，巖岫仍見在雨中而轉移。既而到其宅，則瀑布懸其崖者，是當軒半落天河之水也；巖桂含露者，是繞逕全低月樹之枝也。夫傍銀河而俯桂樹者，非織女之家，即是姮娥之宫也。皇上在此，吹簫鳴鼓，以作宸遊，百官陪其宴之日，又公主與其駙馬俱在其筵，一如簫史、弄玉吹簫相和以來鳳，而其鳳又似覽德輝而來儀，故曰「和鳴雙鳳喜來儀」也。

奉和春日幸望春宮應制

東望望春春可憐，更逢晴日柳含煙。宮中下見南山盡，城上平臨北斗懸。細草偏承回輦處，飛花故落舞觴前。宸遊對此歡無極，鳥弄歌聲雜管絃。

未到而望之之時，亦已云："「東望望春宮，其春色可憐也。」既而及到其地，更逢晴日，楊柳含煙，則其可憐更甚。況其宮中下俯見南山盡其勝，如望長安城上平臨，其北斗之懸於天，則其高爽之趣，良足熙人意。而更以其宮前細草，偏承皇上回輦之處，飛花又似故意落舞觴之前。宸遊對此數物，皇歡已無極，而鳥又弄歌聲來以雜之。其管絃之音，則其可憐之情，殆其不可言述也矣。

奉和初春幸太平公主南莊應制

主第山門起灞川，宸遊風景入初年。鳳皇樓下交天仗，烏鵲橋頭敞御筵[二]。**往往花間逢綵石，時時竹裏見紅泉。**紅泉，紅色之泉，仙境所有之泉，事見《酉陽雜俎》。**今朝扈蹕平陽館，不羡乘槎雲漢邊。**

公主之第始構立山門，起灞川之上，而宸遊之覽之風景者，不待明年而入其初年。乃於其弄玉鳳皇之樓下，不復排列而交聚其天仗。於織女烏鵲橋之邊，敞開其望以鋪設御筵。於是遊歷其庭際，往往在花間逢有綵石，疑是織女支機之所用，又時時於竹裏見有紅泉，乃知神仙境地之所湧。我自今朝得此扈仙蹕於平陽公主之館，不復羨昔人乘浮槎，以至於雲漢之邊者也矣。

【校勘記】

[一]敞：底本訛作「敝」，據《全唐詩》卷七十三改。

張説

灉湖山寺[一]

本集二首，其一五古，原本收之，今以體之不同，故去之。

空山寂歷道心生，虛谷迢遥野鳥聲。禪室從來塵外賞，香臺豈是世中情。雲間東嶺千重出，樹裏南湖一片明。若使巢由同此意，不將蘿薜易簪纓。

空山之氣寂歷，深更聞之，竟無一動響，自使人慕道之心生，而其虛谷迢遥之外，偶獨有野鳥之聲而已。由是觀之，禪室所見之物，從來皆塵外之士之所賞玩，且今我來坐其香臺之心，豈是爲世中之情？蓋其所眺矚，雲間有東嶺千重之叠出其翠頂，樹裏有南湖一片之明映其水色。若使昔巢父、許由同此坐香臺之意，當時不將山中蘿薜易官路簪纓，以淪其隱遁也。

【校勘記】

［一］灘湖山寺：底本誤置「蘇頲」下，據《全唐詩》卷八十七改。按此詩與下篇《遥同蔡起居偃松篇》皆爲張説詩。

遥同蔡起居偃松篇

清都衆木總榮芬，傳道孤松最出羣。名接天庭多景色，氣連宫闕借氛氲。懸池的的停華露，偃蓋重重拂瑞雲。不惜流膏助仙鼎，願將楨幹捧明君。

清都所有衆木總皆敷榮揚芬之中，人傳道有孤松最出羣秀拔矣。以其名稱之接連天庭之名稱，故多見增其景色；其氣又以連宫闕之瑞氣，故兼借其瑞氣之氛氲矣。宫殿屋簷邊所懸承霤銅池上，以此松偃蓋覆殿屋以垂其露流下，故常的的停其華露，而其偃蓋乃重重上累以拂瑞雲矣。而此松意不惜其身之流膏，以助仙鼎之煉丹，而常願將其楨幹捧之明君矣。

幽州新歲作

去歲荆南梅似雪，今年薊北雪如梅。共言人事何嘗定，且喜年華去復來。邊鎮戍歌連日動，京城燎火徹明開。遥遥西向長安日，願上南山壽一杯。

去歲正月，我在荆南見梅花已發如雪，今年在薊北見雪反如梅。我常與人共嗟嘆，世間人事何嘗有一定不變者哉？則此梅雪之變换，固當有之事，不足深嘆，且喜年華去復來，而我身不死以得迎之耳。雖邊鎮之地以逢新歲，其戍歌連日動起，乃知京城燎火當乃徹明而張開。我只遥遥西向長安瞻望天日，心願得上南山壽酒一杯焉矣。

奉和春日出苑矚目應令

賈曾

銅龍漢元帝太子出龍樓門，注：上有銅龍。**曉闢問安回，金輅春遊博望開。渭水晴光摇草樹，終南佳氣入樓臺。招賢已從商山老，託乘還徵鄴下才。臣在東南獨留滯，忻逢睿藻日邊來。**

皇城銅龍之門曉闢，而後太子入省問内竪安否如文王故事，而後回其金輅，因爲春遊，而太子博望之苑爲之開其景。渭水之晴光漾摇苑中草樹，終南之佳氣來入苑中樓臺。太子招賢者已從漢高太子所迎致商山之四老，託其乘者還徵魏文帝爲太子時所友鄴下之諸才子。臣雖在東南之地獨留滯，未得召回預其從徵之列，而今乃忻悦其逢太子睿藻，自日邊來示也。

李邕

奉和初春幸太平公主南莊應制

傳聞銀漢支機石，復見金輿出紫微。織女橋邊烏鵲起，仙人樓上鳳皇飛。流風入座飄歌扇，瀑水當階濺舞衣。今日還同犯牛斗[一]**，乘槎共泛海潮歸。**

本嘗傳聞人遊銀漢拾織女支機石之事，而今日復見皇上金輿出紫微。及到織女橋邊，烏鵲起迎駕以成橋；及上弄玉仙人樓上，鳳皇飛翔，應樂奏以作舞。流風入座，吹飄歌者所以掩口之扇；瀑水當階，飛灑舞人所被之衣。今日臣等見其風飄水濺之趣，還同昔拾石之人犯牛斗，乘槎共泛海潮而歸也。

【校勘記】

[一]牛斗：底本誤作「斗牛」，據《全唐詩》卷一百一十五改。下同。

孫逖　**和左司張員外自洛使入京中路先赴長安逢立春日贈韋侍御及諸公**[一]中路，蓋以其使事未終言也。

忽睹雲間數雁回，更逢山上一花開。河邊淑氣迎芳草，林下輕風待落梅。秋憲府中高唱入，春卿署裏和歌來。共言東閣招賢地，自有西征作賦才。

張赴長安途中，忽睹雲間數雁北回，更逢山上一花開，知是立春，因乃作詩贈韋。而其更當來自洛，而河邊淑氣之中兼迎芳草之氣馥，而今且留京，即是林下輕風待落梅花之欲飄散者矣。而所贈詩之韋官爲侍御史，即是秋憲府中，而張之以其高唱贈而入之也。張官雖爲中書左司，留居春卿尚書署裏，則韋之和歌來也。而秋府春署中之人，當共言公孫弘相府東閣本是招賢者之地，自有西征自洛赴京途中作詩賦如張之才子也矣。

【校勘記】

［一］和左司張員外自洛使入京中路先赴長安逢立春日贈韋侍御及諸公：《全唐詩》卷一百一十八作《和左司張員外自洛使入京中路先赴長安逢立春日贈韋侍御等諸公》。

黄鶴樓

崔顥

昔人已乘白雲去，此地空餘黄鶴樓。黄鶴一去不復返，白雲千歲空悠悠。晴川歷歷漢陽樹，芳草萋萋鸚鵡洲。日暮鄉關何處是，煙波江上使人愁。

昔日仙人已跨鶴乘白雲去，此地空餘此黄鶴樓。所以言空餘者何以也？當時黄鶴一去不復返來，其白雲亦後經千歲空自悠悠，無有傳一音耗，豈非空餘邪？樓上所望，其晴川沿岸，歷歷映影漢陽縣樹如可枚數，而芳草之緑萋萋相連，鸚鵡洲色可辨細微焉。但及日暮，吾欲望以知我鄉關向何處爲是，而煙波在江上蒙籠阻隔，是他物明白而所欲望者却致不可見也，豈亦非因空餘此樓以使人生愁邪！

行經華陰

岧嶤太華俯咸京，天外三峯削不成。武帝祠前雲欲散，仙人掌上雨初晴。河山北枕秦關險，驛路西連漢時平。借問路傍名利客，無如此處學長生。

岧嶤高聳者爲太華山，山上俯視咸京在下，而其天外蓮華、毛女、松檜三峯雖欲削物以倣之，亦不能成其貌似也。而崔行經華陰，方在武帝祠前，會其陰雲欲散開，仙人掌上之雨亦初晴霽，於是據高騁望，千里在目。蓋其河山之形勢，並皆及北枕秦地潼關，乃見險難，而驛路則東連漢時一面平坦矣，夫秦關之險，漢畤之平，争求其利己，而今其利餘安在哉？於是借問路傍爲名利奔走之客：「汝輩亦今知其當？」曰：「無如在此處學長生之術乎？」

李白　**登金陵鳳皇臺**

鳳皇臺上鳳皇遊，鳳去臺空江自流。吴宫花草埋幽徑，晉代衣冠成古丘。三山半落青天外，二水中分白鷺洲。[一]**總爲浮雲能蔽日，長安不見使人愁。**

鳳皇臺上，曾有鳳皇來遊焉，鳳去後臺空虚，而江水自流，逝其日月而已。而臺上所望見，如夫往事之所感我目者，吴王夫差宫中所種花草，今皆埋爲幽徑；晉代王謝衣冠之族，今皆變成古丘者是也。而金陵西南山名三山者，其山半腰已下落在青天之外者，及秦淮之流至金陵，分爲二支，一入城，一繞城外，其中分之所生於白鷺洲者，歷歷可辨矣。此徑也，丘也，三山也，二水也[二]，總爲浮雲能蔽其地上之日景，以成不可見焉。而忽又以念長安之不可見，則凡臺上所望，總皆爲使人生愁之具者矣。

【校勘記】

［一］底本頷聯、頸聯兩聯相倒，據《李太白文集》卷十八、《全唐詩》卷一百八十、京都大學附屬圖書館藏本改。

［二］皆川淇園所注頷聯、頸聯亦相倒，據京都大學附屬圖書館藏本改。

早朝大明宮呈兩省僚友

賈至

銀燭朝天紫陌長，禁城春色曉蒼蒼。千條弱柳垂青瑣，百囀流鶯繞建章。劍珮聲隨玉墀步，衣冠身惹御爐香。共沐恩波鳳池上，朝朝染翰侍君王。

百官侵曉各自照銀燭以朝天者，先在紫陌相連不斷。當其時，遠望禁城之春色，曉靄含之蒼蒼然而已。既及天明景朗，逶迤進入以視之，千條弱柳垂其絲於青瑣之闥，而百囀流滑之鶯聲相合，以繞建章之宫矣。於是百官逐班且佇且行，其劍珮之聲隨其玉墀之步復鳴復息，是時殿頭所焚香煙滿廷如雲，凡其衣冠之身皆惹其御爐之香矣。就中如兩省僚友乃共沐恩波於鳳池之上，而且朝朝染翰侍君王以草詔勅者，豈非大幸乎！

和賈至舍人早朝大明宫之作

王維

絳幘鷄人報曉籌，尚衣方進翠雲裘。九天閶闔開宫殿，萬國衣冠拜冕旒。日色纔臨仙掌動，香煙欲傍袞龍浮。朝罷須裁五色詔，珮聲歸到鳳池頭。

絳幘鷄人報漏盡至曉之籌數，然後尚衣之官方進天子以翠雲之裘。既而九天閶闔重扉開其内所藏之宫殿，萬國朝集衣冠之人乃拜天子之冕旒。當其時，日色未照及宫殿，纔臨雲外仙人承露掌上，而見其光影之閃動；香煙深凝如雲，欲傍御衣袞龍以升浮，則是爲天子將回駕之候。而如舍人乃以其朝罷須裁五色紙之詔，故獨先自出朝去，而百官乃聞其珮聲，或應先歸到鳳池頭，此乃舍人職品之特見貴重者矣。

和太常韋主簿五郎温泉寓目[一]

漢主離宫接露臺，秦川一半夕陽開。青山盡是朱旗繞，碧澗翻從玉殿來。新豐樹裏行人度，小苑城邊獵騎回。聞説甘泉能獻賦，懸知獨有子雲才[二]。

漢主驪山離宫，其地接連露臺祠，而韋登其露臺寓目之時，秦川之長八百里者，其一半夕陽正開殘暉。

是時以御駕行在驪山，故百官周繞千衛置舍，乃其左右青山映夕陽見紅霞者，是其朱旗之繞也；而陰泉濯輸湯殿者，翻流出以映夕陽，即是碧澗從玉殿來焉。又以避行在之故，新豐樹裏乃爲行人往來所度之路，宜春小苑亦望見其城邊有獵騎以避行在而回去，此豈非天下之盛觀乎？我聞説其甘泉之幸有能獻賦者，而懸空乃知其百官千衛之中，獨韋有楊子雲之材足能之，其他無有也。

【校勘記】

［一］和太常韋主簿五郎温泉寓目：《全唐詩》卷一百二十八作《和太常韋主簿五郎温汤寓目之作》。

［二］有：底本誤作「在」，據《全唐詩》卷一百二十八改。

大同殿生玉芝龍池上有慶雲百官共觀聖恩便賜燕樂敢書即事［一］

欲笑周文歌燕鎬，還輕漢武樂橫汾。豈知玉殿生三秀，詎有銅池出五雲。陌上堯尊傾北斗，樓前舜樂動南薰。共歡天意同人意，萬歲千秋奉聖君。

今以因芝雲之瑞賜燕樂，故我心欲笑周文王之嘗以《魚藻》歌其燕鎬京之事，還又輕漢武帝樂其泛樓船橫汾河作《秋風辭》之事。彼豈知有如我唐朝大同玉殿生三秀之草者乎？彼詎又有其承霤銅池出五彩慶雲者邪？彼乃皆徒歌徒樂者耳。今則實因天地呈瑞以賜燕樂。陌上堯尊，酌之用大斗而以傾北斗之勺；樓前舜樂，作之用雅琴而動南薰之曲。百官共歡，天意同人意而以出此二瑞也，乃更欲度萬歲千秋以奉此聖明之君焉矣。

【校勘記】

［一］大同殿生玉芝龍池上有慶雲百官共觀聖恩便賜燕樂敢書即事：《全唐詩》卷一百二十八作《大同殿柱産玉芝龍池上有慶雲神光照殿百官共睹聖恩便賜宴樂敢書即事》。

奉和聖製從蓬萊向興慶閣道中留句春雨中春望之作應制

渭水自縈秦塞曲，黄山舊繞漢宫斜。鑾輿迥出千門柳，閣道回看上苑花。雲裏帝城雙鳳闕，雨中春樹萬人家。爲乘陽氣行時令，不是宸遊玩物華。

渭水元自縈秦國之塞而回曲通流，黄山從舊繞漢時之宫北，而南與興慶閣道斜向相映，而山下即爲上林苑。是日天子和鑾之輿，以其緣閣道迥出千門楊柳之上，既至閣道，乃回首以遠看上苑之花樹焉。而其雲裏知是爲帝城者，以其雙立鳳闕之高聳也；雨中見其雜春樹者，即是萬民人家之廛居也。而今臨御此閣道之上者，爲欲乘陽氣行其時令，故候其可否也，不是耽宸遊以玩其物華也。

敕賜百官櫻桃

芙蓉闕下會千官，紫禁朱櫻出上闌。纔是寢園春薦後，非關御苑鳥銜殘。歸鞍競帶青絲籠，中使頻傾赤玉盤。飽食不須愁内熱，大官還有蔗漿寒。

櫻桃芙蓉園之所出，故於芙蓉殿闕下會千官以賜之，而紫禁朱熟之櫻桃乃出上闌之中也。其賜之時，纔是爲於寢廟園陵以爲春薦之後者，而其事非關御苑中鳥銜之之餘者也。百官已拜賜者先歸，而其馬鞍邊，競帶其盛之之青絲籠；而其方賜之殿上者，中使取來頻傾之以赤玉之盤。我輩雖飽食之，亦不須愁其或生内熱之疾，蓋以大官之所出賜，自又有蔗漿之寒足消其毒者也。

酌酒與裴迪

酌酒與君君自寬，人情翻覆似波瀾。白首相知猶按劍，朱門先達笑彈冠。草色全經細雨濕，花枝欲動春風寒。世事浮雲何足問，不如高臥且加餐。

我今酌酒與君，欲使君飲之以自寬遣其懷，古來人情其翻覆者似波瀾之倏變。蓋我謂其人爲白首互相知者，而彼猶或按劍以疑夜光之暗投，而朱門先達之友，笑我彈冠上之塵，以待其之薦引。草色全經細雨濕者，豈非小人亦得全生以被上天恩露之況乎？花枝欲動春風寒者，非君子欲動屢失其時之況乎？要之世事之如浮雲之不可恃者，何足以爲問，不如高卧且加餐以待時之至也。

酬郭給事

洞門高閣靄餘暉，桃李陰陰柳絮飛。禁裏疎鐘官舍晚，省中啼鳥吏人稀。晨搖玉佩趨金殿，夕奉天書拜瑣闈。强欲從君無那老，將因卧病解朝衣。

返景從洞門穿入倒照高閣，又稍見夕靄於其餘暉之時，院内桃李陰陰稍暗，只見柳絮飛乎其餘暉中，此猶如我身老景，精神稍眊，以見郭之奔走其職事之狀也。禁裏傳疎鐘之聲而官舍已晚，則省中只有啼鳥，而吏人則已成稀少焉矣，此猶如今朝廷疎於爲政而國運已衰，官僚中只有小人，而勤職君子則成稀少焉。如郭乃今方晨搖玉佩以趨金殿，夕奉天書以拜瑣闈者。吾强欲從君所爲亦無那吾身已老也，將必因卧病終解朝衣以歸山也已。

過乘如禪師蕭居士嵩丘蘭若

無著天親弟與兄，嵩丘蘭若一峯晴。食隨鳴磬巢烏下，行踏空林落葉聲。迸水定侵香案濕，雨花應共石床平。深洞長松何所有？儼然天竺古先生。

乘如與蕭猶天竺無著大士有弟天親菩薩，而亦爲弟與兄也，王欲過其所寓嵩丘蘭若，適値其所居一峯正晴之時。而其元望之心以爲彼二人之居，其食必隨其鳴磬而巢烏下食，我行踏其空林，只有落葉之聲。而巖間或有迸水，定亦侵其香案而以濕，又時有天女雨花亦應共其石床成平矣。既及到而視之，亦無巢烏，亦無空林，而只是深洞長松；亦無迸水，亦無雨花，試問何所有，獨有儼然天竺古先生而已。

奉和聖製從蓬萊向興慶閣道中留春雨中春望之作應制

李憕

別館春還淑氣催，三宮路轉鳳皇臺。雲飛北闕輕陰散，雨歇南山積翠來。御柳遥隨天仗發，林花不待曉風開。已知聖澤深無限，更喜年芳入睿才。

別館興慶之宮中，春還而淑氣始催之時，御駕出蓬萊三宮，由閣道而其路轉鳳皇臺，此蓋指興慶閣也。

是時雲容飛移，北闕之輕陰初散去；雨意歇息，南山之積翠始來映。而又見御柳在遥遠者已隨天仗之所臨而發緑，林花亦不待明日之曉風而開芳。已知聖澤之深無限，是以花柳亦因以得發放，而今更復喜一年芳菲之入睿才之御咏矣。

送魏萬之京

李頎

朝聞遊子唱離歌，昨夜微霜初渡河。鴻雁不堪愁裏聽，雲山况是客中過。關城曙色催寒近，御苑砧聲向晚多。莫是長安行樂處，空令歲月易蹉跎。

今朝已聞遊子之唱離歌，即乃昨夜向曉微霜之時，初渡河來此之人也。我因想鴻雁當不堪愁裏聽之也，雲山况是其客中不得不經過之者乎？比及關城見曙色，知其催寒候之漸近，既至於御苑，聞砧聲之所響，覺其向晚益多矣，夫時月之易過者已若此矣，則子之亟行者，其亦宜然。然而子亦他日其莫曰：「是長安多行樂之處，空令人之歲月易蹉跎，是以我亦久寓未有成業矣乎。」

寄盧司勛員外[一]

流澌臘月下河陽，草色新年發建章。秦地立春傳太史，漢宮題柱憶仙郎。歸鴻欲度千門

雪，侍女新添五夜香。早晚薦雄文似者，故人今已賦長楊。

盧今將以河水流澌之臘月而下河陽以赴京，李因想盧視京地之草色，新年當見其嫩緑之發於建章。而秦地立春之曆直傳之太史，其時我在此地，以其可繼漢宫題柱之故事，而以憶仙郎盧矣。既及歸鴻之欲度千門雪也，其宫省中侍女新將添五夜蓑衣之香，而以候早朝矣。而不知盧早晚薦上以楊雄文之似者乎？若欲以薦上，則我爲盧故人，而今已賦《長楊》矣。

【校勘記】

［一］寄盧司勛員外：《全唐詩》卷一百三十四作《寄司勛盧員外》。

題璿公山池

遠公遁跡廬山岑，開士幽居祇樹林。片石孤雲窺色相，清池皓月照禪心。指揮如意天花落，坐卧閑房春草深。此外俗塵都不染，唯餘玄度得相尋。

璿之入山，如慧遠遁塵跡之所至於廬山之岑也；其栖林中，如天竺開達之士幽居於祇陀太子園樹林中也。是以唯其山上片石峯側所映之孤雲窺璿之色相，清池水面所影之皓月照璿之禪心。璿之説法，手因指揮其如意則天花亂落焉，是其動相也。璿之平居只坐卧閑房而不出門，階前春草深可没人，是璿之静相也。而此孤雲皓月天花春草來染之外，一切俗塵大都不許來染，唯餘我如許玄度者，得相尋訪而已矣。

寄綦毋三

新加大邑綬仍黄，近與單車向洛陽。顧眄一過丞相府，風流三接令君香。南川粳稻花侵縣，西嶺雲霞色滿堂。共道進賢蒙上賞，看君幾歲作臺郎。

綦毋雖新加大邑之任，而其禄未得大，其綬仍黄者，此大可怪之事，蓋綦毋近纔與單車向洛陽以上其任，而其未上任之前亦在京。若謂未承顧眄，則既已一過丞相府矣；若謂未著風流，則凡三接令君香矣，丞相令公非不知綦毋也。綦毋之治，我見其南川粳稻，其田益闢而其花至侵入縣治，則是其治賦勸農之有盛績者也。我又見西嶺雲霞之色滿綦毋之堂，則是其政成物治之有優閑者也。彼丞相令君共道進賢者，則當蒙上賞矣，而如綦毋豈謂之不賢哉？試看君今後幾歲得薦作尚書臺郎乎？嗚呼，豈非可惋嘆之事乎！

送李回

知君官屬大司農，詔幸驪山職事雄。歲發金錢供御府，晝看仙液注離宫。千巖曙雪旗門

上，十月寒花輦路中。不睹聲名與文物，自傷留滯去關東。

我素知君官屬大司農者，而天子方今詔幸驪山，則我知君之職事之見其雄乎庶官矣。每歲發郡國金錢以供御府之用者，爲大司農之任，則此固已雄；而其在驪山，晝則檢察看視於温泉仙液之流注離宫浴殿者，此其雄之尤大者。因想其在驪山千巖曙雪照旗門之上，十月寒花滿輦路中，此其見聲名文物之場也已。我乃以其不得與觀其聲名與文物，而身自傷受留滯之任，以去向關東矣。

宿瑩公禪房聞梵

花宫仙梵遠微微，月隱高城鐘漏稀。夜動霜林驚落葉，曉聞天籟發清機。蕭條已入寒空静，颯沓仍隨秋雨飛。始覺浮生無住著，頓令心地欲皈依。

花宫仙梵之所有與李宿處相遠，而其聲又微微，此何聲邪？爲是鐘？爲是漏？論此時，落月隱高城之陰，即鐘漏已稀歇，乃知是非鐘漏也。而更諦聽之，其聲乃當中夜動乎霜林之中矣。因驚以謂是落葉之響，既及曉聞，乃悟本是天籟，由瑩公口中出爲梵聲，以發我清機者也。既而耳境蕭條，其聲已入寒空，忽然静寂，而細更聆之，颯沓乎其聲仍在，隨逐秋雨飛響未已。此豈非過去法過去，現在法無住邪？於是始覺今我此浮生無住著，頓令我心地欲皈依佛乘矣。

贈盧五舊居

物在人亡無見期，閑庭繫馬不勝悲。窗前緑竹生空地，門外青山似舊時。悵望青天鳴墜葉，巑岏枯柳宿寒鴟。憶君淚落東流水，歲歲花開知爲誰。

李心方念此豈非物在人亡，其人無再可見之期邪？而身方在盧舊居，閑庭繫馬，而心不勝其悲。又見其窗前緑竹荒蔓以侵生於空地，若使盧在，必亦剪除，豈有見若此乎？宅中所觀，都皆不似舊時，獨唯有門外青山似舊時之景色者而已。於是悵望青天，其有聲而鳴者只墜葉，而其門外樹形，見巑岏之枯柳上空來宿寒鴟。對此荒涼之景，更益憶盧君而淚落於東流之水上矣。不知歲歲花開仍如舊時者，不知爲誰人而然也。

祖咏　**望薊門**

燕臺一去客心驚，笙鼓喧喧漢將營。萬里寒光生積雪，三邊曙色動危旌。沙場烽火侵胡月，海畔雲山擁薊城。少小雖非投筆吏，論功還欲請長纓。

向燕臺一意行去之間，客心忽然有驚其事殊異者，蓋其所望見方且吹笙、鳴鼓，其聲喧喧者是漢將之營也。夫軍營中，豈宜事笙鼓，豈宜喧喧哉？而其營外沙塞萬里，而寒光始生於其積雪。東北西三邊曙色初動危旌之旄頭，則是非邊光塞氣之不常接其心目也。況方今沙場烽火報寇之來襲，而狼煙直侵胡月。海畔雲山其形勢又包擁薊城者，其勢非孤危者乎？於是祖少小已來，雖非投筆之吏如班超者，而兵事亦非其所可闕也。且論以其於功之孰長孰短，還欲效終軍請長纓、繫南越王之事也。

九日登仙臺呈劉明府

崔曙

漢文皇帝有高臺，此日登臨曙色開。三晉雲山皆北向，二陵風雨自東來。關門令尹誰能識，河上仙翁去不回。且欲近尋彭澤宰，陶然共醉菊花杯。

漢文皇帝所築之遺，今尚有其高臺，此日崔登臨其上，曙色正開。而韓、趙、魏三晉之雲山並，皆從臺上北向以看之，則臺北之地空曠平遠可以知也。崤山之二陵，其南夏后皋之墓，北陵文王之所避風雨者，而今亦見其陵上有風雨，而將從臺東來至焉，則亦宜下去也。昔老子西度函谷關時，有令尹喜能識之仙氣，而今其令尹誰能識吾仙氣者也？又如文帝時，結草庵於河上之仙翁，亦當時一去不復回來。是以吾心且欲近尋如彭澤宰者劉，而以陶然相共醉菊花之杯也。

五日觀妓

萬楚

西施謾道浣春紗，碧玉今時鬬麗華。眉黛奪將萱草色，紅裙妒殺石榴花。新歌一曲令人艷，醉舞雙眸斂鬢斜。誰道五絲能續命，却令今日死君家。

人説昔西施者，謾道其浣春紗之事，此其言漫然無意之中。自有西施面白，浣紗成潔白以比其白之義，而今親目見如汝南王妾碧玉者，此端午之時，而以其身上色彩鬬之於節物之麗華。蓋其眉黛之色，乃已奪將萱草葉色；其紅裙之光亦妒殺石榴之花，不使揚氣，即是千古未聞之奇事矣。而其新歌一曲，令人艷想不已，而其醉舞之用雙眸，故意不與我正相面，以側面斂之其鬢邊，而以斜視與我目成矣。嗟乎，誰道今日五綵絲繫臂者能續人命乎？以五絲之故，却欲令我今日死於君家也。

杜侍御送貢物戲贈

張謂

銅柱朱崖道路難，伏波横海舊登壇。越人自貢珊瑚樹，漢使何勞獬豸冠。疲馬山中愁日晚，孤舟江上畏春寒。由來此貨稱難得，多恐君王不忍看。

交趾之銅柱，瑶海之朱崖，其赴之之道路極艱難，是以昔馬援爲伏波將軍，韓説爲横海將軍，舊時往之者並皆登壇拜將率人衆，而後始就其行矣。且朝廷有德，越人將自來貢其珊瑚樹耳，漢使杜侍御亦何勞著其獬豸冠以往取之乎？且杜騎其疲馬於山中，當愁其日晚民遇賊劫；乘孤舟於江上，又必畏盗襲於春寒之夜，無寐以警備之也。由來此所送之貨物稱爲難得貨，即光武所謂令人行妨者也。吾多恐雖送到京，而君王乃不忍看之也。

高適　　**送李少府貶峽中王少府貶長沙**

嗟君此別意何如，駐馬銜杯問謫居。巫峽啼猿數行淚，衡陽歸雁幾封書。青楓江上秋天遠，白帝城邊古木疎。聖代即今多雨露，暫時分手莫躊躇。

高心嗟李、王兩君此別其意當何如？想其臨別，各自駐馬銜杯，互問其愁謫居之情事。王問李，聞巫峽啼猿，當斷腸以下數行淚也。李問王，託衡陽歸雁，能得寄幾封之書也。既而各當分赴其貶所，李則青楓江上，舟入秋天之遠。王則白帝城邊，馬歷古木之疎矣。雖然聖代即今乃多有霑雨露之恩赦者，則今日亦只是暫時分手，宜莫躊躇停行也。

夜别韋司士

高館張燈酒復清，夜鐘殘月雁歸聲。只言啼鳥堪求侣，無那春風欲送行。黄河曲裏沙爲岸，白馬津邊柳向城。莫怨他鄉暫離别，知君到處有逢迎。

高館之宴及夜張燈攝酒復清，既而夜鐘鳴，殘月映，又聞雁向北歸飛之聲。而席間人只言啼鳥有其聲，堪以求友侣，蓋以况韋之有名聲，堪以求人納交。而衆與高乃皆雖惜别，無那春風之意亦促韋舟行，借之以便風欲以送行也。因思韋舟當到黄河曲裏沙漲爲岸，白馬津邊楊柳夾道向城之處。則韋亦宜莫怨在此他鄉，暫與此衆人爲離别，乃亦以知韋君之舟，於是到處自亦有相逢迎之人故也。

和賈至舍人早朝大明宫之作

岑參

鷄鳴紫陌曙光寒，鶯囀皇州春色闌。金闕曉鐘開萬户，玉階仙仗擁千官。花迎劍珮星初落，柳拂旌旗露未乾。獨有鳳皇池上客，陽春一曲和皆難。

鷄鳴之時，千官未入朝，尚在紫陌，曙光已動别覺曉寒，既而晨鶯百囀，蓋皇州春色則已向闌矣。於是金闕之外傳曉鐘以開建章萬户，而千官因入朝以立大明宫之殿墀；則當玉階前有仙仗儀衛，以擁其千官之進步焉。當是時，宫廷花色尚暗者，稍近稍明以迎其劍佩，而天外殘星始隱以落於雲際；楊柳之長條含風以拂儀仗中旗旌，而其晨露未乾則旗旌亦濕。是時千官中，獨有鳳皇池上客舍人賈，其所唱陽春歌一曲，其調至高，和之者皆難其和矣。

和祠部王員外雪後早朝即事

長安雪後似春歸，積素凝華連曙輝。色借玉珂迷曉騎，光添銀燭晃朝衣。西山落月臨天仗，北闕晴雲捧禁闈。聞道仙郎歌白雪，由來此曲和人稀。

長安城中雪後之景，似春色俄歸來者，草樹之上皆積素凝華，以相連乎曙輝照映之中矣。而此雪當其天未明之時，其集尋常珂上者，以其色驟借妝以爲玉珂，而以迷其曉騎使謂他人之馬也。其光乃添銀燭之所照，而以使晃乎朝衣之上。既及入朝以觀其景，滿庭皓然如西山落月之光，還來以臨天仗。回望之冒樹泱然，乃疑北闕晴雲之朵墜下，以捧禁闈矣。而聞道有仙郎王姓歌《白雪》之曲，由來此曲和人甚稀，蓋自楚郢之市人而然也。

西掖省即事

西掖重雲開曙暉，北山疎雨點朝衣。千門柳色連青瑣，三殿花香入紫微。平明端笏陪鵷列，薄暮垂鞭信馬歸。宦拙自悲頭白盡，不如巖下偃荆扉。

岑在西掖，見重雲之開曙暉而以出省，乃尚有北山疎雨降下以點朝衣。既而見建章千門柳色之青，連接青瑣之闥，聞蓬萊三殿之花香，而以入紫微之垣中。乃雖今日亦不過平明端其所執之笏，以進陪鵷列之間，至薄暮垂鞭信馬行而以歸我家而已。因又熟思我今宦事甚拙，而以自悲頭毛白盡者，不如歸去隱山巖之下，偃卧荆扉之中也。

九日使君席奉餞衛中丞赴長水

節使横行西出師，鳴弓擐甲羽林兒。臺上霜威凌草木，軍中殺氣傍旌旗。預知漢將宣威日，正是胡塵欲滅時。爲報使君多泛菊，更將絃管醉東籬。

節度使其勢横行，將以西嚮出師，其鳴弓擐甲之士並皆羽林孤兒。夫中丞已有御史臺上之霜威，以凌壓彼草木，而加之又見軍中殺氣之纏傍此旌旗，則其戰勝可以知也。今預已知漢將當宣奪國威之日，正是胡塵欲滅之時也已。請爲我報之使君，令其多泛杯中以菊花，而更將絃管之聲佐其歡，以醉東籬而慶其事者爲可矣。

首春渭西郊行呈藍田張二主簿

回風度雨渭城西，細草新花踏作泥。秦女峯頭雪未盡，胡公陂上日初低。愁窺白髮羞微禄，悔别青山憶舊溪。聞道輞川多勝事，玉壺春酒正堪携。

我逢回風而度雨中之路於渭城之西邊，則因其欲避四面來風雨故。如其路上細草乃帶其新花者，亦一切踏破污爛作泥矣。是時渭城之西，有秦女峯頭餘雪未盡者，似吾白頭；胡公陂上日初低者，比吾晚景。是以吾心生愁，自窺見白髮而因更羞我官之微禄，其豈無有逢如細草作泥者乎？乃復自悔嘗别青山，而今空憶舊溪之勝之事矣。我聞道子所居輞川，乃多勝事矣，未知我玉壺春酒正堪携之，以相從乎否也？

暮春虢州東亭送李司馬歸扶風别廬

柳嚲鶯嬌花復殷，紅亭緑酒送君還。到來函谷愁中月，歸去磻溪夢裏山。簾前春色應須

惜，世上浮名好是閑。西望鄉關腸欲斷，對君衫袖淚痕班。

柳條復彈，鶯語復嬌，花色復殷紅者是我客此再逢春者，而今乃又是在紅亭上酌緑酒，以送君之還故鄉也。顧君之昔到來此也，其途間，每夕常不離其過函谷愁中之明月，而今乃又歸去，於其所思磻溪之夢裏之青山者。而此其心乃謂簾前所見之春色，此應須惜之空過也。至如世上官職之浮名，好謂爲是閑物者爾，此實達者之見也。今我則西望鄉關，愁腸欲斷者，而以對君乃又不自覺，春衫袖上淚痕之成班也。

萬歲樓

王昌齡

江上巍巍萬歲樓，不知經歷幾千秋。年年喜見山長在，日日悲看水獨流。猿狖何曾離暮嶺，鸕鷀空自泛寒洲。誰堪登望雲煙裏，向晚茫茫發旅愁。

江水之上，有巍巍高聳之萬歲樓，不知其已經歷幾千秋也。因料想其千秋間，年年或有人登此，喜見其山長在者；日日或有人登此，悲看水獨流者，是其山水常同，而人異悲喜也。試聽其山上猿狖之聲，何曾有離其暮嶺之日邪？乃其水面鸕鷀，亦空自泛乎其寒洲之外而已。雖然，其嘗登此之人衆中，其誰堪登以望彼雲煙之裏，而向晚則茫茫乎以發其旅愁者乎？我今已不堪，則恐必無若是之人矣。

杜甫

題張氏隱居本集二首，其一五律，原本收之，今以體之不同，故去之。

春山無伴獨相求，伐木丁丁《詩・小雅》：「伐木丁丁。」本一截之義，而鄭注爲其聲，杜之所用，蓋從其義。**山更幽。澗道餘寒歷冰雪，石門斜日到林丘。不貪夜識金銀氣，遠害朝看麋鹿遊。乘興杳然迷出處，**《易・繫辭傳》云：「君子之道，或出或處。」出謂仕，處謂不仕而處也。**對君疑是泛虛舟。**

春初之山中，杜單身無所伴，無指導之人，而以獨相求友人張於其中之時，惟聞伐木之聲丁丁然。遠傳其響，而心覺其山更爲深幽之地也。澗道餘寒尚甚，而以數歷冰雪之嚴凍，望見張之石門映斜日，始纔得到其所居林丘之地矣。此蓋自述其慕愛之切身訪求其居，不憚勞也，既已宿其家以視其人。張之不貪者，我却以其夜識金銀之氣者而以知之；張之遠害者，又以其朝看麋鹿之遊而以知之矣。既而其乘興之間，其心杳然互迷出處。蓋杜忘其身已出仕，張忘其身之隱處，忘後所出語，即皆所謂迷者也。且對張君之閑語，或有觸，都無生怒，因疑是莊子所謂泛虛舟者也，此又言與張相得之深至也。

宣政殿退朝晚出左掖

天門日射黃金榜，春殿晴曛赤羽旗。宮草菲菲承委佩，爐煙細細駐遊絲。雲近蓬萊常五色，雪殘鳷鵲亦多時。侍臣緩步歸青瑣，退食從容出每遲。

天門閶闔，則落日返光正射其黃金之榜額；春殿之晴色，洒其晚氣更曛其赤羽之旗上。是時金光閃歷，赤色輝赫者在上以奪人目。而其下則宮草碧緑，其色如玉，其氣菲菲，以承杜所方行之身前之委佩；其殿上香爐以不繼焚，故其煙已細細纔如駐遊絲。既而仰見天雲其近蓬萊殿上者，晚霞絢綵成五色，此乃杜每退朝常見其如此，故曰「常五色」也。而雪之殘鳷鵲觀上者亦已多時而未消。杜以職在侍臣，而今復緩步以歸青瑣之左掖，此其退食亦以其從容玩賞景致，故其出闈門每日致遲晚矣。

紫宸殿退朝口號

户外昭容紫袖垂，雙瞻御座引朝儀。香飄合殿春風轉，花覆千官淑景移。晝漏稀聞高閣報，天顏有喜近臣知。宮中每出歸東省，會送夔龍集鳳池。

户外左右昭容先見其紫袖之彈垂，蓋以待千官入朝，而後雙瞻御座以引導朝儀，千官於是或先進入殿陛上，或在陛下庭上列立。既而爐香飄揚合殿之内，而春風吹轉，其煙或東拖，或南靡，而殿下庭上花覆千官者，以日晷漸進而其淑景亦漸移徙。是時晝漏之聲稀聞，故掌漏自其高閣上呼報其時刻，而天顔或有喜色者，唯如我近臣者得以知之，豈非此身至慶乎？且以其官署在宫中，故每其出歸東省，必又相會以送大臣，如夔龍而以集於鳳池上，亦非餘官所敢望也。

曲江對酒

苑外江頭坐不歸，水晶宫殿轉霏微。桃花細逐楊花落，黄鳥時兼白鳥飛。縱飲久判人共棄，懶朝真與世相違。吏情更覺滄洲遠，老大徒傷未拂衣。

苑外也，江頭也宜其歸，而猶自兀然獨坐對酒，以至宫殿晚靄轉已霏微不分明之時。而其所見者，桃花細逐楊花而落，黄鳥時兼白鳥而飛，此皆何預於人事，而我且留連如此乎？蓋吾之縱飲者是本久判人之共棄我也，而吾懶朝者是真與世相違。亦唯滄洲之情之不能忘於懷也。然縱飲懶朝之言猶屬吏情，則雖今日坐不歸而更又覺其與滄洲之趣相去遠矣，吾常以老大未能遂此情而徒傷我懷，而亦未能拂衣掛冠以去之也。

九日藍田崔氏莊

老去悲秋强自寬，興來今日盡君歡。羞將短髮還吹帽，笑倩旁人爲正冠。藍水遠從千澗落，玉山高並兩峯寒。明年此會知誰健，醉把茱萸仔細看。

老去衰邁悲秋之感益甚，而强自寬吾懷，以爲興之來者，今日之宴上欲以盡君歡也。然而老軀自羞，將短髮還任風吹落帽如孟參軍，是以先自作笑顔爲戲謔，以倩旁人使爲我理正冠之欹側也。藍水之來，其源遠從千澗而落下；玉山之莊，其地高並兩峯而特寒。我亦思遠心高，乃謂明年此會，知誰得尚健邪？醉裏亦無心仔細山水，而獨把其茱萸仔細看之，或恐不可得復看也，此亦專狀其衰者。

野望

西山白雪三城戍，南浦清江萬里橋。海内風塵諸弟隔，天涯涕淚一身遥。惟將遲暮供多病，未有涓埃答聖朝。跨馬出郊時極目，不堪人事日蕭條。

成都西山白雪中有三城之戍，而兵戈未已，浣花溪南浦清江上，日度萬里橋而客寓未歸。海内風塵皆有如三城戍，而諸弟皆阻隔不能相依，天涯涕淚灑萬里橋而一身獨在遥遠矣。而其一身亦唯將遲暮之年供多病之所纏，而未有涓埃毫末以答聖朝洪恩也。雖然，跨馬出郊以時時極目，乃亦不堪兵荒之餘，村落消亡，人事蕭條之感也已。

登樓

花近高樓傷客心，萬方多難此登臨。錦江春色來天地，玉壘浮雲變古今。北極朝廷終不改，西山寇盜莫相侵。可憐後主還祠廟，日暮聊爲《梁甫吟》。

花近高樓本可悦心之地，而今却傷客心者，何也？蓋今萬方多難之時，而此登臨故也。唯此錦江傷心之春色，其來是來天地之間者，乃天地之間無不有也。思玉壘山上浮雲多變態者，古亦猶今也已，此乃亦今日人事之比也。雖然天猶祚唐，北極朝廷終必不改，則西山寇盜雖猖獗，其必有平靖而莫相侵之日矣，蓋知唐室太宗有遺德必不失大祚故也。於是偶憶謂其可憐於蜀後主，其身亡國還有祠廟；而日暮聊亦爲《梁甫吟》，以思諸葛之遺德，得以能令爲之也。

秋興八首

其一

玉露凋傷楓樹林，巫山巫峽氣蕭森。江間波浪兼天湧，塞上風雲接地陰。叢菊兩開他日淚，孤舟一繫故園心。[二]**寒衣處處催刀尺，白帝城高急暮砧。**

玉露之下稍多以凋傷江岸楓樹林，而巫山巫峽之間，其秋氣尤覺蕭寂森邃。而加之江間逢秋，水勢甚壯，其波浪之高蹴十倍常時，猶如欲兼天者而以洶湧焉。如其塞上之風雲，又以其地勢固高，常接地以作陰霾焉。杜在此見其叢菊今已兩回開花，而他日之涕淚復爲之零下，而其所乘孤舟一意不去，而以繫思故園之心矣。而我方想天下婦女爲其遠人製寒衣者，今當處處催刀尺時。此地乃以白帝城在高嶺上，故其日景尤短急，故其人家早作暮砧之聲矣。

其二

夔府孤城落日斜，每倚南斗望京華。聽猿實下三聲淚，奉使虛隨八月槎。畫省香爐違伏枕，山樓粉堞隱悲笳。請看石上藤蘿月，已映洲前蘆荻花。

杜在夔府孤城而落日已斜之時，每日倚其分野南斗之星以望京華。是時或聽猿聲實下三聲斷腸之淚，而前日奉命赴鳳翔之使者一去杳然。計竟成虛，乃似隨八月之浮槎之逝天漢者也。杜身以其官言之，宜當相依在畫省香爐之邊，而天使其香爐違杜之伏枕，不得相依。而今徒在山樓之上，有向其粉堞而以隱痛其悲笳之音而已。君請見山石上映寫藤蘿之月影，逡巡之間已映洲前蘆荻之花，光陰如是，我安得不心急歸計乎？

其三

千家山郭靜朝暉，日日江樓坐翠微。信宿漁人還泛泛，清秋燕子故飛飛。匡衡抗疏功名薄，劉向傳經心事違。同學少年多不賤，五陵衣馬自輕肥。

千家山郭民户始開，街上人行尚少而以静朝暉之時，日日上臨江之樓而以坐於山腰翠微。乃見前日來信宿渚岸漁人之舟，是日還泛泛撑棹浮出而行，清秋燕子故意又飛飛來去以觸動人意。余嘗爲如匡衡抗疏而因上不用，故功名尚薄；爲如劉向傳經而以上不貴，故心事長違。而今尚沉滯，是未能如漁舟還泛也。當時同學少年輩，今多被擢用而其官不賤，想其在五陵，其衣也、馬也自當以事輕肥，則秋燕之飛飛以惱人意，不亦宜乎？

其四

聞道長安似弈棋，百年世事不堪悲。王侯第宅皆新主，文武衣冠異昔時。直北關山金鼓振，征西車馬羽書遲。魚龍寂寞秋江冷，故國平居有所思。

杜嘗聞道長安之都偏似弈棋之局，以百年世事之變遷思之，其始終之不久，令人不堪其悲。百年前王侯第宅，今皆换以新主；百年前文武衣冠，今皆以異昔時。則長安之易變遷，不可不以虞也。方今直北關山金鼓猶振，戰争未已，征西車馬羽書尚遲，人心無安者，何也？君上未聞修德，臣下未聞盡力，是猶魚龍寂寞無一動而秋江自冷也。杜昔在故國平居之時，嘗有所思於此，而今老病之身，空徒悲昔日之志而已耳。

其五

蓬萊宮闕對南山，承露金莖霄漢間。西望瑶池降王母，東來紫氣滿函關。雲移雉尾開宮扇，日繞龍鱗識聖顔。一卧滄江驚歲晚，幾回青瑣點朝班。

蓬萊之宮，其闕乃對南山以祈萬年，其承露金莖乃置之霄漢間。天子向西望瑶池之下，王母東乃欲來，老子紫氣以滿函關。杜嘗侍朝於其宮廷，當雲移天之時，雉尾所合之處開其宮扇，而日光因繞御衣衮龍鱗甲之際，以識天子聖顔矣。而今數年一卧滄江之上，頻驚歲晚矣。不知向後更得幾回在青瑣闥點朝班之名乎？

其六

瞿塘峽口曲江頭，萬里風煙接素秋。華萼夾城通御氣，芙蓉小苑入邊愁。珠簾繡柱圍黄鵠，錦纜牙檣起白鷗。回首可憐歌舞地，秦中自古帝王州。

杜身今在瞿塘峽口，而心懸長安之曲江頭，其相距萬里，而其間風煙之氣，時方始接素秋矣。而蜀地華萼夾城以上皇避亂西巡，乃通九重之御氣，如長安曲江芙蓉小苑以安禄山入襲盤據，乃入防胡之邊愁矣。夫芙蓉别殿，我嘗見其懸珠簾映繡柱，圍以黄鵠之文帷。曲江其樓船，我嘗見其牽錦纜立牙檣以行，驚起池上白鷗。今乃獨回首，以憶彼其可憐之歌舞之地，而其所謂歌舞之地所在之秦中，即是自古帝王所都之神州。而今乃至逃亡爲賊所據，豈非可惜乎？

其七

昆明池水漢時功，武帝旌旗在眼中。織女機絲虚夜月，石鯨鱗甲動秋風。波漂菰米沈雲黑，露冷蓮房墜粉紅。關塞極天惟鳥道，江湖滿地一漁翁。

長安昆明之池是其開鑿爲漢時之功，而當時武帝習舟戰，旌旗如雲者，想像之，今猶如在眼中矣。而今其池中所在織女石，則其機絲猶照其虚以夜月，石鯨則其鱗甲撼動之以秋風之厲烈。而其池上之波漂蕩菰米，其色似沈陰雲之黑者，露氣之冷逼蓮房，褫其花英以墜其粉紅之疎瓣焉矣。而杜今望其池，其關塞至遠殆極天際，其間又人路梗塞，惟鳥道可通，而杜身今在江湖滿地之鄉，則祇當一意爲漁翁以終焉耳。

其八

昆吾御宿自逶迤，紫閣峯陰入渼陂。紅稻啄餘鸚鵡粒，碧梧棲老鳳皇枝。佳人拾翠春相問，仙侣同舟晚更移。彩筆昔曾干氣象，白頭吟望苦低垂。

經昆吾過御宿，其路沿山勢自成逶迤，既至紫閣峯陰乃已入渼陂中矣。而其地所有紅稻乃是啄餘，乃是宫中所餌鸚鵡餘粒之所生者也。其碧梧乃是嘗棲之，而今已老，乃是來儀鳳皇所上之枝尚存矣。佳人拾翠羽於此而用以爲相問之資，杜又嘗與岑參兄弟遊於此，乃如李膺、郭泰仙侣之同舟，而其日晚更移其棹。當時杜乃有《渼陂行》之作，而風雨大至，是彩筆昔嘗干一氣之天象者，而今則身已成白頭，乃且吟且望，亦唯苦其首之低垂焉。嗟乎，亦衰矣！

【校勘記】

［一］底本頷聯、頸聯兩聯相倒，據《杜工部集》卷十五、《全唐詩》卷二百三十、京都大學附屬圖書館藏本改。

吹笛

吹笛秋山風月清，誰家巧作斷腸聲。風飄律吕相和切，月傍關山幾處明。胡騎中宵堪北走，武陵一曲想南征。故園楊柳今摇落，何得愁中却盡生。

有吹笛於秋山風月清寒之夜者，不知其人在誰家而巧作此令人斷腸之聲也。其風之飄其律吕之音者，以傳其相和應之切至者；而月影之照傍關山者，又不知幾處同此明輝也。其關山之間，入寇攻圍之胡騎遠聞此中宵之笛聲，乃令其悲别掩淚解圍以爲北走；而聞其吹武陵深歌一曲，乃又使人想馬援南征之事。然而如故園楊柳，方今秋候是已摇落矣，何以得當我愁中，却盡生其枝葉而以傷我思鄉之情也乎？

閣夜

歲暮陰陽催短景，天涯風雪霽寒宵。五更鼓角聲悲壯，三峽星河影動摇。野哭千家聞戰伐，夷歌幾處起漁樵。卧龍躍馬終黄土，人事音書漫寂寥。

歲已迫暮，陰陽之運行催促短景，其疾過如電之時，身客天涯而獨坐於風雪始霽之寒宵而不寐。既而五更鼓角之聲始動，而其聲尤覺悲壯；三峽所映星斗河漢之影，又見其頻動搖，此皆民人憤怨之音且民勞之象也。既而野哭之聲四起，大都應千家聞之並皆遇戰伐，悼其父子兄弟死亡之聲也。既又聞夷歌不知其幾處，而率皆起漁樵之中矣，此乃蠻夷與我民雜處而然，總之此土之擾亂其尚或難息也乎。夫使我效孔明卧龍爲蜀忠臣乎？將使效公孫述躍馬爲蜀叛賊乎？二者雖不同，終亦歸死爲黄土矣，然乃人事之音書則漫然不理，而以致寂寥者，此大可怪也。

返照

楚王宫北正黄昏，白帝城西過雨痕。返照入江翻石壁，歸雲擁樹失山村。衰年病肺惟高枕，絶塞愁時早閉門。不可久留豺虎亂，南方實有未招魂。

楚王宫北正向黄昏，白帝城西新過驟雨尚着其痕之時。返照入江忽翻石壁，以生其影於水上；歸雲擁樹忽失山村，以藏其有於氤氲。此並上忽在下，有忽爲無，紛亂之象也。杜已衰年又病肺疾，終日無所爲而惟高枕。以地屬絶塞且愁時世之擾亂，返照纔映，早已閉門，以虞賊寇矣。杜身本不可久留此豺虎爲亂害之地，而仍久留之未去者，於此南方實有未招歸之魂，而欲招致以全之，是以未能去也。

登高

風急天高猿嘯哀，渚清沙白鳥飛回。無邊落木蕭蕭下，不盡長江衮衮來。萬里悲秋常作客，百年多病獨登臺。艱難苦恨繁霜鬢，潦倒新停濁酒杯。

風勢急疾，天氣高澄而猿聲嘯哀；渚水光清，洌沙色白而鳥群飛回。其一帶望之無邊際之岸上，摇落之木葉以受急風，其聲蕭蕭墜下相連焉。其一道見之不竭盡之長江，以排洲沙，其勢滚滚流來相繼焉。我在萬里之外悲秋而常作羈客，百年之間多病而今獨登臺矣。經萬里艱難，故今苦自恨我繁霜之鬢白，亦以潦倒衰憊之故。近新停濁酒之杯而無飲，此其孤寂悽感，其將何以遣我懷乎！

錢起　　**闕下贈裴舍人**〔一〕

二月黄鸝飛上林，此况衆士已得上擢。**春城紫禁曉陰陰。**長樂鐘聲花外盡，此句承「曉」字。**龍池柳色雨中深。**此句承「陰陰」。**陽和**二字與二月花柳相應。**不散窮途恨，霄漢長懸捧日心。**與雨中相反映。**獻賦十年猶未遇，羞將白髮對華簪。**

二月黄鸝已飛上林，則是時已陽和，且禽屬已得飛揚展翅焉，而春城紫禁曉色未明，更加之以陰陰然雲色之黯昧。然而長樂鐘聲響於花外者，其韻已盡，即是雖似未明而已曉無疑也。龍池柳色垂於雨中者，其陰更深，乃其陰陰黯昧者，不亦宜乎？錢乃雖遇陽和之時，以其不遇，故不得散窮途之恨，雖然如其瞻望霄漢則懸我捧日之心矣。但以獻賦十年而猶未遇，故心自羞將其白髮以對華簪如裴之人也。

【校勘記】

［一］闕下贈裴舍人：《全唐詩》卷二百三十九作《贈闕下裴舍人》。

和王員外晴雪早朝

紫微晴雪帶恩光，繞仗偏隨鴛鷺行［一］。**長信月留寧避曉，宜春花滿不飛香。獨看積素凝清禁，已覺輕寒讓太陽。題柱盛名兼絶唱，風流誰繼漢田郎。**

紫微垣中晴雪亦帶皇上恩光，其餘霏殘月細繞御仗之内，偏隨鴛鷺之行，無不以逐班趁列矣。而其已積在長信宫者，雖似月光停留寧復避曉；其在宜春園者，雖如花朵盛滿仍不飛香。而獨看其以雪之積其素，而以凝凍在清禁者，亦已覺其輕寒，讓太陽而稍退也。是時題柱之盛名，兼有絶唱之譽者，其風流之高，有誰能繼王如漢田郎者乎？

【校勘記】

［一］鷺：底本訛作「路」，據《全唐詩》卷二百三十九改。

韋應物　**自鞏洛舟行入黄河即事寄府縣寮友**

夾水蒼山路向東，東南山豁大河通。寒樹依微遠天外，夕陽明滅亂流中。孤村幾歲臨伊岸，一雁初晴下朔風。爲報洛橋遊宦侣，扁舟不繫與心同。

夾水有蒼山而其舟路向東而行。及其向東南，山勢豁開，大河通焉。乃看隔岸寒樹依微遠天外，而夕陽餘照明滅亂流中。其孤村不知其幾歲臨伊水之岸也，是時一雁乘雨之初晴以下朔風。因謂其雁爲我報之洛橋遊宦之侣道，我扁舟之不繫者直與我心同。蓋亦泛無定，方且一從其所適而已。

郎士元　**贈錢起秋夜宿靈臺寺見寄**［一］

石林精舍武溪東，夜叩禪扉謁遠公。月在上方諸品静，心持半偈萬緣空。蒼苔古道行應

遍，落木寒泉聽不窮。更憶雙峯最高頂，此心期與故人同。

石林精舍在武溪之東，而錢夜叩禪扉以謁遠公之時。月懸上方而諸品羣物皆已静息，而錢心持半偈而其他萬緣皆盡成空矣。既而其蒼苔古道，其行應已遍，而其間落木之聲，寒泉之響，聽之不窮焉。而錢心更復憶其雙峯之最高頂矣，唯此其心，我期其與故人錢相同矣。

【校勘記】

［一］贈錢起秋夜宿靈臺寺見寄：《全唐詩》卷二百四十八作《題精舍寺》。

盧綸　**長安春望**

東風吹雨過青山，却望千門草色閑。家在夢中何日到，春來江上幾人還。川原繚繞浮雲外，宫闕參差落照間。誰念爲儒逢世難，獨將衰鬢客秦關。

東風吹雨過青山，而其樹色皆爲所掩藏而不見，此猶君子之道之隱也。却望千門草色殊閑，此猶今方世難而小人却不見其罹艱難也。因思我家雖常在夢中，何日得到乎？且自春初來江上，凡有幾人之還家乎？其歸路川原乃繚繞在浮雲之外，而長安宫闕，我見其參差不齊於落照之中。則此豈非今朝廷政出多門以致衰弱之况乎？夫昔我出鄉之時，有誰憶有今此爲儒逢世之艱難，獨將衰鬢以長客秦關之事哉！

陸勝宅秋雨中探韻同前[一]

張南史

同人永日自相將，深竹閑園偶辟疆。已被秋風教憶鱠，更聞寒雨勸飛觴。歸心莫問三江水，旅服徒沾九月霜。醉裏欲尋騎馬路，蕭條是處有垂楊。

以其相會者皆同人，故雖永日自然相將，而以在深竹閑園中，爲偶於山簡之園主顧辟疆也。且我雖已被秋風教憶鱸魚鱠如張翰，而今更聞寒雨之聲勸飛觴飲酒，教以忘其憂。則雖有歸心，且宜莫問松江所分三江之水，乃其旅服且徒沾九月曉霜可也。其向曉之醉裏，若欲尋騎馬之路以歸，則須記其色雖蕭條者，而是處有垂楊，此即我輩之歸路也。

【校勘記】

[一]陸勝宅秋雨中探韻同前：《全唐詩》卷二百九十六作《陸勝宅秋暮雨中探韻同作》。

李益　**鹽州過胡兒飲馬泉**

緑楊著水草如煙，舊是胡兒飲馬泉。幾處吹笳明月夜，何人倚劍白雲天。從來凍合關山道，今日分流漢使前。莫遣行人照容鬢，恐驚憔悴入新年。

緑楊垂條下著其水，而泉傍草色平鋪如煙，相傳此地舊未入漢時，是爲胡兒飲馬之泉。因思昔在胡境時，此泉上幾處有胡兒吹笳於明月之夜也，其入漢後，何人在此倚其長劍於白雲之天也？從來防秋，見此泉之凍合乎關山之道，而今日值寒稍退，乃見其分流漢使之前。今宜莫遣行人照容鬢，恐驚其俄憔悴以入新年，亦猶如我所驚也。

柳宗元　**登柳州城樓寄漳汀封連四州刺史**[一]

城上高樓接大荒，海天愁思正茫茫。驚風亂颭芙蓉水，密雨斜侵薜荔牆。嶺樹重遮千里目，江流曲似九回腸。[二]**共來百粤文身地，猶自音書滯一鄉。**

柳州城上高樓所望，遠接大荒，而今我登眺對其海天之時，愁思多緒而茫茫焉。既而驚風吹起翻亂其莖，颭動其葉者，於城池芙蓉鋪滿之水上面，密雨驟來，乘其風勢，萬點斜飛以侵灑於薜荔緣蔓成衣之城牆，則欲以相望亦不可得矣。而其所欲望四州之處，嶺樹相重以遮我千里之目，江流又曲轉似我九回之腸矣。今四君與我共來貶百粵文身之地者，是其受罪亦已多矣，而猶自爲俾，其音耗書札滯在一鄉，莫得互相通者，吁亦已甚矣哉！

【校勘記】

［一］登柳州城樓寄漳汀封連四州刺史：《全唐詩》卷三百五十一作《登柳州城樓寄漳汀封連四州》。

［二］底本頷聯、頸聯兩聯相倒，據《柳河東集》卷四十二、《全唐詩》卷三百五十一改。

奉和庫部盧四兄曹長元日朝回

韓愈

天仗宵嚴建羽旄，春雲送色曉鷄號。金爐香動螭頭暗，玉佩聲來雉尾高。戎服上趨承北極，儒冠列侍映東曹。太平時節身難遇，郎署何須嘆二毛［一］。

天仗儀衛自宵已嚴建設其羽旄，既已春雲送曙色於其旄頭而曉鷄鳴號焉。於是階前金爐香煙始起動，階欄上刻石螭頭之色乃爲之猶暗，千官玉佩之聲來至，而雉尾扇所翳天子者，始高於殿上矣。是時其戎服武官上殿趨走，以承事於北極之辰位，儒冠文官成列侍立，亦唯映東曹而已。此蓋以太平時節，故此身乃難得逢遇耳，郎署之馮唐亦何須嘆其頭成二毛乎？

【校勘記】

［一］嘆：底本誤作「笑」，據《全唐詩》卷三百四十三改。

卷六　五言絶句

夜送趙縱
楊炯

趙氏連城璧，由來天下傳。送君還舊府，明月滿前川。

趙氏縱才名政跡譬之連城之璧，由來天下皆傳其特拔絶類。則今入京考功殿最，其選轉宜受任於上州佳地。而徒以上司私曲，不得被提擢，則今空送君仍還舊府而已。是朝廷爲昏黯，無一能照察者。而其明者，惟有月光之照滿趙所行前途之川而已，豈非可慨嘆乎？

易水送别[一]
駱賓王

此地别燕丹，壯士髮衝冠。昔時人已没，今日水猶寒。

今此送別之地，即爲往昔荆軻別燕太子丹，高漸離擊筑歌作，羽聲慷慨，壯士皆瞋目，髮盡上衝指冠之地。昔時之人雖已没，當時所歌「風蕭蕭兮易水寒」者，今尚傳存。乃今日之送別，覺其水猶寒也。

【校勘記】

［一］易水送別：《全唐詩》卷七十九作《於易水送人》。

陳子昂

贈喬侍御［一］

漢庭榮巧宦，雲閣薄邊功。可憐驄馬使，白首爲誰雄？

當時漢庭巧宦者得顯榮，而雖凌雲閣存，而士有邊功者，殊無所取隆重。而喬乃白首勤勵，不知爲誰而見其雄杰也。豈非誠忠自致者乎？蓋稱其杰特也。

【校勘記】

［一］贈喬侍御：《全唐詩》卷八十四作《題祀山烽樹贈喬十二侍御》。

郭振　**子夜春歌**

陌頭楊柳枝，已被春風吹。妾心正斷絶，君懷那得知？

是婦人答其夫有負心之行，而自告其實無他心之辭也。言譬如陌頭楊柳枝已被春風吹，其絲已長而撩亂無極，蓋因見其負心之行。意緒紛亂，素懷皆違之狀如此。是以妾心正傷極至欲死，即所謂斷絶也。君雖告其懷抱之所有，然妾以是斷絶之心，那得知其信否哉？

盧僎　**南望樓**

去國三巴遠，登樓萬里春。傷心江上客，不是故鄉人。

盧謫官去京貶蜀，故「去國三巴遠」也。而其登南樓騁望之時，正值萬里之春色。因憶昔作「澮澮江水上有楓，目極千里傷春心」之辭之客，不是安居故鄉之人也，是以其感傷亦祇如我身矣。

蘇頲　**汾上驚秋**

北風吹白雲，萬里渡河汾。心緒逢摇落，秋聲不可聞。

北風吹白雲之時，行程萬里，而今方渡河汾。時正初秋，而其心緒則直以爲逢摇落之候，是以其於北風之聲，亦直謂之爲秋聲不可聞也矣。

張説　**蜀道後期**

客心争日月，來往預期程。秋風不相待，先至洛陽城。

爲客他鄉之心於其行程，争一日恐踰月，乃其來往預期其行程。本欲先立秋而歸入於京，不意以耽擱延日之故，秋風不相待，先我已至洛陽城矣，豈非可恨乎？

張九齡　**照鏡見白髮**

夙昔青雲志，青雲謂成賢達之譽。**蹉跎白髮年。誰知明鏡裏，形影自相憐。**

夙昔少壯有欲上青雲之志，蹉跎難進，今竟已至白髮之年矣。當夫少壯時誰思今於明鏡裏，吾形與我影徒空相憐也！則其不可復望進達也，必矣。

孫逖　**同洛陽李少府觀永樂公主入蕃**

邊地鶯花少，年來未覺新。美人天上落，龍塞始應春。

邊地本見鶯花甚少，今雖年已來亦未覺新。而公主今入蕃是爲美人自天上落者，實是曠古希罕不宜有之事。而今忽有之，乃知龍塞亦應有見鶯花之春色也矣。

王勃　**寒夜思友**

朝朝翠山下，夜夜蒼江曲。復此遥相思，清草湛芳緑[一]。

朝朝於翠山之下，夜夜於蒼江之曲，無處不思君。而今夜復在此遥相思者，亦以其方對清草之湛芳緑故也。

【校勘記】

［一］草：《王子安集》卷三、《全唐詩》卷五十六作「尊」。

賀知章　**題袁氏别業**

主人不相識，偶坐爲林泉。莫謾愁沽酒，囊中自有錢。

余雖與主人不相識，偶然來入而坐不去者，爲其林泉好爾。又我沽酒賞咏者，主人宜莫謾愁恐其沽酒之爲借名賖買，吾囊中自有錢，非以累主人也。是蓋賀素聞主人慳吝，因以譏諷也。

李白　**静夜思**

床前看月光，疑是地上霜。舉頭望山月，低頭思故鄉。

卧床之前徒看月光，初疑是地上霜。既又覺是月光，因舉頭望山月，因又思此月照故鄉亦只如是矣。於是不能復見山月，卒低頭思故鄉之事矣。

怨情

美人捲珠簾，深坐顰蛾眉。但見淚痕濕，不知心恨誰。

有一美人捲珠簾，而深坐其中。人但見新淚之緣舊淚痕，而流下濕潤不止，而不知其中腸之方恨誰也。

秋浦歌

白髮三千丈，緣愁似個長。不知明鏡裏，何處得秋霜。

陡見吾頭上有白髮，其白之漸食其黑處者已太長，因驚詫言長三千丈矣，因又思是吾心愁思綿長無已。而此白處之色，乃緣吾綿長不已之愁思，以觸吾目。人以衝乎吾心所見，似若個長者爾。然而細更思之，吾頭髮則仍應黑，惟明鏡裏之影帶此白者，而又不知其帶白者，自何處得秋霜來邪？

獨坐敬亭山

衆鳥高飛盡，孤雲獨去閑。相看兩不厭，只有敬亭山。

李本在京師爲翰林待詔，而同時爲待詔者盡皆受官高擢去，李獨被讒放歸成閑身矣。今坐敬亭山上，見衆鳥高飛盡者似彼，孤雲獨去閑者似吾身者，則是宜當有厭惡不欲觀之心。而今不厭惡者，惟以有敬亭山可愛之故耳。

見京兆韋參軍量移東陽

潮水還歸海，流人却到吴。相逢問愁苦，淚盡日南珠。

潮水之泝江者，其歸下還復直歸於海。而如流人之歸，獨不得直歸京，更轉量移以到吴矣。相逢者若叩問其所愁苦，則彼其必當言：「吾淚已泣盡日南之鮫淚矣。」今之量移無淚，之可復泣，是其所愁苦者也。

臨高臺[一]

王維

相送臨高臺，川原杳何極！日暮飛鳥還，行人去不息。

已相送罷而已臨高臺，以望其行人之所行之道塗。川原連天以杳渺者，何際極哉！既而及日暮，復見飛鳥還來投栖矣，因又思行人，則今其去必猶不息也。

【校勘記】

[一]臨高臺：《全唐詩》卷一百二十八作《臨高臺送黎拾遺》。

班婕妤

其一

玉窗螢影度，金殿人聲絶。秋夜守羅幃，孤燈耿明滅。

玉窗之外映見螢影之度，而金殿則夜稍向深，人聲已絶。當此秋夜獨守羅幃，見其孤燈耿耿欲明欲滅，猶與其心抱孤愁之狀相似也。

其二

宫殿生秋草，君王恩幸疎。那堪聞鳳吹，門外度金輿。

長信宫殿日生秋草，亦以君王恩幸之疎絶，故不須爲掃治也。則那堪聞其鳳吹之聲乎？門外乃度金輿而不一臨顧故也。

其三

怪來妝閣閉，朝下不相迎。總向春園裏，花間語笑聲。

怪來者，蓋其心怪其事，以來於其聞聲之時也。其女伴之妝閣皆閉鎖無一人，而婕妤自朝而下之時，又不見相迎，婕妤心以爲可怪。而此數女伴總向春園裏花間，而始聞其笑語之聲矣。此蓋以見婕妤之失寵，其女伴皆奚落之，不相奉承之意者。

雜詩

其一

家住孟津河，門對孟津口。常有江南船，寄書家中否？

婦人之家住孟津河，門對孟津口。是以常有江南船客，而問不欲寄書家中否？

其二

君自故鄉來，應知故鄉事。來時綺窗前，寒梅著花未？

因問：「君自故鄉江南來，應知故鄉事。其來時，吾家綺窗下，寒梅已著花未乎？」

其三

已見寒梅發，復聞啼鳥聲。愁心視春草，畏向玉階生。

彼乃答言：「已見寒梅之發，復聞啼鳥之聲，鶯語已流滑矣。」婦人心因生愁悶，而以其愁心視春草。則畏其更滋蔓向玉階生來，以及春深而歸不得也。

鹿柴

空山不見人，但聞人語響。返景入深林，復照青苔上。

空山之中，不見一人，而但聞有人語之聲響，意疑其深林之中或有人矣。而及見返景之入深林，復照之，乃其青苔之上，又不見有人也。

竹里館

獨坐幽篁裏，彈琴復長嘯。深林人不知，明月來相照。

獨坐幽篁裏之館中，而彈琴以自遣幽懷，復長嘯以泄幽懷。然而以其地在深林之中，故世人皆不知之，只有明月來窺以相照吾幽懷而已。

長信草

崔國輔

長信宮中草，年年愁處生。時侵珠履跡，不使玉階行。

惟獨長信宮中之草，則向吾動愁之處而生。蓋其滋蔓者，時稍侵襲舊年天子珠履所踐行之跡，其意乃似欲不使玉階上得行去，此即我動愁之處是也。

少年行[一]

遺却珊瑚鞭，白馬驕不行。章臺折楊柳，春日路傍情。

此少年其出門之時，已無意馳騁，是以故意先遺却珊瑚鞭，以任其白馬之驕傲不行。因在章臺街上，更折楊柳枝，用以代鞭；而又且折且遺棄，更復攀折。此其實春日之行馬，不必須促驅，因以撩撥其路傍小妓，而聊以自遣其情緒者耳。

【校勘記】

［一］少年行：《全唐詩》卷二十四、卷一百一十九皆作《長樂少年行》。

孟浩然

送朱太入秦

遊人五陵去，寶劍直千金。分手脱相贈，平生一片心。

遊人朱太今將向五陵去，夫五陵多俠少年，其必有遇其可以結交託義者，豈更待己乎？是以今以寶劍直千金者，臨分手脱以相贈，亦惟於吾平生私衷相許之誠，僅以表其一片心也已。

春曉

春眠不覺曉，處處聞啼鳥。夜來風雨聲，花落知多少！

春眠酣適，不覺天曉，處處已聞啼鳥之聲喧。乃仍在枕上而思念：「夜來聞風雨之聲過，今朝庭花爲之摧落者，不知有多少也！」形容幽人之閑情，尤盡其致也。

洛陽訪袁拾遺不遇[一]

洛陽訪才子，江嶺作流人。聞説梅花早，何如此地春。

吾至洛陽，訪其才子如漢賈誼者，乃聞其向江嶺託去，作流人矣。我聞人説「江嶺之地，梅花之候早」，顧袁觀之之心，以何如此洛陽地之春色也。

【校勘記】

[一]洛陽訪袁拾遺不遇：《全唐詩》卷一百六十作《洛中訪袁拾遺不遇》。

儲光羲　　**洛陽道**[一]

其一

洛水春冰開，洛城春樹緑。「洛水」「洛城」爲「道」作引。**朝看大堤上，落花亂馬足。**

洛水春冰既開，洛城春樹已緑之時。朝看其大堤之上，落花紛霏以亂馬行所投足之處矣。潘公：「首言道。」

【校勘記】

［一］洛陽道：《全唐詩》卷一百三十九作《洛陽道五首獻吕四郎中》。

其二

劇孟不知名，千金買寶劍。出入平津邸，自言嬌且艶。

有劇孟不知其名之少年，其人以千金買寶劍佩之。以日出入於平津侯邸，而自矜言己身妝嬌且艶矣。此言其身修行自喜也。

其三

大道直如髪，春日佳氣多。五陵貴公子，雙雙鳴玉珂。

大道其直如髪，而春日則見其佳氣之多輝映焉。而有五陵貴介公子，方雙雙驅馬以鳴玉珂。其中以行矣。

其四

春風二月時，道傍柳堪把。上枝覆官閣，下枝拂車馬。

春風二月之時，洛陽道傍楊柳之新緑堪把玩。而其上枝高者，以其堪把之色而以覆官閣之上；其下枝低者，以其堪把之色而以拂車馬之過者矣。此蓋喻佞媚之人得時得志也。

其五

洛水照千門，千門碧空裏。少年不得志，走馬遊新市。

洛水之光照千門，千門如在碧空裏者。少年不得志者，望洛城見其難得攀援之想，正亦與是景象相似也。是以且放其情，肆其意，走馬以遊新市。此乃自言其不遇。

長安道

其一

西行一千里，暝色生寒樹。暗聞歌吹聲，云是長安路。

向西而行來者一千里，而是日暝色已生寒樹矣。然其行暗聞其左右民户多有歌吹之聲，不問而以知是長安之路上也，故曰「云是長安路」，猶如歌吹之聲之告云爾。

其二

鳴鞭過酒肆，袨服遊倡門。百萬一時盡，含情無片言。

鳴鞭袨服以俱過酒肆，又以遊倡門，不避其炫燿聲揚者，蓋以其將有請託以迎饗權貴也。而此日百萬費一時蕩盡，而其主人尚含情無片言及其請託之事，蓋以見其豪奢之俗也。

關山月

一雁過連營，繁霜覆古城。胡笳在何處，半夜起邊聲。

此前二句不言月，自見其有月。夫夜能辨一雁之過連營者，是上有明月也，「繁霜覆古城」者，即是月光滿地似繁霜者耳。而其地爲古城，則當如是夜覺其荒寂尤甚，而不知吹胡笳之人在何處，半夜起邊聲，欲以傷人之懷抱哉。

王昌齡

送郭司倉

映門淮水緑，留騎主人心。是主人深心。**明月隨良掾，春潮夜夜深。**是我深心。

今見「映門淮水緑」者是晝湖之深，可以况主人留騎之心之深至矣。而至如我與「明月隨良掾」之行之心，乃其與月俱滿之春潮，應更夜夜見其深耳。

答武陵田太守

仗劍行千里，微軀敢一言。曾爲大梁客，不負信陵恩。

吾今將仗劍行千里，雖微軀孱劣，不足出言而請，敢留一言以爲别。蓋以我身之曾爲大梁客，今雖遠離，他日必不負信陵君養我之恩是已。

裴迪　孟城坳

結廬古城下，時登古城上。古城非疇昔，今人自來往。

吾以結廬古城，是以時登古城上。乃知古城之名，非止疇昔之稱，以今人之自來往，則他日今亦乃可以爲古也。

鹿柴

日夕見寒山，便爲獨往客。不知松林事，但有麏麚迹。

日夕見寒山，即淵明所謂「山氣日夕佳」者，於是便爲獨往客以赴之。不知松林中之事，但有麏麚之迹，而亦無有他可特賞者。

杜甫　**復愁**

其一

人煙生處僻，虎迹過新蹄。野鶻翻窺草，村船逆上溪。

吾急欲投人家，而遥望人煙生處在至僻之處。而今之所行，野岸有虎迹，我過去之時審視，是新著其蹄之迹也。既而又見野鶻翻窺草間，是野鶻亦防害也。而吾所乘村船，逆水上溪，則是閟極恐極矣。

其二

釣艇收緡盡，昏鴉接翅稀。月生初學扇，雲細不成衣。

釣艇已收緡盡，去已無矣。而昏鴉又接翅者，又已稀少矣。此幽獨之境，自然膽怯之時，而見月生。其形初學扇，而雲細故不能成衣以掩月色，而月輝乃來照以愁我也。

其三

萬國尚戎馬，故園今若何。昔歸相識少，蚤已戰場多。

萬國今尚苦戎馬之不已，不知故園今更爲若何之景也。昔日一歸之時，四鄰相識大半流亡，存者甚少，蓋當時蚤已戰場多於天下矣。則其荒蕪想當更甚也。

其四

身覺省郎在，家須農事歸。年深荒草徑，老恐失柴扉。

吾身自覺是省郎在此，而家則須爲農事歸。雖然年年力衰，不能鉏見深荒草徑，是以今老年惟恐因以失柴扉所在也。

元本此下尚録七章，並皆愁世之事，旨趣稍别，故從省略。

絶句

江碧鳥逾白，此句是追出下過字。**山青花欲然。今春看又過，何日是歸年。**

飛鳥之影映山之時，其白未覺其異。及過山映江，而其白乃見逾白；春山草木復生，其色已青。而今又至，見其吐紅花如欲然之勢。今年春來，期歸日而歸未得，而看又欲過矣，不知更期何日於何年，是爲信歸之年耶？

崔顥　**長干行**［一］

其一

君家住何處，妾住在横塘。停船暫借問，或恐是同鄉。

不知君家住何處，妾之住處乃在横塘。願爲停船以待妾暫時之致借問，妾視君而心謂：或恐爲是同鄉之人故也。

其二

家臨九江水，來去九江側。同是長干人，生小不相識。

吾家臨九江之水，其來去常在九江之側。與君同是長干人，但生小故不相識耳。

其三

下渚多風浪，蓮舟漸覺稀。那能不相待，獨自逆潮歸。

下渚多風浪，而采蓮之舟漸覺稀。則那能不相待，而獨自逆潮而歸乎？

其四

三江潮水急，五湖風浪湧。由來花性輕，莫畏蓮舟重。

三江潮水雖急，五湖風浪雖湧，由來花性爲輕，宜莫畏蓮舟或重難行可也。

【校勘記】

[一]長干行：《全唐詩》卷二十六、卷一百三十皆作《長干曲四首》。

高適

咏史

尚有綈袍贈，應憐范叔寒。不知天下士，猶作布衣看！

須賈之見范叔於秦，是爲其交已惡矣，而尚有綈袍之贈者，是其意應憐范叔之貧寒也。須賈到底不知范叔乃天下之賢士，終非長苦貧寒者，今在秦猶作布衣之看者，豈非無鑒識之甚哉！

田家春望

出門何所見，春色滿平蕪。可嘆無知己，高陽一酒徒。

所居爲田間，繞舍只是原野，試問：「出門何所見？」則亦無花無柳，其春望只見春色滿平蕪而已。因此其目觸平蕪，而忽憶出其田間無一知己之人，因言可嘆，惟不過目爲高陽一酒徒而已。

岑參

行軍九日思長安故園

强欲登高去，無人送酒來。遥憐故園菊，應傍戰場開。

行軍之間，氣志慘肅固非宴樂之宜也。但以節值九日，故勉强欲登高去，亦無人送酒來，於是憶起彭澤摘菊，望見白衣送酒之故事。因遥憐故園之菊花，應傍戰場而開遍，豈非傷心之事哉？

見渭水思秦川[一]

渭水東流去，何時到雍州。即秦。**憑添兩行淚，寄向故園流。**

岑以渭水東流去，終必到雍州，故憑托添上其身眼中兩行之淚。令之以寄家人而向故園流，乃猶流於其面上之意，蓋欲見之以相思之切也。然今此將吾淚滴之水，何時得到雍州邪？蓋亦欲令其早得見之也。

【校勘記】

［一］見渭水思秦川：《全唐詩》卷二百零一作《西過渭州見渭水思秦川》。

王之涣　**登鸛雀樓**

白日依山盡，黄河入海流。欲窮千里目，更上一層樓。

白日轉行時已依山隱盡焉，而樓所望見黄河其尾尚有入海之處。而下層尚卑未能窮睹千里遠勢，王心因欲窮其目而更上其一層樓，則前已盡之白日復現在天矣。

祖咏　**終南望餘雪**

終南陰嶺即北嶺。**秀，積雪浮雲端。林表**猶言林上。**明霽色，城中增暮寒。**

長安城中所望見終南者，只其北嶺，以其勢秀拔，故春初尚獨有餘雪，而其積雪之色乃在浮雲之端。「林表」句爲結，言城中特綴之其中間，以取過接之勢者也，「明霽色」三字爲「餘雪」二字刷色，時屬春初，朝暮尚寒，而雪色映射，故更增暮寒也。

李適之　**罷相作**

避賢初罷相，樂聖且銜杯。爲問門前客，今朝幾個來。

以避賢路，昨初罷左相，而心唯樂飲酒清。徐邈所謂聖人者，且以銜杯爲事而已。爲是問家人：「從來吾門前攀權附勢之客，何啻千百，然今已去權失勢，則今朝更有幾個來？」來者，欲使同共此飲也。

李頎　**奉送五叔入京兼寄綦毋三**

陰雲帶殘日，悵別此何時。欲望黄山道，無由見所思。

與五叔爲别之時，陰雲黯晦，其西邊纔帶殘日之餘照。已而吾方悵然傷别，佇立未還，既又自咎此何時而躊躇未去乎？蓋此悵别本傷身之失所親依而然。是以其佇立之意兼又有欲望綦毋所居黄山之道之思也，然而又無奈何其景色已昏黯，無由見所思爾。

丘爲　**左掖梨花**

冷艷全欺雪，餘香乍入衣。春風且莫定，吹向玉階飛。

其冷艷全欺雪，乃疑是雪，而其餘香乍入衣。乃又似是梨花方其春風飄揚之際，吾且所以莫定其果是梨花者，以其吹向玉階飛者又全似雪之積素故也。

蕭穎士　**九日陪元魯山登北城留别**[一] 此本七首，今取其二首。

其一

山縣遶古堞，悠悠快登望。雨餘秋天高，目盡無隱狀。

山縣遶古堞言北城也，悠悠展眺而心快於其登望者。蓋以雨餘，故秋天宇高映其目之所覽，乃得以盡物無隱狀焉矣。此爲次章，一、二作此。

其二

綿連湍川迴，杳渺鴉路深。 **彭澤**因九日採菊之事，仍又用賦其歸去來之事。**興不淺，臨風動歸心。**

北城之所望，其水色綿連而湍川迴映，原邑杳渺而鴉路深遠。但以吾歸興之不淺如陶彭澤，可與其深遠相適。是以今登高臨風動歸心，乃不可復留耳。

【校勘記】

［一］九日陪元魯山登北城留別：《全唐詩》卷一百五十四作《重陽日陪元魯山德秀登北城矚對新霽因以贈別》。

此已下五首而留別之意始盡，今以多姑從節略。但爲《選》所收第二首，示其所起耳。

劉長卿　**平蕃曲**

其一

渺渺戍煙孤，茫茫塞草枯。隴頭那用閉，萬里不防胡。

平沙渺渺之間獨見戍煙孤起，是不復用多設戍也。茫茫無際而塞草正枯者，舊日胡虜入寇之時也。而今隴頭之關亦那用嚴閉，蓋以塞外萬里都不防胡也。

其二

絶漠絶猶度，《史記·匈奴傳》：「益北絶幕。」注：「沙土曰幕，直度曰絶。」**大軍還，平沙獨戍閑。空留一片石，萬古在燕山。**

絶漠而大軍已還之後，平沙之間只設獨戍亦甚空閑無事矣。以今論之古人勒銘燕然山上者，人無復往觀之者，乃是屬徒然。故曰「空留一片石，萬古在燕山」。

錢起　**逢俠者**

燕趙悲歌士，相逢劇孟家。寸心言不盡，前路日將斜。

燕趙悲歌慷慨之士，其俠節可依賴，而吾適與相逢於劇孟之家。因欲語平日寸心所藴，其言不得盡匆匆別去，蓋以吾前路有程而日景將斜，豈非可恨哉！

江行無題江行中所作而無題。

咫尺愁風雨，匡廬不可登。祇疑雲霧窟，猶有六朝僧。

雖咫尺之間合吾已愁風雨，則匡廬山之不可望已決矣，而其心則只不能忘。而疑今所望見雲霧裏山窟之中，今猶應有六朝來生存之僧，恨不能往與語也。

秋夜寄丘二十二員外

韋應物

懷君屬秋夜，散步咏涼天。山空松子落，幽人應未眠。

懷君之時，屬值秋夜，出門散步以咏所懷於涼風之天。此其所行是山地空寂無人之處，而偶聞得松子墜落之聲，響動乎其空虛之地上。而偶然感想丘員外幽人而在彼，亦應未就眠如我也已。

聽江笛送陸侍御

遠聽江上笛，臨觴一送君。還愁獨宿夜，更向郡齋聞。

耳方遠聽江上之笛聲，而身方臨觴以一送君矣。其心因還愁君去後，我獨留寢之夜，向郡齋中以聞此笛聲，其何以堪之哉！

聞雁

故園眇何處，歸思方悠哉。淮南秋雨夜，高齋聞雁來。

心方思故園杳眇，不知其方當爲何處，而又自顧其欲歸之思，而方嘆曰：「吾思亦悠哉。」此其地爲淮南，其時爲秋雨之夜，其所居爲高齋，則其爲境尤凄寂，尤無聊。而今聞雁來近其齋屋而鳴過去也，此何等之情況。

答李幹[一]

其一

孤客逢春暮，緘情寄舊遊。海隅人使遠，書到洛陽秋。

李以孤客逢春暮，而書札緘其情事，以寄舊遊諸人我輩。而以其地在海隅，其人使遠來之，故其書到洛陽則時已秋矣。

其二

馬卿猶有壁，漁父自無家。想子今何處，扁舟隱荻花。

我是司馬長卿，雖貧猶有四壁耳，如李爲漁父則自當無家。因想子今在何處也，無乃扁舟正隱荻花邪？

其三

林中觀《易》罷，溪上對鷗閑。楚俗饒詞客，何人最往還。

君在林中觀《易》罷，因復向溪上獨坐，以静對其泛鷗而以得閑適者，必多矣。我素聞楚俗饒能詞客，未知當如是之時，有何人最爲往還相親乎？

【校勘記】

［一］答李幹：《全唐詩》卷一百九十作《答李澣三首》。

皇甫冉　**婕妤怨**［一］

花枝出建章，鳳管發昭陽。借問承恩者，雙蛾幾許長。

婕妤在西宮而隔墻見花枝之出建章宮外，乃又聞鳳管聲發於昭陽舍中，知是天子來宴矣。因借問彼承恩者，其畫雙蛾不知作幾許長，而以被寵幸至於如此哉。

【校勘記】

［一］婕妤怨：《全唐詩》卷二百四十九作《婕妤春怨》。

朱放　**題竹林寺**

歲月人間促，煙霞此地多。殷勤竹林寺，更得幾回過。

瓜期已在近而歲月稍促，故曰「人間促」也，煙霞之佳景，惟覺此地獨多。是以殷勤用情以視竹林寺，而心思我官在此之間，更得幾回來過邪？

耿湋　**秋日**

返照入閭巷，憂來誰共語。古道少人行，其實以言古人之道，今人之少行之者耳。**秋風動禾黍。**

返照入閭巷之時，雖憂正來於心，而誰爲可共語者哉？只見古道之少人行，而秋風動其禾黍而已。

盧綸　**和張僕射塞下曲**原本五首，而無此篇，今姑從李《選》。

月黑雁飛高，單于夜遁逃。欲將輕騎逐，大雪滿弓刀。

月黑者晦日之夜也，雁飛高者避其下地上有衆噪也，是以知單于乘暗夜以遠遁逃也。因欲將輕騎以逐之，而及出營乃又大雪正下至滿其弓刀矣。

司空曙　**别盧秦卿**［一］

知有前期在，難分此夜中。無將故人酒，不及石尤風。

雖有前期在可得重會，而我心且難分此夜中也。因謂之云：「有石尤風起，則舟行不得不爲留也，今須無將故人之酒，謂之爲不及石尤風之遏舟行也。」

【校勘記】

［一］別盧秦卿：《全唐詩》卷二百九十二作《留盧秦卿》。

幽州［一］

李益

征戍在桑乾，年年薊水寒。殷勤驛西路，此去向長安。

征戍在桑乾河上，而年年經秋以見薊水之寒。是以殷勤用情以視驛西之道，而心思其自此行去可以得向長安也。

【校勘記】

［一］幽州：《全唐詩》卷二百八十三作《幽州賦詩見意時佐劉幕》。

戴叔倫　　**三閭廟**[一]

沅湘流不盡，屈子怨何深。日暮秋風起，蕭蕭楓樹林。

見沅湘之水流，心知其應不盡，則是人之思屈子之怨亦不盡也。嗚呼，其怨何深也！既而會日暮秋風起，乃又聞其蕭蕭之聲於其楓樹林也。

【校勘記】

[一]三閭廟：《全唐詩》卷二百七十四作《過三閭廟》。

劉禹錫　　**秋風引**

何處秋風至，蕭蕭送雁羣。朝來入庭樹，孤客最先聞。

不知其自何處而秋風之來至也，其聲蕭蕭吹送雁羣者，不知自何處傳書送致何人也。朝來吹入庭樹，則孤客最先聞而心乃想其或有之也。

呂温　　**鞏路感懷**

馬嘶白日暮，劍鳴秋氣來。我心渺無際，河上空徘徊。與「無際」應。

馬嘶則馬志在千里也，而白日暮則日月不居也。劍鳴則劍感在戰功，而秋氣來則歲不我與也。是以我心渺然思遠，又無有所際極，身正在河上，空自徘徊耳。

孟郊　　**古別離**

欲別牽郎衣，郎今到何處。不恨歸來遲，莫向臨邛去。

欲別復牽郎衣，而問郎今之所欲到者爲何處也。我不恨歸來之遲也，但莫向臨邛去，蓋恐其或有如司馬相如挑卓文君之事也。

令狐楚　思君恩

其一

小苑鶯歌歇，長門蝶舞多。眼看春又去，翠輦不曾過。

君王娱歌舞者於他而不於此，此所有者小苑之鶯歌而亦既罷，長門之蝶舞而空多，真歌舞不於此。而眼看春又欲去，翠輦不曾過者亦可異也。此以春日言。

其二

紫禁香如霧，青天月似霜。雲韶何處奏，只是在昭陽。

望紫禁之香其氣如霧，望青天之月影又似霜。而聞雲韶之樂，問其在何處奏，只是在昭陽舍中矣。此以秋夜言。

登柳州峨山

柳宗元

荒山秋日午，獨上意悠悠。如何望鄉處，西北是融州。

荒山秋日亭午之時，獨來上而以望鄉，其意悠悠，不可自已也。然亦有無如何者，其望鄉之處，當其西北，西北是融州，不可得見故鄉也。

尋隱者不遇

賈島

松下問童子，言師採藥去。只在此山中，雲深不知處。

尋隱者既不遇，乃至松下問之童子，童子言師採藥去也。只應在此山中，然以雲深故不知其處耳。

宫中題

文宗皇帝

輦路生秋草，上林花滿枝。憑高何限意，無復侍臣知。

輦路則自生秋草後，久絶行幸，而今復至於上林之春花滿枝矣。乃今憑高望之之間，不自知其何限之意，而今則無復侍臣之知是意者矣。

于武陵　**勸酒**

勸君金屈卮，滿酌不須辭。花發多風雨，人生足别離。

今勸君以金屈卮，雖滿酌亦宜不須辭。試看花發多風雨，則娱樂之日多易失，而人世足别離，則明日或有離睽，恐亦難料也。

薛瑩　**秋日湖上**

落日五湖遊，煙波處處愁。浮沈千古事，誰與問東流。

落日五湖遊舟中，望其煙波，處處皆有愁色。夫范蠡浮而屈原沈，千古之事倏忽自過，猶如東流之水。意唯東流之水當知其浮沈之情，而亦無由問之，故曰「誰與問東流」也。

荆叔　**題慈恩塔**

漢國山河在，秦陵草樹深。此蓋言創業之君没已遠也。**暮雲千里色，**此言國運稍見衰晚也。**無處不傷心。**

塔上所望見漢國山河尚在，而秦陵草樹其陰深鬱。而加之以暮雲千里之色，故無處不傷心矣。

無名氏　**伊州歌**

其一

聞道黄花戍，頻年不解兵。可憐閨裏月，偏照漢家營。

聞道黄花戍卒，頻年其身不解兵，而以嚴其防守矣。可憐者其兵卒之家，閨裏之月以其閨人看之，偏謂之照其漢家之營矣。

其二

打起黄鶯兒，莫教枝上啼。啼時驚妾夢，不得到遼西。

須打起黄鶯兒，莫教其枝上啼。啼時以其曉囀之聲，近於其閨房寢室之上，輒驚妾夢，使其不得到遼西戍營也。

西鄙人　**哥舒歌**

北斗七星高，哥舒夜帶刀。至今窺牧馬，不敢過臨洮。

北斗七星高起則夜已深矣，而哥舒翰則夜深猶帶刀不寢以備警急。是以胡虜雖至今窺牧馬，而不敢過臨洮而南也。

太上隱者　**答人**

偶來松樹下，高枕石頭眠。山中無曆日，寒盡不知年。

此蓋答人問：「何故來此乎，其年幾何也？」言：「偶來松樹下，高枕石頭眠耳，非有他故也。山中固無曆日，故雖數經寒盡而不知年，故亦不自記己年爲幾何也。」

卷七　七言絶句

蜀中九日

王勃

九月九日望鄉臺，他席他鄉送客杯。人情已厭南中苦，鴻雁那從北地來。

其節當九月九日，而其所登名爲望鄉臺，夫我在鄉遇重陽之日，親友兄弟相携登高，而今乃孤獨，且動我以其望鄉之名，安得不感傷邪？且其臺上之所有，是他人之席、他鄉之人；而勸其送客之杯者，而我則不可得遇如是之酒杯，安得不感傷乎？人情其厭南中之苦已若是矣，不知天上鴻雁那不知厭而更從北地飛來也。

杜審言　**渡湘江**

遲日園林悲昔遊，今春花鳥作邊愁。獨憐京國人南竄，不似湘江水北流。

杜近來每遇春月遲日，對園花聽林鳥，其心悲昔日少年之遊再不可得，且其舊事之所關感懷者甚多矣。如今春花鳥乃却作我傷邊地之愁緒。且其所感懷者其端不多，獨憐我京國之人而身從南方之竄逐，不似湘江之水北流者，唯此吾今之所以動悲思者矣。

戲贈趙使君美人

紅粉青娥映楚雲，桃花馬上石榴裙。羅敷獨向東方去，謾學他家作使君。

紅粉青娥之色以其騎在鞍上，故高映楚雲，而其衣妝則又於桃花馬上，見其石榴裙之紅艷奪目焉。夫古美人羅敷採桑，其夫婿居東方千騎之上頭，而趙使君乃途上相見以慕其羅敷顔色之人也。今美人而獨向東方去是兼羅敷之夫婿也，夫既爲如是，則其將又謾欲學彼他家之慕羅敷者，兼作趙使君乎？

贈蘇綰書記

知君書記本翩翩，爲許從戎赴朔邊。紅粉樓中應計日，燕支山下莫經年。

知君之才於其書記本有翩翩之譽，朝廷爲之許其所請從兵戎赴朔邊之事矣。然而我思君婦在其紅粉妝樓中者，應計日以待君歸；而君所赴乃爲燕支山下，吾恐以其下或多好顏色之女子，而以傷婦心也。乃其居之，宜莫作經年淹留可也。

劉廷琦　## 銅雀臺

銅臺宮觀委灰塵，魏主園陵漳水濱。即今西望猶堪思，况復當時歌舞人。

銅雀臺之宮觀，魏武没後，人不復修理，竟委之，其焚爲灰，飛爲塵，而其魏主園陵仍又在漳水之濱。即今人西望猶堪思其生存之舊事，况復當時魏主殁後，向樓上繐帳朝夕作歌舞之人乎？

沈佺期　**邙山**

北邙山上列墳塋，萬古千秋對洛城。城中日夕歌鐘起，山上惟聞松柏聲。

北邙之山，其上列墳墓塋域，而前始萬古後期千秋，以對洛陽城。其城每日夕歌鐘之音起焉，山上惟聞其松柏之風聲而已。嗚呼！歌鐘之變作松柏聲，自古亘後，亦不可知其所窮極也矣。

宋之問　**送司馬道士遊天台**

羽客笙歌此地違，離筵數處白雲飛。蓬萊闕下長相憶，桐柏山頭去不歸。

羽客司馬，其常所作笙歌之聲將與此地相違以行也，其離筵數處，司馬皆赴之，而人見其白雲之分飛如荆子訓事。而凡離筵數人别後同在蓬萊闕下，長相憶不忘而已，如司馬之向桐柏山頭去，則不復歸矣。

張説　**送梁六**

巴陵一望洞庭秋，日見孤峯水上浮。聞道神仙不可接，心隨湖水共悠悠。

張别後在巴陵常不轉其目，一以望洞庭秋水瀰漫，而日日見梁之所歸君山孤峯在水上浮其黛焉。嘗聞説此猶海上蓬萊，其中神仙不可得相接矣。吾心乃隨湖水共悠悠，以空致其思而已。

王翰　**涼州詞**

葡萄美酒夜光杯，欲飲琵琶馬上催。醉卧沙場君莫笑，古來征戰幾人回？

有葡萄之美酒盛以夜光之杯者，而欲飲未飲之間；且援琵琶抱在馬上而撥聲始動，曲調欲催。夫樂飲如是，吾其必醉。雖乃醉以卧沙場，而君宜莫嗤笑，試思古來從征戰之士，能有幾人全其生而回鄉者哉？

李白　**清平調三首**

其一

雲想衣裳花想容，春風拂檻露華濃。若非羣玉山頭見，會向瑶臺月下逢。

以雲想作之衣裳，以花想作之容，而曰：「世安有若是之美人？」既而春風吹其花，花拂前檻；檻上拂痕，露華之所散布，見其濃密。因謂若是之美人，若非羣玉山頭見之？則其或會有曰：「向瑶臺月下，得相逢之日邪？」此蓋以其清言者也。

其二

一枝濃艷亦謂香，《天寶遺事》云：此花香艷異常。**露凝香，雲雨巫山枉斷腸**。**借問漢宫誰得似，可憐飛燕倚新妝**。

其花雖僅一枝亦殊濃艷，乃其拂痕之遺露亦凝其香矣。因言「安得此花爲美人，而爲我效雲雨巫山之事乎？」而其事不可得，則亦枉思徒空斷腸而已。因又借問漢宫之中誰得似乎是花者，乃有可憐似趙飛燕之楊妃而又倚其新妝，此其似之者也。此即言平之起本。

其三

名花傾國兩相歡，常得君王帶笑看。**解釋春風無限恨，沈香亭北倚闌干**。

名花之牡丹，傾國之楊妃，此兩物皆與君王相歡，乃常得君王之顔色帶笑以看之。於是乃始得解釋前章所言，君王對春風拂檻時無限之恨，而君王今亦方在沈香亭北倚闌干以看之也。此以其平言者也。

客中行

蘭陵美酒鬱金香，玉碗盛來琥珀光。但使主人能醉客，不知何處是他鄉。

蘭陵美酒，其氣直爲鬱金香之氣；而以玉碗盛來，又見其所映透如琥珀之光，是雖未及飲而飲，吾知其可口矣。但使主人能不惜其以醉客，則我其以至不知何處是爲他鄉也。然恐主人之飲我，不至使醉，而我客愁未足以忘之也。

峨眉山月歌

峨眉山月半輪秋，影入平羌江水流。夜發清溪向三峽，思君不見下渝州。

潘耒云[一]：「夜發清溪言其始，向三峽言其終。平羌江、峨眉、渝州言其中。」又云：「繇清溪而平羌江而渝州，歷乎三峽，此路程也。」愚云：此言我將發舟於内江清溪縣，而遥見峨眉山上初更前後吐月，半輪生白，揚其秋輝。而心想今所見之月影，應照入我舟路所歷之平羌江水，其光隨水而流動焉。因又想君必應來在其江畔月下，看其景致，乃或當得因便相見也。既而夜發舟清溪，以向三峽而行去之中，當平羌江畔，思君而不得相見，而唯我心中空恨之，不見舟則方下渝州矣。

【校勘記】

［一］耒：底本訛作「來」，據《唐詩選平》卷七改。

上皇西巡南京歌七首

其一

誰道君王行路難，六龍西幸萬人歡。地轉錦江成渭水，天回玉壘作長安。

誰曾道君王當見其行路之難乎？見今六龍西幸，萬人皆歡。乃地亦將轉此錦江以成渭水，天亦將回玉壘作長安，則西蜀亦將與長安無異也矣。

其二

萬國同風共一時，錦江何謝曲江池。石鏡蜀王殉葬之物也。**更明天上月，後宫親得照蛾眉。**

言既而得萬國同風以共一時之所仰事，則雖錦江何謝其不相及於曲江池乎？使石鏡之光更明於天上之月，而以揚后妃之德，則其後宫當親得照蛾眉於其石鏡也。

其三

濯錦清江萬里流，雲帆龍舸下揚州。北地雖誇上林苑，南京還有散花樓。

濯錦之清江則爲萬里通流之水，乃亦有可得乘雲帆之龍舸以下揚州之利便耳。北地之人雖誇上林苑之勝，而我南京還有散花樓之盛觀，足以與相敵矣。

其四

錦水東流繞錦城，星橋北掛象天星。四海此中朝聖主，峨眉山上列仙庭。

錦水東流繞錦城之間，有星橋在城北而以掛之者，亦象天星者也。則是亦可以作都，猶如長安北斗之城也。若及四海向此中來以朝聖主，則於峨眉山上，列仙庭以爲其受朝之處，亦可也。

其五

秦開蜀道置金牛，即五丁開道之事。**漢水元通星漢流**。**天子一行遺聖跡，錦城長作帝王州**。

自秦昭王時，欲開蜀道而以置金牛者，此蜀通道中國之始也。而如漢水元通星漢之流，則可以通上天矣。然則今天子此一行遺聖迹之錦城，亦宜當長作帝王州，而更復巡幸此也。

其六

水緑山青不染塵，風光和暖勝三秦。**萬國煙花隨玉輦，西來添得錦江春**。

蜀地水緑山青，不染風塵，無兵馬擾亂之患，而其風光和暖，亦勝三秦之地。若得萬國煙花隨玉輦再西來，則當添得錦江之春色矣。此李欲上皇再還蜀以居作南京也，然而不知其時勢民心之不可復爲者，其計亦疎矣。

其七

劍閣重關蜀北門，上皇歸馬若雲屯。少帝長安開紫極，雙懸日月照乾坤。

劍閣之有重關是爲蜀之北門，而其險足可以守焉。而今上皇之歸馬若雲屯，而以待其東歸矣。然而方今少帝肅宗已在長安開紫極，即天子之位，故不如仍居蜀稱上皇，以如雙懸日月照乾坤也。

聞王昌齡左遷龍標尉遥有此寄[一]

楊花落盡子規啼，聞道龍標過五溪。我寄愁心與明月，隨風直到夜郎西。

楊花已落盡而子規亦已發其啼聲，是爲暮春已末矣。當是時，乃聞道王龍標被貶過五溪。是時王當是向我寄其愁心與明月，蓋隨春風直到我所居夜郎之西，而我即不堪其因以看明月之愁也。

【校勘記】

[一]聞王昌齡左遷龍標尉遥有此寄：《全唐詩》卷一百七十二作《聞王昌齡左遷龍標遥有此寄》。

黄鶴樓送孟浩然之廣陵

故人西辭黄鶴樓，煙花三月下揚州。孤帆遠影碧空盡，唯見長江天際流。

故人其於西乃作離别於武昌黄鶴樓時，方煙花之三月，而舟下於揚州景勝之地，令我遥羡不勝神馳。乃我留在樓上目送之，其孤帆之遠影入碧空已盡之後，唯見長江之水在天際流而不已，我悵恨之情，其亦無如之何也。

陪族叔刑部侍郎曄及中書舍人賈至遊洞庭湖五首

其一

洞庭西望楚江分，水盡南天不見雲。日落長沙秋色遠，不知何處吊湘君。

舟在洞庭湖北，西望楚江與湖分水處，而仍南望水天之際。水盡則爲南天，而南天晴朗不見片雲。既而日落湖西，而湖東南長沙隔湖望之，覺其秋色之杳遠矣。不知向何處得認其來自長沙湘水而以往吊湘君乎？此言湖北且言日落，未説到月。

其二

南湖秋水夜無煙，耐可乘流直上天。且就洞庭賒月色，將船買酒白雲邊。

南湖秋水至夜無水煙之障隔，其勢耐可乘流直上天。而心恐上天之後，恐却無月色，故欲且就洞庭湖中賒其所照滿之月色，又將其所乘之船爲盛酒之器，以置酒於白雲之邊矣。此言湖之南，且言見夜月。

其三

洛陽才子謫湘川，元禮同舟月下仙。記得長安還欲笑，不知何處是西天。

賈是洛陽才子，今謫湘川；族叔曄是李元禮，而今同舟月下亦是李郭同舟，人望之如神仙者耳。而其所記得在長安衆小嫉賢陷能之事，不啻其不怨而還欲笑，其狹隘不足共事君。而其時舟方在湖東，不知何處是爲湖西之天也。此言湖之東。

其四

洞庭湖西秋月輝，瀟湘江北早鴻飛。醉客滿船歌《白苧》，不知霜露入秋衣。

洞庭湖西秋月已傾而以揚其輝，瀟湘江北早鴻已飛而秋氣深矣。然而醉客滿船歌《白苧》之歌，故不知其將曉，霜露之透入秋衣也。潘云：「此言湖之西，且言將曉月。」

其五

帝子瀟湘去不還，空餘秋草洞庭間。淡掃明湖開玉鏡，丹青畫出是君山。

帝子娥皇、女英去不復還，而今空餘秋草於洞庭之間。以淡掃其娥眉之黛色，而於其明湖開之玉鏡，其景致乃如丹青畫出者，是爲其君山也。潘云：「不言月，想是天曉。」又云：「言湖之中。」

望天門山

天門中斷楚江開，碧水東流至北回。毛奇齡《詩箋》云：「北」字，宋本作「此」字。此説於義似長，今依其說。**兩岸青山相對出，孤帆一片日邊來。**

天門山夾江，名東梁山、西梁山，故曰「中斷楚江開」，而碧水固當東流者至此斷處，其勢回轉乃復東流。而其南北兩岸青山相對聳出，望之近者大，遠者益小，而當其極小處之江上，見有孤帆一片，方自其曉日初出之邊而來矣。

早發白帝城

朝辭白帝彩雲間，千里江陵一日還。兩岸猿聲啼不住，輕舟已過萬重山。

今朝辭白帝城，於今所遥望彩雲晚霞之間，而其道程相去千里之江陵，期以一日還來。乃其間左右兩岸樹裏猿聲其啼不住之中，輕舟輒駛疾過去者凡數處。而回首望之，其已過去之處，只見其有萬重青山而已。

秋下荆門

霜落荆門江樹空，布帆無恙掛秋風。此行不爲鱸魚鱠，自愛名山入剡中。

霜落荆門山下，江岸樹葉已空之後，李舟幸得布帆之無恙，以掛之瀲厲勁疾之秋風。而正下此荆門之時，望見其樹間空隙所透映剡中名山，秀麗可愛。因思我此行，若不是爲憶鱸魚鱠而以赴吴地，則亦自不得不以愛名山而以轉入剡中也矣。

蘇臺覽古覽月爲古物，故曰覽古。

舊苑荒臺楊柳新，菱歌清唱不勝春。只今惟有西江月，曾照吴王宫裏人。

吴王之舊苑，吴王之荒臺，而其楊柳復新者，若使當時吴王之臣民觀之，則其必不勝悽感，而今乃江上采菱之歌聲高激清唱，其情不勝春氣蕩人，寧知其舊苑荒臺乎？只今惟有西江明月，此曾照吴王宫裏之人西施。月而有心，其寧得不懷感於新柳哉？

越中懷古

越王勾踐破吴歸，義士還家盡錦衣。宫女如花滿春殿，只今惟有鷓鴣飛。

越王勾踐破吴歸國之時，其義士還家盡賜錦衣，以耀其寵榮。宫女又其美貌如花者充滿春殿，此其内外何等繁華，何等富麗，只今一概荒凉蕭寂，亦無一人，惟有鷓鴣飛於其舊地上而已。

與史郎中欽聽黄鶴樓上吹笛

一爲遷客去長沙，西望長安不見家。黄鶴樓中吹玉笛，江城五月《落梅花》。

我與史同一爲遷客，去在長沙而西望長安，方悲其不可得見家。適聞黄鶴樓上有人吹玉笛之聲，因聽之。乃江城之中，時當五月，其所吹却是《落梅花》之曲。夫江城五月，豈有梅花哉？然則此豈非天欲教我輩聽之，更以下傷去日别離之淚乎。

春夜洛城聞笛

誰家玉笛暗飛聲，散入春風滿洛城。此夜曲中聞折柳，何人不起故園情。

是誰家吹玉笛在暗地飛聲也，其聲四散以入春風，乃其將滿洛城矣。而此夜於爾所吹數曲之中，聞其折楊柳之曲者，何人能不起其思故園之情哉！無乃動衆怨乎，蓋其吹笛之家而可得識，則我將往見以叱之也。

王昌齡　　**春宮曲**

昨夜風開露井桃，未央前殿月輪高。平陽歌舞新承寵，簾外春寒賜錦袍。

昨夜花信風候已至，開殿前露井之桃，是乃其春氣之和暖，亦在人目。而未央宮前殿夜宴已久，月輪高懸之時，有平陽公主所進歌舞之女子新承天子寵眷，而天子謂其簾外夜深，春寒必多，而特賜之以錦袍矣。

西宮春怨

西宮夜静百花香，欲捲朱簾春恨長[一]**。斜抱雲和深見月，朧朧樹色隱昭陽。**

西宮夜静，覺百花之香氣可憐，因欲移其坐前。雲和之瑟起，行捲珠簾以觀賞之，而春恨綿長，竟懶其起捲。於是斜抱其雲和之瑟，依舊深坐，只隔其簾以見其簾外月影，誰思其月影朧朧，樹色交雜之間，隱然却偏見昭陽舍，此其怨情難復言述矣。

【校勘記】

［一］朱：《文苑英華》卷二百零四、《全唐詩》卷一百四十三均作「珠」。

西宮秋怨

芙蓉不及美人妝，水殿風來珠翠香。 **却恨含情掩秋扇，空懸明月待君王。**

水殿檻外芙蓉固爲艷美，然比視之，亦已判不及其檻前美人之妝之艷美，而猶謂所不及者或香耳。及水殿風來，珠翠馥郁，則如花解語，色香俱優矣。以其俱優矣，故却恨其美人有所含情，而掩其面以秋扇，人未得窺其顔色之美，如其所含者，即亦空以相如所謂「懸明月以自照」者，而以待君王之或回顧者，是其情事矣。

長信秋詞

其一

金井梧桐秋葉黄，珠簾不捲夜來霜。此言月明。**熏籠玉枕無顔色，**熏籠，以香薰衣裳之具。**卧聽南宫清漏長。**

金井梧桐，秋葉皆黄，則九月深秋矣。珠簾不捲者，以冀君王之或臨，而夜來霜，則夜已闌，而月明之照之也。既而知君王之不至，則其薰籠玉枕，亦頓見失其寵光無顔色矣。於是獨卧以聽南宫清漏之聲，其夜至曉尚長，而竟夕不寐矣。

其二

高殿秋砧響夜闌，霜深猶憶御衣寒。銀燈青瑣裁縫罷，還向金城明主看。

昭陽高殿，故其殿下秋砧響亦高傳於西宫，至夜闌未已。因想趙飛燕，當此霜深，猶憶御衣之或寒也。照銀燈於其青瑣以作之，裁縫罷而復持之，以向金城明主之處，而以看其制尺之合否也。此乃婕妤聞昭陽砧聲，而心因作此空想虚像者。

其三

奉帚平明金殿開，且將團扇暫徘徊。玉顔不及寒鴉色，猶帶昭陽日影來。

婕妤在西宫，既以昧爽奉帚，及平明，其金殿始開朝色，且未就憩息，其手釋帚，將團扇以暫徘徊觀物。其目偶然看到寒鴉，而婕妤其玉顔乃不及其寒鴉之色之黑，蓋彼猶得帶昭陽日影來，而婕妤玉顔則今却不得承恩光，以是思之，婕妤其得無以自感傷焉乎？

其四

真成薄命久尋思，夢見君王覺後疑。火照西宮知夜飲，分明複道奉恩時。

婕妤自以其身真成應薄命，而夜久不寐。以尋思其事，冉冉昏睡，夢見君王，及其覺後却生疑惑。蓋其眼中，明見火光照西宮，乃可知皇上是夜飲在昭陽矣，而我又分明記纔今在複道奉恩得幸之時事者，何哉？此蓋猶其半醒半寐之語可知，及其全醒，只是添無限愁緒之噩夢也耳。

其五

長信宮中秋月明，昭陽殿下擣衣聲。白露堂中細草迹，紅羅帳裏不勝情。

此總括前四首之意，更以成一首者。起句即第一首，承句即第二首，轉句「細草迹」即與第三首「奉帚」相映，合句「不勝情」即第四首，全醒後之情事也。龍標集中《採蓮曲》「來時浦口花迎入」之句，即是其第二首「荷葉羅裙一色裁」全章之旨者，與此《秋詞》作法同一機軸，疑當時樂府中多有用是作法，而王亦倣之者也。

青樓曲

其一

白馬金鞍《挾瑟歌》云：「白馬金鞍去不返」，王語本於此。**從武皇，旌旗十萬宿長楊。樓頭少婦鳴箏坐，遥見飛塵入建章。**

其夫騎白馬、跨金鞍以從漢武皇，其鹵簿旌旗十萬，夫在其中，而夜宿長楊之離宫。此夜樓頭，少婦憶其夫在其十萬旗中分外盛昌，其明日却自鳴箏而坐，其貌爲不必欲望見，而以自作嬌妝，其樓又與馳道遥相隔遠，以望見其旌旗十萬飛塵馳騁以還入建章宫中去也。少婦是時亦目不得見其夫，而心復以空想其夫而已。

其二

馳道楊花滿御溝，紅妝漫綰上青樓。金章紫綬千餘騎，夫壻朝回初拜侯。

馳道只見楊花飛散以滿御溝而已，而紅妝之女漫綰其髻，急走以上其青樓。其意蓋欲望見身佩金章紫綬而其僕從千餘騎者，即亦已聞其夫壻自朝回初拜侯故也。

閨怨

閨中少婦不知愁，春日凝妝上翠樓。忽見陌頭楊柳色，悔教夫壻覓封侯。

閨中少年之婦以不知憂愁，常事嬉遊，春日景遲，唯凝其冶妝，妝成然後思遊玩上翠樓。忽見陌頭楊柳春色动人，怨春之情事自然發作，乃始自悔前日教夫壻從征向邊，以覓封侯之策失也。

百花原[一]

百花原頭望京師，黄河水流無盡時。秋天曠野行人絶，馬首東來知是誰？

在百花原頭以望京師，其欲望之情之無已，猶如其黄河水流之無盡時也。而秋天寥廓，曠野杳遠，而行人絶無。偶有其馬首自東來者，則謂不知是人爲誰也。蓋言其偶來者，亦必是奉使命朝廷之人也。

【校勘記】

［一］百花原：《全唐詩》題爲王昌齡作，一見卷十八，題作《出塞》；一見卷一百四十三，題作《旅望》。

從軍行六首

其一

烽火城西百尺樓，黄昏獨坐海風秋。更吹羌笛《關山月》，無那金閨萬里愁。

烽火城西百尺樓之上，日方黄昏，獨坐以當青海之陰風，加以秋氣之蕭慘，孤羈幽獨之况，凄感已切。更又聞有人吹羌笛，其曲又乃爲《關山月》之曲，於是思鄉憶家，想像萬端，然亦無奈其金閨之婦，爲我悲萬里别離之愁也已。

其二

琵琶起舞换新聲，總是關山離别情。撩亂邊愁聽不盡，高高秋月照長城。

有彈琵琶者而因以起舞，又换以新聲，蓋欲以遣懷也。而其舊曲新聲，總是鳴訴關山離别之情者。即其改調移宫，亦惟是撩亂人意，一樣邊愁，我且聽之其聲，更作訴怨不盡之間。誰思高高秋月，臨照長城，即亦是《關山月》之真境界，我何以更堪其情哉！

其三

關城榆葉早疎黄，日暮雲沙古戰場。表請回軍掩塵骨，莫教兵士哭龍荒。

關城榆葉早飄零作疎，早受霜作黄，而其景蕭條易傷人意，况向日暮以望見雲沙漠漠之古戰場乎？此我兵士所以必動其哭聲者也。是以吾願表請朝廷回其軍，又掩葬兵士伍侣戰死者之塵骨，以莫教兵士每日暮哭向龍庭荒漠也。此乃借言其表請以形容塞氣凄惻之景况者耳。

其四

青海長雲暗雪山，孤城遥望玉門關。黄沙百戰穿金甲，不破樓蘭終不還。

當青海之上，見長雲西連萬里，而影暗雪山，即亦兵卒悲其尚當西征之象歟？其孤城乃遥望玉門關，此又班超嘗所願其生還入之關也。而將軍所令乃云：「行軍黄沙塞上，縱或百戰至以穿金甲，不破樓蘭國，則終不還入關。」豈非生還之望絶無其道乎？

其五

大漠風塵日色昏，紅旗半捲出轅門。前軍夜戰洮河北，已報生擒吐谷渾。

大漠之外，風塵高起，日色爲之昏黯不明。將軍意其前軍之或有不利也，急傳號令催起士卒，即其紅旗亦揭其半捲者以出轅門，欲以爲救援。而前軍自昨夜合戰洮河之北者，蓋至今朝連戰逐北，即有急報來云：「已得生擒吐谷渾矣。」

其六

玉門山嶂幾千重，山北山南總是烽。人依遠戍須看火，馬踏深山不見蹤。

玉門之山嶂不知其幾千重，而自其山北至山南，其上總是爲置烽火之處。而人之當行依其遠戍者，唯須看其烽火所起之方，以取其路而已。至如馬之嘗有行其深山者，乃不見其所踏之舊蹤，故不得尋之以取路也。此言邊關地形之險惡難行，而以告其雖無戰鬬，本自辛苦勞人者，以爲之總收者耳。

出塞本集三首，其第二首「騮馬新跨白玉鞍」，即是李白詩混入者，故原本雖收，而今除之。

秦時明月漢時關，庾信詩云：「心馳明月關。」蓋本於此。**萬里長征人未還。但使龍城飛將在，不教胡馬度陰山。**

有自秦時以明月爲其稱，漢時仍由其稱之關門。而秦漢已來，唯見萬里長征之人出此關，而其人至今未還也。但使龍城之地必有飛將軍如李廣者在，乃不教胡馬敢度陰山以窺出牧也，必矣，則豈又有見長征不還邪？嗚呼，惜哉！

梁苑

梁園秋竹古時煙，城外風悲欲暮天。萬乘旌旗何處在，平臺賓客有誰憐。

梁園之秋竹，今其所含暮煙之色，仍當與古時煙景同。而王方吊園迹，府城之外，適值其風聲亦悲於欲暮之天，而其悲今慕古之情無休已。夫梁王萬乘旌旗者，今何處在乎？雖有才如平臺賓客者，更有誰憐之者乎？此其所以悲今慕古之無休已之由。

芙蓉樓送辛漸

其一

寒雨連江夜入吴，平明送客楚山孤。洛陽親友如相問，一片冰心在玉壺。

王坐船於寒雨連江不斷，而夜入吴地，及其翌平明上芙蓉樓送客。望見舟路所過全是吴山，蓋昨夜怯寒閉窗不見，而楚山僅僅見孤峯而已。因思洛陽親友當憂我孤獨無輔，或流於邪辟，因囑辛曰：「彼若相問及我事，則當須告之曰：我以離群分析，而心獨執清節，譬猶一片冰心，而其亮亮不掩，又猶如以在玉壺也。」

其二

丹陽城南秋海陰，丹陽城北楚雲深。高樓送客不能醉，寂寂寒江明月心。潘云：「因聲調止選首章，删去其次者，皆不明次句之故。且止有囑咐，而無别景，於題中『送』字全不照管矣。」

丹陽城南，其望秋海必當陰黯；丹陽城北，楚雲又必當深重矣。今在吴地芙蓉樓上送客，不能醉者，蓋我先愁别後之孤獨，乃其寂寂之狀，正似在寒江對明月之心故耳。

送薛大赴安陸

津頭雲雨暗湘山，遷客離憂楚地顏。遥送扁舟安陸郡，天邊何處穆陵關。

津頭望湖上，雲雨冥濛，暗藏湘山之時，我與薛並皆遷謫之客，心懷去國之離憂，而其顏色憔悴，即是已自有屈原楚地之顏者矣。而今又遥送薛扁舟赴安陸郡，而更問以天邊雲雨冥濛之中，何處爲其穆陵關所在乎？此其別離之爲情，豈可勝道者哉。

送別魏三[一]

醉別江樓橘柚香，江風引雨入船凉。憶君遥在湘山月，愁聽清猿夢裏長。

醉後为別江樓之時，覺橘柚之香氣薰人。既及歸卧船中，江風果引夜雨入船，船中頓生凉氣。夫初冬之候，晴雨無定，因想憶君今遥當在湘山月下，其愁因聽清猿之聲，雖其夢裏，亦應長愁無已時也耳。

【校勘記】

[一] 送別魏三：《全唐詩》卷一百四十三作《送魏二》。

盧溪別人[一]

武陵溪口駐扁舟，溪水隨君向北流。行到荆門上三峽，莫將孤月對猿愁。

王與其人並舟以送之，而至武陵溪口，乃駐其身所坐之扁舟，而見其溪水隨君所坐之舟向北流去。因想君行到荆門上三峽之時，其莫將孤月以對猿聲之訴愁乎？其人已別我而孤行，又加以其清與怨，其將何以勝之哉。

【校勘記】

［一］盧溪别人：《全唐詩》卷一百四十三作《盧溪主人》。

重别李評事

莫道秋江離别難，舟船明日是長安。吴姬緩舞留君醉，隨意青楓白露寒。

君且須莫道秋江之舟行離别尤難，矧坐舟船者不可任意往返，則明日坐船是猶與在長安者同也。今夜筵上，已有吴姬之緩舞以留君，使盡其醉，則隨意秋江之中青楓白露之寒者，可也。

少年行

王維

其一

新豐美酒斗十千，咸陽遊俠多少年。相逢意氣爲君飲，繫馬高樓垂柳邊。

新豐美酒一斗直十千錢，而咸陽遊俠之士又多少年。即其途間相逢，專尚意氣之慷慨，乃言當爲君一飲也。直繫其馬於其酒家高樓垂柳之邊，而不復問其酒價之高下也。

其二

出身仕漢羽林郎，初隨驃騎戰漁陽。孰知不向邊庭苦，縱死猶聞俠骨香。

少年本是庶民，得出身仕漢爲羽林郎，而其初爲郎之年，適當隨驃騎將軍往戰於漁陽。而少年心乃計，孰知我此行之不向邊庭受萬苦哉！雖然今或辭謝不行者，豈尚氣節者之所爲乎？於是決意以自赴其行，其意乃又以謂我縱死於彼地，亦當得人聞我俠骨之香焉矣。

其三

漢家君臣歡宴終，高議雲臺論戰功。天子臨軒賜侯印，將軍佩出明光宫。

漢家君臣歡宴已終，乃令諸臣高議雲臺上，以論戰功。於是天子臨軒賜以封侯之印，而將軍佩之以出明光宫矣。此三首，潘云：「首一章少年平生，次章少年之從戎，三章少年封賞。」

九日憶山中兄弟[一]

獨在異鄉爲異客，每逢佳節倍思親。遥知兄弟登高處，遍插茱萸少一人。

獨在異鄉爲人所稱謂異客，是以每逢佳節倍思親者，是爲其常。方兹九日，亦遥知故園兄弟登高之處，乃皆當曰：「兄弟遍插茱萸，獨少一人。」此可恨也。

【校勘記】

［一］九日憶山中兄弟：《全唐詩》卷一百二十八作《九月九日憶山東兄弟》。

與盧員外象過崔處士興宗林亭

緑樹重陰蓋四鄰，青苔日厚自無塵。科頭箕踞長松下，白眼看他世上人！

緑樹重其陰以蓋四鄰，即是其上渾青矣；青苔日厚，自無塵者，即是其下地亦渾青矣。崔乃科頭箕踞其長松之下，爲阮籍白眼看他世上人，即是渾青中間一雙白眼，光彩超然，自見不凡。

送韋評事

欲逐將軍取右賢，沙場走馬向居延。遥知漢使蕭關外，愁見孤城落日邊。

韋欲逐將軍之取右賢王者，雖其已至沙場，亦仍當走馬以向居延城也。王雖以其遥遠，而亦已知韋以其爲漢使，既及至蕭關之外，亦當愁以見居延孤城無援者於其落日之邊也矣。

送沈子福之江南[一]

楊柳渡頭行客稀，罟師蕩槳向臨圻。唯有相思似春色，江南江北送君歸。

沈今當行就楊柳渡頭以買舟渡去，而其渡頭行客固稀少，其所見，乃有罟師之蕩槳行其舟以向臨圻而已。然亦唯有我相思之心似其渡頭之春色，於江南江北無處不遍滿，以送君歸也。

【校勘記】

［一］送沈子福之江南：《全唐詩》卷一百二十八作《送沈子歸江東》。

賈至　**春思二首**

其一

草色青青柳色黄，桃花歷亂李花香。春風不爲吹愁去，春日偏能惹恨長。

草色已見其青青，柳色又見其嫩黄，桃花着枝上而歷亂奪目，李花又吐其香。是皆春風之敷陽化於萬物者，而獨不爲我吹愁去，却以春日遲景之難晚，而偏能惹恨著我心中，使其綿長不已也。

其二

紅粉當壚弱柳垂，金花臘酒解解，開埕也。**酴醾**。**笙歌日暮能留客，醉殺長安輕薄兒**。

紅粉之女當壚，而其壚前弱柳垂條之家。賈見其店上，别有上等金花臘酒之埕，而其女子方解開其埕中酴醾酒。賈心因暗料，彼女作笙歌於日暮之後，而以留客之時，彼酴醾酒當用醉殺長安輕薄兒耳，我只眼熱不得一飲消愁，此亦可恨可妒之極矣。

西亭春望

日長風暖柳青青，北雁歸飛入窅冥。岳陽城上聞吹笛，能使春心滿洞庭。

日長風暖柳又青青，即是心寬體和，目悦之時矣，而偶見北雁歸翼飛入窅冥。而其心已自恨其身之不得歸，而又當岳陽城上聞有人吹笛之聲，則覺其笛聲能使吾春心滿洞庭湖上，蓋亦自寫其恨浩浩無窮矣。

初至巴陵與李十二白同泛洞庭湖[一]

其一

江上相逢皆舊遊，湘山永望不堪愁。明月秋風洞庭水，孤鴻落葉一扁舟。

江上相逢者，雖皆是舊遊之友，而唯向湘山永望，則亦不堪愁。蓋以其於明月秋風洞庭之水上，而泛孤鴻落葉之一扁舟故爾。

其二

楓岸紛紛落葉多，洞庭秋水晚來波。乘興輕舟無近遠，白雲明月吊湘娥。

望楓樹岸上，秋風之所過，方然紛紛焉。落其葉甚多，而洞庭一面，秋水之上，晚來生波，簸蕩洶湧。而我輩方乘興行輕舟，乃雖其所期至亦固無遠近爾，更須分白雲、入明月而以吊湘娥，可也。此蓋答李白「不知何處吊湘君」之辭也。

其三

江畔楓葉初帶霜，渚邊菊花亦已黄。輕舟落日興不盡，三湘五湖意何長。

江畔楓葉初帶微霜，其紅葉可愛，渚邊菊花亦已開黄，處處散金。輕舟落日行賞楓菊，其興不盡，而因以想三湘五湖亦皆如是矣。此其爲意又何優長也，此其意兼又欲訂後日之遊期也。

【校勘記】

［一］初至巴陵與李十二白同泛洞庭湖：《全唐詩》卷二百三十五作《初至巴陵與李十二白裴九同泛洞庭湖三首》。

送李侍郎赴常州

雪晴雲散北風寒，楚水吴山道路難。今日送君須盡醉，明朝相憶路漫漫。

雪已晴歇，雲又散開，北風倍寒之時送李。因想李涉楚水，跋吴山，其道路必難行矣。則今日我送君，君須盡醉，如至明朝，雖有相憶我，而其路當已漫漫以成不可復極者矣。

岳陽樓重宴別王八員外貶長沙

江路東連千里潮，青雲北望紫微遥。莫道巴陵湖水闊，長沙南畔更蕭條。

如言江路，則東連海上千里通其潮，而如青雲所在，乃向北望之，紫微遥隔矣。然王且莫道巴陵有湖水之廣闊，是以益其隔遠，如其所貶赴長沙之地，即爲此湖之南畔，更當覺其蕭條，非此地之比矣。

封大夫破播仙凱歌六首[一]

岑參

其一

漢將承恩西破戎，捷書先奏未央宫。天子預開麟閣待，祇今誰數貳師功。

漢將承恩奉命西伐，破播仙之戎，報捷之書先奏之於未央宫。天子亦以封之聲聞素著，知其當尅期收績，是以預已開麒麟閣，以待圖畫，以旌其功，祇今有誰更數貳師將軍李廣利伐大宛之功者乎？蓋封之功已壓之，而出於其上矣。

其二

官軍西出過樓蘭，營幕傍臨月窟寒。蒲海曉霜凝馬尾，葱山夜雪撲征竿。

初官軍西出過樓蘭國之時，其陣營所張之幕，傍臨月窟，寒氣殊烈。而至蒲海，則曉霜厚結凝著馬尾，葱山則夜雪亂墜，飛撲征竿矣。

其三

鳴笳疊鼓擁回軍，破國平蕃昔未聞。大夫鵲印摇邊月，天將龍旗掣海雲。

其旋軍也，鳴胡笳，疊擊鼓以擁兵回軍，而如此破其國，更平蕃，使不復反之功，自昔所未聞者也。蓋封大夫其金鵲之印當摇邊月之光，而天將其畫龍之旗，又已掣蒲海之雲矣。

其四

日落轅門鼓角鳴，千羣面縛出蕃城。洗兵魚海雲迎陣，秣馬龍堆月照營。

日已落，漢軍轅門鼓角齊鳴，播仙之戎千羣，皆面縛出蕃城以降。於是洗兵器則魚海之上，雲亦迎陣；秣馬則龍堆之邊，月已照營：此蓋言平蕃之功速也。

其五

蕃軍遥見漢家營，滿谷連山遍哭聲。萬箭千刀一夜殺，平明流血浸空城。

蕃軍遥望見漢家軍營，滿谷連山遍聞其哭聲。蓋以其用萬箭千刀一夜殺戎，及平明其所流之血浸空城也。潘云：「此叙戰時也。」

其六

暮雨旌旗血未乾，胡煙白草日光寒。昨夜將軍連曉戰，蕃軍只見馬空鞍。

其明日暮雨未至之前，其旌旗之血污未乾，而胡地風煙，沙場白草，其所照之日光亦覺有寒意者。蓋以昨夜將軍連曉作戰，蕃軍只見其馬空鞍，無人故也。潘云：「此追叙戰後。」

【校勘記】

［一］封大夫破播仙凱歌六首：《全唐詩》題爲岑參作，一見卷十七，題作《凱歌六首》；一見卷二百零一，題作《獻封大夫破播仙凱歌六首》。

苜蓿烽寄家人［一］

苜蓿烽邊逢立春，葫蘆河上淚沾巾。閨中只是空相憶，不見沙場愁殺人。

岑行至苜蓿烽邊，逢立春之節，而身正在葫蘆河上，涕淚至於沾巾。夫長安家人輩，其身在閨中，則只是空相憶我，而其目不見沙場之風物愁殺人，則雖有其愁，乃亦不如我也。

【校勘記】

［一］苜蓿烽寄家人：《全唐詩》卷二百零一作《題苜蓿峯寄家人》。

玉關寄長安李主簿

東去長安萬里餘，故人那惜一行書。玉關西望腸堪斷，况復明朝是歲除。

東去長安，今已爲萬里餘，其所慰我心者，唯有故人之書，而故人那惜一行之書不寄來乎？且今在玉關西，而望長安，腸正堪斷，况復明朝是爲歲除乎？

逢入京使

故園東望路漫漫，雙袖龍鍾淚不乾。馬上相逢無紙筆，憑君傳語報平安。

故園之所在，今向東望之，道路漫漫，不知其隔幾千里。故我雙袖之姿常龍鍾，爲涕淚所濕，而又常不乾矣。今馬上與君相逢無紙筆，故不能作書，只憑君傳語報我平安而已。

磧中作

走馬西來欲到天，辭家見月兩回圓。今夜不知何處宿，平沙萬里絶人煙。

走馬向西來者，幾欲到天竺國，而其辭家乃已見月兩回成圓矣。而其方所經之地，乃以今夜不知何處得宿爲其慮，蓋以平沙萬里絶無人煙故也。

虢州後亭送李判官使赴晉絳得秋字

西原驛路掛城頭，客散紅亭雨未休。君去試看汾水上，白雲猶似漢時秋。

西原驛路，地勢漸高，望之如掛在城頭。而客散之後，城後紅亭，其雨未休。因謂李云：「君去則試當看汾水之上，其白雲猶當似漢武横汾之時之秋色。」凡人之哀樂，豈非皆須臾之事哉！

送人還京[二]

匹馬西來天外歸，揚鞭只共鳥争飛。送君九月交河北，雪裏題詩淚滿衣。

匹馬之自西來者，乃得自天竺國外歸，故其揚鞭疾驅，只似欲與鳥争飛者也。而今我送君於交河之北，而不可得偕歸，故雪裏題此詩之時，其雪不滿衣而淚滿衣矣。

【校勘記】

［一］送人還京：《全唐詩》卷二百零一作《送崔子還京》。

赴北庭度隴思家

西向輪臺萬里餘，也知鄉信日應疎。隴山鸚鵡能言語，爲報家人數寄書。

我將西向輪臺，其路程爲有萬里餘，以其若是也。乃知故鄉之信，日日應疎絶也。我聞隴山鸚鵡能作人言語者，願爲我報家人，使其數寄書，此吾所冀者矣。

酒泉太守席上醉後作

酒泉太守能劍舞，高堂置酒夜擊鼓。胡笳一曲斷人腸，坐客相看淚如雨。

酒泉太守素能劍舞，故於其高堂置酒招客，而夜爲之擊其鼓。孰知其胡笳一曲之哀聲，以斷人腸，故其坐客相看，皆下其淚如雨下也。蓋言其以動鄉思也。

送劉判官赴磧西[一]

火山五月行人少，看君馬去疾如鳥。都使行營太白西，角聲一動胡天曉。

火山當五月，行人稀少，而看君則其馬向火山路上去者如飛鳥矣。其所欲赴都護使之行營乃在太白星西，故我知其行連日夜不敢息，而聞其行營角聲一動之時，胡天乃已曉矣。

【校勘記】

[一]送劉判官赴磧西：《全唐詩》卷二百零一作《武威送劉判官赴磧西行軍》。

山房春事

其一

風恬日暖蕩春光，戲蝶遊蜂亂入房。數枝門柳低衣桁，一片山花落筆床。

風正恬，日正暖以蕩春光，其見蕩乎諸蟲者，即戲蝶遊蜂之亂入山房者是也。其見之於數枝者，門柳之低衣桁者是也。其見之於一片者，山花之落筆床者是也。潘云：「首章山房之内。」

其二

梁園日暮亂飛鴉，極目蕭條三兩家。庭樹不知人去盡，春來還發舊時花。

梁園日暮，有亂飛鴉，因以極目望之，其風物蕭條，只有三兩家而已。而其庭樹乃不知漢時孝王已下諸人已去盡也，春來還復發舊時孝王已下諸人所共觀之花矣。潘云：「次章山房之外。」

寄孫山人

儲光羲

新林二月孤舟還，水滿清江花滿山。借問故園隱君子，時時來往住人間。

新林浦二月之時，我孤舟還來，其舟中見水滿清江，花又滿山，春色絶佳也。因借問於故園隱君子如孫登者，平日或隱山不出也，而及此春色絶佳，無乃時時來往住人間，以玩其山水，正如是者乎。

杜甫

贈花卿

錦城絲管日紛紛，半入江風半入雲。此曲祇應天上有，人間能得幾回聞。

錦城之中，絲管之聲，每日紛紛以作吹彈合奏，而其聲半入江風，半入雲霄，則是不忌衆民之聞之也。然而此曲元皆天子之所當爲娱聽，乃其樂工祇應還獻爲天上之有耳，人間衆庶，雖今玩之，尋必被徵取，乃能得幾回聞之乎。

重贈鄭鍊

鄭子將行罷使臣，囊無一物獻尊親。江山路遠羈離日，裘馬誰爲感激人。

鄭將行赴襄陽省親，而新罷其身爲使臣之事，然其囊中乃無一物獻其親者。况又其行經江山，道路悠遠，以爲羈旅之離别之日乎。其所相識，輕裘肥馬中，誰爲感激其清廉孝義以助之之人也？

奉和嚴武軍城早秋[一]

秋風嫋嫋動高旌，玉帳分弓射虜營。已收滴博雲間戍，欲奪蓬婆雪外城。

秋風嫋嫋以動高旌之時，大將玉帳中，分弓於士卒，借風聲以射虜營。既已以收取滴博嶺上雲間之戍，更復欲以襲奪蓬婆山雪外之城矣。

【校勘記】

[一]奉和嚴武軍城早秋：《全唐詩》卷二百二十八作《奉和嚴大夫軍城早秋》。

解悶

一辭故國十經秋，每見秋瓜憶故丘。今日南湖采薇蕨，何人爲覓鄭瓜州。

一辭故國之後，凡十經秋，而每年見秋瓜，憶我故丘之秋瓜，然而彼唯憶秋瓜而已。如今日乃身在南湖，采薇蕨，將就飢餓，何人爲我覓其可能救恤我者？鄭瓜州審乎？蓋言同其瓜字，而所須之意，緩急迴異也。

書堂飲既夜復邀李尚書下馬月下賦

湖月林風相與清，殘尊下馬復同傾。久判野鶴如雙鬢，遮莫鄰鷄下五更。

以湖上月影與林間風意相共清，故書堂既飲之殘樽，邀李下馬復同傾之。我本久判野鶴之如我雙鬢白且亂者而不理，則亦遮莫鄰鷄下其桀於五更，而以共酌之可也。

常建　**塞下曲五首**

其一

鐵馬胡裘出漢營，分麾百道救龍城。左賢未遁旌竿折，過在將軍不在兵。

鐵馬胡裘之將軍出漢營，分麾百道之兵以救龍城之危。而其攻圍龍城之胡將左賢未遁走，而我旌竿忽折以示敗兆。此其過在將軍之失軍略，而不在其兵之失也。潘云：「首章斥言戰敗。」

其二

玉帛朝回望帝鄉，烏孫歸去不稱王。天涯静處無征戰，兵氣銷爲日月光。

將玉帛禮朝天子而回之後，其目常望慕帝鄉，故烏孫歸去亦不復稱王號。是以天涯今爲静謐之處，無復可征戰。而從來所有之兵氣，今全銷爲天子盛德日月之光矣。潘云：「次章想像治平。」

其三

北海陰風動地來，明君祠上望龍堆。髑髏盡是長城卒，日暮沙場飛作灰。

北海至陰之風吹動地而來之時，在明君祠上，以望白龍堆。其間所有髑髏盡是爲築長城士卒之屍骨，今爲陰風所吹。而在日暮沙場上飛揚墜下，千碎萬破，復飛揚以作灰塵矣。潘云：「三章備邊之苦。」

其四

龍鬬雌雄勢已分，山崩鬼哭恨將軍。黄河直北千餘里，冤氣蒼茫成海雲。

胡漢合战如龍鬭者，其雌雄勝破之勢已分之後。漢軍奔敗，勢如山崩，其殺傷如林，神鬼亦爲之哭，以恨將軍之失計，使人受此慘禍。乃黄河直北千餘里間，其寃死之氣蒼茫者凝結以成海雲矣。潘云：「四章交鋒之苦。」

其五

因嫁單于怨在邊，蛾眉萬古葬胡天。漢家此去三千里，青冢常無草木煙。

王昭君因其嫁單于，故終身怨其在邊塞不得歸，而其蛾眉亦萬古已前已葬之於胡天。而漢家與此地相去三千里，故其所葬之青冢，亦常無草木之帶煙氣，如中國之春色矣。豈非和親之事亦爲至苦乎？

送宇文六

花映垂楊漢水清，微風林裏一枝輕。即今江北還如此，愁殺江南離别情。

其上有花，後映垂楊，而其下則漢水清澈以承其影。微風又方吹其林裏，而其所映一枝花之上，見其風力之輕焉。即今江北之春事還如是可憐，是以更益愁殺望江南不勝離别之情也。

三日尋李九莊

雨歇楊林東渡頭，永和三日蕩輕舟。故人家在桃花岸，直到門前溪水流。

雨正歇之時，常在楊林東渡頭，是日即永和年蘭亭修禊之三日，而方蕩輕舟以尋可共祓禊之故人李。而其家幸在所望見桃花之岸，其舟又直可得到其門前，而溪水之流通其處矣，此蓋言其快暢之意。

高適　九曲詞

其一

許國從來徹廟堂，連年不爲在疆埸。將軍天下封侯印，御史臺中異姓王。此頌哥舒翰也。

哥舒以身許國之名徹聞廟堂，又連年安邊無事，故不爲作事而在疆埸。以將軍言之，則天下之有封侯印者也，又其官雖在御史臺中，而爲異姓王矣。

其二

萬騎争歌楊柳春，千場對舞繡麒麟。到處盡逢歡洽事，相看總是太平人。

哥舒部下萬騎争歌楊柳春之曲，又千場觀其對舞之人，皆着繡麒麟之衣，是其到處盡逢歡洽之事。而其人互相看，總是太平之人，不見干戈矣。

其三

鐵馬横行鐵嶺頭，西看邏逤取封侯。青海只今將飲馬，黄河不用更防秋。

哥舒部下騎其鐵馬横行於鐵嶺之西者，只西看吐蕃都城邏逤欲攻破之以取封侯而已。如夫青海則只今無敵拒之，故將以飲馬黄河，亦不用更防秋以備入寇也。

除夜作

旅館寒燈獨不眠，客心何事轉悽然？故鄉今夜思千里，霜鬢明朝又一年。

旅館之中與我相對者只寒燈，而獨不能眠，因自思我爲客之心，因何事每更深而轉加有悽然之意乎？既乃自知其故，蓋故鄉則今夜雖相思尚阻千里，而如霜鬢乃自明朝又加一年之老故爾。

塞上聞吹笛[一]

雪净胡天牧馬還，月明羌笛戍樓間。借問梅花何處落？風吹一夜滿關山。

飛雪已净，歇於胡天，而高牧馬以還來之時，月明中，有吹羌笛於戍樓之間者。今若借問：「何故吹《梅花落》之曲也，梅花落何處乎？」則正宜答言：「我所吹《梅花》者，會風吹之，故一夜之間，已滿關山也。」

【校勘記】

[一]塞上聞吹笛：《全唐詩》卷二百一十四作《和王七玉門關聽吹笛》。

別董大

其一

十里黄雲白日曛，北風吹雁雪紛紛。莫愁前路無知己，天下誰人不識君。

十里之間，黄雲擁覆，而白日又曛，是羈旅愁前路之時也；北風吹雁，雁哀鳴，加之以雪紛紛下，是其凄苦之甚者也。雖然，亦當莫愁前路無知己，天下有誰人不知君善鼓琴者哉？

其二

六翮飄飄此自首章吹雁來而以自況。**私自憐，一離京洛十餘年。丈夫貧賤應未足，今日相逢無酒錢。**

高以身正如北風吹雁六翮飄飄者，私心自憐之，且自一離京洛十餘年只自如是者。丈夫貧賤之命數應未足，故如是嘆，不然今日與君相逢，雖欲一酌亦無沽酒之錢者，其貧賤亦已甚矣哉。

孟浩然　**送杜十四之江南**

荆吴相接水爲鄉，君去春江正淼茫。日暮孤舟何處泊，天涯一望斷人腸。

荆與吴地疆域相接，並皆以水爲其鄉，而君之去，其春江正當其水淼茫之時。而心因慮日暮之時，君之孤舟不知何處得安泊也，其豈得無孤危之虞乎？是以我今向天涯一望之，其淼茫之水乃斷人腸矣。

李頎　**寄韓鵬**

爲政心閑物自閑，朝看飛鳥暮飛還。寄書河上神明宰，羡爾城頭姑射山。

爲政之人，其心閑静，則其物亦自静閑，即在府中亦以是，故終日無事，朝看出栖之飛鳥，暮又知其之還來矣。我治雖以如是，然今特寄書河上神明宰韓者，以羡爾城頭朝暮所看有姑射山，乃更當得物不疵厲年穀自豐之效也。

崔國輔　**九日**

江邊楓落菊花黄，少長登高一望鄉。九日陶家雖載酒，三年楚客已沾裳。

崔貶在竟陵江邊，每值其楓葉飛落，菊花開黄之時，憶其少長之當登高而以一望鄉里矣。而今更復逢此九日，則吾家即是陶淵明家，而雖有白衣之人載酒來之事，而以三年爲楚客，故其未醉之前，淚已沾裳矣。

張謂　**題長安主人壁**[一]

世人結交須黄金，黄金不多交不深。縱令然諾暫相許，終是悠悠行路心。

予觀世人之結交，須黄金以取其心，而黄金不多者，其交亦不得深合也。夫其交之若是者，縱令其相然諾者，似重義而暫相許，以其死生存亡相赴援者，要之黄金外物，且其用易盡，則終亦見其相避相疎，則其實本是悠悠行路中，秦越相見之心者耳。

【校勘記】

[一]題長安主人壁：《全唐詩》卷一百九十七作《題長安壁主人》。

送人使河源[一]

故人行役向邊州，匹馬今朝不少留。長路關山何日盡，滿堂絲竹爲君愁。

故人之祗其行役以向邊州之時，我輩預思其匹馬自今朝而當不少留也。而其向河源之間，長路之關山，何日乃得行而盡之邪？乃其餞筵滿堂之絲竹，亦爲君覺有其愁聲也。

【校勘記】

[一]送人使河源：《全唐詩》卷一百九十七作《送盧舉使河源》。

王之涣　**涼州詞**

其一

黄河遠上白雲間，一片孤城萬仞山。羌笛何須怨《楊柳》，春光不度玉門關。

我沿黄河以遠上至於白雲之間，只見一片孤城於萬仞山上而已。而其聞羌笛吹折楊柳之曲之音，心乃謂曰：「彼何爲須此怨楊柳邪？」蓋以春光固不度玉門關而北，則其地無有楊柳故也。」潘云：「首言凉州之内。」

其二

單于北望拂雲堆，殺馬登壇祭幾回。漢家天子今神武，不肯和親歸去來。

單于向北望其拂雲堆，殺馬登壇祭之者，不知其已幾回作之。其祭辭乃曰：「漢家天子今神武，故不肯與我和親，則當戰，戰則願得以全生歸去來也。」潘云：「次言凉州之外。」

九日送别

薊庭蕭瑟故人稀，何處登高且送歸。今日暫同芳菊酒，明朝應作斷蓬飛。

薊北邊庭，秋氣無所不蕭瑟，而故人又稀少，故九日之將送别，乃曰：「今宜於何處登高且送歸乎？」蓋以其所登臨皆足以傷心，而送歸蓋悲吾成孤獨故也。且君與我今日雖暫同芳菊之酒，而明朝應各作斷蓬之飛轉，無所可蹤迹也耳。

蔡希寂　洛陽客舍逢祖咏留宴

綿綿漏鼓洛陽城，客舍平居絶送迎。逢君買酒因成醉，醉後焉知世上情。

我嘗終日聞綿綿漏鼓之聲於洛陽城。客舍之中，蓋以其平居絶送迎之客無一事故也。而今逢君買酒因得成一醉，則其醉後焉知世上有憂愁之情關我心者乎？

吴象之　少年行

承恩借獵小平津，使氣常遊中貴人。一擲千金渾是膽，家無四壁不知貧。

或承特恩借丞相鄉地以得爲獵於小平津，又其平生使氣凌轢人以常遊於中貴人之間。而其臨博場也，一擲骰，輒賭以千金，其大揮霍、大果斷似渾身是膽者，而其家雖無四壁，亦不自知其貧也。

張潮　江南行

茨菰葉爛别西灣，蓮子花開猶未還。妾夢不離江上水，人傳郎在鳳凰山。

去歲在茨菰葉爛之後，與郎别於西灣，今年至蓮子花已開之候，郎猶未還。妾心因其記茨菰，計蓮花之故，雖夜夢亦向來每不離江上之水，而聞人傳乃云：「郎在鳳凰山矣。」無乃非妾與郎不可得通其誠之一證乎？

嚴武　**軍城早秋**

昨夜秋風入漢關，朔雲邊月滿西山。更催飛將追驕虜，莫遣沙場匹馬還。

昨夜胡虜乘秋風侵入漢關，而其軍衆之多乃與朔雲邊月同滿西山，於是前已發軍以拒戰勝之。而更又催飛將以追驕虜，命之曰：「須鏖殺盡之矣！莫遣沙場匹馬還可也。」

劉長卿　**重送裴郎中貶吉州**

猿啼客散暮江頭，人自傷心水自流。同作逐臣君更遠，青山萬里一孤舟。

暮猿已啼，坐客又已散去，其地乃又爲暮江頭，是故人自不得不傷心，而水則自流去以送行舟也。我亦同作逐臣者，而君則更從遠謫，青山萬里之間，獨託其身於一孤舟者，則今我送之亦不堪其悲哀之情也矣。

送李判官之潤州行營

萬里辭家事鼓鼙，金陵驛路此爲下言草色作地者。**楚雲西。江春不肯留行客，草色青青送馬蹄。**

李今將行役萬里，而以辭其家，又將以事鼓鼙者也，而我見其金陵驛路在楚雲之西。其江邊春色亦不肯爲留行客之事，而以其草色青青者，而以送其所騎行之馬蹄矣。

李華　## 春行寄興

宜陽城下草萋萋，澗水東流復向西。芳樹無人花自落，春山一路鳥空啼。

宜陽城下，亂後荒蕪，但生草萋萋而已，既而行沿其澗水東流復轉以向西。其間芳樹無人賞之，而其開花自落，凡此春山一路，但有聞鳥空啼而已。

錢起　**歸雁**

瀟湘何事等閑回，水碧沙明兩岸苔。二十五弦彈夜月，不勝清怨却飛來。

雁羣從來，應居瀟湘，今有何事乃作等閑回來邪？瀟湘豈非有水碧沙明，兩岸之苔乎？無乃聞湘靈以二十五弦瑟彈於夜月之聲，不勝清怨，是以却飛來也乎。

韋應物　**登樓寄王卿**

踏閣攀林恨不同，楚雲滄海思無窮。數家砧杵秋山下，一郡荆榛寒雨中。

踏閣道，攀林樹以上之途間，亦恨不與同來。既及登樓望楚雲，眺滄海，其思實無窮極。况聞數家砧杵之聲傳響於秋山之下，見一郡荆榛之色，帶煙於寒雨之中者乎。

酬柳郎中春日歸楊州南郭見別之作

廣陵三月花正開，花裏逢君醉一迴。南北相過殊不遠，暮潮歸去早潮來。

廣陵三月，花正開之時，花裏逢君共飲酒，醉僅一迴之後。我歸江南蘇州，而柳寄我以見別之作，然而江南、江北之地，若欲相過，則殊不爲遠。蓋以其以暮潮歸去，而早潮又可以來故也。

皇甫冉　送魏十六還蘇州

秋夜沈沈此送君，陰蟲切切不堪聞。歸舟明日毗陵道，回首姑蘇是白雲。

當秋夜之沈沈，而在此正送君，以我朋友相規之言，謂之爲陰蟲切切之聲不堪聞。然而魏歸明日在毗陵之道，而深自惟其過，以回首望其所歸之姑蘇，則當見其家是在其白雲之下也。

曾山送別[一]

淒淒遊子苦飄蓬，明月清樽祇暫同。南望千山如黛色，愁君客路在其中。

其心常淒淒不暢之遊子，其身常苦轉行無已若飄蓬，如今夜看明月，對清樽祇亦暫同其歡者耳。乃南望千山如黛色者，亦却愁君所行之客路在其中也。

【校勘記】

［一］曾山送別：《全唐詩》卷二百五十作《魯山送別》。

寒食

韓翃

春城無處不飛花，寒食東風御柳斜。日暮漢宮傳蠟燭，青煙散入五侯家。

春城之中，無處不見飛花，而此寒食之東風又吹御柳之枝條，皆作斜態之時。日暮漢宮之中，始傳新火之蠟燭，其青煙之所分，又散入宦者五人得貴寵封爲侯者之家矣。

送客知鄂州

江口千家帶楚雲，江花亂點雪紛紛。春風落日誰相見，青翰舟中有鄂君。

客舟到鄂之時，初先遠望，見其江口千家帶楚雲，既近，則又見江花亂點如雪紛紛焉矣。當此春風落日之時，誰先相見之，而以謂青翰舟中有鄂君邪。

宿石邑山中

浮雲不共此山齊，山靄蒼蒼望轉迷。曉月暫飛千樹裏，秋河隔在數峯西。

浮雲雖高亦不共此山齊，皆在山腰，加之以山靄之蒼蒼，使我望轉迷惑，難得其方。但以曉月暫飛其千樹之裏，而乃知銀河是隔在數峯之西者也。

李端　**送劉侍郎**

幾人同入謝宣城，未及酬恩隔死生。唯有夜猿知客恨，嶧陽溪路第三聲。

不知幾人嘗同劉及我入謝宣城府中，爲之官僚也。未及酬其恩，而與太守已隔死生，而當時同僚率皆忘舊負恩。唯有夜猿知其客，如我輩之所恨，即嶧陽溪路第三聲，斷人腸者是已。

張繼　**楓橋夜泊**

月落烏啼霜滿天，江村漁火對愁眠。姑蘇城外寒山寺，夜半鐘聲到客船。

已見月落，又聞烏啼，而開窗望之，霜色滿天，因謂是天曉也，而江村漁火尚對人之愁眠。其影未熄，心方疑似之間，有姑蘇城外寒山寺，夜半鐘聲傳其響以到客船矣。

顧况　**聽角思歸**

故園黄葉滿青苔，夢後城頭曉角哀。此夜斷腸人不見，起行殘月影徘徊。

夢身到故園，見其黄葉滿青苔，荒穢不治，而夢覺之後，聞城頭曉角之聲動我哀情。而此夜之所斷腸在其夢中之人不得復見，因以起行，乃見殘月之影徘徊不去，如夢中之人戀我之光景，其或似之歟？

宿昭應

武帝祈靈太乙壇，新豐樹色繞千官。「獨」字反映。**那知今夜長生殿，獨閉空山月影寒。**

武帝祈靈應於太乙壇之時，新豐樹色繞其陪扈之千官矣。當時那知今夜長生殿，則獨當閉之空山月影荒寒之中乎？

湖中

青草湖邊日色低，黄茅瘴裏鷓鴣啼。丈夫飄蕩今如此，一曲長歌楚水西。

青草湖邊，看日色已低，乃其黄茅瘴裏又聞鷓鴣之啼聲。此豈丈夫可爲事業者之所宜行之地哉？而其飄蕩之著浪迹，今已至如此矣。因唱一曲長歌，以自泄其悲憤於楚水之西也。

戴叔倫

夜發袁江寄李潁川劉侍郎[一]

半夜回舟入楚鄉，月明山水共蒼蒼。孤猿更叫秋風裏，不是愁人亦斷腸。

半夜回舟以入楚鄉之時，月色明亮，而山水之色，却共蒼蒼不分。此已爲荒幽孤寂之境，而有孤猿更叫其秋風裏，雖不是愁人亦不得不爲斷腸，況乃愁人乎？

【校勘記】

[一]夜發袁江寄李潁川劉侍郎：《全唐詩》卷二百七十四作《夜發袁江寄李潁川劉侍御》。

包何　**寄楊侍御**

一官何幸得同時，十載無媒獨見遺。今日莫論腰下組，請君看取鬢邊絲。

我身之一官，何幸得與君同時乎？但以十載無媒通於君，故獨見遺落，不被引薦耳。然既已至今日，乃且莫論其所欲薦除之官，腰下之印組爲何色，請君看取我鬢邊之絲，以憐我年老，以及早收之，此我所冀望者矣。

李益　**汴河曲**

汴水東流無限春，隋家宮闕已成塵。行人莫上長堤望，風起楊花愁殺人。

汴水自古向東流去，送盡無限春光，而隋家宮闕已廢滅成塵矣。行人當莫上長堤以望之，蓋以風起煬帝所樹之楊花，則以愁殺人也。

聽曉角

邊霜昨夜墮關榆，吹角當城片月孤。無限塞鴻飛不度，秋風吹入小單于。

邊地之霜，昨夜已墮關榆，風物益肅之夜；吹角之聲，正當城上，片月晴影之孤寒。是時雖有無限塞鴻，其飛不敢度城上，但有秋風吹入，其滿沙場小單于曲聲之中而已。

夜上受降城聞笛

回樂峯前沙似雪，受降城外月如霜。不知何處吹蘆管，一夜征人盡望鄉。

回樂峯前沙光元似雪，受降城外月色又如霜。當其如是之夜，不知何處吹蘆管之笛，一夜自宵至曉，以教城中所有征人盡望其鄉國不已也。

從軍北征

天山雪後海風寒，横笛偏吹《行路難》。磧裏征人三十萬，一時回首月中看。

當天山雪後，海風之寒，有横笛之聲，偏吹以《行路難》之曲。磧裏從征之人三十萬衆，一時皆回首月中看其笛聲之所在也。

楊柳枝詞

劉禹錫

煬帝行宫汴水濱，數株楊柳不勝春。晚來風起花如雪，飛入宫牆不見人。

煬帝行宫，其遺址尚存汴水之濱，其數株楊柳，則還復舒絲展葉，不勝春色。晚來風起，其花如雪，而其所飛入宫牆之中，却不見其所樹之之人也。

與歌者何戡

二十餘年别帝京，重聞天樂不勝情。舊人唯有何戡在，更與殷勤唱《渭城》。

二十餘年前，我與我所識樂工作别帝京，今日重聞天樂，不勝憶舊之情也。舊日所别之人，唯有何戡在，更與我殷勤唱《渭城》之曲以惜我别也。

浪淘沙詞

鸚鵡洲頭浪颭沙，青樓春望日將斜。銜泥燕子爭歸舍，獨自狂夫不憶家。

鸚鵡洲頭，風浪捲起以颭其沙；青樓春望，其日色復至將斜。而銜泥燕子亦皆爭歸其舍矣，獨自狂夫不憶家，是以今尚在外，不歸來矣。

自朗州至京戲贈看花諸君[一]

原本更增再遊之詩，以非爲連章，故今不收。

紫陌紅塵拂面來，無人不道看花回。玄都觀裏桃千樹，盡是劉郎去後栽。

紫陌之上，紅塵漲天，拂人面以來，而其所來之衆，無人不道看花回也。既及審問之，玄都觀裏道士新植桃千樹，盡是我劉郎遷去之後所栽者，豈非異事乎？此蓋以譏新貴滿朝也。

【校勘記】

［一］自朗州至京戲贈看花諸君：《全唐詩》卷三百六十五作《元和十一年自朗州召至京戲贈看花諸君子》。

張籍　凉州詞

其一

邊城暮雨雁飛低，蘆笋初生漸欲齊。無數鈴聲遥過磧，應馱白練到安西。

邊城日暮，雨脚緊勁，雁飛低下不能高揚。至春盡，蘆笋初生漸欲齊同之時。聞有無數驛馬，鈴聲遥過沙磧之外，輒知應是馱白練到安西都護府，犒其軍士以慰其心者也。此先言主恩之厚者。

其二

鳳林關裏水東流，白草黄榆六十秋。邊將皆承主恩澤，無人解道取凉州。

鳳林關裏之水東流不已，而以見其白草黄榆者，自玄宗開凉州已經六十年之秋，而始陷於吐蕃矣。其邊將皆深承主上恩澤，而無一人解道宜可取凉州，以復舊城者矣。

其三

古鎮城門石磧開，胡兵往往傍沙堆。巡邊使客行應早，欲問平安無使來。

古鎮城門元向石磧開之，而其城尚存，然而有胡兵往往傍沙堆以爲其屯駐之所，是以雖其至古鎮城，路上甚有可虞。今巡邊使客，其行應以早去早來爲要，不然欲問其使客平安，無使者來也。

王建

十五夜望月[一]

中庭地白樹栖鴉，冷露無聲濕桂花。今夜月明人盡望，不知秋思在誰家。

中庭地白者，月在中天也。樹栖鴉者，夜已半也。冷露無聲者，夜氣之冷静也，濕桂花者，言八月也。今夜月明如此，乃知滿城之人盡皆望之，而不知秋思之尤切者爲在誰家乎？蓋以暗言己秋思尤切也。

【校勘記】

［一］十五夜望月：《全唐詩》卷三百零一作《十五夜望月寄杜郎中》。

武元衡　**送盧起居**[一]

相如擁傳有光輝，何事闌干淚濕衣。舊府東山餘妓在，重將歌舞送君歸。

相如況盧也，今擁傳驛遞車馬，是爲有光輝者，因何事故有闌干之淚濕衣，以悲别也。其豈以舊府中有東山所嘗携之餘妓在，而今重將歌舞以送君歸之故歟？

【校勘記】

[一] 送盧起居：《全唐詩》卷三百一十七作《重送盧三十一起居》。

嘉陵驛[一]

悠悠風旆繞山川，山驛空濛雨作煙。路半嘉陵頭已白，蜀門西更上青天。

吾行旅悠悠歷日，其從駕風旆繞山川者，不知經幾程而至山驛中。又見雲氣空濛，其細雨作如煙。然而其上蜀山之路，僅半嘉陵驛，而吾頭髮已成白。而問蜀門，則云：「更當上於今所望見青天之地位以行也！」則不知其爲難苦，更當何如也！

【校勘記】

［一］嘉陵驛：《全唐詩》卷三百一十七作《題嘉陵驛》。

張仲素　**漢苑行**

其一

回雁高飛太液池，新花低發上林枝。年光到處皆堪賞，春色人間總不知。

天已向暖，北回之雁不須集，而高飛於太液池上而過去；新花則春陽始吐其英於低卑之枝，而未及其高處也，於此太液池上林枝。行看年光，每到處並皆已堪賞，而如是天上之春光，若在人間之池潢林園者，總未能知之也。潘云：「首是論漢苑春早。」

其二

春風澹澹影悠悠，鶯囀高枝燕入樓。千步回廊聞鳳吹，珠簾處處上銀鈎。

春風澹澹以恬静，日影悠悠以徐遲之時，鶯囀樹上高枝，而燕翻飛入樓。千步回廊之間，聞有人正弄鳳吹，而如珠簾則處處見其捲之上銀鈎矣。潘云：「次是詳叙漢苑春。」

其三

二月風光變柳條，九天清樂奏《雲》《韶》。蓬萊殿後花如錦，紫閣階前雪未銷。

二月風光已變柳條以作新緑，而九天之中其清樂奏《雲》《韶》，則其爲宸遊御宴可以知焉。是時其蓬萊殿後之花則已如錦，而紫閣之階前則雪尚未消矣。潘云：「三是詳叙漢苑春之早。」

塞下曲原本不收此二首，疑是脱落，今依《選》復收之。

其一

三戍漁陽再度遼，騂弓在臂箭横腰。匈奴似欲知名姓，休傍陰山更射鵰。

有一將軍，嘗三戍漁陽，再度遼，騂弓不離在臂，箭又常横在腰間，以其善射殺敵者數。故相匈奴似欲知其名姓，而懼不敢近，因遥謂之，其意蓋言：「休傍陰山更射鵰，若欲知我名姓，則吾姓名記在箭上，只得一箭，則得知也。」乃以直相近可也。

其二

朔雪飄飄開雁門，平沙歷亂捲蓬根。此即生下「計數」之文意。**功名耻計擒生數，直斬樓蘭報國恩。**

朔雪正飄飄之時，開雁門關以出塞，而見其平沙上，朔風中歷亂以捲無數蓬根焉。然而我所期功名之志，耻以計擒生數爲事，直欲斬樓蘭國王，以報國恩也。

秋閨思[一]

碧窗斜月靄深輝，愁聽寒螿淚濕衣。夢裏分明見關塞，不知何路向金微。

碧紗窗中，所映斜月，靄乎其深輝者，言夜已向曉也。愁聽寒螿淚濕衣者，言陰蟲之聲與其隱衷相感也。適纔夢裏分明見關塞者，不知從此閨裏何路，而以得向金微山乎？蓋欲復從以見關塞也。

【校勘記】

［一］秋閨思：《全唐詩》卷三百六十七作《秋思》。

羊士諤　**郡中即事**

紅衣落盡暗香殘，葉上秋光白露寒。越女含情已無限，莫教長袖倚闌干。

郡府池上有蓮花者，其紅衣已落盡，暗香獨殘，而葉上秋光又已見其白露之寒色。越女之含情，本已自有無限之恨緒，莫教其長袖，倚池上闌干，觀之以增其凄感也。越女，蓋以自況也。

登樓

槐柳蕭疏繞郡城，夜添山雨作江聲。秋風南陌無車馬，獨上高樓故國情。

槐柳數百，其陰蕭疏以繞郡城之外，夜又添山雨以作江上波濤之聲。而其秋風所吹南陌之中，又無車馬之聲，是以獨上高樓，則宛似在故國樓上，以使鄉心愈切，故曰「故國情」也。

柳宗元　**酬浩初上人欲登仙人山見貽**

珠樹玲瓏隔翠微，病來方外事多違。仙山不屬分符客，一任凌空錫杖飛。

三珠樹之林，玲瓏透映隔翠微，而以在山上者，是固所欲往遊。然而我自得病以來，凡遊方外之事多皆違爽，不得遂志也。要之仙人山竟不可屬分符客所當遊之分内也，一任上人如志公凌空錫杖之飛，以往赴之可也。

題延平劍潭

歐陽詹

想像精靈欲見難，通津一去水漫漫。空餘千載凌霜色，長與澄潭白日寒。

心想像豐城二劍墮此水化龍之精靈，雖欲見之，已成難得矣。蓋從此通津而一去以入潭底之踪，其積水漫漫不可尋究。乃亦空餘二劍千載凌霜之色，於人所想像目睫之間，而長與此澄潭白日同其寒光也。

聞白樂天左降江州司馬[一]

元稹

殘燈無焰影幢幢，此夕聞君謫九江。垂死病中驚坐起，暗風吹雨入寒窗。

殘燈無焰宛如緑豆，其影幢幢不明，此夕聞君謫九江司馬。我垂死之病中驚而坐起，乃又會暗風吹雨以入寒窗，使我愈不堪凄惻之情也。

【校勘記】

［一］聞白樂天左降江州司馬：《全唐詩》卷四百一十五作《聞樂天授江州司馬》。

胡渭州

張祜

亭亭孤月照行舟，寂寂長江萬里流。鄉國不知何處是，雲山漫漫使人愁。

亭亭孤月之照行舟者，亦應照鄉國也；寂寂寒江萬里而流者，是伏雲山漫漫也。是以因見其月起思，云：「鄉國不知何處爲是其所也？」而心又知雲山之漫漫，則使人生愁也。

雨淋鈴

雨淋鈴夜却歸秦，猶是張徽一曲新。長説上皇垂涙教，月明此與雨夜反應。**南内更無人。**

山雨點滴淋驛馬鈴上之夜，玄宗却自蜀歸秦。採其聲，作斯曲，授樂工張徽。而今每聞其曲，令人以想見其時情事，乃猶是於張徽一曲之中，作其新者也。而張徽又長説上皇垂涙以教此曲之事矣，而今只有夜月之明於南内，而南内之中更無其教之之人也。

集靈臺

其一

日光斜照集靈臺，紅樹花迎曉露開。昨夜上皇新授籙，太真含笑入簾來。

曙日之光，斜照集靈臺之時，紅樹花迎曉露以始開發，此猶與楊太真始被幸，驟見其寵光者相似也。昨夜上皇新授仙籙者，即借授籙爲名以幸楊妃也，是以太真含笑以入簾來也，上皇蓋追稱之云爾。潘云：「是太真。」

其二

虢國夫人承主恩，平明騎馬入宮門。却嫌脂粉污顔色，淡掃蛾眉朝至尊。

虢國夫人承主上之恩，故其平明騎馬入宮門之時，却嫌脂粉之污其天然顔色，故但淡掃蛾眉以朝至尊也。潘云：「次是虢國夫人。」

賈島　**度桑乾**

客舍并州已十霜，歸心日夜憶咸陽。無端更渡桑乾水，却望并州是故鄉。

居客舍於并州者已經十霜，而其間歸心則日夜常憶咸陽矣。今又無端爲事所役，以更渡桑乾河之水，而却望并州之意，是亦與戀故鄉之意相同也。

王表　**成德樂**

趙女乘春上畫樓，一聲歌發滿城秋。無端更唱關山曲，不是征人亦淚流。

趙女乘春興以上畫樓，而一聲之歌發其凄怨之音，直以作滿城之秋氣。無端更唱關山之曲，則不是征人者亦淚流不已也。

李商隱　**漢宮詞**

青雀西飛竟未回，君王長在集靈臺。侍臣最有相如渴，不賜金莖露一杯。

王母嘗下降，還去之時，青雀隨之西飛，竟未回來。而君王仍望之長在集靈臺上，此其自求長生者，其心甚切也。侍臣之中，最有司馬相如之渴，而不賜承露金莖上之露一杯以潤其渴，則一毫無救人濟世之心者，亦可知也。

夜雨寄北

君問歸期未有期，巴山夜雨漲秋池。何當共剪西窗燭，却話巴山夜雨時。

君書中問歸期在何年，尚未有期，而閱書之時，正值巴山夜雨之漲秋池矣。何年當共剪西窗燭，以却話巴山夜雨之時愁悶之事也。

寄令狐郎中

嵩雲秦樹久離居，雙鯉迢迢一紙書。休問梁園舊賓客，茂陵秋雨病相如。

河南嵩山之雲，陝西秦州之樹，而年久離居，而今令雙鯉迢迢以往致一紙之書。君且休問以言梁園舊時賓客何如，今乃亦直是茂陵秋雨中病相如也已。

秋思

許渾

琪樹西風枕簟秋，楚雲湘水憶同遊。高歌一曲掩明鏡，昨日少年今白頭。

琪樹正含西風，而枕簟之上生秋氣之涼爽，於是仰卧以憶昔乃於楚雲、於湘水憶與人同遊之事。因又思我今當唱高歌一曲，且掩明鏡何者，以昨日少年而今驟成白頭故也。

江樓書感

趙嘏

獨上江樓思渺然，月光如水水連天。同來翫月人何處，風景依稀似去年。

獨上江樓，而思渺然者，由何故也？蓋見其月光如水，水連天。因謂同來翫月之人，今在何處乎？乃亦以其風景依稀似去年故也。

楊柳枝

温庭筠

館娃宫外鄴城西，遠映征帆近拂堤。繫得王孫歸意切，不關春草緑萋萋。

館娃宮之外，鄴城之西邊，所有楊柳，其遠者，其梢映征帆；近者，其枝拂堤。以繫得我王孫歸意之切者，不關古所云「春草生而其綠萋萋，王孫歸不歸」之意也。

段成式　**折楊柳**

枝枝交影鎖長門，嫩色曾霑雨露恩。鳳輦不來春欲盡，空留鶯語到黃昏。

枝枝交影以似鎖長門者，其嫩色之時又曾霑雨露之恩，猶如宮人色未衰，曾被恩幸也。今乃鳳輦不來，春已欲盡，而此枝間空留鶯語，以到黃昏而已。

司馬禮　**宮怨**

柳色參差掩畫樓，曉鶯啼送滿宮愁。年年花落無人見，空逐春泉出御溝。

柳色參差以深掩畫樓，而曉鶯一啼，則以送致滿宮之終日之愁緒矣。而此宮中之花，年年至花落無人來見，空逐春泉出御溝，乃人始得見之也。

張喬　**宴邊將**

一曲涼州金石清，邊風蕭颯動江城。坐中有老沙場客，横笛休吹塞上聲。

一曲涼州之音似金石之清越，因以生邊風之蕭颯以動江城矣。坐中有老沙場之客，其情尤易凄感，横笛休吹塞上之聲，可也。

李拯　**退朝望終南山**

紫宸朝罷綴鵷鸞，丹鳳樓前駐馬看。唯有終南山色在，晴明依舊滿長安。

紫宸朝罷，而百官之退仍綴鵷鸞之行，而在丹鳳樓前，俱駐馬以看之。經亂之後，唯有終南山色在，當天氣晴明，依舊滿長安而已，如朝儀無復舊日之盛觀也。

崔魯　**華清宫**

草遮回磴絶鳴鑾，雲樹深深碧殿寒。明月自來還自去，更無人倚玉闌干。

草色繁蕪遮掩回磴，竟絶鳴鑾，而其雲樹深深，碧殿荒寒。只有明月自來照而還自去，更無一人倚玉闌干如玄宗楊妃者矣。

韋莊　**古別離**

晴煙漠漠柳毿毿，不那離情酒半酣。更把玉鞭雲外指，斷腸春色在江南。

遠則晴煙之漠漠，近則楊柳之毿毿，並皆觸目傷心，然而不那其離情，而別酒亦已向半酣之時。行人更把玉鞭向雲外指其所欲往之方，於是乃知斷腸之春色，更又在江南，而非復前晴煙楊柳不那離情之比也。

李建勳　**宮詞**

宮門長閉舞衣閑，略識君王鬢已斑。却羡落花春不管，御溝流得到人間。

宮門長閉，而舞衣常爲無用之閑物。且此女子自入宮，僅一再見君王，而略識君王之鬢髮已斑白，則知其得寵幸之不可望也。是以却羡落花之春，則君王不拘管之，其入御溝流者得到人間，與宮女青春拘管之，不得出向人間者迴異也。

水調歌第一疊　　張子容

平沙落日大荒西，隴上明星高復低。孤山幾處看烽火，戰士連營候鼓鼙。

平沙之地，見其落日於大荒之西，既而隴山之上，見明星高而復低，則夜又近初更。而孤山不知其幾處，有看烽火以候胡或入襲者，而如戰士則連營皆候幕府之鼓鼙，欲以赴敵矣。

涼州歌第二疊

朔風吹葉雁門秋，萬里煙塵昏戍樓。征馬長思青海上，胡笳夜聽隴山頭。

朔風吹木葉，雁門之關，秋氣正旺之時，胡虜入寇，長驅萬里，而其煙塵暗戍樓。其征馬長應思青海上之孤島，蓋以有吹胡笳者，而夜聽之於隴山頭故也。潘云：「以上兩歌，其一爲隋煬帝幸江都所製，其二爲開元中西涼都督郭知運所進賦事，而其情自見，姑仍李《選》原本。」

水鼓子第一曲

雕弓白羽獵初回，薄夜牛羊復下來。夢水河邊青草合，黑山峯外陣雲開。

雕弓白羽之獵騎初回之時，既已薄夜而山上牛羊復下來。其獵騎所過夢水河邊，則青草已合，牛羊所下黑山峯外，則陣雲已開矣。潘云：「此詩一説是張祜《胡渭州題》，姑仍李《選》原本。」

陳祐　**雜詩**

無定河邊暮笛聲，赫連臺畔旅人情。函關歸路千餘里，一夕秋風白髮生。

無定河邊有暮笛飛聲，而赫連臺畔，旅人聽之不堪情。蓋函關歸路去此千餘里，故此一夕之秋風，使人白髮生焉矣。

無名氏　**初過漢江**

襄陽好向峴亭看，人物蕭條屬歲闌。爲報習家多置酒，夜來風雪過江寒。

襄陽人物好向峴亭以看先賢羊祜、杜預之遺事，而如今則人物蕭條無足道者而又屬歲闌。則但須爲我報習家池，令多置酒以待我，蓋以夜來風雪過江，舟中覺寒，故欲以酒防寒也。

胡笳曲

月明星稀霜滿野，此與「公然」映。**氈車夜宿陰山下**。**漢家自失李將軍，單于公然來牧馬**。

月明星稀則天非暗也，霜滿野則地亦不冥也，而氈車夜宿陰山下者，亦安然無所畏者也。此乃漢家之所爲，蓋自失李將軍後，單于如是公然來以牧馬漢所常往來之地矣。

王烈

塞上曲

其一

紅顏歲歲老金微，沙磧年年卧鐵衣。**白草城中春不入，黄花戍上雁長飛**。

少年紅顏歲歲不歸，而老金微山，乃沙磧年年常寢卧於鐵衣矣。然而白草城中春色不能來入，而黄花戍上，鴻雁長見其飛，則我常不能忘家鄉焉。

其二

孤城夕對戍樓閑，回合青冥萬仞山。明鏡不須生白髮，風沙自解老紅顔。

孤城日夕，亦唯遥對戍樓之空閑，而其北邊乃有回合乎青冥萬仞之山而已。明鏡不須照以知生白髮，蓋以此地多風沙，故心已自解老我紅顔也。

張敬忠　**邊詞**

五原春色舊來遲，二月垂楊未掛絲。即今河畔冰開日，正是長安花落時。

五原之見春色舊來甚遲，雖至二月，其垂楊未能掛絲也。以是推之，即今河畔見冰開之日，正是長安花落之時也已。

九日宴

張諤

秋葉風吹黄颯颯，晴雲日照白鱗鱗。歸來得問茱萸女，今日登高醉幾人。

秋葉爲風所吹，而見其飄黄之颯颯，則令我驚衰颯也；晴雲爲日所照，而映其綴白之鱗鱗，則令我悲斑白也。是以雖飲酒而不能至沈醉，歸來乃亦得問山下賣茱萸之女，云：「今日登高，不知醉幾人也？」

西施石

樓穎

西施昔日浣紗津，石上青苔思殺人。一去姑蘇不復返，岸傍桃李爲誰春。

人相傳此是西施昔日浣紗之津也，乃其石上之青苔亦思殺人也。夫西施一去姑蘇之後不復返，則岸傍桃李不知其尚爲誰報春，而開花也，何其欲思殺人之甚也。

和李秀才邊庭四時怨

盧弼

八月霜飛柳遍黄，蓬根吹斷雁南翔。隴頭流水關山月，泣上龍堆望故鄉。

八月霜飛，柳葉遍黄，蓬根爲風吹斷，而後雁南翔。而人則不得南歸，乃有隴頭流水誘其嗚咽，有關山之月，動其遠思，然亦唯泣上龍堆，以一望故鄉而已。

又

朔風吹雪透刀瘢，飲馬長城窟更寒。夜半火來知有敵，一時齊保賀蘭山。

朔風吹雪，雪透一身刀瘢，其痛苦不可忍，而以飲馬長城窟，則更覺其寒難堪。然而見夜半火來，而知有敵寇，則亦不得不一時與衆齊同，以保守賀蘭山也。

宴城東莊

崔敏童

一年始有一年春，百歲曾無百歲人。能向花前幾回醉，十千沽酒莫辭貧。

歷一年，然後始有一年之春色；閱百歲之中，曾無百歲之老人。且其不能百歲之人，亦能向其花前幾回得醉乎？則雖以十千沽酒，亦須莫辭貧也。

崔惠童　　**奉和同前**

一月主人笑幾回，相逢相值且銜杯。眼看春色如流水，今日殘花昨日開。

一月之中，主人之有笑能得幾回乎？今相逢相值，則且以銜杯爲妙眼。又看春色瞬目過去如流水，試看今日之殘花，即是昨日開放者。

王周　　**宿疎陂驛**

秋染棠梨葉半紅，荆州東望草平空。誰知孤宦天涯意，微雨瀟瀟古驛中。

秋霜染棠梨，葉半帶紅色之時，荆州向東望之，只見亂草之平空而不復見其有蹊路也。誰其知吾孤宦在天涯之意，於此微雨瀟瀟古驛之中，而以憐之者乎？

釋皎然　　**塞下曲**

寒塞無因見《落梅》，胡人吹入笛聲來。勞勞亭上春應度，夜夜城南戰未回。

寒塞無因見《落梅》，只有胡人吹入笛聲來而已。想金陵爲别之地，勞勞亭上春色今應已度，而此身夜夜在城南事戰伐而未得回也。

釋靈一　**僧院**

虎溪閑月引相過，帶雪松枝掛薜蘿。無限青山行欲盡，白雲深處老僧多。

虎溪閑月引我使相過，以見帶雪松枝之掛薜蘿。而無限青山亦既行欲盡，而白雲深處，則又見老僧多隱在其地也。

附録

復中島耕夫書

前致鄙札，懇請爲拙著《唐詩通解》賜題一言。昨乃辱賜手答，薰盥披誦，其書首所言辭旨，似不拒所請者，某喜可知也。既及細讀，乃又見告，頃有一吏人來足下所，而誹《通解》之書假名龜山藏板之事，而足下答以某不宜有是假託之事云云。足下乃以其有嫌，於是欲令某去其假託之名，至乃以取物論於嫌疑之間見規誨。嗟乎！非足下忠直，誰肯爲某盡言至若此者？某豈不深拜嘉？但某之爲此，亦有深衷，非世紊紊者所知也。蓋某自少讀六經、《論》、《孟》等書，大抵其名以篇者，並皆無不有其上下通貫，以成一篇之旨。而後世注家往往誤解，斷裂破碎，則篇皆不能成篇。某心憤思，竊欲除其謬，是以於六經、《論》、《孟》，率已爲之繹解。而自來以講之於諸生，諸生猶多半信半疑，則某又思有爲開其惑，而心蓄是念者久矣。近爲子姪輩説唐詩，子姪輩色皆驚，以爲妙通，因詰其故，則曰：「從前諸説唐詩者，皆無如是之説。」於是取《唐詩解》諸書讀之，果率亦斷裂破碎，篇皆不能成篇。於是乃悟從前諸生於某經説半信半疑者，亦由其幼習小詩，爲如是陋説所錮，不知篇有成篇之旨故也。且思唐一代諸名賢之於詩，率皆殊絶後代。而如初、盛諸名家，其構製尤盡其工妙，而爲後世諸妄解所掩蔽，其辭旨亦甚可惜也。且令少年子弟於其習詩，先知其通篇之義，亦可以爲他日學通經義之階梯也。於是謀以《通解》之書播傳之於四方諸門人子姪。而某自少所授業之門人，今已遍於海内。若欲謄寫傳之，則其傭筆之工費，頗亦洪夥，不如上之梨棗。然而今三都書肆相黨以罔市利，請縣官究刻類其所資之書者，而雖某塾藏其板，猶疑其廣鬻，則必將訴官毁其板矣。如以龜山藏板之名，則庶足以明其不廣鬻於世，此某之所以請於貴藩諸大夫之旨。要之，假名者，一時之權，非以是謀利，而爲唐賢弘宣其著作本旨者，雖以詞藻小技，而亦是千秋之一事業，豈可以避小嫌而罷千秋之業哉？況又可以爲後進小子學明經藝之階梯者乎？願足下爲某亮察此深衷，若其有所釋於斯所言之旨，而賜以貴序，幸甚！今更以《通解》稿本數册呈覽，餘容嗣布。不宣。

——選自《淇園文集》卷十二，文化十三年(1816)序刊本

［日］葛西因是　編撰

通俗唐詩解

徐　樑　譯校

整理説明

葛西因是（1764—1823），名質，字休文，號因是，日本江户後期著名學者。《通俗唐詩解》是其所編的一部唐詩選集，收録了一百首唐人七言律詩。全書凡二卷，上卷五十首爲初盛唐，下卷五十首爲中晚唐，漢文原詩，日文解説。今存刊本有享和二年（1802）上善堂本，扉頁書名題爲《通俗唐詩七律解》，内題「因是道人葛休文口説　宫無端筆授」。藏於日本國立國會圖書館、早稻田大學圖書館、關西大學圖書館等地，前有寬政十二年（1800）六月廿七日漢文自序一篇，末有署名「白鷺主人」跋語一則，以及葛西氏享和二年自題簡短識語。

《通俗唐詩解》深受中國明末清初時期著名文學批評家金聖嘆的影響，其所選詩目多與金聖嘆《貫華堂選批唐才子詩》《唱經堂杜詩解》重合，而其解説也多有襲用金氏評點成句、化用金氏評點意趣之處。一方面，葛西氏與金聖嘆一樣，也不滿於「可解不可解」之類的籠統説法，認爲每一首詩的意旨都可以得到清晰準確的解釋；另一方面，在對詩法進行具體解説時，葛西氏也像金聖嘆那樣精細地推敲詞句之間的關係，並以「側卸」「綱領」之類的批評術語加以提挈。

但《通俗唐詩解》有其鮮明的批評個性。比如，葛西氏往往會突破中國詩論家對律詩體式結構的傳統理解，而特别關注聯與聯之間内在的意脉流轉。在解説王維的《敕賜百官櫻桃》時，葛西氏將頸聯的對句和尾聯的出句視爲「一句」，並將此「一句」與尾聯的對句視爲「一對」，這種理解方式突破了律詩的閲讀常規。又如，葛西氏往往藉助佛學術語來强調感官感受。在解説錢起《和王員外晴雪早朝》時，葛西氏以「六界」説詩：「『長信月留』『宜春花滿』八字爲眼界，『寧避曉』『不飛香』六字爲意界，『獨看』七字爲眼界，『已覺』七字爲意界，文字真正有繩墨。」再如，在各種感官感受中，葛西氏很在意視覺感受，表現出對色彩用詞的特别關注。在解説王維《和賈至舍人早朝大明宫之作》時，注意到其中的色彩相映：「『五色詔』遥映『絳幘』『翠雲裘』，所謂彰施五色者也。」諸如此類能見出葛西氏在理解唐詩時的獨特着眼點，頗能給人耳目一新之感。

葛西氏解唐詩時還表現出相當豐富的文學想像。他會在一些解説中加入很多文本以外的故事細節，而使原本描寫性的詩句表現出生動形象的叙事性效果。例如在解説韋應物《自鞏洛舟行入黄河即事寄府縣寮友》一詩時，就對作者寫詩時的狀態展開了想像：「是時先生當倚舷而下一大白。……於懷中取出紙箋，於腰間取出墨瀦，作一通書。」這樣的情節生動細緻，如真事真境，雖超出原詩的文本範圍，但有助於導引讀者如臨其境，提高作品的可讀性。

綜觀全書，儘管某些解説有過度闡釋之嫌，但在當時宋詩流行的時代背景下，葛西氏以其獨特的思維個性和文學想像，抉發並凸顯出唐人律詩的獨特質性，讓人重新認識到唐詩的藝術價值。因此，本書在日本江户時期的唐詩學中可謂獨樹一幟，具有重要意義。

本書譯自日本國立國會圖書館藏享和二年上善堂刊本，謹致謝忱。

目録

序 …… 五一三

上篇 …… 五一七

沈佺期　龍池篇 …… 五一七
紅樓院應制 …… 五一八
侍宴安樂公主新宅應制 …… 五一九
遥同杜員外審言過嶺 …… 五二〇
再入道場紀事 …… 五二一
宋之問　和趙員外桂陽橋遇佳人 …… 五二二
奉和春初幸太平公主山莊 …… 五二三
蘇頲　奉和春日幸望春宮應制 …… 五二四
侍宴安樂公主新宅應制 …… 五二五
張説　幽州新歲作 …… 五二六
㴩湖山寺 …… 五二六
孟浩然　除夜有懷 …… 五二七
徐安貞　聞鄰家理筝 …… 五二八
孫逖　和左司張員外自洛使入京中路先赴長安逢立春日贈韋侍御及諸公 …… 五二九
李白　登金陵鳳凰臺 …… 五三〇
題東谿公隱居 …… 五三一
李頎　宿瑩公禪房聞梵 …… 五三二
贈盧五舊居 …… 五三三
送魏萬之京 …… 五三四
寄盧司勳員外 …… 五三五
題璿公山池 …… 五三七
寄綦毋三 …… 五三八
崔顥　行經華陰 …… 五三九

黃鶴樓 …………………… 五四〇
崔曙
九日登仙臺呈劉明府 …………… 五四一
王維
春日同裴迪過新昌里訪呂逸人不遇 …………… 五四二
酬郭給事 …………………… 五四三
奉和聖製從蓬萊向興慶閣道中留春雨中春望之作應制 …… 五四四
酌酒與裴迪 …………………… 五四五
大同殿生玉芝龍池上有慶雲百官共觀聖恩便賜燕敢書即事 …………… 五四五
和太常韋主簿五郎溫泉寓目 …… 五四六
敕賜百官櫻桃 …………………… 五四八
積雨輞川莊作 …………………… 五四九
過乘如禪師蕭居士嵩丘蘭若 …… 五五〇
和賈至舍人早朝大明宮之作 …… 五五一
裴迪
同王維新昌里訪呂逸人不遇 …… 五五二
王昌齡
萬歲樓 …………………… 五五三
賈至
早朝大明宮呈兩省僚友 …………… 五五四
張志和
漁父 …………………… 五五五
陶峴
西塞山下廻舟作 …………………… 五五六
岑參
西掖省即事 …………………… 五五七
首春渭西郊行呈藍田張二主簿 … 五五八
和賈至舍人早朝大明宮之作 …… 五五九
赴嘉州過城固縣尋永安超禪師房 …………………… 五六〇
奉送杜相公發益州 …………… 五六〇
暮春虢州東亭送李司馬歸扶風別廬 …………………… 五六一
萬楚
五日觀妓 …………………… 五六二
高適
夜別韋司士 …………………… 五六三
送李少府貶峽中王少府貶長沙 … 五六四

重陽 …… 五六五
下篇 …… 五六六
杜　甫
秋興八首 …… 五六六
其二 …… 五六七
其三 …… 五六八
其四 …… 五六九
其五 …… 五六九
其六 …… 五七〇
其七 …… 五七一
其八 …… 五七二
題張氏隱居 …… 五七三
和賈至舍人早朝大明宮 …… 五七五
嚴　武
巴嶺答杜二見憶 …… 五七六
張　謂
西亭子言懷 …… 五七七
杜侍御送貢物戲贈 …… 五七七
皇甫冉
秋日東郊作 …… 五七八
皇甫曾
秋夕寄懷素上人 …… 五七九
劉長卿
贈別嚴士元 …… 五七九
北歸入至德界偶逢鄰家李光宰 …… 五八〇
韋應物
譏李録事 …… 五八一
自鞏洛舟行入黄河即事寄府縣寮友 …… 五八二
錢　起
和王員外晴雪早朝 …… 五八三
闕下贈裴舍人 …… 五八四
石門春暮 …… 五八五
夜宿靈臺寺寄郎士元 …… 五八六
盧　綸
長安春望 …… 五八七
郎士元
贈錢起秋夜宿靈臺寺見寄 …… 五八七
韓　翃
同題仙遊觀 …… 五八九
張南史
陸勝宅秋雨中探韻 …… 五八九
李　益
鹽州過胡兒飲馬泉 …… 五九一

劉禹錫　送周使君罷渝州歸郢中別墅……五九一
柳宗元　松滋渡望峽中……五九二
登柳州城樓寄漳汀封連四州刺史……五九三
韓愈　從崔中丞過盧少府郊居……五九四
酒中留上襄陽李相公……五九五
奉和庫部盧四兄曹長元日朝廻……五九六
和水部張員外宣政衙賜百官櫻桃詩……五九七
王建　送司空神童……五九八
早春五門西望……五九八
白居易　西湖晚歸廻望孤山寺贈諸客……五九九
尋郭道士不遇……六〇〇
元稹　過襄陽樓呈上府主嚴司空樓在江陵節度使宅北隅……六〇一
鄂州寓嚴澗宅……六〇一
杜牧　題宣州開元寺水閣……六〇二
温庭筠　過陳琳墓……六〇三
李商隱　隋宮……六〇四
錦瑟……六〇五
馬嵬……六〇六
許渾　金陵……六〇七
姑熟官舍……六〇七
早發天台中巖寺度關嶺次天姥岑……六〇八
崔魯　春日長安即事……六〇九

書因是庵通俗唐詩解後……六一一
題識……六一二

序

學童受四書五經句讀之後，稍識字者請學吟詩。若欲逐世速成者乎？則坊間所鬻《詩學小成》《唐明詩礎》具在，是其捷徑也。若欲立志求益者乎？則讀三百篇以降楚辭漢魏六朝全唐諸詩，而後乃今可起手，是其正門大路。當時全唐諸才子莫不先讀三百篇以降至一時名家諸作，當時宋明諸人亦莫不由此路入此門而進步也。吾今再就正門大路上開一方便法門，爲取唐詩七言律百首，國字作釋以授之。序曰：吾七八歲隨例誦李家《唐詩選》，十七八與學伴學吟詩，取注釋《唐詩選》讀之，字訓典故，儘得通曉，茫乎不知作者爲何作此詩、爲何作此句。嘗就宿老先生而請解，大率以詩妙處在可解不可解之間相答。夫詩者言志也，志者一直劃然、不左不右之謂也。言而在可解不可解之間，方寸所持，其將安發泄之？已而取宋詩讀之，心竊喜之，漫然呦呦，屬八五四十言、八七五十六言以爲律詩，亦未厭於心。後得金聖嘆先生批唐詩而讀之，其分前後解，真讀唐律詩之妙訣也。其云句皆有諷託並無寫閑景者，真讀唐律詩之卓見也。如其謂律爲法律之律、非聲律之律，則吾不服矣。夫律者，和聲也。細聲者大其器，粗聲者小其器，盈耳當心，不窕不槬，此之謂和。至有唐氏而别創一體，勒定八句，名曰律詩。律詩者，有唐一代中和之聲也。律家以沈宋爲宗，僧皎然有言云：「沈宋爲有唐律詩之龜鑒，情多興遠，語麗爲多，真射鵰之手。使曹劉降格爲之，吾未知其孰勝。」由是觀之，自沈宋而前，三百篇而降，人人所能之詩也；自沈宋而降，全唐一代律詩，非人人所能之詩也。律之爲言，併格而言之也。何謂之格？興遠情多，約句準篇，觀之煌煌乎黼黻文章，聽之洋洋乎五音六律，此之謂律。獨孤至之序皇甫茂政集云：「沈詹事、宋考功，財成六律，彰施五色，言之而中倫，歌之而成聲，緣情綺靡之功至是乃備。沈宋既没，而崔司勳、王右丞復崛起於開元天寶之間，得其門而入者，當代不過數人，皇甫補闕其一也。」律之爲名，至難至美之稱也。吾今於唐詩百首所論者，律之格也，非律之律也。有情在此而文在彼者，有文在此而情在彼者。情與文在此者人皆見之，情與文在彼者人或不知。不以在彼之情照在此之文，在此之文雖得見之，作者之主意不著矣；不以在彼之文照在此之情，在此之情雖得見之，作者之苦心不見矣。情文在此，人人所能之事也；情文在彼，非人人所能之事也。三百篇以降，唯唐人能之。唐人能之而後無復有能之者，非止無有能之者，無復知有其情與文者。律之爲格，實有唐一代諸才子甚深微妙秘密不傳法門也。金聖嘆先生頓悟唐律詩有前後解，取證於六百首，可謂知言之士矣。昔者孟子以知言自負，曰：「聖人復起，不易吾言。」金聖嘆先生之於唐律詩，亦猶孟子之於聖人也乎？獨孤至之所云「言之而中倫」者，唐人所傳「約句準篇」者，前後解亦見其一端也。而吾今所釋百首不復分前後解者，吾所皇張，别有在焉。原夫《詩》有六義，風雅頌三，各爲一體；賦比興三，往來爲三體用。賦比興，臣隸之職也；風雅頌，主宰之位也。錯雜百物謂之賦，直叙無餘緼之文也；以彼物比此物謂之比；觀彼物興此志謂之興。比之與興小異而大同，皆諷託之文也。且如王右丞「絳幘鷄人」，前四句皆賦也，「日色纔臨仙掌動，香煙欲傍衮龍浮」二句比也，其餘二句亦賦也。如崔司勳「岧嶤太華」，前六句寫華陰道中所望，後二句寫勸戒之辭，興也。又如皇甫補闕《秋日東郊作》，第一句「閑看秋水心無事」，道觀流水歸海欲拂衣歸去也；第二句「坐對寒松手自栽」，道守節報國不敢憚勞也；第三句「廬嶽高僧留偈别」，勸勉守節報國也；第四句「茅山道士寄書來」，催促拂衣歸去也；第五句「燕知社日辭巢去」，猶言鳥且如此，我欲決策歸去也；第六句「菊爲重陽冒雨開」，猶言草木且如此，我安得不鞠躬盡瘁爲國竭力也；第七句「淺薄將何稱獻納」，我雖盡節，竟何所補也；第八句「臨岐終日自徘徊」，持兩端也。是亦於義爲興。再細思之，作者先向題中「東郊」二字上索得「臨岐」二字，一、二、三、四、五、六，逐次寫一去一留，至末以淺薄自品曰：我雖能如秋菊僅可冒雨，竟不能如寒松冒雪不凋，此我所以臨岐躊躇、持兩端不決也。每句約意如此深長，一篇準繩如此精嚴，此之謂言之中倫。纔提秋水，其白可知；纔提寒松，其青可知；廬之爲黑，得諸音呼盧之盧；茅之爲白、燕之爲紫、菊之爲黄，不復待辨，此之謂彰施五色。唐人苦心費力，多在比興，情緒多端，諷託幽遠，而辭語典麗自然，使讀者瞥然眼迷不猜出。律之爲律，唐人獨能之文，而唐人獨知之事。唐以降宋明諸家讀唐人律詩，而不知其謂。七八則知爲七律、五八則知爲五律，如謂之宋明八句詩則可矣；謂之唐樣律詩，則吾不服也。刺繡必須貫針線，織錦必須求杼軸，吾今所釋唐律詩，雖僅僅百首，讀之而知讀唐律詩之法，以此法讀全唐諸律詩，無不可讀之律詩；讀之而知唐人作律詩之心，則有所起手，必非徒五言八句、七言八句之詩也；讀之而知唐人律詩之難，則輟手不作律詩亦可也；讀之而知唐人律詩之難與唐人律詩之妙，則但取唐人律詩讀之，不必出自己亦可也；讀之而知唐人律詩之不可爲，姑爲宋明諸家之所爲，而冀它日一變者，自今以後，不許來而言唐人律詩矣。二三子勿以我爲故設無稽高論，告以不及之法。吾今所釋唐律詩百首，吾一片老婆心，有大過於夫《詩學小成》《唐明詩礎》之上者，二三子宜細細讀之。

寬政十二年六月廿七日　因是道人葛質休文撰

上篇

因是道人葛休文口說

宫無端筆授

沈佺期　龍池篇

玄宗爲平王時，得賜隆慶坊之第。坊南之地，忽焉成池，與日而廣，時時見龍於其中。其後玄宗即位而作龍池之樂，此詩乃其辭也。

龍池躍龍龍已飛，龍德先天天不違。池開天漢分黄道，龍向天門入紫微。邸第樓臺多氣色，君王鳧雁有光輝。爲報寰中百川水，來朝此地莫東歸。

一句全寫池，非寫龍也，故唯寫龍之舉動，而不及龍德。二句寫龍，故專寫龍德，不寫舉動。三句再寫龍池，「黄道」者日道也，比於天子行幸之大街。此池現天漢之樣，分畫黄道，此池以外之物決不得入於天門，而此池中物忽躍忽飛，其入天門者乃當然也。四句再寫龍，「紫微」者天子之常居也，畢竟寫池之形勝。

四句廿八字，一句池，二句龍，三句池，四句龍，句法有連環之勢。「龍」字五個，「天」字四個，「池」字二個，如貫珠一氣直下，不得下句讀於其間。崔顥之《黄鶴樓》亦是此法。五、六、七、八四句寫龍飛去之迹。五、六句寫水上之物，「邸第樓臺」爲池邊之物，玄宗潛邸之所也。「多氣色」爲底光之動。「君王鳧雁」本於《説苑》之語，池中所殘之物也。「有光輝」爲《孟子》之語，毛色有光澤之貌也。七、八句寫池中之水，云願其後普天下之水，皆來朝於此池中，而莫歸乎東海，乃分付萬國輻輳之辭也。「龍躍飛」「先天天不違」者亦《易》之語，通篇多用經書之語而不見斧削之痕。

紅樓院應制

紅樓疑見白毫光，寺逼宸居福盛唐。支遁愛山情漫切，曇摩泛海路空長。經聲夜息聞天語，爐氣晨飄接御香。誰謂此中難可到，自憐深院得迴翔。

《法華經》云：「佛放眉間白毫相光，照東方萬八千世界。」今入紅樓院，而疑有白毫光來相照。「紅樓七字，寫院中之赫赫奕奕。此寺咫尺宸居，今認作釋尊之眉間白毫相光者，乃聖天子明德之光明也。「福盛唐」者，云乃天子祈禱之所，故近於宸居。一句寫意中疑惑，二句寫意中判斷，「寺逼宸居」四字爲一篇之綱領。晋支遁買山而隱，乃徒勞之閑工夫也；魏曇摩迦羅遥自天竺爲翻經而來洛陽，海路漫長亦徒勞也。此一聯乃反襯。後聯二句寫出「寺逼宸居」四字。七、八句不必解説。○試一看之，通篇不見感激佛恩，只見感激天子。阿彌陀之光不及萬歲爺之光，一日之經聲不及夜半之天語，佛前之末香不及早朝之御香。不願往生西方净土，唯當一心捧戴王法也。

侍宴安樂公主新宅應制

皇家貴主好神仙，別業初開雲漢邊。山出盡如鳴鳳嶺，池成不讓飲龍川。妝樓翠幌教春住，舞閣金鋪借日懸。敬從乘輿來此地，稱觴獻壽樂鈞天。

「好神仙」三字爲一篇之主腦。「別業初開」寫題上之新宅。「開」者開府也。按《唐公主傳》，安樂公主乃中宗之幼女，下嫁武崇訓，中宗復位，光艷動天下，與太平等七公主皆開府，嘗請昆明池爲私沼，中宗不許，公主不悦，更自鑿定昆池云云。「雲漢邊」即云此定昆池。「鳴鳳嶺」在鳳翔府。「飲龍川」乃渭水之別名也。公主豪華，而作名園。其假山幾不減鳴鳳嶺，其池幾不讓渭水也。「翠幌」者翡翠之帷幔也。「金鋪」者門扇之金具也。「教春住」「借日懸」，有轟天動地之勢：春色乃三月盡去之物，强教引住，而使四時常成春色；行於天上之日輪，强行借來，而作門扇之金具。「鳴鳳」「飲龍」「教春住」「借日懸」，皆從「好神仙」三字而來。「鈞天」者天上之樂也，照顧「雲漢」二字。

遥同杜員外審言過嶺

杜於前日較沈先流放峰州，過嶺時曾於嶺南客店題詩，沈過嶺時看其詩而有此作。「遥同」者，云非同時連袂而過。「同」與「和」義似而異也。「和」爲彼唱而求和之意，「同」則此方乃任意而作也。宋之問七言古《至端州驛見杜沈閻王題壁慨然成咏》之作，亦爲遥同也。張説《遥同蔡起居偃松篇》亦爲一例。

天長地闊嶺頭分，去國離家見白雲。洛浦風光何所似，崇山瘴癘不堪聞。南浮漲海人何處，北望衡陽雁幾群。兩地江山萬餘里，何時重謁聖明君。

「天長地闊嶺頭分」七字，妙妙。地分嶺南嶺北固不待辨，天亦分嶺南嶺北則可怪也，貶謫之身，一何至於此極也！「見白雲」三字，妙。一寫廻望之切，一寫天分嶺南嶺北。三句連「見白雲」三字，寫北望。「何所似」三字稱美洛浦風光，此「洛浦」在白雲之外。四句寫前程，是南望。「不堪聞」三字妙。耳邊且不堪聞，況不遠萬里而至其地哉！五句寫前程，連四句之南望也，而想杜之前行。六句寫北望，洛浦既已不見，而只望衡陽。由中國而來南方者唯有候雁，雁之南來不限衡山，故不得已而遥望雁之消息。「北望衡陽」四字，可見此嶺已在極南。「幾群」二字，云其少而渴望之甚也。「兩地」爲南北兩界，結「嶺頭分」三字。「江山」二字總結甚好。「江」結「洛浦」「漲海」，「山」結「崇山」「衡陽」，「兩地江山萬餘里」七字乃結起句之「地闊」二字，此讀者或能知之；「何時重謁聖明君」七字乃結「天長」二字，則恐無索解之人。○「洛浦」

與「衡陽」爲的對，「崇山」與「漲海」爲的對，錯綜尤妙也。後來唐家三百年詩人，學此法者甚多。高適《送李王二少府》之作乃學其詩意者，王維《雨中春望》之作乃學其詩法而變者。〇篇中三用「何」字，字法有慨嘆。「何所似」「何處」寫其地，「何時」寫歷年，説者多嫌其相犯，難與之論唐詩矣。

再入道場紀事[一]

「道場」者乃内道場，即紅樓院也。先生一度流放驩州，中宗復位之後，召爲修文館學士。

南方歸去再生天，内殿今年異昔年。見闢乾坤新定位，看題日月更高懸。行隨香輦登仙路，坐近爐煙講法筵。自喜恩深陪侍從，兩朝長在聖人前。

「南方歸去」四字，有招魂之意。「再生天」妙，即借用佛家之語而寫召還，呼起以下「乾坤日月」等語。「内殿」七字，云與昔年武則天時擁立之勢有别。三、四句之「新」字「更」字，皆寫「異昔年」三字。「題日月」乃引掛日月至天上，是時韋后預聞朝政，如武則天在高宗之時，故表二聖，云「日月」也。五、六句寫七句之「陪侍從」三字。「坐近」一句爲「侍」字，「行隨」一句爲「從」字，「兩朝」者，云中宗被廢之前與復位之後。

【校勘記】

［一］再入道場紀事：《全唐詩》卷九十六作《再入道場紀事應制》。

宋之問　**和趙員外桂陽橋遇佳人**

江雨朝飛浥細塵，陽橋花柳不勝春。金鞍白馬來從趙，玉面紅粧本姓秦。妬女猶憐鏡中髮，侍兒堪感路傍人。蕩舟爲樂非吾事，自嘆空閨夢寐頻。

一、二句爲佳人未來之前，江上之朝雨、橋邊之花柳，寫出無邊駘蕩。三、四句寫佳人，此佳人「來從趙」，鄉貫好；「本姓秦」，門閥亦好。五、六句不寫佳人本身，却寫「鏡中髮」、寫「侍兒」；不寫自家之遇，却寫「妬女」、寫「路傍人」：實乃寫七句「非吾事」三字也。妬女爲晉南康公主之故事。此佳人見如新寵之禁臠，鏡中髮則爲移於江水之影也。起句頭上冒一「江」字，有故哉！「妬女」「路傍人」在兩頭，緊接「鏡中髮」「侍兒」在中間，對法錯綜，文意穩順，後來盛中晚三唐詩人皆宗是法。「蕩舟爲樂」者爲蔡姬故事，特地請來一「舟」字，反映「桂陽橋」也。

奉和春初幸太平公主山莊[一]

青門路接鳳皇臺，素滻宸遊龍騎來。㵎草自迎香輦合，巖花應待御筵開。文移北斗成天象，酒近南山作壽杯。此日侍臣將石去，共歡明主賜金迴。

「青門」爲天子之東門。「鳳皇臺」爲公主之山莊，青門、鳳皇臺屹峙於兩頭。「素滻」七字，補添今日之路次，天子輦行也。特附「素滻」者，乃襯「遊龍」二字。「㵎草」早生，「巖花」未開，云春光淺也，將題上「春初」二字寫得恰如其分。「自迎」「應待」二語，又爲公主申説望幸之至情。「移北斗成天象」者，令群臣和天子之聖作，北斗星右旋時衆星皆如相應也。「近南山作壽杯」者，群臣以次第遥指南山，捧觴而唱如南山之壽也。草爲合，花爲開，斗爲動，山爲静。侍臣逐乘槎之故事而「將石去」，乃風流之侍臣也；明主賜黄金於群臣，乃乖覺之天子也。○蘇廷碩《望春宫》之詩，全摹此詩。

【校勘記】

［一］奉和春初幸太平公主山莊：《全唐詩》卷五十二作《奉和春初幸太平公主南莊應制》。

蘇頲　**奉和春日幸望春宫應制**

東望望春春可憐，更逢晴日柳含煙。宫中下見南山盡，城上平臨北斗懸。細草偏承回輦處，飛花故落舞觴前。宸遊對此歡無極，鳥弄歌聲雜管絃。

「望望春春」四字上加一「東」字，下接「可憐」二字，裝法奇也。首句當讀爲「向東而望，所望者春，春乃可憐」。自來皆讀作「向東而望望春宫」，則未幸之前，徒然而東望望春宫，將成何等語耶？二句寫晴天所望分外無礙。三、四句非寫望春宫之高，而寫此日之晴。細草奉承回輦之處僅限於今日，故云「偏」。飛花不厭謝落於舞觴之前，故云「故」，「故」乃故地之義也。聖天子其壽出南山之上，其德則比肩北斗，鴻恩及於細草飛花之小物，今日之宸遊可謂歡娱無極也。「對此」之「此」字，指二、三、四、五、六共五句。「宸遊對此」四字一鎖，下面特特剩下「鳥弄」七字，是實寫「歡無極」三字也。李頎之「此外俗塵都不染，唯餘玄度得相尋」全學此七、八句。○「細草」「飛花」「鳥弄」，皆比於微賤人，「鳥弄」七字帶鳥獸蹌蹌鳳皇來儀之意，又寫題上「奉和」二字，真筆歌墨舞之文章也。「東望」「南山」「北斗」相映，「柳」字「花」字相偶，「舞」字「歌」字相偶，處處填下，而使讀者不覺。

侍宴安樂公主新宅應制[一]

騕騕羽騎歷城池，帝女樓臺向晚披。露灑旌旗雲外出，風迴巖岫雨中移。當軒半落天河水，遶徑全低月樹枝。簫鼓宸遊陪宴日，和鳴雙鳳喜來儀。

起句言天子行幸之路次。二句言帝女薄晚之迎接，「披」言門户不閉。三句連於二句寫帝女之臺，「露」字貼「向晚」，「旌旗」貼「羽騎」，「雲外出」三字見樓臺之高，此「露」當視作雲表之露。四句寫「騕騕羽騎」，乃已歷城池而來新宅園内之時、未登樓臺之前也。「巖岫」者，沈詩所云「山出」之假山也。五句寫帝女之樓，「半落天河水」者，一雨傾注，而定昆池之水滿也。六句再寫「羽騎」，從騎上而下視兩邊之桂樹。「半落」「全低」又寫夜之深。寫夜深者，賦也；寫恩雨者，興也。唐人好用之。七、八句見公主夫婦之和睦，寫天子之滿意。「城池」二字非漫然而下，「城」者牽動樓臺，「池」者牽動定昆池之天河水。蓋此日行幸之時，由雨中而至於見晴也。

【校勘記】

［一］侍宴安樂公主新宅應制：《全唐詩》卷七十三作《侍宴安樂公主山莊應制》。

幽州新歲作

張說

去歲荆南梅似雪，今年薊北雪如梅。共知人事何嘗定，且喜年華去復來。邊鎮戍歌連日動，京城燎火徹明開。遥遥西向長安日，願上南山壽一杯。

「去歲」「今年」云昔今，是寫時也。「荆南」「薊北」云方面，是寫地也。荆南有梅而成雪，薊北有雪而成梅。「共知」七字爲感嘆，「且喜」七字爲自慰。此四句似行雲流水，與《龍池篇》前四句、《黄鶴樓》前四句、《萬歲樓》前四句同，一氣直下。「戍歌連日動」見邊鎮之門連日固閉，藏下「閉」之一字，而對以京城通夜開扉。「長安日」指天子。「西向」「南山」「荆南」「薊北」一篇中相對。「人事何嘗定」五字補「梅似雪」「雪如梅」六字；「年華去復來」五字補「去歲」「今年」四字。「邊鎮」「京城」寫地，與「荆南」「薊北」相映；「連日」「徹明」寫時，與「去歲」「今年」相映。

灉湖山寺

空山寂歷道心生，虚谷迢遥野鳥聲。禪室從來雲外賞，香臺豈是世中情。雲間東嶺千重

出，樹裏南湖一片明。若使巢由同此意，不將蘿薜易簪纓。

分虚空二字爲「空山」「虚谷」，因空山寂歷而生道心，因虚谷迢遥而傳野鳥之聲，腹中乃道心，耳邊乃野鳥之聲，此兩句寫盡山寺之清净。「從來」二字自來無得解者。高適「黄鳥翩翩」之詩有「此地從來可乘興，留君不住益凄其」，李益「緑楊着水」之詩有「從來凍合關山道，今日分流漢使前」，皆是用自昔如此，今日却不然之意。「香臺」七字作「禪室」七字之襯句，起五、六兩句。若禪室從來爲雲外之清賞，則香臺上之眺望亦不應有世中情態之理。今却東嶺在雲間，南湖在樹裏，「雲間」「樹裏」四字影寫「世中」二字。東嶺雖在雲間，而有千里拔出之勢；南湖雖在樹裏，而不失一片明白。是即道心也。如來下降在人間亦是如此，又何妨雲外之清賞耶？如彼巢父許由者，去簪纓而取薜蘿，惜哉！其不幸不及於佛法東傳之日，而未聞不可思議之解脱法門也。

除夜有懷

孟浩然

五更鐘漏欲相催，四氣推遷往復迴。帳裏殘燈纔去焰，爐中香氣盡成灰。漸看春逼芙蓉枕，頓覺寒消竹葉杯。守歲家家應未卧，相思那得夢魂來。

起句七字寫盡除夜，是一驚耳界。二句寫意中，却是眼界。三、四、五、六句皆由此一句生出，全補「往復迴」三字。三、四句是「往」字，五、六句是「迴」字。燈焰爐香是熱物，「去」字、「灰」字忽見其寒。「芙蓉」是秋，「竹葉」是冬，兩物皆寒物，「春逼」「寒消」四字則忽見其熱。「春逼」是「迴」，「寒消」是「往」，四氣推遷只是如此。漸看春逼，頓覺寒消，已動五六分之春情，「守歲」一句忽念他方美人之家，「相思」一句則說終不成事。此方雖固相思而眠，彼家則未能成眠，不得美人夢魂之一來。等閑又此一夜消盡，又此一年消盡，可恨可恨。

聞鄰家理箏

徐安貞

北斗横天夜欲闌，愁人倚月思無端。忽聞畫閣秦箏逸，知是鄰家趙女彈。曲成虛憶青娥斂，調急遥憐玉指寒。銀鎖重帷聽未闕，不如眠去夢中看。

未寫聞箏，先寫「愁人倚月」；未寫「愁人倚月」，先寫「北斗横天」。「北斗横天」乃愁人之眼界，「夜欲闌」乃約於意中。「倚月」二字乃愁人之本分，陪寫「北斗」，提出唯其夜半。「思無端」者，愁思不斷也。「無端」爲周環無端之義，有始終者乃有端，無始終者乃無端也。「忽聞」七字始入題，是耳界。「知是」七字爲意界，此七字一篇之関棙也。五、六句只寫聞箏，「曲成」「調急」二語爲耳界。「虛憶」「遥憐」皆意界也。七句「聽未闕」妙妙。「聽」字與三句之「忽聞」字相映，聞箏之後却傾聽「銀鎖重帷」一開之聲，非絶妙文思耶？此一句耳界。結句爲意界。「畫閣」「秦箏」「鄰家趙女」「青娥斂」「玉指寒」「銀鎖重帷」等數處，非月夜中可看，皆是從意想中來者也。抱此意想而眠去，則夢中出現無疑。此意想全從「思無端」三字而來，「思無端」三字乃「一向專念」之四字，當時釋迦如來説觀佛之法，亦只是此法。

孫逖　**和左司張員外自洛使入京中路先赴長安逢立春日贈韋侍御及諸公**

忽睹雲間數雁廻，更逢山上一花開。河邊淑氣迎芳草，林下輕風待落梅。秋憲府中高唱入，春卿署裏和歌來。共言東閣招賢地，自有西征作賦才。

前四句寫立春一日，第一句却是回顧去年秋事。第二、三句爲春事，「逢」「迎」二字各分一句。第四句爲今年秋事，透漏消息。此四句爲實寫。後四句中，第五、六句直提「秋」字「春」字。第七、八句「東閣」「西征」映「春」「秋」二字。此四句爲虚寫。一句秋，二、三句春，四、五句秋，六、七句春，八句之秋又與一句之秋相連，周環無端。奇絶之文，奇絶之法，此法呼爲轆轤回環。「忽睹」七字是立春第一信，先在天上見之。「更逢」七字是立春第二信，見於山上。「河邊」七字是立春第三信，見於河邊。「林下」七字是立春第四信，千省於林下。「待落梅」妙。「待」字言雖猶未落而先至意中也。此梅落後，則二十四番之風信匆匆而過，千紫萬紅，忽開忽落，忽又見秋雁之南來。「秋憲府中」云題上韋侍御及諸公；「春卿署裏」則爲張員外之同僚也。孫先生自云「高唱入」者，乃陽春之高調；「和歌來」者，來求和歌也。「共言」者，「春卿署裏」「秋憲府中」共相讚嘆也。從「東閣」到「作賦才」十二字爲「共言」之辭。漢公孫弘開東閣以待四方賢者，晉潘岳爲長安令作《西征賦》。○一先生云,「雲間」「山上」「河邊」「林下」「府中」「署裏」太過相犯,却不知是先生之家數者也。

李白　登金陵鳳凰臺

唐人於公主之第宅使用「鳳凰臺」,沈佺期「青門路接鳳凰臺」之類是也。單稱「鳳凰臺」者或有所疑,故以「金陵」二字冒其上也。

鳳凰臺上鳳凰遊,鳳去臺空江自流。吴宫花草埋幽徑,晋代衣冠成古丘。三山半落青天外,一水中分白鷺洲。總爲浮雲能蔽日,長安不見使人愁。

此詩相傳爲模擬《黄鶴樓》而作。詩之優劣姑且不論,當時先生屈服於《黄鶴樓》之篇,何又如細瑣文人而成此效顰耶?蓋唐朝名家之詩一時流傳,争入歌詞,如王昌齡「寒雨連江」之絶句、王之渙「黄河遠上」之絶句,旗亭伶人妙妓拊檀板而唱者也,非後代諸家徒詩之類,而如此際之流行曲調。可知其亦如《黄鶴樓》一時流傳争唱者。先生此篇與王昌齡《萬歲樓》等畢竟爲《黄鶴樓》之代歌也,故句句不厭摹倣,韻亦用同韻。○起七字寫昔,似閑句而非閑句,説臺名「鳳凰」之故。「江自流」興起歲月變遷,而呼起三、四句,又爲六句「一水」二字作伏筆。「吴宫花草」「晋代衣冠」乃「鳳去」二字也。「埋幽徑」「成古丘」乃「臺空」二字也。滅吴者晋也,吴已亡而晋又尋亡,桑田滄海之嘆無限。吴晋二代之迹,蕩然而無入望中者,望中唯

「三山」「一水」而已。「三山」亦半爲「浮雲」所蝕而如落在「青天外」,「一水」亦爲白鷺洲中分而成二支。此兩句帶不滿之意。「三山半落」「一水中分」呼起以下之「浮雲蔽日」。「三山半落」一句借「浮雲」二字而成義,「青天」二字呼「蔽日」之「日」字。「一水中分」雖不借於「浮雲」,而「白鷺洲」三字則影寫「浮雲」。「三山半落青天外」者,如云朝廷諸賢半遭貶謫;「一水中分白鷺洲」者,如云君臣一體而小人間之。「總」字一束五、六二句,言世主若信讒而遠賢者,則國家必亡。讀至七、八句,而「吴宫」「晋代」二句一齊動摇。○《黄鶴樓》爲歸去來之意,此篇則一片惻惻惋惋,不忘王室。字法句法雖固似效顰,而其主意迥殊如此。齷齪細儒何漫置優劣於其間耶?○「一水」别本作「二水」,義雖通而意淺。

題東谿公隱居[一]

杜陵賢人清且廉,東谿卜築歲將淹。宅近青山同謝朓,門垂碧柳似陶潛。好鳥迎春歌後院,飛花送酒舞前筵。客到但知留一醉,盤中衹有水晶鹽。

以「清」「廉」二字品隲「杜陵賢人」,詩中許多景物無一不爲清廉。「青山」「碧柳」爲清廉之門宅,「鳥歌」「花舞」爲清廉之歌舞。「盤中水晶鹽」爲清廉之下物,水晶鹽即冰鹽,清而有廉之物也。以「水晶鹽」結清廉二字,妙想妙思。後院之「好鳥」方且「迎春」,前筵之「飛花」早來「送酒」,「送酒」如云送春也。此二句承第二句之「歲將淹」三字,寫出東谿公年年如此。「歲」爲餘年,「淹」爲近死。「但知」云無餘事。「水晶鹽」雖固言寫清廉，然亦可見東谿公之大酒量，不需其他下酒之物。「謝朓」「陶潛」承「賢人」二字，謝朓《治宅》詩云：「迢遞南川陽，迤邐西山足。既無東都金，且税東皋粟。」

【校勘記】

［一］題東谿公隱居：《全唐詩》卷一百八十四作《題東谿公幽居》。

宿瑩公禪房聞梵

李頎

花宮仙梵遠微微，月隱高城鐘漏稀。夜動霜林驚落葉，曉聞天籟發清機。蕭條已入寒空静，颯沓仍隨秋雨飛。始覺浮生無住著，頓令心地欲歸依。

前三句一段，後五句一段。前段寫夜間聞梵，後段寫曉來聞梵。夜間者，長夜夢中之境也；曉來者，一旦大夢頓悟之時也。「花宮」七字寫梵音。「月隱高城」四字乃不辨梵音之處。是時眼根一路已絶，唯恃耳根一路，傾耳偏聽微微之梵音，幸得「鐘漏稀」三字，僅可聞微微之仙梵。「鐘漏」在高城之中，「月」在高城之外面，「禪房」在高城之内面，各件之地位讀者須記清。梵音唯憑風而送，初夜「遠微微」，夜半則入「霜林」而「驚」摇落。不云「疑」而云「驚」者，乃打睡中忽聞之也。「曉聞天籟」妙。一次而聞，則認之爲仙梵；二次而聞，則誤認爲落葉；三次而聞，則知其既非落葉，亦非仙梵，只是天籟。五、六句天色已曉，加眼根一路。梵音乃不可見之物，陪寫「寒空」「秋雨」四字，而辨梵音之在處。「蕭條已入」者，云「過去法」已過去；「颯沓仍隨」者，云「現在法」亦無住。此兩句附梵音之上而説三世法，後來作家雖髯枯血竭亦不能作此等語。七、八句不須解。○「花宫」「霜林」「落葉」三語相映。「仙梵」「天籟」相對。「夜動」之「動」字、「寒空静」之「静」字相對。「霜林」之「霜」字、「秋雨」之「雨」字相對。「心地」之「地」字、「天籟」之「天」字相對。「鷩」字「發」字「覺」字一綫貫穿，有步步而進之勢。皆從「心地」二字上來。○「花宫仙梵遠微微」者，聞有西方極樂浄土，而受六字名號之時也。「月隱高城」者，唯聞佛名，未見佛身。「高城」者，譬喻此娑婆世界。「鐘漏稀」者，如云既已出家，則俗間聒噪之事少且稀也，學「諸漏皆盡」之語氣。「夜動霜林鷩落葉」者，未知不生不滅也。「曉聞天籟發清機」者，觀音菩薩由此路而入佛地。雖已悟浮生無住、三世一空，心地上却不放下「歸依」二字，此是過去現世未來佛佛相念之妙法。

贈盧五舊居[一]

物在人亡無見期，閑庭繫馬不勝悲。窗前緑竹生空地，門外青山似舊時。悵望青天鳴墜葉，巑岏枯柳宿寒鴟。憶君淚落東流水，歲歲花開知爲誰。

「物在人亡」四字爲一篇之綱領。「無見期」三字爲結句「歲歲花開」作一伏筆。「閑庭繫馬」四字爲「似舊時悵望」五字而留來訪之身份。「不勝悲」三字爲「淚落」二字作地。「無見期」三字、「閑庭」七字，此十字畢竟襯「物在人亡」四字。第一件在「窗前」之「緑竹」，此「緑竹」乃繫馬之所也，第二件在門外之青山。此二件乃終古不改之物也，以「似舊時」三字看出「緑竹」「青山」。第三件爲「墜葉」「枯柳」，第四件爲「寒鴟」，「枯柳」即「墜葉」之木也。此二件乃衰落之物也，以「悵望」二字看出。雖寫「物在」二字，而實寫「人亡」二字。以上四件乃見在之實物也。第五件爲「東流水」，第六件爲「花」，此二件乃虚物也。「流水」乃逝去之物也，因水之逝流而想出歲月之變遷；放下見在之秋景而逆算自今以往年年春花之開。抽輕輕之筆，而寫永永之嘆。〇「枯柳宿寒鴟」五字遥對「緑竹」「繫馬」。「東流水」三字遥對「青山」二字。「青天」二字遥對「空地」二字。「花開」二字遥對「墜葉」二字。「悵望」「巑岏」不以字義對而以字音對，唐人所謂叠韻對也。「悵望青天」云者爲仰彼蒼之意。寫柳葉從天而墜，與緑竹由地而生相映。

【校勘記】

［一］贈盧五舊居：《全唐詩》卷一百三十四作《題盧五舊居》。

送魏萬之京

朝聞遊子唱離歌，昨夜微霜初渡河。鴻雁不堪愁裏聽，雲山況是客中過。關城曙色催寒近，御苑砧聲向晚多。莫是長安行樂處，空令歲月易蹉跎。

朝來於卧蓐中聞離歌，既起而臨送別之歧。陌上初見微霜，解者多以爲寫昨夜，失之，乃寫今朝分手之時也。見此霜昨夜自河北初渡而來中國，云霜何故而自胡地渡來耶？三句爲鴻雁渡來作地，三、四句寫遥想赴京路上之情狀，此是苦況。五、六句寫遥想長安，「催寒」「砧聲」有九月授衣之嘆，顧視微霜，此亦苦況。「長安行樂處」五字妙妙，丁寧之極，殷勤之至，普天下人家子弟遊京者，誰不空爲此五字而消盡歲月乎？先生特提出「曙色」「砧聲」兩種苦況，臨別時於頂門上下一針。「離歌」爲先生所聞，是聲；「微霜」爲先生所見，是色。「鴻雁」「砧聲」爲魏萬所聞，是聲；「雲山」「曙色」爲魏萬所見，是色。是霜也，「微霜」二字有履霜堅冰之意，第一爲陌上之微霜，第二爲路上雲山之霜，第三爲關城曙色之霜。「曙色」俗本作「樹色」，大失章法。

寄盧司勳員外［一］

流澌臘月下河陽，草色新年發建章。秦地立春傳太史，漢宮題柱憶仙郎。歸鴻欲度千門雪，侍女新添五夜香。早晚薦雄文似者，故人今已賦長楊。

臘月立春之歲所作也。先生是時在河陽。○以曲折之筆寫彼此之地位，乃學沈佺期之「天長地闊」；寫歲月之去來，乃學孫逖之「忽睹雲間」。後人學其一門猶不能到，真可云雙掌連環之手也。一句自家，二、三爲盧，四、五自家，六、七爲盧，八爲自家，句法如連鎖回環，亦同孫逖「忽睹雲間」之法。所謂歲月去來者，忽臘月，忽新年，忽秦代，忽漢代，忽朝之歸鴻，忽夜之添香，一日之去來，四時之去來，歷代之去來，全脱體於孫逖之詩。一句言「河陽」，唯見流澌之下而不覺立春。二句見建章宮前之草色而不覺尚爲臘月。三句由「太史」傳報立春，而入於「仙郎」之耳。四句從河陽而遥憶其仙郎。五句以「歸鴻」寫歸思，以「千門雪」寫自家之冷淡。六句爲仙郎直夜之時，伴眠之侍女以新年故而特更添爐香，寫盧之熱鬧。七句云盧早日薦自家之文章，八句寫自家之渴望。○「漢宮題柱」爲田鳳之故事。「漢宮」二字妙妙，隱隱藏下别一個仙橋題柱之司馬相如，七句中「薦雄文似者」乃不突兀。如云「嗟我憶漢宮題柱仙郎，請君薦仙橋題柱文人」也。先生蜀人也，故用事的切。「早晚」謂不久，如云其事在旦暮，承上「歸鴻」七字之朝、「侍女」七字之夜，云「早晚」者，如賈至用「染翰」字映「沐」字「鳳」字，後來詩人決無也，此法獨開元天寶之名家能有。「今已」者，非失意之人太早作計，乃爲歲月流水所驅迫也。云「早晚」、云「今已」者，活畫出薦者之急、文人之急。○「漢宮」「歸鴻」二句雖是寫自家，然又是寫京師。自第二至第七共六句，悉皆寫京師、寫盧。六七四十二字中下一「憶」字，悉皆成自家身上之事。一、八句十四字，的的寫河陽、寫自家，而函容四十二字如底蓋。律體之精嚴、意匠之巧妙無出其右者，學者最應熟誦。

【校勘記】

［一］寄盧司勳員外：《全唐詩》卷一百三十四作《寄司勳盧員外》。

題璿公山池

遠公遁迹廬山岑，開士幽居祇樹林。片石孤雲窺色相，清池皓月照禪心。指揮如意天花落，坐卧閑房春草深。此外俗塵都不染，唯餘玄度得相尋。

「遠公」「開士」指璿公，「遁迹」爲行，「幽居」爲住。「廬山岑」「祇樹林」寫題上之「山」字。三、四句寫「池」字。一、二句已提「遁」「幽」二字，璿公之行住遠離人間色相之界，眼中早已不見高軒駟馬曼理皓齒，所見之色相僅片石孤雲而已。石而云「片」、雲而云「孤」，見其零零碎碎。「窺」字妙，僅見之義也，管中窺豹、井底窺天之類，張覷之義也。清池皓月明净之至，此一面明鏡，乃璿公之禪心也。「照」字「窺」字藏下一個「鏡」字。「指揮如意」者乃説法之時候；「坐卧閑房」者乃入定之時候。「天花」二字藏「紅」字，「春草」二字藏「青」字。「此外」二字緊接五、六兩句，雖暫染此紅花青草之二塵，然此外一切俗塵全不染也。「都不染」三字，似譙鼓一動而城門不許出入，頓挫之至。「唯餘」妙妙，「玄度」妙妙。塵中唯有一個玄度，許其時時參禪，此玄度與山中之天花春草一列，乃染璿公心之物也。天花爲紅、春草爲青，參禪之人爲玄，良工妙手彰施五色之尤奇絶者。片石、孤雲爲常有之色相，天花、春草、玄度爲時有之色相，前後相對，文字有片段、有斟酌。〇「唯餘玄度得相尋」七字，「餘」「玄」二字之間藏一「許」字，此「許」字乃不許酒肉入山門之「許」字也，却完足許玄度之姓字。不唯是也，「遠公遁迹」，「遠」「遁」二字得接成語；「開士幽居」，

「開」「幽」二字得接成語。「遠公遁迹廬山岑，開士幽居祇樹林」共十四字，向來人皆認作是惠遠法師、是菩薩之稱號，誰知「遠公」二字、「開士」二字皆是幻出以化人。「遁迹」之「遁」是支遁，「祇樹林」之「林」是林道人也，如此「許玄度」三字方不突兀。是唐人詩中秘密法也。才子没落，千載無知者，今日忽爲因是道人之神眼覷破了也。

寄綦毋三

新加大邑綬仍黄，近與單車向洛陽。顧眄一過丞相府，風流三接令公香。南川粳稻花侵縣，西嶺雲霞色滿堂。共道進賢蒙上賞，看君幾年作臺郎。

「新加大邑」四字，恭喜。「綬仍黄」三字，不滿。「近」，近日也。「與」，給與也。「單車」，落寞之至。「向洛陽」三字，生下三、四兩句。此度「向洛陽」者，因「新加大邑」也。一過三接，皆入洛時之事也。五、六句寫治狀。「侵縣」二字、「滿堂」二字妙妙。「侵」爲由外侵入之義，「侵縣」二字當用於寇盗侵入，《春秋經》上某人侵某地等，的當之義也。「滿堂」二字本於《老子》，綦毋三縣内其侵者非寇盗，而爲南川之粳稻花；堂上其滿者非金玉，而爲雲霞之色。不瀆貨賄、不奪民時，治狀又有出其上者耶？「共道」者，世間所推云也。「進賢」二字一篇之綱領。「進」字結三、四句，「賢」字結五、六句。《論語》云：「雖欲勿用，山川其舍諸？」此詩全學《論語》上二語。如此賢才，丞相令公其舍諸？一超而爲臺郎，不出二三年之久；自此以後，銀青金紫唯綦毋三所拾也。暫時腰間之銅黄，固不足憤鬱矣。

崔顥　**行經華陰**

岧嶤太華俯咸京，天外三峰削不成。武帝祠前雲欲散，仙人掌上雨初晴。河山北枕秦關險，驛路西連漢畤平。借問路傍名利客，無如此處學長生。

以「岧嶤太華」之高，反映出「咸京」之卑。「咸京」者，云咸陽之京也。其下路傍，乃千千萬萬往來過客求名利之處也。凡人一入咸京，則半生浮沉，一世奔波，而無出脱之路。「俯」字爲輕視，有賤惡之意，亦有慈悲垂憐之意。「天外三峰」云至高，「削不成」云至尖。自來寫高山皆云到天，寫尖峰皆云削成，先生脱盡常套，算出「天外削不成」五字以讚嘆「岧嶤太華」，真蓋代之大文章，非尋常詩家所能。「武帝祠」在山之足下，「仙人掌」在山之中腹，足下雲未散，中腹纔晴，絶頂則全晴。以上四句寫華山。「河山」「驛路」爲華陰之地勢，一面爲險，一面爲平，名利世路都如此也。險固爲惡，平亦不足樂。秦漢兩朝當時何等富貴利達，畢竟皆成烏有，不如天外三峰之永久長存。「險」「平」二字亦有抑揚，以「平」字與漢，承「武帝祠前雲欲散」之句。〇宛然似壁上掛一幅羯磨曼陀羅，而以如意爲衆生指點。「秦關險」「漢畤平」爲魔境，「武帝祠」爲下品，「仙人掌」爲中品，「天外三峰」爲上品上章，無量壽如來之位也。「長生」二字非云金丹求壽。

黄鶴樓

昔人已乘黄鶴去，此地空餘黄鶴樓。黄鶴一去不復返，白雲千載空悠悠。晴川歷歷漢陽樹，芳草萋萋鸚鵡洲。日暮鄉關何處是，煙波江上使人愁。

「昔人」「黄鶴」在意界，「白雲」「晴川」「漢陽樹」「芳草」「鸚鵡洲」「煙波」在眼界。○一、二句爲黄鶴樓之解題也。以下六句爲所望之景。○「黄鶴」爲黄，「白雲」爲白，「漢陽樹」「芳草」爲青。○「日暮」與「千載」相映，「煙波」與「白雲」相映，「白雲」乃障遠望之物，「煙波」乃障近望之物，「千載」乃開闢以來之古今，「日暮」乃一日中之曩今。○「白雲」「悠悠」下連「晴川歷歷」「芳草萋萋」，用雙字而成章。○「晴川歷歷」乃明顯可數，「晴」字反映白雲，白雲乃陰也。「鄉關」者，歸故鄉之關也，即「晴川歷歷漢陽樹」是也。「芳草萋萋」乃《楚辭》之語，爲催歸思也。「鸚鵡洲」乃黄祖殺禰衡處，禰衡失去就之義，故喪其身，亦有催歸思之意。「鸚鵡洲」三字與「黄鶴樓」屹然相對。○相傳千年前仙人乘黄鶴而去，其時地上之人延首而望黄鶴之去路，遥遥入白雲而去，唯見白雲，不見黄鶴。此白雲千年悠悠，至今如故。此仙人去世遠遊，誠可欣羨，先生今登樓上亦見白雲，而不見黄鶴之去所，所見乃「晴川」「漢陽樹」「芳草」「鸚鵡洲」。此四者皆白雲以内之物。幸得認鄉關而發歸思，而忽接「日暮」二字，則此「漢陽樹」「鸚鵡洲」併不得見，非獨白雲之無賴，煙波之無賴尤甚。○真是千載之絶調，能令李太白擱筆，非筆墨林中之大丈夫哉！

九日登仙臺呈劉明府[一]

崔曙

漢文皇帝有高臺，此日登臨曙色開。三晉雲山皆北向，二陵風雨自東來。關門令尹誰能識，河上仙翁去不回。且欲近尋彭澤宰，陶然共醉菊花杯。

一句寫仙臺之緣起。《神仙傳》云：漢文尚黄老之學，就河上公問難義，河上公授《老子章句》二卷，遂失所在。二句寫今日，「曙色開」爲夜雲開散、四方可望之時也，此三字含望老子東來紫氣之意。三、四句寫眼界，「雲山」「風雨」四字，唯見雲山風雨而不見紫氣。「皆北向」之字，連「三晉」。「向」字，山勢自有向背，但寫其形勢。五、六、七句側卸而下，云既不見老子，則思關令尹；又不見，則思河上公；又不見，不得已，則尋近處之彭澤宰，而及於劉明府也。《論語》云：「善人者吾不得見之，得見有恒者斯可也。」先生胸中貯此文法，而筆端有此詩。「關門」貼「二陵」，「河上」貼「三晉」，唐人律體之精嚴如此。

【校勘記】

[一]九日登仙臺呈劉明府：《全唐詩》卷一百五十五作《九日登望仙臺呈劉明府容》。

春日同裴迪過新昌里訪呂逸人不遇

王維

桃源面面絶風塵，柳市南頭訪隱淪。到門不敢題凡鳥，看竹何須問主人。城外青山如屋裏，東家流水入西鄰。閉户著書多歲月，種松皆老作龍鱗。

於「柳市」隱居之上加陪「桃源」一句，而爲通篇之反襯。嘗聞桃源仙境隔在風塵之外，四面非人迹可到，而呂逸人住近柳市南頭，得於官暇相尋。「到門」二字連二句，「何敢題凡鳥」五字寫題上之「不遇」，又提出呂逸人無不才之子弟。主客雖異，而不失呂姓之人。「看竹」一句有召伯甘棠之意。五、六句宛然寫出市隱，「青山」自「城外」而來，逼向「屋裏」，而城内城外無别；「流水」自「東家」流入「西鄰」，亦非四面絶風塵。「青山」「流水」全反映「桃源」。《孟子》云：「故國者，非有喬木之謂也，有世臣之謂也。」若終身隱淪不著一書，則不足以爲隱淪，隱者正當以著書爲第一務。著書漸多，不覺宅中手種之松已有千丈之勢。故入故國者見喬木而想見世禄名家，訪隱士者見喬木而想見著書之多。「桃源」映陶淵明，「柳市」映五柳，「植松」映撫孤松。裴迪同訪之作中「陶令五男曾不在」一句，乃「何須題凡鳥」五字也；「芙蓉曲沼春流滿」一句，即「東家流水入西鄰」也。「聞説桃源好迷客」一句，即「桃源面面」一句也。「眄庭柯」三字，即「看竹」「植松」四字也。「南」字「東」字「西」字寫「面面」二字。請試看之：一篇中有桃有柳有竹有松，各各相對，但竹與松爲宅中之物，實也；柳爲門外之物，虚也；桃在風塵之外，不知其處，虚之又虚者也。結句顯然，品松而呼做「龍鱗」，而先於第三句藏下一「鳳」字，龍鱗松、鳳尾竹，篇中一大章法。如禁庭之中右近橘左近櫻，奇工妙工。唐代三百年前後有得其彷佛者乎？何況如宋明諸家徒以白媲紅、以千對萬者，與先生此詩相比則如車前之馬屁，固不足以污聰明君子之耳。

酬郭給事

洞門高閣靄餘暉，桃李陰陰柳絮飛。禁裏疎鐘官舍晚，省中啼鳥吏人稀。晨搖玉佩趨金殿，夕奉天書拜瑣闈。强欲從君無那老，將因卧病解朝衣。

前四句寫自家卧病於官舍，五、六二句寫郭給事朝夕之事務，七、八句再寫自家之意。「强欲從君」四字全聯絡五、六二句。「朝衣」二字襯「玉佩」。「强」字與「卧病」字相呼。「洞門」七字爲高處之暮景，「桃李陰陰」四字爲低處之暮景。由「洞門」而至「陰陰」十一字寫日之盡。「陰陰」二字與「靄餘暉」三字相映。「柳絮飛」三字連「桃李陰陰」而寫低處，且寫春盡。一、二句寫眼中，三、四句寫耳邊，「啼鳥吏人稀」五字雖云寫見在景象，亦帶求友之意。「省中」乃門下省也，先生卧病之處也。

奉和聖製從蓬萊向興慶閣道中留春雨中春望之作應制

「留春」乃唐天子春遊之名目也。

渭水自縈秦塞曲，黄山舊繞漢宫斜。鑾輿迥出千門柳，閣道廻看上苑花。雲裏帝城雙鳳闕，雨中春樹萬人家。爲乘陽氣行時令，不是宸遊玩物華。

此詩上六句爲一段，下二句爲一段。上六句寫閣道留春雨中春望，六句中「鑾輿迥出」「閣道廻看」八字高拔其地步，寫眺望之豁朗。其餘前後四句並句末之「千門柳」「上苑花」六字，皆所望之景象也。「千門柳」「上苑花」乃近景也，「迥出」「廻看」二語見不礙遠望。試想之：閣道上有鑾輿，鑾輿中聖天子在焉。一面從千門青柳上，下看「渭水」「黄山」，此是前面正看也；一面從上苑紅花上，看「鳳闕」「人家」，此是背面廻看也。宛然一幅春遊畫圖，胸中筆底，何等之神境哉！渭水縈秦塞曲，黄山繞漢宫斜，「曲」字「斜」字，見秦漢二代之德菲薄而不足論。今聖天子看秦漢故迹，忽而廻看，看鳳闕高起、人家稠密，異於渭水黄山之斜曲、秦塞漢宫之荒凉也。「雲裏帝城」妙，此雲下「萬人家」上之雨；「雨中春樹」妙，此雨爲「雙鳳闕」邊之雲所下。七、八二句頌語也，説此春遊乃出年例常典而非荒遊。「行時令」貼「雲」「雨」二字，「玩物華」貼「花」「柳」二字，「鑾輿」「鳳闕」隔句相偶，「千門」與「萬人」遥偶，「渭水」清澄，藏一「白」字，與「黄山」偶。

酌酒與裴迪

酌酒與君君自寬，人情翻覆似波瀾。白首相知猶按劍，朱門先達笑彈冠。草色全經細雨濕，花枝欲動春風寒。世事浮雲何足問，不如高臥且加餐。

三、四句寫人情之波瀾，「白首相知」四字作句，「朱門先達」四字作句，不得與下三字一氣連讀，當時先生爲裴迪誦此詩時語氣定如此也。五、六句寫世事浮雲，「草色」七字寫不才而得意之人，「花枝」七字寫有才而失意之人，世上窮達無一定之理。前四句一段慰憤懣，故未開口而先酌酒相勸，然後説話。説此話時飲以此酒，如救昏倒之人時以白湯送下數粒備急丸也。後四句一段於少解憤懣之後，指導避世一路，故説話之後而及「加餐」二字，如已蘇之後投以補生湯劑也。「酌酒」二字起，「加餐」二字結，如門邊兩柱，前聯爲右扉，後聯爲左扉也。「高卧」與「自寬」對，「世事」與「人情」對，「浮雲」與「波瀾」對。「酌酒」之酒乃救一時之急，只限一杯；「加餐」之餐則從此日日也，每日三次不可怠之。

大同殿生玉芝龍池上有慶雲百官共觀聖恩便賜燕敢書即事〔一〕

欲笑周文詞燕鎬，還輕漢武樂横汾。豈知玉殿生三秀，詎有銅池出五雲。陌上堯樽傾北

斗，樓前舜樂動南薰。共歡天意同人意，萬歲千秋奉聖君。

一、二句分提題上「燕樂」二字，「欲笑」「還輕」妙。「笑」者「輕」者，三、四兩句即是其解也。「豈知」「詎有」活現輕侮之口氣。漢宣帝時有金芝九莖生於函德殿銅池中，銅池爲承霤之所，以銅而張之物也。在地上，乃雨落之溝也。此兩句乃問難：三秀芝草雖有生於銅池者，然生於玉殿之上者則周文漢武當亦不知，其銅池當亦不出五雲。以「銅池」而映龍池，最見趣味。五、六句言既已平壓周文漢武，則直上比於堯舜。以陌上「堯樽」、天上「北斗」爲杓，以樓前「舜樂」「南薰」之風爲樂，抽筆而不及杯盤狼藉、絲竹鏗鏘，妙妙。七一句爲通篇之結繳也。「欲笑」「還輕」「豈知」「詎有」四語寫人意，「三秀」「五雲」「北斗」「南薰」四個寫天意，千秋萬歲，上下和睦，實是吉祥文字。

【校勘記】

［一］大同殿生玉芝龍池上有慶雲百官共觀聖恩便賜燕敢書即事：《全唐詩》卷一百二十八作《大同殿柱産玉芝龍池上有慶雲神光照殿百官共睹聖恩便賜宴樂敢書即事》。

和太常韋主簿五郎温泉寓目［一］

漢主離宮接露臺，秦川一半夕陽開。青山盡是朱旗繞，碧磵翻從玉殿來。新豐樹裏行人

度，小苑城邊獵騎回。聞道甘泉能獻賦，懸知獨有子雲才。

前六句一段，後二句一段。與「閣道留春」之作一筆也，可云一幅「温泉寓目」之圖。「閣道留春」之作以「閣道」「鸞輿」爲一幅之居中，此作則以「露臺」二字爲一幅之居中。此露臺上爲韋郎立腳之處也，讀者須記清。「離宫」連綿，從京城而相接於此臺之下。離宫連綿之下則有一帶之渭川，東半面爲離宫而不受白日，西半面則空朗而受日，所謂「一半夕陽開」云者也。此二句襯景也。三、四句寫山上之温泉，故爲大驚小怪之語，青山爲朱旗繞匝，碧澗從玉殿出來，「瓢簞中躍出駿馬」（譯者按：原文爲日文成語「瓢簞から駒」，意爲出乎意料。）云之語氣也。此二句正景也，寫盡左看右顧之狀。五、六句點綴寸馬豆人而爲正景之餘波，寓目止於此。〇但五、六二句居前四句後二句之間，爲全詩關棙。在韋郎之身份，則爲作賦之料；在先生，則爲「聞道」二字之音耗。行人獵馬之徒唯傳道有作賦之事，而先生心中則料知作賦之才獨在韋郎。〇「甘泉」映温泉，「新豐」「小苑」皆在驪山之下。〇「碧磵翻從玉殿來」七字，學武平一《立春内出綵花》中「紅蘂先從殿裏開」之語；一、二句十四字學宋延清「青門路接鳳皇臺，素滻宸遊龍騎來」之語，起句之漏處以二句補，犬牙相錯之法。〇一、二句十四字別有二通之妙解：唐人用「秦」「漢」二字皆含輕蔑之意，漢主離宫僅接露臺之露，秦川一帶僅半面受夕陽，如大唐者，則朱旗滿山、玉殿出泉，何等之光焰哉！「漢宫」「秦塞」「雙鳳闕」「萬人家」可參證。〇驪山之温泉宫置於開元年中，天寶六年改爲華清宫，臺殿環列於山谷，明皇每歲行幸。蓋離宫之美人終年守獨者，或有得一幸者乎？「離宫接露」四字乃承恩之意。「一半夕陽開」五字乃青春强半之意。李東川《送李回》詩中有「書看仙液注離宫」，唐人之比興如此。

【校勘記】

［一］和太常韋主簿五郎温泉寓目：《全唐詩》卷一百二十八作《和太常韋主簿五郎温湯寓目之作》。

敕賜百官櫻桃

芙蓉闕下會千官，紫禁朱櫻出上蘭。纔是寢園春薦後，非關御苑鳥銜殘。歸鞍競帶青絲籠，中使頻傾赤玉盤。飽食不須愁内熱，大官自有蔗漿寒。

以「芙蓉闕下」四字陪「千官」，以「上蘭」二字陪「紫禁朱櫻」，兩邊相倫。芙蓉是秋，蘭是春，已胚胎「寒」「熱」二字。「寢園春薦」乃敕賜之前也，「御苑鳥銜」乃敕賜之後。此敕賜若在春薦之前，則闕大體；若在鳥銜之後，則恩意淺。寢廟春薦之翌日便有此敕賜，方可云是聖朝恩典。春薦是熱，鳥殘是寒，「歸鞍競帶」乃千官會於闕下者，「中使頻傾」乃自上蘭觀出來者。「競」字「頻」字，描盡「千官」二字，一時手忙腳亂之狀可見。「青絲」是寒色，「赤玉」是熱色，按《本草》：櫻桃食之，調中益氣，但發虚熱。一熱一寒，寒熱相濟，此聖天子中和之大德也。「中使」七字乃上下之關棙也。「頻傾赤玉盤」五字與上之「競帶青絲籠」的偶，自不待辨；「中使」二字與下之「大官」相偶，從「中使」至「内熱」十四字爲一句，又與「大官」七字爲一對。先生之手法，真正唐朝三百年一人，以有韻之文字而與《左氏》《莊子》争衡。

積雨輞川莊作

積雨空林煙火遲，蒸藜炊黍餉東菑。漠漠水田飛白鷺，陰陰夏木囀黄鸝。山中習静觀朝槿，松下清齋折露葵。野老與人争席罷，海鷗何事更相疑。

本是一座空林也，忽有積雨，忽有煙火，設煙火於積雨中，其艱難自不待辨。開口一句爲娑婆世界説法，「蒸藜炊黍」四字連「煙火遲」三字，寫先生身自不憚薪水之勞，而餉於東菑，有列子爲其妻爨食豕如食人之意。「漠漠」一句補「東菑」，「陰陰」一句補「空林」。白鷺居水田而食泥鰌，黄鸝居夏木而啄蟲，凡生物無不求安居飽食者，東菑之農夫仰蒸藜炊黍，空林之主人仰東菑勤作之穀食。五、六句説人生須臾，《維摩經》云：「此身如芭蕉之堅，如水上之沫。」以水沫芭蕉之身暫住於世者，其食唯以一種露葵便足，何至於殺生肉食耶？先生信佛教而蔬食長齋，故有此語。「山中」「松下」爲長壽，「朝槿」「露葵」爲短命，不云「摘」露葵而云「折」，「折」爲「夭折」之義也，含愛惜之意。人之一生不得已而食物，唯以一種露葵便足。「山中習静」「松下清齋」，先生之身已在無量壽如來之净土。「野老」一句寫輞川莊中主僕不辨，即云先生自炊餉於東菑。「與人」之「人」字乃先生自稱，既是與野老争席，可知已入海鷗不驚之境界。先生在山中只如此，若在海上，則必無鷗鳥之疑驚，結一句爲自取證之辭。「海鷗」與「野老」對自不待辨，「海」字又對「山中」之「山」字，「鷗」字又與「白鷺」「黄鸝」相映。一篇中之主意，第一義乃「空林」之「空」字，先生之真身也；第二義乃「静」字「清」字，此先生之現身也。「何事」乃云不及於此之辭也，先生《勅借岐王九成宮避暑作》：「仙家未必能勝此，何事吹簫向碧空。」

過乘如禪師蕭居士嵩丘蘭若

無着天親弟與兄，嵩丘蘭若一峰晴。食隨鳴磬巢烏下，行踏空林落葉聲。迸水定侵香案濕，雨花應共石床平。深洞長松何所有，儼然天竺古先生。

以「無着」比乘如禪師，以「天親」比蕭居士，「無着」乃不執着之義，「天親」乃慈悲之義。此兩位雖有容相作業之不同，然所見則同，而共住此嵩丘一峰。「晴」字見五陰已然净盡。「食隨」七字寫「天親」，「行踏」七字映「無着」；「迸水」七字乃「無着」，「雨花」七字乃「天親」。「定」字、「應」字，云非肉眼所辨出。是日嵩丘上天晴，乾乾净净不見一滴水，而禪師卓錫之迸水應早已侵香案而濕，居士説法之雨花應早已及石床而平，此雨此水乃肉眼看不及者。「巢烏下」「落葉聲」「迸水定侵」「雨花應共」，皆寫二大士住居之「一峰晴」三字。「鳴磬」「巢烏」「空林」「落葉」「香案」「石床」之外，眼中别無所見。以上寫登嵩丘、穿徑、入門迤邐而來之路，再進一層而來「深洞」中、「長松」下，唯有一軀金像世尊，更無它物。世尊原來乾屎橛，當云嵩丘上多了一軀金像。〇蘭若者，梵言阿蘭若，唐云無諍，乃佛寺之意。《佛祖統記》有「無着大士及其弟天親菩薩發明大乘，相與著論，各五百部」之語。

和賈至舍人早朝大明宮之作[一]

絳幘鷄人報曉籌，尚衣方進翠雲裘。九天閶闔開宮殿，萬國衣冠拜冕旒。日色纔臨仙掌動，香煙欲傍衮龍浮。朝罷須裁五色詔，佩聲歸到鳳池頭。

以句法而論，「絳幘鷄人」四字對「尚衣」二字，「報曉籌」三字對「方進翠雲裘」。以字法而論，則「絳幘」與「翠雲裘」對，此云「手便錯對」也。「翠雲」二字引出「九天閶闔」四字。前半四句寫早朝，「日色臨仙掌」從上接下，模寫天子命舍人草詔，「仙掌」二字帶出把筆之意；「香煙傍衮龍」從下奉上，模寫舍人之一片忠意。「須裁五色詔」五字説出「佩聲歸到」之故，詔意既受於日色臨掌之時，映「鳳池」與「衮龍」字。「五色詔」遥映「絳幘」「翠雲裘」，所謂彰施五色者也。有一先生云此詩用衣服字太多，此全然不知唐詩之法者也。〇此詩乃早朝百官之腳色本也。「鷄人」乃報曉之役；「尚衣」乃進御衣之役；「萬國衣冠」乃一列而拜天子之役。「舍人」乃草詔之役，官爵雖非至貴，而職事尤重。

【校勘記】

[一]和賈至舍人早朝大明宮之作：《全唐詩》卷一百二十八作《和賈舍人早朝大明宮之作》。

裴迪　**同王維新昌里訪吕逸人不遇**[一]

恨不逢君出荷蓑，青松白屋更無他。陶令五男曾不有，蔣生三逕枉相過。芙蓉曲沼春流滿，薜荔成幃晚靄多。聞説桃源好迷客，不如高卧眄庭柯。

裴爲王摩詰之弟子，此詩比王則平平無奇，又似不須解。某甲云：王作奇工，非我輩可學，如裴詩者則不遠此間今時人之詩，或可學之而似。余爲其人説此詩曰：起句寫不遇，二句唯有青松白屋而無它物。「陶令」七字由「更無他」三字生下，「蔣生三逕」四字云竹，「枉相過」寫不遇，「芙蓉曲沼」四字有芙蓉，「薜荔成幃」四字有薜荔，「春流滿」三字有水之滿滿，「晚靄多」三字有靄澤在山。第二句先提出「更無他」，再數出一個竹、一個芙蓉、一個薜荔、一個水、一個靄共五個，只數出五個而襯出更無其它，是唐人之妙處。「桃源」二字反映「青松」「徑竹」「芙蓉」「薜荔」；「眄庭柯」三字本於《歸去來》之辭；「陶令五男」顧「桃源」，精嚴如此。宋朝諸家亦未入此三昧，况此間元禄、寶永諸作家，夢亦無所見也。

【校勘記】

［一］同王維新昌里訪吕逸人不遇：《全唐詩》卷一百二十九作《春日與王右丞過新昌里訪吕逸人不遇》。

萬歲樓

王昌齡

江上巍巍萬歲樓，不知經歷幾千秋。年年喜見山長在，日日悲看水獨流。猿狖何曾離暮嶺，鸕鷀空自泛寒洲。誰堪登望雲煙裏，向晚茫茫發旅愁。

《莊子·則陽》篇曰：「今計物之數，不止於萬物，而期曰萬物者，以數之多者號而讀之也。」先生改削此語而得一、二句。萬歲樓之創建不必整整萬歲，「不知經歷幾千秋」七字全爲萬歲樓之釋義。一句爲「萬歲」，二句爲「千秋」，三句爲「年年」，四句爲「日日」，仄卸而下，此去尺取寸去尺取寸之法也[一]。「巍巍萬歲樓[二]」五字可喜，「不知幾千秋」五字可悲，「年年山長在」五字承一句，「日日水獨流」五字承二句，而補一句中「江上」二字。「猿狖」「暮嶺」承三句，「鸕鷀」「寒洲」承四句，此法名爲「轆轤」。猿狖安處於暮嶺，鸕鷀浮泛於寒洲。「何曾離」寫不離故鄉之人，「空自泛」寫羈宦之身，呼起下之「旅愁」二字。晝間猶見山在猿狖住、水流鸕鷀泛，登望之間白日忽西沉，山雲水煙一齊而起，何處爲山耶？何處爲水耶？何處爲猿狖住處耶？何處爲鸕鷀浮處耶？都不可辨。正是天地萬物之逆旅、離鄉羈宦之愁耳！〇《黄鶴樓》一句寫昔日鶴去，二句寫今日空臺；《鳳皇臺》一句寫昔日鳳皇未去之前，「鳳去臺空」縮入二句；此篇直以今日而起，二句帶寫昔日，用筆之不同如此，而不厭摹倣。

【校勘記】

[一]去尺取寸去尺取寸：似當作「去丈取尺去尺取寸」。

[二]樓：底本脱，據原詩補。

早朝大明宫呈兩省僚友

賈至

銀燭朝天紫陌長，禁城春色曉蒼蒼。千條弱柳垂青瑣，百囀流鶯遶建章。劍佩聲隨玉墀步，衣冠身惹御爐香。共沐恩波鳳池裏，朝朝染翰侍君王。

通篇唯寫百官衆多之内，中書舍人官職之難得。中書舍人乃掌詔草之官也。○一句寫早朝路上，二句寫城上早景，三、四句寫「禁城春色曉蒼蒼」七字，五、六句寫大明宫朝見，七、八句寫慶快。○看「銀燭朝天紫陌長」七字，「銀燭」寫朝天之時甚早，提燈而登城。「紫陌長」寫百官朝天路次提燈衆多，遥遥連續，望而不盡。「千條柳」「百囀鶯」既寫春色，又影寫百官之事。「垂青瑣」「遶建章」只是階前朝拜，不得昇殿。五、六句爲斟酌之辭，「劍佩」者，雖與諸百官共步行於玉墀之上；「衣冠」者，然僅限吾曹一列之中書舍人，清切昇殿而熏染御爐之香氣也。此第五句脱卸上文，從第六句則單寫中書舍人。「共沐恩波鳳池裏」七字與「衣冠身惹御爐香」相偶，「共沐」二字與「衣冠身惹」四字相對，「恩波」二字對「香」之一字，「鳳池裏」三字對「御爐」二字。「惹爐香」者誰耶？舍人之身也；「沐恩波」者誰耶？舍人之身也。一爲火，一爲水，畢竟搖曳結句之「侍君王」三字。「染翰」二字精妙。「染」字貼「沐波」，「翰」字貼鳳池。「玉墀」與「銀燭」遥對，「鳳池」與「流鶯」遥對。「青瑣」「紫陌」雖可云隔句相對，然第二、第三原爲一句，起句「紫陌」與此十四字一句之「青瑣」連瑣，是色；「流鶯」「劍佩」連瑣，是聲；「惹香」「沐波」以水火連瑣，是氣。真真異樣文法！再想見之，則流鶯在弱柳林中，劍佩在衣冠腰間。所謂約句準篇也，所謂言之中倫也，所謂彰施五色也！

張志和　**漁父**

八月九月蘆花飛，南溪老人垂釣歸。秋山入簾翠滴滴，野艇倚檻雲依依。却把漁竿尋小徑，閑梳鶴髮對斜暉。翻嫌四皓曾多事，出爲儲王定是非。

中間一道溪水襯兩岸蘆花之白，秋山遠遠送晚翠，老人閑閑看白雲，分明一幅秋溪垂釣圖也。「八月九月」乃歲晚時候，「蘆花飛」乃衰落之光景，襯映南溪老人。「八月」之下接以「九月」，見日日如此。垂釣看山乃先生十分滿意之境，前四句如云只應如此。五、六句調笑自家之語，「把魚竿尋小徑」「梳鶴髮對斜暉」爲不識時務，在老漁身上覺此二事乃多事。畢竟罷釣歸家之後，亦不得已之事也。加「却」字「閑」字妙妙，如云何故「把魚竿尋小徑」、何故「梳鶴髮對斜暉」？七、八句笑他人之出仕若比自家之「尋徑」「梳髮」，則不識時務更甚。「翻嫌」二字從上之「却」字來，「四皓」二字從「鶴髮」來，「鶴」字「漁」字輕虚之至，是聲對也。

陶峴　**西塞山下廻舟作**

匡廬舊業是誰主，吴越新居安此生。白髮數莖歸未得，青山一望計還成。鴉翻楓葉夕陽動，鷺立蘆花秋水明。從此捨舟何所詣，酒旗歌扇正相迎。

前四句雙承之法，三句承一句，四句承二句。一、二句爲居處，三、四句爲泛舟，如云雖不得泛舟歸家，而得泛舟而望青山。五句寫水上晚景，六句寫水上秋景，覺此二景之礙眼。七、八句「從此」之「此」字，指上之「鴉翻」「鷺立」十四字。「捨舟」乃一生禁止舟遊，「何所詣」三字呼起結句七字，八句言唯喫酒聽歌而終此生。○陶峴乃陶淵明之裔孫也，開元末家於崑山，常於江湖上浮三舟，與孟彦深、孟雲卿、焦遂共乘，吴越人號之爲水仙云。歸省南海時買得崑崙奴一名，其名云摩訶，善泅水中。一日泊舟西塞山下吉祥佛寺前，見江水深黑，思其中當有怪物，解劍投水中而命摩訶泅取之。久之，摩訶死骸礫裂紅血模糊浮於水上。陶峴流涕廻舟，賦詩自叙，而絶一生江湖之遊。「鴉翻」「鷺立」正寫此事。「鴉」云崑崙奴；「翻楓葉」云紅血模糊之狀；「夕陽動」云衰老之人一驚；「鷺立蘆花」乃白上又白，三句之「白髮數莖」忽成滿頭白髮；「秋水明」云鏡。○白髮爲白，青山爲青，鴉爲黑，楓葉爲紅，鷺與蘆花爲白，所謂彰施五色也。○一、二句失甲得乙，三、四句失丙得丁，五、六句無邊之煞風景，似無可奈何者，忽生一計而想到酒旗歌扇。七八五十六字不見一個「淚」字，而早已使讀者雙眼簌簌淚下。○「計還成」三字妙，世人自以爲得計者，乃常失其計者也。「成」字爲滿足之義，《莊子》曰：「有成有虧。」十分滿足之中又見此老大之殺風景，此詩非哭崑崙奴，而爲人間世一哭也。相傳孔子行年六十而六十化，人世本無常定之法，正是諸行無常，是生滅法。

岑參

西掖省即事

西掖重雲開曙暉，北山疎雨點朝衣。千門柳色連青瑣，三殿花香入紫微。平明端笏陪鵷列，薄暮垂鞭信馬歸。官拙自悲頭白盡，不如巖下掩荆扉。

西掖門前宿夜之重雲忽被東方之曙暉射破，「開」字是雲開、是門開。「北山疎雨」來「點」者，似催之歸山，暗用孔德璋《北山移文》之意。「柳色連青」「花香入紫」，用字不苟。前聯二句寫一時得意之人，後聯二句寫朝暮碌碌自家之不滿，逼出七句之「官拙」二字。「平明」「薄暮」非寫一日，乃寫日日；非徒寫日日，乃寫年年，帶光陰流水之嘆。結句「巖下掩扉」，與起句之「重雲開曙暉」遥遥相峙，「北山疎雨」非謾然信手而填者明矣。「青瑣」「紫微」「頭白」，通篇中見彰施五色。

首春渭西郊行呈藍田張二主簿

回風度雨渭城西，細草新花踏作泥。秦女峰頭雪未盡，胡公陂上日初低。愁窺白髮羞微禄，悔别青山憶舊溪。聞道輞川多勝事，玉壺春酒正堪携。

「回風度雨」寫天上，「細草新花踏作泥」七字寫地上，渭西景象既如此，無聊之極。三句寫首春，四句寫暮景。郊行之際，忽見峰頭之雪倒影於陂中之水，而想起自家之白髮，「愁窺白髮」四字藏下一「鏡」字。「悔别青山」乃悔恨少年失計，「青山」影寫黑頭，「舊溪」乃映照黑頭之鏡。「白髮」正映峰頭之雪，「青山」反映峰頭之雲，「舊溪」反映胡公陂。「峰頭雪」「青山」再寫山，「胡公陂」「舊溪」再寫水，中間提「白髮」二字，承上之「雪」而起下之「青山」；以「窺」字承上之「胡公陂」而起下之「舊溪」，終不提出鏡之一字，妙妙。嘆老年而借用「秦女」「胡公」二人，唐人用地名如此。七、八句想故鄉之春遊樂事，乃與張談歸計者。「玉壺」色白，「春酒」色緑，再藏「白」「青」二字。讀此，如步於合浦海濱，草鞋之下皆是珠璣。「多勝事」三字，讀者以爲何等之勝事耶？第一件乃晴天微風、游絲百丈，無此「回風度雨」；第二件乃細草如氈、新花似錦，無此「作泥」之殺風景；第三件乃青山秀麗，見峰頭之雪；第四件乃溪水澄鮮，不覺日色之低。

和賈至舍人早朝大明宫之作[一]

鷄鳴紫陌曙光寒，鶯囀皇州春色闌。金闕曉鐘開萬户，玉階仙仗擁千官。花迎劍佩星初落，柳拂旌旗露未乾。獨有鳳皇池上客，陽春一曲和皆難。

一句曙天時候，二句春闌時候，三句曉來事情，四句一提早朝光景。五、六句早朝光景，補寫四句。「劍佩」襯「千官」，「旌旗」襯「仙仗」，「花」「柳」二字點二句之「春色」，「星初落」「露未乾」六字補一句之「曙光」。「獨有」二字反映「千官」二字。「鳳皇池上」「陽春一曲」，此是鳳，「鷄鳴」亦可和，「鶯囀」亦可和。以「鷄鳴」「鶯囀」與「千官」，以「鳳鳴」歸賈舍人，唐人文字别具一家之妙針線，不失題中「和」字，絶妙好辭。○王以五色爲結構，先生以聲音爲結構，皆從賈作分派而來，杜則别以一家之杼軸而成章，盛唐諸人各各並驅，其不相犯可見也。

【校勘記】

[一] 和賈至舍人早朝大明宫之作：《全唐詩》卷二百零一作《奉和中書舍人賈至早朝大明宫》。

赴嘉州過城固縣尋永安超禪師房

滿樹枇杷冬着花，老僧相見具袈裟。漢王城北雪初霽，韓信壇西日欲斜。門外不須催五馬，林中且聽演三車。豈料巴川多勝事，爲君書此報京華。

及歲冬，百卉盡枯，獨枇杷開花於霜雪中；世人終身役役，忽及衰老，獨超禪師威儀晏然。袈裟者，此間譯作「忍鎧」，乃堪受人間辛苦之義。以枇杷冬花引起老僧袈裟，先生之詩法從三百篇而來。「漢王城」「韓信壇」雖取用城固縣之古迹，而比於進取之英雄；「雪初霽」「日欲斜」雖取用此日之冬景，而喻覺悟之日已是衰老。一覺衰老，餘年又有幾日？「五馬」趨程，不怕遲滯；「三車」説法，不厭隨喜。「多勝事」者，一爲枇杷着花，二爲老僧袈裟，三爲雪霽，四爲見日，五爲聽三車之法，京華諸人，誰知此勝事者？故爲超公寫此許多勝事，傳於京華。與崔顥之「借問路傍名利客，無如此處學長生」一般意思。

奉送杜相公發益州[一]

相國臨戎別帝京，擁旄持節遠橫行。朝登劍閣雲隨馬，夜渡巴江雨洗兵。山花萬朵迎征

蓋，川柳千條拂去旌。暫到蜀城應計日，須知明主待持衡。

一、二句爲實寫，三、四、五、六句爲虚寫。預爲相國紀行程，即寫出七句之「暫到」二字、「計日」二字。「雲隨馬」「花迎蓋」爲來程，「雨洗兵」「柳拂旌」爲去程，「朝」「花」「夜」「柳」四字寫「暫」之一字，如從等「子」上稱出。「計日」乃「明主」計日也，「明主」與「相國」相對，「持衡」與「臨戎」相對，「到蜀城」與「別帝京」相對，此詩全爲唐送別諸詩之定式也。

【校勘記】

[一]奉送杜相公發益州：《全唐詩》卷二百零一作《奉和杜相公發益昌》。

暮春虢州東亭送李司馬歸扶風别廬

柳亸鶯嬌花復殷，紅亭緑酒送君還。到來函谷愁中月，歸去磻溪夢裏山。簾前春色應須惜，世上浮名好是閑。西望鄉關腸欲斷，對君衫袖淚痕斑。

前四句寫李司馬，後四句寫自家。「柳亸」妙，「鶯嬌」妙，「花復殷」妙，與高之「高館張燈酒復清」一樣句法。「紅亭」襯花，「緑酒」襯柳。「送君還」三字妙妙：乘如此春色而歸故鄉，乃十二分之得意；對如此春色而送友歸，乃十二分之失意。此三字一篇之主腦。三、四句寫李司馬於虢州勤役之間，愁心只見函谷之月，每夜夢魂常在磻溪之山；今日形骸載魂魄而歸去，不煩一夕夢寐，幸甚幸甚。「歸去」二字襯「君還」之「還」字。「簾前春色」即「柳彈鶯嬌花復殷」七字，此「春色」可惜，「簾前」一句爲主意；彼「世上浮名」可等閑抛棄，「世上」一句爲陪寫。先生之家在李司馬鄰村，故云「西望鄉關」。「對君」二字與「送君」二字相峙，乃章法也，不可認作雷同。「淚痕斑」與「紅亭緑酒」相映。

五日觀妓

萬楚

西施謾道浣春紗，碧玉今時鬭麗華。眉黛奪將萱草色，紅裙妬殺石榴花。新歌一曲令人艶，醉舞雙眸斂鬢斜。誰道五絲能續命，却令今日死君家。

開口而説西施，乃反襯之法，「謾道」二字有予奪，「春紗」二字呼起下之「今時」二字。「碧玉」乃劉碧玉，「麗華」乃張麗華，皆借美人之名而讚嘆今日之妓。「今時」二字妙，乃云夏也。「眉黛」映「碧玉」，「紅裙」映「麗華」，「新歌」乃眉黛顰顰，「醉舞」乃紅裙婆娑，「誰道」二字與起句之「謾道」二字相對，「今日」與二句之「今時」相對，七、八句與一、二句前後相對，如雙峰峙立。前則斷言果爲西施亦不及今之碧玉麗華，後則疑怪「五絲續命」之不可信。「一曲」「雙眸」「五絲」三個有連珠之勢，崔之《九日仙臺》詩有「漢文皇帝」「關門令尹」「河上仙翁」「彭澤宰」四個，柳之《柳州城樓》詩有「千里」「九廻」「百粤」「一鄉」四個，三詩筆法一轍，爲唐人所好用。

高適　夜別韋司士

高館張燈酒復清，夜鐘殘月雁歸聲。只言啼鳥堪求侶，無那春風欲送行。黄河曲裏沙爲岸，白馬津邊柳向城。莫怨他鄉暫離别，知君到處有逢迎。

「高館」爲好館，「張燈」爲好燈，「酒復清」爲好酒，可云十分盛會。「夜鐘」則夜已半也，「殘月」則月亦西傾，「雁歸聲」乃春之曉。此一夜盛會，如其忽曉何？「雁歸聲」三字生下三、四兩句。「只言」二字成句，席上諸人皆言也：「啼鳥」五字、「無那」七字共十二字，乃「只言」之辭也。五、六句連七、八句乃高先生慰别之辭，黄河之曲以白沙爲岸，白馬津與青柳相向，大抵萬物無孤獨之物。「他鄉暫離别」五字云高館送别之夜。今夜此别，非離故鄉，乃離他鄉；非别父母兄弟，乃别朋友。如韋司士之温厚君子，到處本不憂無逢迎之交，「逢迎」二字結黄河之沙、白馬之柳，與第四句之「送行」二字相峙。孔子曰：「與人恭而有信，四海内皆兄弟也。」後四句以此意入自家之檃栝。

送李少府貶峽中王少府貶長沙

嗟君此别意何如，駐馬銜杯問謫居。巫峽啼猿數行淚，衡陽歸鴈幾封書。青楓江上秋天遠[一]，白帝城邊古木疎。聖代即今多雨露，暫時分手莫躊躇。

「嗟君」七字乃「問謫居」之辭，由第二句而有第一句，却注在下。「巫峽」七字爲李少府之答辭，「衡陽」七字爲王少府之答辭，云音書難通也。第五句連第四句，爲王之辭；第六句隔兩句而承第三句，爲李之辭。「青楓江」「白帝城」雖係地名，而不可謾然看過。「秋天」之「青楓」必化爲丹，落葉颯颯可哀；「白帝」主秋而有肅殺之德，接「古木疎」三字，見草木之枯死。若以上字論，則「白帝」與「青楓」相偶，「秋天」與「古木」相偶；若以下字論，則「青楓」與「古木」相偶，「秋天」與「白帝」相偶。唐人好用此法。七、八句乃慰二人之辭。「聖代」二字妙，「聖」字與「白帝」相映；「即今」二字妙，呼起結句之暫時分手；「多雨露」三字妙，「青楓」「古木」一時有回陽之色；「莫躊躇」三字照顧「駐馬」二字。此詩自沈雲卿「天長地久」之篇來，沈寫自家貶謫，此詩則寫他人之貶謫。

【校勘記】

［一］秋：底本誤作「愁」，據《全唐詩》卷二百一十四改。

重陽

節物驚心兩鬢華，東籬空繞未開花。百年将半仕三已，五畝就荒天一涯。豈有白衣來剥啄，一從烏帽自欹斜。真成獨坐空搔首，門柳蕭蕭噪暮鴉。

仕宦失路隱居未遂之作也。先生年五十始作詩，句中云百年將半，此其起手之作乎？〇一句寫在官之所，言「節物驚心」者，見官舍庭前之未開菊花而想起故園。二句想象故鄉，「未開花」乃未得自在之意。三句在官計拙。四句想象故鄉。以下四句皆寫在官之所。一句之「兩鬢華」，爲六句「烏帽」、七句「搔首」作伏筆。若已無白衣友人之來訪，則烏帽欹斜、滿鬢華髮亦不必掩醜。門前無剥啄之聲，唯有暮鴉之聒噪，從虞翻所云「以青蠅爲吊客」之語而來。六句之「烏帽」與七句之「搔首」相連，八句之「暮鴉」與五句之「剥啄」相呼，「剥啄」原爲鳥啄木之聲，借用而作敲門之聲。此詩隨手湊巧，乃妙妙之趣語，「白衣」不來「黑衣」來，隨手又成趣語，妙妙。

下篇

因是道人葛休文口説

宫無端筆授

秋興八首

杜甫

題云秋興，對秋景而遣興也，先生至後之作中有云「愁極本憑詩遣興」者可證，乃生平鬱鬱之懷寓於秋景、漏泄於詩中之義。先生來夔州已歷二年之秋，詩中「叢菊兩開他日淚」云者乃其證也。此篇八首聯絡而成全部《秋興》一篇，一首亦不可欠。李家之選只取其四首，不知是何心腸。乃自叙稱三百年唐詩盡於其選，可笑之甚。今取全篇而下批釋，以示學詩之後進。

玉露凋傷楓樹林，巫山巫峽氣蕭森。江間波浪兼天湧，塞上風雲接地陰。叢菊兩開他日淚，孤舟一繫故園心。寒衣處處催刀尺，白帝城高急暮砧。

「巫山巫峽氣蕭森」七字爲三、四、五、六句之綱領。「江間」七字乃巫峽之蕭森，「塞上」七字乃巫山之蕭森，一句從下至上，一句從上至下，唐人好用此法。「叢菊」承「巫山」，「孤舟」承「巫峽」，就巫山上抽出「楓樹林」而在首句，如云尋常之衰老皆不能堪，反映下之「叢菊兩開」。「叢菊兩開」乃「露下天高」詩之「南菊再逢人卧病」云者也。菊花兩度而開，兩度開含淚之眼而看，「開」字可合「花」與「淚眼」而讀。「他日淚」如云不斷之淚，云平常多泣而不看物。「孤舟一繫」補出「他日淚」三字，亟思歸故園也。「繫」字可合「孤舟」與「歸心」而讀。「寒衣」七字先補「急暮砧」三字，「急」字「催」字妙。耳邊聽砧聲之急，知催之於心中。

其二

夔府孤城落日斜，每依北斗望京華。聽猿實下三聲淚，奉使虛隨八月槎。畫省香爐違伏枕，山樓粉堞隱悲笳。請看石上藤蘿月，已映洲前蘆荻花。

「夔府孤城」接上篇之「白帝城」，「落日」接「暮砧」。「依北斗」乃以北斗爲標而遥望京華之方，「北斗」二字與「落日」相偶。「三聲淚」「八月槎」接上篇之「叢菊兩開他日淚」「孤舟一繫故園心」，傳聞哀猿三聲淚下，我今聞三聲而淚實下；又聞張騫奉使命而乘槎，我今受華州司功參軍之命而不堪其任，浮槎之事可云虛隨。昔日爲拾遺時，大半伏枕，得十分受用畫省之香；今日在夔府，則山樓之悲笳盈耳，「隱悲笳」乃云悲笳之處隱在粉堞之裏面。一生强半所履歷者已如此，石上之月又忽映洲前之花，光陰迅速，一夜忽曉，日日如此，年年亦可想見，前程又有何快活耶？○「聽猿」承「夔府」，「奉使」承「京華」，「畫省」承「京華」，「山樓」承「夔府」，「石上藤蘿月」乃「巫山」，「洲前蘆荻花」乃「巫峽」，「畫省」「粉堞」錯對。起句提「落日」，七句提「石上月」，結句則云「已映蘆荻花」，流活之筆，輕鬆之甚。○「夔府孤城落日斜」七字，字法妙妙。「夔」乃一足之獸，「孤」乃孤獨，「夔府孤城」四字如云無所倚。已是落日，又是斜光，「落日斜」三字乃嘆衰老。「夔」又爲堯臣之名，帝城之「帝」則爲白帝而非堯，可想遥望京華之切。

其三

千家山郭静朝暉，日日江樓坐翠微。信宿漁人還泛泛，清秋燕子故飛飛。匡衡抗疏功名薄，劉向傳經心事違。同學少年多不賤，五陵衣馬自輕肥。

「千家」與上篇之「孤城」相映，「朝暉」與上篇「已映洲前蘆荻花」相接，寫朝景。「静」字「坐」字皆寫安穩無事。「漁人」之「泛泛」反襯「燕子」之「飛飛」。一、二、三、四句雖寫眼前之景，然一、二句興長安同學少年之尸位素餐，三、四句興自家之苦況。五、六句云自家功名不成、學問無所用，七、八句寫少年之得意，呼起下篇首句之「聞道長安」四字。○「千家山郭」「五陵衣馬」起結相對。此篇五、六句從上篇之「畫省香爐違伏枕」而來。○「日日」「泛泛」「飛飛」相映。

其四

聞道長安似奕棋，百年世事不勝悲。王侯第宅皆新主，文武衣冠異昔時。直北關山金鼓振，征西車馬羽書遲。魚龍寂寞秋江冷，故國平居有所思。

連上篇七、八句而寫長安之事，「第宅皆新主」「衣冠異昔時」，百年來世事變故不一，便似白棋子之地忽成黑棋子之地、黑棋子之地忽成白棋子之地；欲防北方安史之寇警，又無暇於西方吐蕃之征伐，七顛八倒之勢，亦似圍棋之救劫。尋兩方救應不辦之故，則在「第宅皆新主」「衣冠異昔時」。「魚龍寂寞」寫嚴武死後，無與議勤王者。三、四、五、六句皆「世事不堪悲」者，聞今日之如此，而追思昔日之昇平。○結句七字呼起下篇，「直北」「征西」反映下篇之「南山」「西望」「東來」。

其五

蓬萊宮闕對南山，承露金莖霄漢間。西望瑶池降王母，東來紫氣滿函關。雲移雉尾開宮扇，日繞龍鱗識聖顏。一卧滄江驚歲晚，幾回青瑣點朝班。

前六句通寫故國平居。前面爲南山，上面爲霄漢，西面爲瑶池，東面爲紫氣，陪寫四種神仙家火以渲染太平天子。不及北面者，因係帝王南面之背後也，與崔曙「東望望春」之詩欠西面一樣筆法。曉雲移去之時，現出旭日。；雉尾宫扇兩邊開處，可識認龍鱗之聖顔。是追思前時爲拾遺時之早朝也。「雉尾」諷小人蔽主，「龍鱗」諷人主逆鱗。七句寫自家今日之身份，結句寫自我去朝以來一卧之中，今已幾度點定朝班耶？從「驚歲晚」而得此結句七字。

其六

瞿塘峽口曲江頭，萬里風煙接素秋。花萼夾城通御氣，芙蓉小苑入邊愁。珠簾綉柱圍黄鵠，錦纜牙檣起白鷗。回首可憐歌舞地，秦中自古帝王州。

「瞿塘峽口」頂上篇之「滄江」，「曲江頭」頂上篇之「青瑣」，「瞿塘峽」與「曲江」在兩頭，中間乃萬里之風煙、萬里之素秋。此兩句爲七句「回首」二字作地。三句寫春，時有天子之來往；四句寫秋，小苑中同羅、突厥之夷虜來屯。此四句寫時世變故。五、六句寫可惜「珠簾綉柱」成「黄鵠」之所居；「錦纜牙檣」之舟中太平天子不在，却成夷虜之駕，曲江之「白鷗」如何不驚起耶？先生在瞿塘峽口，回首遥望秦中云：長安是歷代帝王所都，乃羶虜所得安居耶？○《玄宗紀》：「作興慶宫，賜宋王成器等宅，環於宫側。又於宫西南置樓，其西曰花萼相輝之樓，其南曰勤政務本之樓。上或登樓，聞王奏樂，則召昇樓同宴，或幸其所居，盡歡賞賚優渥。」《肅宗紀》：「同羅、突厥從安禄山反者屯長安苑中。」

其七

昆明池水漢時功，武帝旌旗在眼中。織女機絲虚夜月，石鯨鱗甲動秋風。波漂菰米沉雲黑，露冷蓮房墜粉紅。關塞極天惟鳥道，江湖滿地一漁翁。

「漢時功」三字接上篇「秦中」二字，「織女」二字、「墜粉紅」三字接上篇之「歌舞地」三字。〇昔時漢武習戰之旌旗，至今猶得記在眼中；如云今日池中荒凉如此，無如之何也。乃借漢武而寫玄宗之習戰。「石鯨鱗甲」云安禄山、史思明等賊猖獗，「波漂菰米」云叛賊剽掠糧米。「石鯨」乃鯨鯢之兇徒，「漂」與「剽劫」之「剽」音通。「織女虚夜月」影寫縊殺楊太真之事，「露冷蓮房」亦承「織女」之句而影寫美人零落。「關塞」唯有「鳥道」，人行不通，此險阻可恃；「江湖」唯此一「漁翁」，而無長安恢復之計。與先生《諸將》之作第五首所云「西蜀地形天下險，安危須仗出群才」一樣意味。〇三句之「織女」爲天上；四句之「石鯨」爲地上；五句「沉雲」，「雲」字天上；六句「墜粉」，「墜」字地上；七句天上，八句地上。

其八

崑吾御宿自逶迤，紫閣峰陰入渼陂。香稻啄餘鸚鵡粒，碧梧栖老鳳皇枝。佳人拾翠春相問，仙侣同舟晚更移。彩筆昔曾干氣象，白頭吟望苦低垂。

崑吾苑御宿川一路逶迤，乃春遊之處。「逶迤」同「委蛇」。「紫閣峰陰入渼陂」乃《渼陂行》所云「半陂以南純浸山」者也，一時意中想得此春遊行樂之處。「香稻」七字寫渼陂，「碧梧」七字乃倒映於紫閣峰陰之陂中者。此二句遥想昔遊地之今日。「佳人拾翠」爲崑吾御宿晝間之事；「仙侣同舟」云岑參兄弟渼陂之泛舟，是晚天之事。「拾翠」乃拾翡翠也，翡翠可作首飾。此二句追想昔日之春遊。我昔少壯之時，彩筆能上天而干日月，今日則白頭低垂，無可奈何。提《渼陂行》中所云「少壯幾時奈老何」，「崑吾御宿」「紫閣」「渼陂」「香稻」「碧梧」，皆在「白頭吟望」中。〇一句「自逶迤」比於仕進之路委委曲曲。二句「紫閣峰陰」比於憑天子恩蔭而立於朝廷。「鸚鵡」比於賢才，《集》中《鸚鵡》詩有「聰明憶别離」之句；「鳳皇」云皇爺御妻；「碧梧」爲帝家偕老之地；「香稻」爲賢臣所食之物。今日皇爺蒙塵，不在其居，賢臣流落，不食其食，徒成叛賊之所居、叛賊之剽掠。此二句補上篇之「波漂菰米」「露冷蓮房」；此前後聯四句乃顛倒「花萼夾城」「芙蓉小苑」而承之者也。〇「彩筆干氣象」連五、六句，乃「佳人拾翠」「仙侣同舟」之時。紫閣之陰在渼陂中，昔日作《渼陂行》，即彩筆干氣象也；暗承第三首之「匡衡抗疏」，是亦彩筆之干犯天顔也。此句承上篇之「關塞極天」而寫其高，白頭低垂則承上篇之「江湖滿地」而寫其低。○「香稻」音同「黄稻」，與「紫閣」「碧梧」「彩筆」「白頭」等相映。○其一其二全寫夔州。其三前四句寫夔州，後四句寫京。其四前六句寫京，後二句寫夔州。其五前六句、結一句寫京，七一句寫夔州。其六前六句寫京，後二句寫夔州。其八前七句皆寫京，後一句寫夔州。○八首四百四十八字不見一個「夢」字，乃先生脱出常套處。八首僅兩日之事，其一其二乃從前日薄暮通夜不寐，其三爲翌日之朝，以下五首皆江樓上一時意想中所得。

題張氏隱居

春山無伴獨相求，伐木丁丁山更幽。澗道餘寒歷冰雪，石門斜日到林丘。不貪夜識金銀氣，遠害朝看麋鹿遊。乘興杳然迷出處，對君疑是泛虚舟。

出幽谷而遷於喬木，乃黄鳥身分當然之道理。今黄鳥爲伐木聲所驅，一轉而從本居之春山更入幽澗之中。「澗道」七字寫「更幽」二字，「餘寒」襯「春山」。「斜日到」見澗道之遠，「林丘」二字，「林」字抵「喬木」二字，「丘」字省「丘隅」二字，此林丘爲張氏隱居之處、黄鳥可止宿之處。「澗道歷冰雪」「斜日到林丘」，云一生强半經許多之辛苦，晚年初得良友。「不貪識金銀氣」，妙妙，普天下之人有識别金銀氣而不貪者乎？不貪者，必是不能識别金銀之氣者；能識别金銀之氣又能存不貪之心，則是絶頂聰明之男子也。《左傳》宋子罕云「我以不貪爲寶」。「遠害看麋鹿遊」，妙妙，「看麋鹿遊」四字原從伍子胥所云「臣見麋鹿遊姑蘇臺」之語來，子胥説出此語而立遇害，此張氏乃遠害於風塵外之幽處，含看世間變遷之意。更勿論此二句乃成一聯，識山中之金銀氣，看山中之麋鹿遊。《易象傳》有云：「渙其血遠害也。」「乘興」爲知進不知退之意。《易》云「或出或處」，出處乃君子之大義，先生欲明求伴之意共出處之義，而此張氏已忘出處之義，先生相對之而迷失出處之方角，故有「泛虚舟」之嘆。「不貪金銀」乃忘出身仕宦之路，「遠害麋鹿」乃忘隱逸高尚之志，「出處」二字全結五、六兩句。〇「斜日到」「夜識」「朝看」，用字有次第，先生之一宿可知。起句之「無伴」與結句之「對君」爲章法。三、五句不見日，四、六句見日，律格如此。〇宋之問《三陽宫石淙侍宴得幽字》詩有「離宫秘院勝瀛洲，别有仙人洞壑幽。巖邊樹色含風冷，石上泉聲帶雨秋[一]」之語，先生祖述此「幽」字。「求伴」字、「幽」字、「伐木」字、「林丘」字皆從《毛詩》來，「麋鹿遊」出《孟子》，「虚舟」出《莊子》，用許多經語而不棘手，在開元天寶間别是一家杼軸。〇吾已批釋此詩，而怪「泛虚舟」三字突兀。鈴木生云：「乘興」二字上隔三句而與「澗道」「冰雪」相呼，下則與「泛虚舟」相呼，暗用王子猷雪夜訪戴安道之事，子猷則泛舟，先生則步行。下一「疑」字，見良工苦思之妙。余之疑怪釋然，一篇無所不通：「石門」乃影寫造門不前而反之門，「斜日」乃翻用夜雪初霽月色清朗。第三句黄鳥之文字未竟，而老遠安放「冰雪」二字，隔年下種來年收糧之法也。

【校勘記】

[一]秋：底本誤作「飛」，據《全唐詩》卷五十二改。

和賈至舍人早朝大明宫[一]

五夜漏聲催曉箭，九重春色醉仙桃。旌旗日暖龍蛇動，宫殿風微燕雀高。朝罷香煙携滿袖，詩成珠玉在揮毫。欲知世掌絲綸美，池上于今有鳳毛。

起句即王之「絳幘」七字，王用色，先生用聲。二句即賈之「禁城」七字，賈用柳，先生用桃。「醉仙桃」云桃色之紅，又有酩酊不省之意。聖天子昨夜之宿醉未醒，昏夢中不省漏聲催曉，僅由宫人扶起，以乾葛湯一杯之力出御。此時初日温暖，旌旗上繪畫之龍蛇有蠢動之勢；東風軟微，殿角之燕雀得高翔自在。世主若有麴蘖之嗜，則滿庭武官皆是畫中之龍蛇，而無神威；滿朝文官皆是燕雀之小人，而無賢才。「日暖龍蛇動」五字寫得好笑，龍動之時必作風雨晦冥者，日暖而龍動，則定當爲蚯蚓。「動」字爲蠢動，不得以飛動解之。只是取興早朝之光景而微遠如此，可見先生之筆底藏有利刃，與賈、王、岑三家襟胸有别。五句摹賈之六句，携香煙滿袖而歸。六句稱賈之筆才，珠玉應在皮箱中，今却在筆底，與「西嶺雲霞色滿堂」異樣同心，可云空靈之至。賈從其父賈曾二代續爲舍人，故云「世掌絲綸」，乃同僚中獨推賈之語。「美」字呼起結句之「鳳毛」。此「世掌絲綸」四字乃上下之關棙，上承「揮毫」二字爲草詔事，自不待辨；下接「池上」二字，又云及手持釣綸。「携滿袖」之「携」字、「揮毫」之「揮」字、「掌絲綸」之「掌」字皆寫手，似月度迴廊。「携滿袖香」爲遊手之時，「詩成揮毫」爲私用之時，「掌絲綸」爲公用之時，此手乃至爲寶貴之手。

【校勘記】

[一]和賈至舍人早朝大明宫：《全唐詩》卷二百二十五作《奉和賈至舍人早朝大明宫》。

嚴武

巴嶺答杜二見憶

卧向巴山落月時，兩鄉千里夢相思。可但步兵偏愛酒，也知光禄最能詩。江頭赤葉楓愁客，籬外黄花菊對誰。跂馬望君非一度，冷猿秋雁不勝悲。

一句不可讀作卧向「巴山落月之時」，而應讀作「卧向巴山落月」之時。二句「兩鄉」在兩頭，「千里」在中間；「夢」亦夢千里，「相思」亦思千里；從我亦千里，從彼亦千里。此即卧向落月之時也。三、四句「愛酒」乃杜公之性情，「能詩」乃杜公之學問；「步兵」爲阮籍，「光禄」爲顔延之；「可但」「也知」四字乃想像之辭。此兩句寫「夢相思」三字，是夜間之事。五、六句見「赤葉」而不見杜公，見「黄花」而不對杜公，滿胸之愁思唯在不見杜公也。此兩句寫「跂馬望君」四字。「跂馬」如云「跂足」，乃延頸而望。嚴公乃武官，故云跂馬。雖常望杜公之來，然聞一度「冷猿」一度「秋雁」，竟不見杜公之來，悲苦難堪。後四句爲晝間之事。以卧起，以跂結，一篇章法。「兩鄉」「一度」遥遥相對。○「赤葉」「黄花」寫眼中，「冷猿」「秋雁」寫耳邊。第一寫客，第二寫馬，第三寫猿，第四寫雁，仄下之法。「夢相思」一層，「愁客」二層，「不勝悲」三層。

張謂　西亭子言懷

數叢芳草在堂陰，幾處閑花映竹林。攀樹玄猿呼郡吏，傍溪白鳥應家禽。青山看景知高下，流水聞聲覺淺深。官屬不令拘禮數，時時緩步一相尋。

筆疏墨明，又似不煩箋解，却是以《莊子・齊物論》一篇許多文字而檃栝入七八五十六字之中，不可輕易混賬過去。○一句寫堂上堂下有辨别而無辨别。二句寫紅花青竹有辨别而無辨别。三、四句山猿郡吏、溪鳥家禽有辨别而無辨别，「家禽」云鷄鶩。五、六句本是一般之山、一般之水，姑以分别心定其高下、别其淺深，此二句無辨别而有辨别。「不拘禮數」四字自然流出。○五句承三句，六句承四句。

杜侍御送貢物戲贈

銅柱朱崖道路難，伏波横海舊登壇。越人自貢珊瑚樹，漢使何勞獬豸冠。疲馬山中愁日晚，孤舟江上畏春寒。由來此貨稱難得，多恐君王不忍看。

此詩似平平説話，平平中亦有法，當留心看。因伏波、横海二將軍之功，而越人自貢珊瑚。越人若自貢之，則亦不必杜侍御着獬豸冠而往取。五、六句全寫「何勞」之「勞」字，回抱「道路難」。七句引《老子》之語，不失正大之體。八句「多恐」二字妙諷喻，「多」云十有七八之辭，十有七八不能得天子之御覽也。題上云「戲贈」，在讀者之意或贈七言八句共五十六字，而先生則唯贈此「何勞」二字耳。

皇甫冉　　**秋日東郊作**

閑看秋水心無事，坐對寒松手自栽。廬嶽高僧留偈別，茅山道士寄書來。燕知社日辭巢去，菊爲重陽冒雨開。淺薄將何稱獻納，臨岐終日自徘徊。

「秋水」爲河伯向若之時，流去歸海、無事逍遥之身份也，「心無事」三字爲逸。「寒松」歲寒後凋，他人雖笑仕宦栖栖，自家則知鳥獸不可同群，「手自栽」三字爲勞，如云當時手自栽松者，乃以歲寒不改自期。廬嶽惠遠留一偈而教仕宦努力，茅山陶弘景寄來書札而勸棄官歸去。梁上之燕已辭巢而去，籬邊之菊則冒雨而開，「冒雨」二字妙。提此二字，寒松之冒雪便不費辭。當此之時，自顧乃淺薄之才，固不能任獻納之職，欲浩然而學秋水流去，從茅山道士之教，效秋燕之辭巢；而手栽之松歲寒如此，廬山法師亦曾有一偈相戒，籬菊亦猶如此。躊躇徘徊，正迷於此兩途也。○一、四、五句寫去，二、三、六句寫留，心事兩端，就結句之「臨岐」二字上立案。「臨岐」二字從題上「東郊」二字而得，東郊别墅是城外之地，或此日徑直棄官而去，或再入城中仕官如故，兩岐之決策只在此立地之間。作者就東郊立地之身份，忽算出此「臨岐」二字，便得獨孤及爲先生之集作序云「財成六律，彰施五色，言之而中倫，歌之而成聲」者也。此七八五十六字。○秋水爲白；寒松爲青；盧音「呼盧」之「盧」，爲黑；茅爲白；燕爲紫；菊爲黄。

秋夕寄懷素上人

皇甫曾

已見槿花朝委露，獨悲孤鶴在人羣。真僧出世心無事，静夜名香手自焚。窗臨絶澗聞流水，客至孤峰掃白雲。更想清晨誦經處，獨看松上雨紛紛。

「槿花委露」寫世間他人，「孤鶴在羣」寫自家，反襯「真僧出世」。三、四、五、六、七、八皆寫懷素。「聞流水」寫三世不住，「掃白雲」寫白雲之外無塵，「松上雨紛紛」寫堪忍波羅蜜。松樹比之槿花，其夭壽何如耶？是孤鶴安身立命之處。○「朝委露」爲今朝，乃過去；「静夜」爲今夕，乃現世；「清晨」爲明朝，乃未來。「客至孤峰」爲今夕之事，蓋皇甫寄書所遣之人也。

贈别嚴士元[一]

劉長卿

春風倚棹闔閭城，水國春寒陰復晴。細雨濕衣看不見，閑花落地聽無聲。日斜江上孤帆

影，草緑湖南萬里情。東道若逢相識問，青袍今已誤儒生。

起句頭上寫「春風」二字，云倚棹於此春風、此城邊之意；下緊接「春寒」二字，云他人行樂於春風，自家則在春寒中受陰晴不定之苦味之意。「水國」七字乃三、四、五、六句之綱領。三、四句爲陰，五、六句爲晴，「細雨」七字爲浸潤之譖，云他人莫能辨也；「閑花」七字爲流落之苦，云他人莫能收也。「日斜」七字云客中衰老，「草緑」七字云客中歸思。三句與五句寫天，四句與六句寫地。「東道」爲嚴之前程，與上之「湖南」錯對。「青袍」爲微官之服。囑其告訴相識之人，自家爲微官誤一生，而至於如此苦境。此乃先生爲吴仲孺所誣讒，被貶爲潘州南巴尉時之詩也。

【校勘記】

［一］贈別嚴士元：《全唐詩》卷一百五十一作《別嚴士元》。

北歸入至德界偶逢鄰家李光宰［一］

生涯親見已蹉跎，舊路依然此相過。近北始知黄葉落，向南空指白雲多。炎州日日人將老，寒渚年年水自波。華髮相逢俱若是，故園秋草復如何。

人壽長亦不過百年，是云「生涯」。「已蹉跎」，云不知何時已入老境。「舊路依然」，云昔日由此路而往時爲少年，今日由此路歸去時則爲老年。以道路如故反映自家之變衰。三句乃自驚，南方之炎苦在於言外。四句爲李指點前程。五句指點時之辭。六句帶説北方之苦況。云炎州「日日」者，寫焦熱時非此促字不能顯其焦熱；云寒渚「年年」者，寫冷淡時非此慢字不能顯其冷淡。試思之，先生與李相逢之處不出路頭數步之地，而有此五十六字，乃全學沈佺期「天長地闊」之詩。先生之華髮得於炎州之苦況，李之華髮則得於寒渚之苦況。兩人華髮俱已如是。已了眼中親見之白髮，更問及眼中未見之故園秋草。北方有霜，故云秋草。南行前程已爲李説盡，今更不得不問北地之秋草。自今而後，南行之客、北歸之人，兩家身上之苦況亦可想見。

【校勘記】

［一］北歸入至德界偶逢鄰家李光宰：《全唐詩》卷一百五十一作《北歸入至德州界偶逢洛陽鄰家李光宰》。

韋應物　**譏李録事**

與君十五侍皇闈，曉拂爐香上赤墀。花開漢苑經過處，雪下驪山沐浴時。近臣零落今猶

在，仙駕飄颻不可期。此日相逢思舊日，一杯方喜已成悲。

「皇闈」之「皇」音黄，與「赤墀」爲聲對。前四句寫當時。「零落」二字承「花開」，「飄颻」二字承「雪下」，非肉眼者所能辨出。唐人此等用字乃最費工夫處，畢竟以當時之花與雪，興出今日之「近臣零落」「仙駕飄颻」，賦以爲興之體也。「零落」爲雙聲，「飄颻」爲疊韻，「方喜」承「此日相逢」，「已成悲」承「思舊日」，後四句寫今日。

自鞏洛舟行入黄河即事寄府縣寮友

夾水蒼山路向東，東南山豁大河通。寒樹依微遠天外，夕陽明滅亂流中。孤邨幾歲臨伊岸，一雁初晴下朔風。爲報洛橋游宦侶，扁舟不繫與心同。

先生一日捨官，於鞏洛之船家買得小舟歸去，一路蒼山夾水，已覺二三分之快意，然猶未免篷底跼促；忽乘出黄河中，披篷窗而覺十分快意。一驚一喜，恰是《莊子·秋水》篇河伯向若之時也。回首而指點遠山外之寒樹依微曰：「此吾在官之孤村，爲五斗米而磬折，今已幾年矣，可恨可恨。」又指點夕陽之西下曰：「今日棄官而去，已是夕陽晚景，一生强半空於亂世中送盡歲月；雖云如此，然宿雨初晴，一雁避朔風之寒而下，亦可慶快。殘生末路而終得一日之快意，又何恨之有？」是時先生當倚舷而下一大白。先生又曰：「此境界我已盡領，不可不以報知舊熟寮友。」乃於懷中取出紙箋，於腰間取出墨瀦，作一通書，認之曰：「諸君好在，珍重自愛，僕已解官，扁舟不繫，正是吾心，大得自在！」封筒上則題贈「洛橋遊宦諸位大人足下」。此封筒上「洛橋遊宦」四字大有意趣，正與書中「扁舟不繫」四字相映成辭。○「一雁」乃自家，與一人罷官而去。「遊宦侶」之「侶」字乃雁侶也。

錢起　**和王員外晴雪早朝**[一]

紫微晴雪帶恩光，繞仗偏隨鴛鷺行。長信月留寧避曉，宜春花滿不飛香。獨看積素凝清禁，已覺輕寒讓太陽。題柱盛名兼絶唱，風流誰繼漢田郎。

先用實筆寫出一、二句，更用虛筆寫出三、四、五、六句，「晴雪早朝」四字自然存於其中。「題柱盛名」爲「晴」字，「絶唱」爲「雪」字，「風流」則連「兼絶唱」三字。謂僅有「題柱盛名」者，其外雖或有之；然於「題柱盛名」之上兼備陽春白雪之風流詩才者，則除王員外之外無他人也。○「長信」七字爲秋，言雖不協天意而忠意不變；「宜春」七字爲春，言雖協天意而不誇於人。「獨看」七字云清潔之操，乃境況不順之時；「已覺」七字則境況大爲重振。○後漢田鳳爲尚書郎，容儀端正，靈帝目送之，因題柱曰：「堂堂乎張，京兆田郎」。此乃用於郎官之人之故事也。○「紫微」二字加於「晴雪」之上，通篇與白雪相映，令讀者處處不忘「紫」字。「長信月留」「宜春花滿」八字爲眼界，「寧避曉」「不飛香」六字爲意界，「獨看」七字爲眼界，

「已覺」七字爲意界，文字真正有繩墨。

【校勘記】

［一］和王員外晴雪早朝：《全唐詩》卷二百三十九作《和王員外雪晴早朝》。

闕下贈裴舍人

二月黄鸝飛上林，春城紫禁曉陰陰。長樂鐘聲花外盡，龍池柳色雨中深。陽和不散窮途恨，霄漢長懸捧日心。獻賦十年猶未遇，羞將白髮對華簪。

「二月黄鸝」七字寫春暖，寫裴之得意仕進，「二月」二字提一季中之一月；「春城紫禁」七字寫闕下曉寒，寫自家之失意，「曉」字提一日中之一時。三句云長樂宮之鐘聲不及至於花外，寫自家；四句云龍池上之柳色偏有雨中深緑之色，寫裴。「陽和」七字全補三、四句，一言説破。「陽和」二字反襯「曉陰陰」。「霄漢」七字寫一片忠誠，孔安國《孝經序》云：「君雖不君，臣不可以不臣。」正此意也。「陽和」二字實寫「二月黄鸝」「長樂鐘聲」「龍池柳色」三個，「窮途恨」三字實寫「曉陰陰」三字、「花外盡」三字。「花」字「柳」字貼「上林」，「獻賦」貼「捧日」，「十年」貼「長」字。「白髮」乃花外之人，「華簪」乃雨中之人。試想之：若尋黄鸝飛於上林之故，則在「陽和」二字；若尋「陽和」之本，則在「捧日」之「日」字。第一句「黄鸝」是聲，第二句「曉陰陰」是色，第三句「鐘聲」是聲，第四句「柳色」是色。有一先生云：頷聯猶存盛唐之典刑，頸聯則露中晚之面目。凡人論唐詩，見稍流麗之句則以爲中晚，見稍莊嚴之句則以爲盛唐，其不通如此。試看「雲裏帝城雙鳳闕，雨中春樹萬人家」一聯，與先生此頸聯又何所異？視「雙鳳闕」「萬人家」爲莊嚴模樣而認作盛唐，畢竟皮相之論、童子之見，論詩者滔滔皆是也。吾今一發爲學詩者披盡千載之業障。

石門春暮[一]

自笑鄙夫多野性，貧居數畝半臨湍。溪雲雜雨來茅屋，山雀將雛傍藥欄。仙籙滿床閑不厭，陰符在篋老羞看。更憐童子宜春服，花裏尋師到杏壇。

一句自説性情，二句寫居宅。「多野性」者，野性與宦情比較，野性多而宦情少也。「半臨湍」者，爲半臨湍半不臨湍，三句爲半臨湍之處，四句爲半不臨湍之處。五句言野性多，六句言宦情少。七、八句十四字一句，乃野性中最愜意者也。〇「溪雲雜雨」乃諷托世間之拉雜，寫宦情，一引「陰符在篋」。「山雀將雛」寫野性，一引結句之「童子尋師」。〇「老」字與「童子」二字相映，「杏壇」與「藥欄」「茅屋」相映。

【校勘記】

［一］石門春暮：《全唐詩》卷二百三十九作《幽居春暮書懷》。

夜宿靈臺寺寄郎士元

西日横山含碧空，東方吐月滿禪宫。朝瞻雙頂青冥上，夜宿諸天色界中。石潭倒映蓮花水，塔院空聞松柏風。萬里故人能尚爾，知君視聽我心同。

西日前面有横行之青山，日色半截含於青山，半截餘在碧空。一句寫晚景，是云彌陀如來在西方彼土。東方吐月與西山含日相對，可知乃與第一句錯綜以叶聲律。二句寫夜景，是云此土之導師，即郎士元所云「月在上方」者也。三句抽筆而寫此日今朝仰瞻雙頂上之出日，承第一句。四句正説夜宿，承第二句。五句寫晝景，承第三句。石潭之水乃心水，心既悟空，故點一「倒」字，眼根已空。六句寫夜景，松柏之風乃聲聞乘，點第一句之「空」字，耳根已空。五、六兩句伏結句之「視聽」二字。「萬里」二字作句，先生提出與郎士元萬里遥隔，云各在天之一方，言語不接，正題上「寄」字之身份。愚鈍如我者亦已能如此，高明如君者當先已着鞭矣。〇二、四、六句寫夜，乃正文；一、三、五句寫晝，乃襯文。讀者應辨别之。〇「萬里」與「諸天」「雙頂」對，數出「碧空」「青冥」「蓮花」「松柏」色界之色。再細細思之，呼「横山」者、呼「禪宫」者、呼「雙頂」者、呼「諸天」者、呼「石潭」者、呼「塔院」者、呼「萬里」者、呼「我」者、呼「君」者、呼「西日」者、呼「東月」者，皆是色界中之色相，學道之人正可作如是觀。

盧綸　**長安春望**

東風吹雨過青山，却望千門草色閑。家在夢中何日到，春來江上幾人還。川原繚繞浮雲外，宫闕參差落照間。誰念爲儒逢世難，獨將衰鬢客秦關。

東方陰、西方晴之景。○一句爲東望，風雨來而失却青山。二句爲西望，長安城内之景也。「草色閑」乃看厭之意。「閑」爲等閑之義，可參看岑參所云「世上浮名好是閑」之句。三、四、五句從東望意中算出，是虚寫。眼中唯有「浮雲」二字。「川原」爲歸鄉之路。「浮雲」承起句之「雨過青山」，東方陰，故鄉之歸路亦不可望見，又於「浮雲」興起長安仕宦之身份。六、七、八爲西望，乃實寫。六句全爲眼中，七、八句爲意中。「落照」爲西方，寫晴，又興起自家之暮年。「衰鬢」與起句之青山遥對。秦始皇有坑儒之事，「爲儒」「客秦關」五字，失意可見。

郎士元　**贈錢起秋夜宿靈臺寺見寄**[一]

石林精舍武溪東，夜叩禪扉謁遠公。月在上方諸品静，心持半偈萬緣空。蒼苔古道行應

遍，落木寒泉聽不窮。更憶雙峰最高頂，此心期與故人同。

一句寫靈臺寺之地，「武溪」即虎溪，避唐人諱而作「武」。「石林」「溪東」，分用「東」「林」二字。二句寫錢之到來，「夜」者云五闇之迷，「遠公」指靈臺寺之和尚。幸在高德和尚面前，參禪之人諸念且得静定。若無此月，則爲闇夜。錢之胸中固持所受之半偈，而得萬緣一空。五句補三句，「蒼苔古道」亦於月光中得步行。六句補四句，於耳界聽取落木寒泉之無常，即半偈之心也。以上之空乃五大中之空，而非真空。忽接「更憶」二字，再進一層。「雙峰最高頂」爲佛日之在處，乃真空也，錢詩所云「朝瞻雙頂青冥上」者也。○「應遍」之「遍」貼「諸品」，「不窮」貼「萬緣」，「心持」「此心」二個「心」字乃章法。○《涅槃經》：「帝釋現夜叉身，爲雪山童子説半偈曰：諸行無常，是生滅法。」不説其迹二句。雪山童子捨身而請其後半，其半曰：「生滅滅已，寂滅爲樂。」此詩中所云「半偈」，乃云其前之半偈；結句所云「此心」，乃後之半偈。有一和尚説此詩，以「生滅滅已，寂滅爲樂」爲半偈，不唯誤解唐詩，亦誤解自家之佛法。

【校勘記】

［一］贈錢起秋夜宿靈臺寺見寄：《全唐詩》卷二百四十八作《題精舍寺》。

韓翃　**同題仙遊觀**

仙臺初見五城樓，風物凄凄宿雨收。山色遥連秦樹晚，砧聲近報漢宫秋。疎松影落空壇净，細草春香小洞幽。何用别尋方外去，人間亦自有丹邱。

五城十二樓曾所傳聞，今日幸得目睹。「初」字妙，實生平所未經見，况是新晴天氣。二句寫七字，而覺上之七字分外清絶，是先生入觀一覺之時也。「山色遥連」「砧聲近報」，皆是門外之景物；「秦樹」爲晚，「漢宫」爲秋，寫人間有世代衰變。「疎松影落」「細草春香」，是門内之景物；「疎松」「空壇」「細草」「小洞」，一面爲净，一面爲幽，與門外之秦樹漢宫迥殊。七、八句不待解。讀後四句勝讀全部道經，乃從張説《㴩湖寺》之作而來。○「疎松」映「秦樹」；「空壇」映「山色」；「小洞」映「漢宫」；「影落」映「晚」字；「春香」二字，「春」映「秋」，「香」映「砧聲」。題觀之時正是秋天，特下此「春香」二字，反映門外之秋，如云「妝樓翠幌教春住」。「秦樹」「疎松」「細草」爲青，陪襯「丹邱」二字。

張南史　**陸勝宅秋雨中探韻**[一]

同人永日自相將，深竹閑園偶辟彊。已被秋風教憶鱠，更聞寒雨勸飛觴。歸心莫問三江

水，旅服從沾九月霜。醉裹欲尋騎馬路，蕭條是處有垂楊。

《易》云「同人于野」，與朋友同樂也。《毛詩·唐風·山有樞》篇云「且以永日」，以酒食永消一日也。用《易》《詩》二經之語相對，「深竹」又與「閑園」相對，乃當句自對之法。《世説》：「王子敬聞顧辟疆有名園，先不識主人，徑造其家。」辟疆吴人也。賀知章云「主人不相識，偶坐爲林泉」者即是。「自」字乃自家之義，從此地伴朋友而往，偶坐於辟疆。「自」字與「辟疆」對，「相將」二字與「偶」之一字對，手便錯對之法也。爲「秋風」勾引而憶鱸魚，更爲「寒雨」所勸而喫三杯，此三杯大爲得力。莫問三江之水、從沾九月之霜，自遣之語也。「三江水」貼「鱸」「鱠」，「九月霜」貼「寒雨」，此兩句乃醉中之語，故接「醉裹」二字。歸故鄉必當乘舟，今抛擲乘舟歸去一事，而尋京城中騎馬往來之路，秋雨蕭條，垂楊颯颯，處處皆是，醉中亦如其無聊何？○「垂楊」顧「深竹」，乃篇中一大章法。「深竹」凌霜雪，「垂楊」則不堪。○「是處」如云到處，與《論語》之「夫子至是邦也」之「是」字一例。

【校勘記】

［一］陸勝宅秋雨中探韻：《全唐詩》卷二百九十六作《陸勝宅秋暮雨中探韻同作》。

李益　**鹽州過胡兒飲馬泉**

緑楊着水草如煙，舊是胡兒飲馬泉。幾處吹笳明月夜，何人倚劍白雲天。從來凍合關山道，今日分流漢使前。莫遣行人照容鬢，恐驚憔悴入新年。

「水」上加「緑楊着」三字，陪「水」邊「草如煙」三字，寫今日之春色。「幾處吹笳」云胡人吹笳之多，「何人倚劍」乃追憶漢將防秋。「明月夜」「白雲天」寫昔日之秋色，「白雲」二字與起句之「緑楊」對。昔日春來亦凍合，今日則因漢之威德而分流。就此「分流」二字上又生出一件害怕，而分付往來之行人莫於此泉水照見容鬢。「照容鬢」三字妙妙，昔日照明月，今日照泉水，容則憔悴，鬢則霜雪。緑楊之下、青草之間，照見滿頭白髮，渲染之甚。一、二句從今入昔，三、四句寫昔，五、六句從昔入今，與一、二句成章法。「漢使」「胡兒」遥遥相對。○此詩乃李益爲幽州都督劉濟之營田副使時所作。

劉禹錫　**送周使君罷渝州歸郢中別墅**[一]

君思郢上吟歸去，故自渝南擲郡章。野戍岸邊留畫舸，緑蘿陰下到山莊。池荷雨後衣香

起，庭草春深綬帶長。祇恐鳴騶催上道，不容待得晚菘嘗。

首句以「君」一字起，二句以「故」一字承，從「自」字至「下到山莊」共二十字，漸漸而寫歸去。渝南一副官腔，如蛇蜕之謝去。「思郢上」爲心中，「吟歸去」爲口邊，「擲郡章」爲手裏。「野戍岸邊」者，已是野戍，一轉而入山莊：「留畫舸」者，尚是畫舸，乃郡章之餘具，今留於岸邊而上陸。「留」爲放下，此一句乃脱卸之文也。自兹而往，君之家爲「緑蘿」，君之衣爲「池荷」，君之帶爲「庭草」，君之食爲「晚菘」。「緑蘿」之「緑」字管到「池荷」「庭草」「晚菘」三個，反映「郡章」「畫舸」，十分之渲染。「陰下」「雨後」「春深」與「晚菘」之「晚」字相映。蘿莊、荷衣、草帶三個且許受用，而獨不許菘之嘗，予奪之筆，絶奇之律格。「鳴騶上道」四字與「吟歸去」三字前後相峙而成章法。○此詩原乃隱括陸士衡《招隱》詩而作。

【校勘記】

［一］送周使君罷渝州歸郢中別墅：《全唐詩》卷三百五十九作《送周使君罷渝州歸郢州別墅》。

松滋渡望峽中

渡頭輕雨灑寒梅，雲際溶溶雪水來。夢渚草長迷楚望，夷陵土黑有秦灰。巴人淚應猿聲落，蜀客船從鳥道回。十二碧峰何處所，永安宮外是荒臺。

一句寫松滋渡頭。二句寫從峽中而至渡頭。三、四句寫旁景，「夢渚」之草蒼然，「楚望」不能分明；「夷陵」之土黯然，知爲「秦灰」。五、六句本是一事，巴蜀之估客過峽中時愁聽猿聲，忽而來此松滋渡邊。遂問估客云：十二碧峰在何處所耶？估客遥遥指點云：那個永安宫背後即是荒臺也。「荒臺」乃十二碧峰上神女廟之宿雲臺。○「楚望」乃江漢睢漳楚之望也，本於楚昭王所云之辭。「秦灰」乃秦將軍白起火燒夷陵也。楚望不能分明，一變化；夷陵燒盡，一變化。○雲際之雪水、夢渚之青草、夷陵之黑土，此三個歷歷而在望中。忽添出一個估船，佇望之間已來渡頭。十二峰在雲中不可望見，故問估客。○「輕雨灑寒梅」乃自家承天子之恩，云至薄也。「雲際」云京師。「溶溶雪水」云在京之人承恩之深。「楚望」「秦灰」云興廢無常。「巴人」之淚雖與下之「蜀客船」爲一事，然一嘆三、四句之興廢無常；「蜀客船」則云經險路而來，比於從京師新來之人。「碧峰何處所」乃問京師之近况何如。「永安宫荒臺」者，「永安」二字背後即是「荒」之一字，真正禍福相倚，安危成鄰，云當有老大擔憂。人謂先生落魄，故其吐辭多諷托幽遠，此等詩足見其諷托幽遠也。

柳宗元

登柳州城樓寄漳汀封連四州刺史[一]

是時柳宗元在柳州、韓泰在漳州、韓曄在汀州、陳謙在封州、劉禹錫在連州，此五人同罪而被貶於此所。

城上高樓接大荒，海天愁思正茫茫。驚風亂颭芙蓉水，密雨斜侵薜荔墻。嶺樹重遮千里

目，江流曲似九廻腸。共來百粤文身地，猶自音書滯一鄉。

前六句寫「登柳州城樓」，後二句寫「寄漳汀封連四州刺史」。一句寫城樓之地勢。二句寫城樓上之愁人。「愁思正茫茫」五字妙，「正」乃正當之義，亦非前一時，亦非後一時，先生登樓之時正當愁思茫茫也。三、四句爲近景小景，五、六句爲遠景大景。「驚風」亂颭池水，「密雨」侵墻，風雨之無賴如此。「嶺樹」遮目，不得望長安之日，「江流」曲曲，似愁人九廻之腸，江山之無賴如此。雖同爲水，芙蓉池水不得不爲驚風所亂，江流則能學九廻之腸；雖同爲草木，薜荔墻不得遮密雨，嶺樹則能遮千里之目。能與不能，以二物寫盡無限愁思。○「驚風」「密雨」從「海天」二字而來。○「千里」「九廻」「百粤」「一鄉」「目」「腸」「文身」「音書」，唐人對法如此，讀者不可混賬。○此詩寫只見海面而不見京城，至七、八句而嘆同罪南貶之朋友亦已疏遠，學宋之問七言古《端州驛》之作。

【校勘記】

［一］登柳州城樓寄漳汀封連四州刺史：《全唐詩》卷三百五十一作《登柳州城樓寄漳汀封連四州》。

從崔中丞過盧少府郊居［一］

寓居湘岸四無鄰，世網難嬰每自珍。蒔藥閑庭延國老，開樽虛室值賢人。泉廻淺石依高

柳，逕轉垂藤間緑筠。聞道偏爲五禽戲，出門鷗鳥更相親。

一句爲郊居，二句爲盧少府。「國老」爲甘草之異號，「賢人」爲濁酒之異號。「延國老」三字却云招請崔中丞，「值賢人」三字却云值遇賢主人。「淺石依高柳」云從崔，「垂藤間緑筠」云見盧，此二句不可讀爲從崔過盧一路之閑景。在家而行五禽導引，出門則與鷗鳥相親狎，寫盡郊居之賢主人。○「鷗鳥」襯「泉迴」，「五禽」襯「逕轉」，「世網難嬰」四字已於第二句伏下「五禽」「鷗鳥」。

【校勘記】

［一］從崔中丞過盧少府郊居：《全唐詩》卷三百五十二作《從崔中丞過盧少尹郊居》。

酒中留上襄陽李相公

韓愈

濁水污泥清路塵，還曾同制掌絲綸。眼穿長訝雙魚斷，耳熱何辭數爵頻。銀燭未消窗送曙，金釵半醉座添春。知公不久歸鈞軸，應許閑官寄病身。

我是「濁水污泥」，君是「清路塵」，官階懸絶，雖似不可相接，却不辱曾爲同僚之義。怪向來别離幾年音書之斷，今日覿面，又何辭酒杯耶？一夜促席，滿座春色，足以感戴故舊之情。因囑累一言云：今相公雖家居，不久當可復鈞軸之故職。其時若與韓一閑官，使得供養病身，誠無限之大幸也。○李相公當爲罷官家居之人。○「濁水」「掌絲綸」「雙魚」三語如云手持絲綸於濁水中釣雙魚，乃學杜工部「五夜漏聲」詩之「池頭掌絲綸」而益工緻者也。「數爵」乃數雀，與「雙魚」虛對。「未消送曙」「半醉添春」二句乃天地之鈞軸，逼出「不久」二字，與宰相之鈞軸相映。

奉和庫部盧四兄曹長元日朝廻

天仗宵嚴建羽旄，春雲送色曉鷄號。金爐香動螭頭暗，玉佩聲來雉尾高。戎服上趨承北極，儒冠列侍映東曹。太平時節身難遇，郎署何須嘆二毛。

「天仗宵嚴」爲駕發之前三鼓三嚴，是聲；「建羽旄」是色。「春雲送色」直提出「色」字以爲前後之標。「曉鷄號」爲聲。「金爐香動」與聲一類。韓翃《仙遊觀》詩中以「春香」與「砧聲」相映，乃其證也。「螭頭暗」爲色。「玉佩聲來」直提出「聲」字以爲前後之標。「雉尾高」爲色。「螭頭」爲玉階扶欄上之厭頭横石，刻作螭頭之狀。「雉尾」爲宫扇。三、四句寫天子之出御。○一句中「旄」音髦，言建立無知幼子而爲太子。二句言後宫牝鷄之晨。三句言帝德不明。四句言小人在高位，全學杜工部「五夜漏聲」之作。五、六句言武官文官俱只備員充位，「承」字「映」字是文武兩員之要緊事務，可笑可憫。「太平時節」四字慷慷慨慨、悱悱憤憤，先生之方寸，普天下誰復相知者耶？太子幼弱，假託而云「建羽旄」；後宫弄權，則云「送色曉鷄」;帝德不明,則云「螭頭暗」;小人在位,則云「雉尾高」。如是大亂時節,先生却假託而云「太平時節」。有一獃子,旁人呼爲獃子則大怒,旁人改呼才子,獃子則大喜。先生用此法。「郎署二毛」乃漢馮唐之故事,「郎署」二字寫題上「朝廻」二字,吴吴山先生云:「但言早朝,不及朝廻。春雲二字不切元日,奉和意亦未見。若盛唐人爲之,必不如是矣。」吾呼此先生爲天下絶頂聰明才子。

和水部張員外宣政衙賜百官櫻桃詩

漢家舊種明光殿,炎帝還書本草經。豈似滿朝承雨露,共看傳賜出青冥。香隨翠籠擎初到,色映銀盤瀉未停。食罷自知無所報,空然慚汗仰皇扃。

前四句學「欲笑周文」之格,後四句用「芙蓉闕下」之格。可見右丞之詩乃一代之軌範。三、四句十四字一氣下而成句。「漢家」「炎帝」皆火德,以「雨露」「青冥」反映之。「承雨露」「出青冥」「擎初到」「瀉未停」,咏櫻桃,以爲仙掌上雲表之露。「雨露」從「青冥」而下,「慚汗」從「赤心」而發,相對成章。「慚汗」二字又寫内熱。先生既以古文高乎千載,又俯下而摹倣王右丞、李東川之纖巧,其有餘裕如此。

送司空神童

王建

杏花壇上授書時，不廢中庭趁蝶飛。暗寫五經收部帙，初年七歲着衫衣。秋堂白髮先生別，古巷烏衣學伴歸。獨向鳳城持薦表，萬人叢裏有光輝。

一面爲授書，一面爲趁蝶，宛然「神童」二字。欲寫趁蝶，而預拆開「杏壇」二字，中間插放一「花」字，讀者或辨不出。「暗寫」乃背寫，此七字是「神」字。「初年」乃初試之年，「衫衣」乃書生之服，此七字是「童」字。「秋堂」七字爲今日之上京，「古巷」七字爲他日之歸家。於「鳳城」上陪出「秋堂」「古巷」，於「獨」上陪出「先生」「學伴」，於「薦表」上陪出「別」字「歸」字，於「有光輝」上陪出「白髮」「烏衣」，於「烏」上陪出「白」，於「烏」之下陪出「鳳」，乃前後不背之對法。王右丞之秘訣於先生詩中再見之。〇着衫衣而往，着烏衣而歸，是章法也。

早春五門西望[一]

百官朝下五門西，塵起春風滿御堤。黄帕蓋鞍呈了馬，紅羅纏項鬬回鷄。館松枝重墻頭

出，渠柳條長水面齊。惟有教坊南草色，古城陰處冷淒淒。

與錢吴興之《闕下贈裴舍人詩》筆法相同，乃以熱襯冷之法。寫先生失意而身在城外，他人得意而得入帝城。第一件見百官下朝，第二件見獻上之馬下御廄，第三件見鬭過之鷄下殿前，第四件見館松低出於墻外，第五件見渠柳低齊於水面。「春風塵起」「黄帕蓋鞍」「紅羅纏項」「枝重條長」，皆寫其得意熱鬧。先生眼中看出此五物，似賣弄之甚，所望無一非得意者；獨教坊南之草色陰處冷淒，非可憐耶？七、八二句乃先生自比，即錢云「春城紫禁曉陰陰」者也。「教坊南」三字與「五門西」三字遥對，「五門」與「百官」句中相對。○第一爲人，次爲馬，次爲鷄，次爲松，次爲柳，次爲草，側卸而下，所謂言之而中倫者也。

【校勘記】

［一］早春五門西望：《全唐詩》卷三百作《春日五門西望》。

西湖晚歸迴望孤山寺贈諸客

白居易

柳湖松島蓮花寺，晚動歸橈出道場。盧橘子低山雨重，栟櫚葉戰水風凉。煙波淡蕩摇空碧，樓殿參差倚夕陽。到岸請君回首望，蓬萊宫在海中央。

細寫湖上有島，島上有寺，又加「柳」「松」「蓮」等字，裝成異樣清華好景。柳爲脆、松不凋、蓮花不染，筆端有分寸。三、四句爲出道場時蓮花寺門外之景。蓮花上有松，松上有柳，其下更有盧橘、有栟櫚，「蓬萊宫」與「蓮花寺」遥遥相對。〇三、四句乃出道場時眼中所諦觀者，五、六句乃到岸回首時遥望者。三句爲島，四句爲湖，五句爲湖，六句爲島。〇讀者將以此詩爲一幅好畫圖，我則以之爲一篇謎語：西湖晚歸者，興起老來罷官歸去，不然，則「贈諸君」三字成無用。請讀者以我讀唐詩之法猜破此詩，猜破之時，其人眼睛必與因是道人一般慧眼。

尋郭道士不遇

郡中乞暇來尋訪，洞裏朝元去不逢。看院只留雙白鶴，入門唯見一青松。藥爐有火丹應伏，雲碓無人水自舂。欲問參同契中事，未知何日得相從。

「郡中乞暇」之日，却是「洞裏朝元」之日，今日不逢，明日又不得來，此兩句生下結句五字。院中有白鶴，門内有青松，藥爐有火，雲碓有水，雲碓之下始加出「無人」二字。句句寫現有之物，反映出「無人」二字。全摹倣王、裴二家《訪吕逸人》之作。〇「看院只留」四字承「去」之句，「入門唯見」四字承「訪」之句。〇《參同契》叙篇云：「羅列三條，枝莖相連。」「雙白鶴」「一青松」暗影寫三條。還丹火伏、雲母水碓亦《參同契》中之事也。唐人律詩雖白氏之淺露亦如此。

過襄陽樓呈上府主嚴司空樓在江陵節度使宅北隅

元稹

襄陽樓下樹陰成，荷葉如錢水面平。拂水柳花千萬點，隔林鶯舌兩三聲。有時水畔看雲立，每日樓前信馬行。早晚暫教王粲上，庾公應待月華明。

學沈雲卿《龍池篇》而不見摹倣之痕。沈寫「龍」「池」到第四句，此詩寫「樓」「水」到第六句。主意在「樓」，寫「水」之句皆樓之陪襯。律格不下初唐諸家。○一句寫樓，二句忽寫樓下之水，三句亦寫水，四句寫樓，五句水，六句樓。以上六句寫日日覷此樓，眼熱如火。七、八句懇求司空許之一登樓。○「樹陰成」「荷錢」「柳花」「鶯舌」提點初夏景物，作「月華明」之地步。「看雲立」云樓之高聳在雲中。○「樹陰成」云恩陰，「荷葉如錢」云惠賜錢帛遍於門下，「柳花千萬點」云數度伺候於門前，「鶯舌兩三聲」云作詩呈上兩三次。

鄂州寓嚴澗宅[一]

鳳有高梧鶴有松，偶來江外寄行蹤。花枝滿院空啼鳥，塵榻無人憶卧龍。心想夜閒唯足

夢，眼看春盡不相逢。何時最是思君處，月入斜窗曉寺鐘。

先生此篇與白樂天《尋郭道士》之作並學王右丞《訪呂逸人》之作。右丞之結構如兜率天上彌勒閣，雖本是雁行不得，然裴迪已不抵敵先生此詩一半氣力，白樂天更不足云。以「鳳」「鶴」自比，以「梧」「松」比嚴，説自家擇主人而寄踪。滿院花枝唯有啼鳥，卧榻上唯有塵埃，總不見卧龍先生之在。「心想」謂想像嚴於心中，「夜閒」謂此春夜唯等閒想像於夢中，此句爲緩語；眼看春盡迫切之甚，此句爲急語。「月入斜窗」乃於眼中看一夜之盡，「曉寺鐘」乃於耳畔驚一夜之盡，迫切最甚之處也。〇「花枝啼鳥」與「梧鳳松鶴」對。「卧龍」二字，「龍」字與「鳳」字對，「卧」字與「行踪」對。「花枝滿院」「月入斜窗」寫眼中之春盡，歸於「眼看」二字。「啼鳥」「寺鐘」寫耳畔之春盡，陪襯「眼看」二字。「憶卧龍」之「憶」字、「心想」之「想」字、「思君」之「思」字，爲一脉之線索。

【校勘記】

［一］鄂州寓嚴澗宅：《全唐詩》卷四百一十四作《鄂州寓館嚴澗宅》。

杜牧　**題宣州開元寺水閣**［一］

六朝文物草連空，天澹雲閒今古同。鳥去鳥來山色裏，人歌人哭水聲中。深秋簾幕千家

雨，落日樓臺一笛風。惆悵無因尋范蠡，參差煙樹五湖東。

「文物」亦地上之物，今日消盡，唯滿地之草。「連空」云草上更無它物。「天澹雲閒」四字從上句之「空」字生下。地上倏然文物，倏然荒草，天上依然天澹雲閒，今古不改。「鳥去鳥來」爲色，「人歌人哭」爲聲，「千家雨」爲色，「一笛風」爲聲。今年已是深秋，今日已是落日，人世變遷如此，天澹雲閒如彼，吾今欲尋范蠡之迹，乘雲上天而去也。

【校勘記】

［一］題宣州開元寺水閣：《全唐詩》卷五百二十二作《題宣州開元寺水閣閣下宛溪夾溪居人》。

温庭筠

過陳琳墓

曾於青史見遺文，今日飄零過古墳。詞客有靈應識我，霸才無主始憐君。石麟埋没藏秋草，銅雀荒凉對暮雲。莫怪臨風倍惆悵，欲將書劍學從軍。

一句寫昔日讀其文而識其才，二句寫今日親過其墓。一、二兩句中插得「飄零」二字，十四字皆是自家身上之事，妙妙。三、四句以九原下之人爲知己，如云唯君識我、唯我憐君。昔日讀遺文時唯歆羨其霸才，而不憐其不遇；今日我因無主飄零，而始憐君之不遇。非爲憐君，深自憐也。辭意屈曲，妙妙。五句寫英雄埋没，從「憐君」二字來。六句寫世主不用霸才而滅亡，從「霸才無主」四字來。前四句乃心中之事，路傍之人恐不及知，故至結末而高聲大言曰：我今臨風惆悵者非無故也，結髮以來，挾一書一劍，欲學陳先生之志業者也！

隋宫

李商隱

紫泉宫殿鎖煙霞，欲取蕪城作帝家。玉璽不緣歸日角，錦帆應是到天涯。于今腐草無螢火，終古垂楊有暮鴉。地下若逢陳後主，豈宜重問後庭花。

讀此詩時不覺噴飯失笑。前四句寫盡豪華天子之無分别，將這般壯麗宫殿鎖於煙霞，而欲取那般蕪城作成帝家。是時天下萬民塗炭，孰救之者耶？幸有日角龍顔之天子於中途捲下煬帝龍船之錦帆，不然，則錦帆龍船必不至天盡地窮之處而不能逞意。「紫泉宫殿」四字爲熱，「煙霞」二字爲冷；「蕪城」二字爲冷，「帝家」二字爲熱。交錯成文，有予奪，妙妙。前聯爲熱，後聯爲冷，亦一軒一輊。《伽藍記》有煬帝於吴行臺下遇陳後主之幽靈，請張麗華舞《玉樹後庭花》曲之語。「腐草無螢」「垂楊有鴉」，煬帝死後與陳後主再遇時當無面目矣。○「玉樹後庭花」與「垂楊」「腐草」相映，「腐草」「垂楊」又與「蕪城」相映，「地下」與「天上」相對，「螢火」與「日角」相映。

錦瑟

錦瑟無端五十絃，一絃一柱思華年。莊生曉夢迷蝴蝶，望帝春心託杜鵑。滄海月明珠有淚，藍田日暖玉生煙。此情可待成追憶，只是當時已惘然。

「錦瑟」乃以金玉所裝之瑟，瑟之絃爲二十五絃。今彈此二十五絃一回而成五十絃，是「無端」之義也。一絃必有一柱，一絃一柱譬於人生五十年，思想世間之流年，而云喜悲哀樂周環無端也。「莊生」七字爲春曉之樂，「望帝」七字爲春晚夏初之悲，「滄海」七字爲秋夜之哀，「藍田」七字復爲春日之和氣。此四句寫周環無端。莊生成蝶乃夢之化，蜀帝成鵑乃魂之化，鮫人之淚成珠乃水珠之化，藍田之玉生煙乃玉火之化，皆取其變化之物也。此四句可視作摘錦瑟曲中之意而寫，忽莊生、忽望帝，布衣帝王變化無端；忽滄海、忽藍田，借用桑田滄海之語。「曉」爲一夜之時，「春」爲四時之時，「月明」爲夜，「日暖」爲晝，用字湊巧，亦見變化無端。此詩原爲悼令狐楚之亡而作，令狐楚平生好瑟，彈此曲則憶令狐楚，而咏其錦瑟。故七、八二句云當時令狐楚在世彈錦瑟時，已於一席之上五十絃中將此喜悲哀樂之情彈得恁地變化無端，聽者無不惘然悲嘆。寫當時之惘然，今日之追憶則更不必言。非獨爲彈瑟之人一哭，乃爲普天下之人一哭也。

馬嵬

海外徒聞更九州，他生未卜此生休。空聞虎旅傳宵柝，無復鷄人報曉籌。此日六軍同駐馬，當時七夕笑牽牛。如何四紀爲天子，不及盧家有莫愁。

貴妃縊殺之後，玄宗悲痛不堪。方士之説有云曾到海外仙山得見貴妃，貴妃授之鈿盒半扇，寄言願生生爲夫婦。玄宗託其説以自慰解。先生今奪去其説，云他生我則未知，今生則現在之此限也，而方士之飾説更無所申。第二句乃一篇之轉棙，「他生未卜」四字脱卸海外九州之説，「此生休」乃下六句之綱領。三、四、五、六句寫馬嵬蒙塵：三句爲現在，四句帶宫中無事，此兩句寫耳畔；五句爲現在，六句乃宫中密誓，此兩句寫眼中。真是可憫，真是可笑。末句下一批云：四十餘年在天位，如何不能保一婦人也！梁武帝《河中之水歌》：「洛陽女子名莫愁，十五嫁爲盧家婦。」此詩借用之而云民間之夫婦。〇「九州」「六軍」「七夕」「四紀」相映，「虎旅」「鷄人」「駐馬」「牽牛」相映，「他生」「此生」「宵柝」「曉籌」「此日」「當時」相映，並是章法。

金陵[一]

許渾

玉樹歌殘王氣終，景陽兵合戍樓空。楸梧遠近千官塚，禾黍高低六代宮。石燕拂雲晴亦雨，江豚吹浪夜還風。英雄一去豪華盡，惟有青山似洛中。

《玉樹後庭花》之曲未唱竟而王氣忽盡，景陽樓之圍兵合而無一個戍卒。一、二句寫陳後主之亡。三、四句插入「千官」「六代」，追懷金陵歷代之諸英雄。五、六句寫荒凉，却以「石燕拂雲」「江豚吹浪」影出英雄轟天動地之豪華。李白《金陵》詩有「苑方秦地少，山似洛陽多」，云今日唯有青山，雖似洛中，而非帝王之所都也。○「楸梧」「禾黍」與「玉樹」相映。

【校勘記】

[一]金陵：《全唐詩》卷五百三十三作《金陵懷古》。

姑熟官舍

草生官舍似閒居，雪在南窗照素書。貧後始知爲吏拙，病來還喜識人疎。青雲豈有窺梁

燕，濁水應無避釣魚。不待秋風便歸去，紫陽山下是吾廬。

「草生官舍」「雪在南窗」極有頓挫，官舍乃掃除之所而草生，南窗乃曝背之所而雪滿。「閒居」「素書」引出三、四句。爲官廉潔者必貧，瀆貨者必富。先生始爲官而笑瀆貨之拙，今貧矣，而覺自家吏事之拙。然平生不爲世間之交，故病中無相識之人尋來，不大擾閒居讀書，可喜。「貧後」一句爲自貶，「病來」一句爲自高，「青雲」一句爲自貶，「濁水」一句爲自高。「窺梁燕」乃求安居者也。孔子曰「君子食無求飽，居無求安」，以安居自貶，以飽食謗仕進之人。陳涉曰「燕雀安知鴻鵠之志」，《吕覽》引孔子曰「螭食乎清而游乎濁，魚食乎濁而游乎濁」。兩句混用而有此一聯，言濁世中皆只貪餌之徒。七、八句言歸計已決。吴人張翰見秋風之起而憶鱸魚，先生亦吴人，今不待秋風而欲歸紫陽山下之舊廬。「廬」「鱸」音通，去「广」而從六句之「魚」字，則居然成一「鱸」字。「廬」寫其居，「鱸」寫其食，唐人藏字之法如此。「素書」「青雲」「紫陽」三個顯用色，草生青、雪在白、濁水黄三個藏用色，所謂彰施五色，所謂言之而中倫者。

早發天台中巖寺度關嶺次天姥岑

來往天台天姥間，欲求真訣駐衰顔。星河半落巖前寺，雲霧不開嶺上關。丹壑樹多風浩浩，碧溪苔淺水潺潺。可知劉阮逢人處，行盡深山又是山。

一、二句釋題意，「欲求真訣」四字爲一篇之主腦。三、四句寫早景，「半落」「不開」二語有不滿之意。若此星河全落、此雲一開，則似仙人可逢、真訣可求。五、六句寫晝景，謂終日唯如此也。樹多，故有風浩浩之聲；苔淺，故有水潺潺之聲。「潺潺」「浩浩」云聒噪可厭。若此樹無、此水深，則無此浩浩潺潺之聲，而始可入静寂之玄境。八句寫真訣不可得，眼中唯「丹壑」「碧溪」，耳邊唯「潺潺」「浩浩」。終不能逢仙人者，昔時劉阮逢仙女之處，乃在較今日所過之深山更深一層之深山，知定爲我儕足迹所不能及。不云逢仙而云「逢人」，尤有趣味。此天台天姥間既全是深山，則絶無行人也。五、六句僅有「丹壑」「碧溪」，無行人者可見。「深山又深山」影寫《老子》「玄之又玄」之語，藏下「玄」之一字，與「丹」「碧」二字照耀。「深山」之「深」字與「苔淺」之「淺」字相對。中晚之際，唯許先生得王右丞、李東川之骨髓。

春日長安即事

崔魯

一百五日又欲來，梨花梅花參差開。行人自笑不歸去，瘦馬獨吟真可哀。杏酪漸香鄰舍粥，榆煙將變舊爐灰。玉樓春暖笙歌夜，肯信愁腸日九回。

見梨花梅花之開而知寒食又來，第一句寫在第二，第二句寫在第一。「行人自笑」，此一笑千萬倍於一哭。其故何也？馬之「瘦」，於行人眼中看出；馬之「吟」，於行人耳中聽取，行人之瘦與哀又不待言。「杏酪」「榆煙」乃從「梨」「梅」想像，路傍「玉樓」上之人以「笙歌」賞此梨花梅花，豈又料知行人之愁腸耶？

〇「春暖」與「愁腸」相對，「夜」字與「日」字相對，「笙歌」與「馬吟」相對，「九回」與「一百五日」相對。此詩前六句寫苦境，七句忽點出樂境，乃從李頎「朝聞遊子」之作脱胎。〇一句「欲來」，是滿意之語。二句「參差開」，是欠意之語。「參差」爲不齊之貌，諷托樓上之得意與馬上之失意不齊。三句「自笑」是笑，四句「可哀」是哀。五句「漸香」，六句「將變」，七句「笙歌」，八句「愁腸」，律詩之定格如此。

書因是庵通俗唐詩解後

昔金人瑞解唐詩，刻之貫華堂行世，尚矣。自今溯之，歷百有餘年，所以舶來印本至尠也。葛西因是庵作通俗唐詩解，解聖嘆氏所未解，可謂復生一聖嘆氏，而解備矣。遠則十萬八千里，近則在眼前，其斯之謂歟？

庚申長夏　　白鷺主人題

題識

《通俗唐詩解》以便吾黨學童課誦，故不乞一言於名望碩儒。昔年稿成，呈教於姬路四品公，辱賜跋語，今併入刻，不敢忘四品公之恩意也。

享和壬戌冬日　　葛質謹識